KB172113

매머드 잡는 남자

매머드 잡는 남자

초판 1쇄 인쇄 · 2023년 7월 1일
초판 1쇄 발행 · 2023년 7월 10일

지은이 · 이길환
펴낸이 · 한봉숙
펴낸곳 · 푸른사상사

주간 · 맹문재 | 편집 · 지순이 | 교정 · 김수란, 노현정 | 마케팅 · 한정규
등록 · 1999년 7월 8일 제2-2876호
주소 · 경기도 파주시 회동길 337-16 푸른사상사
대표전화 · 031) 955-9111(2) | 팩시밀리 · 031) 955-9114
이메일 · prun21c@hanmail.net
홈페이지 · http://www.prun21c.com

ⓒ 이길환, 2023

ISBN 979-11-308-2072-9 03810
값 18,000원

저자와 합의하여 인지는 생략합니다.
이 도서의 전부 또는 일부 내용을 재사용하려면 사전에 저작권자와
푸른사상사의 서면에 의한 동의를 받아야 합니다.
이 도서의 표지 및 본문 디자인에 대한 권한은 푸른사상사에 있습니다.

이 책은 2023년도 세종시문화재단의 전문 예술 창작지원사업에 선정되어
발간되었습니다.

48
푸른사상
소설선

매머드
잡는
남자

이 길 환 소 설 집

푸른사상
PRUNSASANG

세 번째 창작집을 발간한다. 최근에 쓴 작품들 중에서 열 편을 골라 엮었다. 그중 가장 오래된 것은 중편소설 「안드로메다 가는 길」이다. 2009년 5월 22일부터 8월 6일까지 76일 동안 쌍용자동차 노조원들이 평택공장을 점거하고 농성을 벌였고, 그 후 3년쯤 지나서 썼으니 이 소설은 10여 년쯤 되었다. 나머지 작품들은 2, 3년 전에 썼거나 1년이 채 못 된 것들이다.

그동안 쓴 소설들을 다시 읽어보며 심혈을 기울여 작품을 선정했다. 나름대로 각기 다른 소재와 인물들이 들어앉은 글들을 가만히 들여다보면 처음 쓰기 시작할 때처럼 설렘이 온다. 공주박물관 앞과 무령왕릉에 있는 진묘수와 공산성 둘레길을 걸으며 소재를 찾아 글을 썼고, 갑작스러운 실직으로 바퀴벌레보다 못한 취급을 받는 가장과 시너를 몸에 뿌리고 분신하는 공장 노동자, 어머니의 혼을 달래려고 천도재를 지내는 아들이 작품 속에 뿌리를 내리고 있다.

작품을 쓰며 많은 사람들을 만났다. 임용고시에 합격하고도 교사 발령을 못 받아 박물관에서 구석기시대인으로 분장하고 아르바이트를 한 소린(「매머드 잡는 남자」), 주인공과 같은 학교를 나오고 같은 아파트에 살지만 주인공보다 먼저 공무원 시험에 합격한 미지(「코로나19에 관한 변증법」), 은행원이지만 비정규직인 세아(「구름 농원」), 섬에서 크고 자란 복례(「닻」), 제각각 다른 삶을 살아온 다른 인물들이지만 새삼 여운이 남는다. 소설을 쓰는 동안 이들과 수없이 만나고 헤어지며 동고동락했다. 때문에 모두 잊을 수 없는 인물이다.

나는 가끔 꿈을 꾼다. 비현실적인 허구 속 사람들이지만, 꿈속에서 나는 그들과 오랜 시간 같이했다. 작품이 끝난 다음의 후일담도 듣고, 허구가 아닌 현실에서 그들을 만났다. 소설에서는 슬프거나 우울해 보였던 인물들이 환장하게 흐드러진 봄꽃처럼 웃고 있었다.

이 글을 쓰는데 어머니로부터 전화가 왔다. 그동안 가물어서 곡식이 죄다 시들시들하더니, 비가 많이 와서 생기가 돌고, 뒤늦게 들깨 모종을 심는단다. 나도 글 파종을 한다고 했다. 글을 심는 마음으로 작품집을 발간한다. 이 책이 발간되기까지 큰 힘이 되어주신 세종시문화재단과 푸른사상사에 깊이 감사드린다.

2023년 초여름
이길환

차 례

진묘수(鎭墓獸)

진묘수(鎭墓獸)

국립공주박물관은 세모(歲暮)의 첫 일요일이라 그런지 한산하기가 그지없었다. 주차장에도 눈으로 쉽게 셀 수 있을 만큼 몇 대 안 되는 소형차들이 주차되어 있을 뿐이고, 대형차 주차장에는 버스가 한 대도 주차되어 있지 않았다. 나는 아무리 세모라지만 이렇게 관람객이 없을까 싶어 다시 주위를 살펴보았다. 이상하리만큼 정지된 풍경이었다. 나는 천천히 계단을 밟아 박물관 쪽으로 걸어갔다. 가장 먼저 나를 맞은 것은 박물관 앞에 서 있는 진묘수(鎭墓獸)였다. 무령왕릉에서 출토된 국보 제162호인데, 중국 고대부터 나타나는 상상의 동물로 무덤을 지키고 죽은 사람의 영혼을 신선(神仙)의 세계로 인도하는 역할을 한다. 나는 진묘수에 대한 안내문을 천천히 눈으로 읽었다. 무령왕릉에서 출토된 것은 머리에 뿔이 있고 몸에는 날개가 달려 있으며, 신체 일부는 나쁜 기운을 막아주는 의미로 붉게 칠해져 있다. 그것을 박물관의 대표 브랜드로 선정해서 진본보다 일곱 배 크게 제작하여 관람객과 박물관을 지키는 수호신의 의미로 설치했다고 한다. 그 때문에 진묘수는 황송아지처럼 크게 서 있었다.

진묘수 옆에는 옥외 전시관으로 각종 석탑이 서 있고, 주춧돌이 앉아 있었다. 그러나 다 작은 것들이라 소꿉장난하듯이 여기저기에 작은 돌을 옮겨놓은 것처럼 보였고, 표면의 얼룩이나 빛바랜 돌 색깔이 천삼백여 년을 지나온 세월을 말해주고 있지만, 나는 그저 흔한 석탑이나 주춧돌처럼 보였다.

"이게 얼마나 귀중한 건지 알아요?"

디카(디지털카메라)로 아내가 찍어온 사진에도 이곳에 전시된 돌과 같은 것이 담겨 있었다. 아침에 답사하러 간다며 나갔다가 밤늦게 돌아온 아내에게 나는 온종일 어딜 그렇게 쏘다니고 오냐며 핀잔을 주었고, 벌써 십 년째 답사니, 뭐니 둘러대며 나돌아다니는데 이제 정신 좀 차리고 아르바이트라도 해보라고, 일을 할 것을 권했다. 아내가 입을 뾰족 내밀며 탁자에 소지품을 내려놓았다.

"오늘 내가 얼마나 중요한 일을 한 줄 알아요?"

"뭘 했는데."

"봐요."

아내가 내미는 것은 디카였다. 거기에는 다듬잇돌처럼 생긴 돌 하나가 찍혀 있었다. 내가 보기에는 그냥 평범해 보이는 돌인데, 아내는 그 돌이 옛 성터에서 발굴한 것이라 백제 시대의 것이라고 우겼다. 고증을 해봐야 알겠지만 백제 시대의 것이 분명하다고 했다. 아내는 외투만 벗어놓고 급히 애들 방으로 가서 컴퓨터를 켜고 잭으로 디카를 컴퓨터로 연결해서 자신이 찍어온 돌을 출력했다.

"그냥 돌 같은데."

"그러니까 당신은 전문가가 못 되는 거예요."

아내는 내가 무능해서 보석 같은 돌의 가치를 몰라본다고 했다. 아내는 그것으로 내 핀잔을 덮으려는 듯했다. 아내는 그런 식으로 내 핀잔을 빠져나갔다. 잔뜩 화가 나서 아내에게 욕설을 퍼부으려면 아내는 답사에 가서 올린 성과물을 내게 제시하며 자신의 행동에 대한 타당성을 강조했다.

"차에 가서 돌 좀 가져와요."

"뭐? 이 밤중에?"

"일단 집에다 놓고 나중에 고증받으려고요."

아내가 내미는 차 키를 들고 나는 밖으로 나왔다. 벌써 밤 열한 시가 넘었다. 낙엽이 지고 있었다. 가로등 불빛이 낮처럼 환하게 빛을 토해내고 그 불빛 사이로 하나둘 자작나무 잎이 마치 리듬에 맞추듯이 떨어져 내렸다. 지하에도 주차장이 있지만 아내는 운전이 서툴다며 차를 지상에 놓는데, 하필이면 자작나무 밑에 주차해서 낙엽이 보닛과 차 지붕에 떨어져 있었다. 가을밤이 점점 깊어지는 듯했다.

아내의 차 문을 열자 조수석의 바닥에 돌 하나가 놓여 있었다. 주변 사람들의 도움으로 돌을 차에 실었다는데 한눈에 보아도 커 보였다. 아마도 소형차라 짐칸에 싣기는 무린가 싶어 조수석 바닥에 실은 모양이었다. 나는 돌을 들어 올렸다. 생각보다 제법 무거웠다. 이십 킬로그램은 족히 나가는 듯했다. 아내는 컴퓨터로 출력까지 해서 내게 보여줬지만, 돌은 실물을 봐도 영 중요한 돌 같지 않았다. 사찰의 기둥을 떠받치고 있던 주춧돌이라면 윗면이 평면이어야 하는데 돌은 타원형으로 둥글고 거무칙칙한 색뿐이었다. 아무튼, 나는 그 돌을 두어 번씩 쉬어가며 겨우 엘리베이터를 타고 집으로 옮겨 왔다. 아내는 그제야 돌을 보고 만족스러워했다.

돌을 다용도실에 놓으려고 전등 스위치를 올리자 전구가 환하게 빛을 발산했다. 내부에는 아내가 모은 골동품이 발 디딜 틈도 없이 들어차 있다. 징, 꽹과리, 등잔, 놋그릇, 은장도, 활, 맷돌, 하다못해 요강까지 있었다. 아내가 십여 년 동안 모은 물건이었다. 아내는 이다음에 조그마하게 생활사박물관(生活史博物館)을 만들 거라며 옛 물건들을 주워다 모았다. 다용도실이 원래는 빨래 건조대와 안 쓰는 살림살이를 놓는 곳인데, 아내는 자신이 가져온 물건들로 그곳을 채워 나갔다.

박물관 옥외 전시관 앞 소나무에 까치 한 마리가 찾아왔다. 까치는 내가 가까이에 있는데도 두려움이 없는지 주변을 살피며 여유롭게 앉아 있었다. 아직 오전이라 그런지 주차장에서 박물관으로 올라오는 관람객이 가족 단위로 세 팀밖에 없었다. 아이들에게 역사 공부를 시키려고 일부러 찾아왔는지 아까 내가 서 있었던 진묘수 형상 앞에서 두 남녀가 두 명의 아이에게 안내문을 읽어주며 동물을 설명하고 있다. 저렇게 아이들이 어릴 때는 나도 아내와 함께 아이들을 데리고 의왕시에 있는 철도박물관이나 문경까지 가서 레일바이크도 탔고, 마곡사나 갑사도 수시로 가서 아이들의 자연 체험과 학습에 도움이 되는 일이라면 마다하지 않았다.

진묘수 앞에 있던 가족이 박물관으로 곧장 들어가지 않고 내가 서 있는 옥외 전시장으로 왔다. 큰애는 남자아인데 아빠의 손을 잡고 여자아이는 엄마의 손을 잡고 석탑 앞에서 내게 핸드폰을 내밀며 사진을 찍어달래서 나는 서너 방 찍어주었다. 일가족이 와서 부산하게 움직이자 소나무에 앉아 있던 까치가 산으로 푸드덕 날개를 폈다. 아이가 날아가는 까치를 보며 까치라고 낮게 말했다. 여자가 핸드폰을 받으며 내게 고맙다고 말했다.

　—나도 한때 저런 때가 있었는데.

　석탑을 배경으로 사진을 찍은 일가족은 박물관 입구로 걸어가고 나는 시선으로 그들을 쫓고 있었다. 아이들이 태어나서 유아기와 아동기를 거쳐 중학교에 다닐 때까지만 해도 아내는 가정밖에 모르는 여자였다. 작은 아파트였지만 갖출 거 다 갖추고 남부럽잖게 살고 있었다. 두 아이를 낳고 사는 동안 아내는 아이들을 씻기고 기저귀 갈아주고 이유식 먹이고 빨래며 청소며, 하루해가 짧다고 했다. 그러다가 아이들이 중학교에 들어가자 시간적 여유가 있는지 보수는 적지만 작은 도서관에서 사서 일을 하며 지역사회에서 견문을 넓힌다면서 아내는 점점 봉사활동이나 향토문화에 관심을 두기 시작했다. 면 단위 소재지에서 무슨 할 일이 그렇게 많은지 틈나면 답사고 교육이다, 모임이다 해서 늦게 들어오는 날이 많아졌다. 나는 아내가 이번에도 그러다 말겠지 생각했다. 아내는 어떤 일에 집착하다가 쉽게 단념하는 버릇이 있었다. 종이접기와 인형 만들기, 편의점 아르바이트와 김밥집 보조까지 육 개월을 넘기는 일이 없었다. 아내는 매사에 즉흥적이었고, 그것을 불평하는 내게 차츰 자신의 행동을 숨기기 시작했다. 내가 모르는 게 아내는 편하다고 생각한 모양이었다.

　박물관 안으로 들어가자 안내 직원이 손짓으로 입구를 가리키며 들어가라고 한다. 나는 직원에게 가볍게 눈인사를 하고 입구 쪽으로 들어갔다. 관람 동선은 시대순으로 볼 수 있도록 짜여져 있었다. 구석기인의 생활과 신석기인의 자연 활용, 청동기의 문화, 역사가 형성됨에 따라 전시된 전리품을 보며 나는 별생각 없이 박물관 내부에 서 있었다. 박물관이라면 흔히 있는 것들이었다. 입구에 막 들어섰을 때까지만 해도 관람객이 앞에 몇 명만 있었는데, 내 뒤로 관람객이 조금씩 유입되고 있었다. 하지만 아직은 한가한 분위기였다. 나는 청동기와 철기를 지나 백제 시대로 들어왔다. 무엇보다도 눈에 띄는 것은 토기였다. 유리에 갇힌 토기들이 올망졸망하게 앉아 있었다. 목이 긴 것과 반대로 목이 짧은 것, 옆이 넓은 항아리와 등잔처럼 아주 작은 것까지, 토기들은 짙은 군청색 빛을 띤 색깔에 표면은 단순한데, 빗으로 긁은 것처럼 무늬가 그어져 있었다. 이게 백제 시대의 토기라면 천삼백 년 이전의 것들이라는 얘긴데……. 온전한 형태로 전시된 것이 신기했다.

다음 관람실은 웅진천도(熊津遷都)였다. '백제 문화재 연계 기획특별전 공주 수촌리 한성에서 웅진으로'라는 타이틀이 걸려 있고 문화재가 전시되어 있다. 나도 웅진 천도는 잘 알고 있다. 서기 475년에 고구려 장수왕이 삼만여 군사를 이끌고 내려와 백제의 수도 한성을 공격하여 개로왕(21년)이 죽자, 그의 동생인 문주가 신라에서 일만 명의 군사를 얻어 돌아오던 중이었으나 이미 고구려군은 퇴각하였다. 문주는 참담히 죽은 개로왕을 보며 탄식하다 수도를 웅진(공주)로 옮겼다. 공주 지역은 북으로는 차령산맥과 금강으로 둘러싸여 있고, 동으로는 계룡산이 막아서 고구려와 신라로부터 방어해주는 천혜의 요새였으며, 금강을 통해 서해로 나갈 수 있고 남쪽에는 곡창지대인 호남평야가 펼쳐져 있어 좋은 입지 조건을 갖추고 있었다.

웅진 천도를 관람하며 옆을 보자 아까 밖에서 사진을 찍어준 일가족이 그곳에 서 있었다. 엄마가 역사를 설명해주고 아이들이 귀담아듣고 있었다. 내가 한 발 다가가자 남자아이가 나를 보며 '아저씨다' 하고 짧게 말했다. 그 소리에 아이 부모가 내게 눈인사를 했다. 나도 가볍게 눈인사를 했다. 나도 가족이 있는데 혼자 이곳에 온 것이 초라한 느낌이 들었다. 하지만 가족과 함께 온다는 것은 부질없는 일이다. 일요일임에도 아내는 답사하러 간다며 나보다 먼저 집을 나갔고, 수능이 끝나 정시 모집에 응시하는 큰애는 수능 때 한 과목의 답안을 한 칸씩 내려 적는 바람에 시험을 망쳐서 며칠째 이불을 뒤집어쓰고 누워 있고, 둘째는 이제 고3이 되는데 방학 전까지 야간 자습을 하고 매일 열 시가 넘어서 오더니 잠이 밀려오는지 큰애처럼 잠을 자서 박물관에 가자는 말도 못 꺼냈다. 애들이 어릴 때는 잘 따랐지만, 머리가 크자 묻는 말만 겨우 할 뿐이다.

아내는 지금쯤 어디에 있을까? 박물관 한가운데서 나는 어처구니없게도 아내를 떠올렸다. 요 며칠 동안 아내가 백제의 마지막 왕인 의자왕에 대한 글을 써서 지역에서 발행하는 신문에 싣는다고 글을 쓰는 모습을 봤기 때문에, 혹시 오늘 아내가 답사 간다는 곳이 공주 지역이 아닐까 해서였다. 아내는 작은 건물의 2층에 공동으로 사무실을 차려놓고 그곳에서 지역의 역사나 사료(史料), 민속(民俗)과 구전(口傳)으로 전해오는 이야기 따위를 정리하여 지역 신문에 기고하는 일을 하고 있다. 시골 마을의 폐가에 가서 방치된 골동품도 주워 오고, 노인들에게 들은 그 마을의 전설이나 유래를 적어서 자료를 만들고 나름대로 지역신문이나 시(市)에서 발행하는 신문에 기고하더니 이제는 다른 지역의 문화재까지 답사하여 글을 쓰고 있다.

"도대체 지금이 몇 시야? 허구한 날 뭐 하고 돌아다니는 거야?"

참다못해 내가 소리를 지르고 말았다. 아침 여섯 시에 일어나서 출근하는 나는 아내가 늦게 돌아오는 것이 여간 신경 쓰이는 게 아니었다. 밤 열 시가 조금 넘으면 나는 잠자리에 드는데 아내는 아직 돌아오지 않았고 전화도 받지 않았다. 할 수 없이 잠을 자다 갈증이 나서 깨면 자정이 넘어 있었고, 아내는 그때까지도 집에 돌아오지도, 전화도 받지 않았다. 다시 잠을 자다 요의(尿意) 때문에 깨면 아내는 언제 돌아왔는지 거실의 소파에서 이불을 덮고 잠들어 있었다.

"일어나 봐. 도대체 뭐 하고 돌아다니는 거야?"

"피곤해. 다음에 얘기해."

그게 전부였다. 아내는 자신이 하는 일에 대해 입을 열지 않았고 나는 다시 잠들었다가 아침 일찍 출근했다. 그러니까 한집에 살면서도 아내와 말 한마디 나누지 못하고 얼굴 한 번 제대로 못 보고 지냈다. 아이를 키우며 틈틈이 종이접기를 해서 자격증을 따면 문화센터나 학교에서 특별활동 강의를 할 수 있다며 열심히 종이를 접을 때도, 같은 바람으로 독일산 원단을 사다 인형을 만들 때도, 그리고 편의점 아르바이트나 작은 도서관에서 사서를 할 때도 쉽게 일을 포기했던 아내는 이번에는 질기게 버티고 있었다. 아내는 지역사회에서 어느 특정한 일만 하는 것이 아니었다. 문화원 연구위원, 선양위원회 전통예술 분과장, 지역균형발전위원회 면(面) 지구 사무장, 아내의 명함은 그때그때 상황에 따라 바뀌었고, 항상 노트북과 한 아름의 책을 차에 싣고 다녔다. 토요일과 일요일에도 아내는 집을 나갔고 평소처럼 밤늦게 들어왔다. 아내는 꼭 무엇인가에 홀린 듯했다.

"자네, 그러려면 뭐 하러 결혼했나. 애가 나쁜 일 하는 것도 아니고 공부를 한다는데 그것도 못 참나. 내가 그 애를 어떻게 키웠는데. 자네 실망일세."

장모님이 하는 소리였다. 그날도, 애들도 아내도 안 와서 혼자 거실에 앉아 텔레비전을 보며 소주를 마시고 있는데 핸드폰이 울렸다. 아내인가 싶었는데 장모님이었다. 나는 취기 때문에 받지 않으려다 마지못해 화면을 터치했다.

"자넨가? 날세."

"네, 장모님. 수술은 잘 되셨어요? 바빠서 못 가봐서 죄송했습니다."

"괜찮아. 잘 돼서 한 달 있다 검사받으러 오래."

"잘 되셨네요. 꼭 가보려고 했는데, 실은 요즘 제가 몹시 힘들거든요. 아내가 밖으로만 나돌고 돈을 안 벌어요. 애들이 대학에 들어가서 한창 돈 들어갈 땐데 매일 새벽에 들어오고 있는 돈도 다 써버려서 못 살겠어요."

"자네, 지금 내 딸 흉보는 건가. 됐네, 듣지 않은 거로 하겠네."

장모님이 일방적으로 전화를 끊고서야 나는 취중에 실수한 것을 알았다. 그러나 이미 엎질러진 물이었다. 한 번 내뱉은 말은 엎질러진 물처럼 주워 담을 수 없었다. 장모님은 목에 갑상선 암이 발견되어 수술한지 일 년 만에 또 뇌 수술을 했다. 가만히 있어도 눈이 자신의 의지와는 상관없이 깜박깜박하고 자꾸 눈이 감기는 병이었다. 진찰을 받아보니 뇌에서 신경세포가 눈으로 잘못된 신호를 보내서 뇌세포를 절단하는 수술을 해야 눈이 정상적으로 돌아온다고 했다. 장모님이 여러 가지 검사를 받고 수술 날짜를 잡아 수술한 후에도 나는 근무 때문에 문병을 가지 않았었다. 그런 분에게 화풀이했으니 장모님도 기분이 썩 좋지 않을 것이다. 나는 핸드폰을 내려놓고 이내 방으로 들어가 쓰러졌다. 그리고 심한 갈증에 눈을 뜨고 밖으로 나오자 언제 왔는지 아내가 도끼눈을 뜨고 나를 노려보고 있었다. 장모님께 야단을 맞은 게 분명했다. 아내는 술 취해서 한 번만 더 장모님께 자신의 이야기를 하면 그날로 이혼이라고 선을 그었다. 나는 아내에게 이제 애들도 대학에 들어가니 그만 정신 차리고 화장품 공장이라도 나가서 근무해보라고 했다.

"그건 당신 생각이지. 날 평범한 아줌마로 만들지 말아요. 그리고 당신, 한 번만 더 술 취해서 엄마한테 전화하면 이혼이야."

"뭐? 이혼?"

아내의 고집은 대단했다. 돈이 아무리 들어가든 말든 그건 자신이 상관할 일이 아니라고 했다. 여자는 집에서 살림만 하면 되고, 돈은 남자가 벌어야 한다는 고정관념을 아내는 갖고 있었다. 그러니까 아내의 생각은 여자는 집에서 아이를 낳고 키우고 살림하며 살면 되는 것이고, 경제적인 문제는 남자가 해결해야 한다고 했다.

"그래서 그렇게 살림을 잘했어?"

이번에는 나도 가만있지 않았다. 퇴근하고 돌아오면 싱크대에 수북하게 쌓인 설거짓거리와 세탁기 앞에 쌓인 빨랫감, 텅 빈 전기밥솥, 하다못해 말라버린 고양이 배설물을 치우고 쓰레기 분리수거까지 하고 아이들 밥상까지 차려놓으면 회사에서 근무할 때보다 더욱 스트레스가 쌓였고 아내에게 적개심이 들었다. 아내는 내가 들이대면 자신은 바빠서 그럴 수 있다고 했다. 둘째 애의 등교 시간에 맞춰 데려다주고 곧장 사무실로 갔다거나 답사 현장으로 달려가서 치울 수 없었다고, 당당하게 변명을 늘어놓았다.

박물관의 관람이 무령왕으로 옮겨졌다. 무령왕의 작은 동상이 세워져 있고 무령왕에 대한 업적과 왕릉에서 출토된 유물이 전시되어 있다. 무령왕(재위 501~523)은 개로왕 8년에 태어났다. 백제의 25대 왕이고, 이름은 사마(斯摩), 융(隆) 또는 여륭(餘隆)이다. 동성왕의 둘째 아들 혹은 동성왕의 이모형(異母兄)이라고도 한다. 서기 501년에 백가(苩加)가 보낸 자객에게 동성왕이 살해되자 그 뒤를 이어 즉위했다. 502년 정월에 가림성에 근거를 둔 백가를 토벌하여 동성왕의 원수를 갚았고, 고구려의 수곡성(水谷城)을 공격했다. 개혁을 통한 왕권 강화와 민생 안정 정책을 펼쳤고, 기근으로 굶주리는 백성을 구제하고, 농사를 장려했다. 519년에는 중국 양(梁)나라에 국서를 보내 갱위강국(更位強國, 다시 강한 나라가 되었다)을 알렸고, 521년 양나라 무제(武帝)로부터 사지절도독백제군사영동대장군(使持節都督百濟軍事寧東大將軍)의 작호를 받았다. 523년 5월 7일 62세의 나이로 서거하여 525년 8월 12일에 공주 송산리 고분군의 무령왕릉에 안장되었다.

언제 왔는지 내 옆에는 일가족이 다시 서서 무령왕의 생애와 업적을 읽고 있었다. 이번에는 엄마가 딸에게 무령왕에 관해 설명했는데, 딸은 이해가 안 되는 모양이었다. 방학을 맞아 역사 체험을 온 모양인데 여자애는 아직 초등학교 저학년으로 보여서 내가 봐도 무령왕에 관한 이야기는 이해하기 힘들 듯해 보였다.

"와, 관(棺)이다."

무령왕의 생애와 업적을 보다 옆으로 돌아서자 유리관 안에 커다란 관이 두 개 나란히 놓여 있었다. 무령왕과 왕비의 관이었다. 그것을 보고 일가족의 큰애가 소리쳤다. 마치 자신이 처음 관을 발견한 것처럼 큰애는 마음이 들떠 보였다. 일가족이 관 앞으로 가는 것을 보며 나도 관 쪽으로 발을 옮겼다. 금송(金松)으로 제작된 관은 천삼백여 년이 지났어도 원형 그대로 보존되어 있었다. 관에서 금방이라도 왕과 왕비가 문을 열고 나올 것만 같았다.

관을 보다 주위를 살피자 일가족은 다시 앞으로 나가 있고, 관람객이 뒤에서 계속 유입되었다. 핸드폰을 꺼내 시간을 보자 벌써 두 시로 접어들고 있었다. 아침과 점심을 걸렀지만 조금도 시장기가 느껴지지 않았다. 무령왕릉에서는 지석(誌石)과 관 꾸미개를 비롯하여 금동 신발, 동제 접시, 동탁 은잔, 동제 수저……. 108종에 무려 2,906점의 유물이 출토되었다고 한다. 아내는 내가 핀잔을 주는 와중에도 자신이 접한 역사에 대해 알려주곤 했다.

"나, 아무래도 전생이 비화(飛花)였었나 봐요."

"뭐? 비화? 그게 뭔데?"

"의자왕 딸요."

"뭐야."

밤늦게 돌아온 아내는 힘없이 탁자에 소지품을 내려놓으며 말했다. 의자왕에 대한 글을 써보려고 자료를 찾아보니 말년이 너무 슬퍼서 도시 글을 못 썼다고 했다. 의자왕이라면 백제의 마지막 왕으로 적군이 코앞까지 왔는데도 정신을 못 차리고 가무에 빠져 나라를 망하게 한 왕이 아닌가. 나당연합군에게 사비성이 함락되어 삼천궁녀(三千宮女)가 낙화암에서 몸을 던져 장렬하게 죽어간, 그사이에 의자왕은 궁녀들과 함께 몸을 던지지 않고 사비성을 빠져나갔다. 나는 아내에게 비열한 왕이라고 했다.

"그렇지 않아요. 의자왕(義慈王)은 의롭고 자애로운 왕이라는 뜻이에요. 그리고 업적도 많이 남겼어요. 신라 24대 왕인 진흥왕이 백제와의 동맹을 깨고 백제를 공격하여 성왕이 신라 장수 김무력(金武力)의 칼에 찔려 죽자 의자왕이 복수를 했어요. 642년에 신라의 미후성과 40개의 성을 함락시켰고, 윤충에게 일만의 군사를 내주어 대야성을 점령하여 성주 김품석(김춘추의 사위)을 죽였어요."

나도 의자왕에 대해서는 알고 있었다. 641년 백제 31대 왕으로 즉위한 의자왕은 처음에는 당나라와 친밀한 관계를 유지하며 국내 정치도 안정을 꾀하고 신라를 공격하여 많은 성을 함락시켰다. 특히 신라의 대야성을 함락시켜 김춘추의 사위와 장녀 고타소(古陀炤)의 목숨을 거두었다. 그러나 그것은 삼국의 정세를 뒤흔드는 계기가 되었다.

사위와 딸을 잃은 김춘추는 대장부가 어찌 백제를 삼키지 못하랴! 탄식했고, 복수심은 그의 아들 법민(法敏)에도 이어졌다. 660년 7월 18일 웅진성으로 도망갔던 의자왕이 항복하기 전인 7월 13일에 백제 태자 부여융이 사비성으로 들어가 신라 태자 법민 앞에 나와 항복을 했다. 법민은 부여융을 꿇어 앉히고 얼굴에 침을 뱉었다. '너의 아버지가 나의 누이를 부당하게 죽여 옥 안에 묻었다. 그로 인해 나로 하여금 이십 년간 슬프고 괴롭게 했다. 오늘, 네 목숨은 내 손아귀에 있다.'*

"그럼, 공주(公主)가 무녀(舞女)가 된 것도 알고 있겠네요."

"그건 또 무슨 얘기야."

* 『삼국사기』 태종무열왕 7년.

"비화공주(飛花公主)가 무녀가 되었어요."

"뭐? 의자왕의 딸이라며?"

"맞아요."

아내는 아직도 의자왕에 대한 글을 한 자도 쓰지 못하고 있었다. 어디서부터 어떻게 시작해야 할지 감이 잡히지 않는다고 했다. 나는 아내의 그 소리조차 엄살이거나 나를 또 속이려는 계략인지도 모른다고 생각했다. 급여통장과 카드를 아내가 관리해서 나는 직장에 다니지만, 월급이 어떻게 쓰이는지 모르고 있었다. 관리비와 공과금 학원비, 생활비 등으로 나가고 얼마쯤은 아내가 적금을 넣는 줄 알았다. 그러나 아내는 늘 생활비가 모자란다고 투덜거렸고, 결국 나는 비상금까지 아내에게 줬었다.

"오빠 아내 대학원 다니는 거 알아?"

"무슨 소리야?"

"맞아. 대학원 다녀."

"……."

퇴근하고 잠깐 마트에 들렀다가 동네 여자 후배를 만나 아내가 공부하고 있다는 것을 알았다. 그녀도 아내와 같은 일을 하고 있었다. 지역사회 마을공동체 협의회라는 단체를 만들어 시에서 재정 지원을 받아 조사하고, 행사를 열어 주민 화합을 다지는 일을 하며 아내와 자주 부딪치는 여자였다. 그녀의 얘기를 듣고 집에 와서 아내에게 캐묻자 졸업을 앞두고 있다고 했다. 아내가 지방대학의 문화유산 정책학과 석사학위를 받으려고 이 년 동안 대학원에 다니는 것을 나만 까맣게 모르고 있었다. 내가 왜 속였냐니까 말을 하지 않았을 뿐 속인 것은 아니라고 했다. 그리고 내가 알아서 보탬이 되거나 좋은 일도 없다고 했다. 하기야 아내가 대학원에 간다고 했으면 나는 분명히 반대했을 것이다. 어떤 목적이나 목표로 공부를 한다면 수긍하겠지만 아내는 공부하는 것도 취미의 연장이었다. 이를테면 경력이나 강사가 되기 위해 대학원에 진학하는 게 아니라 자신이 하는 답사나 문화 활동의 연장이었다.

아내는 학위를 받아 왔어도 내게 보여주지도, 자랑하지도 않았다. 어느 날 아내와 함께 쓰는 서재에 들어가 도서를 정리하다 우연히 아내가 받아온 상장들을 들춰보는데 표지가 매끄러운 것이 눈에 띄어 펼쳐보니 학위증이었다. 아내가 학위를 받아다 그곳에 꽂아놓았는데, 날짜를 확인해보니 두 달 전이었다.

"왜 말을 안 했어?"

"뭘요."

"이거, 우리 가문에서 석사학위를 받은 사람은 당신 혼자니까 가문의 영광이네."

"가문의 영광은, -치."

아내는 자신이 학위를 따 오고도 하나도 기쁘지 않은 눈치였다. 학비를 물어보니 학기당 백오십만 원. 일 년에 삼백만 원, 이 년 공부했으니 육백만 원이라고 했다. 그나마 국립이라 사립의 반밖에 안 된다고 아내는 학비만큼은 절약했다고 했다. 그러나 이 년 동안 아내가 지출한 돈은 주유비와 식대, 엠티비, 회식비, 줄잡아 천만 원은 훌쩍 넘을 것이다. 아내는 그렇게 돈을 들여 학위를 따놓고도 그게 쓸모없는 물건임을 알았는지 학위를 따기 전처럼 사무실에서 책을 보거나 답사를 이어갔다. 아내는 학위 취득하는 것도 즉흥적으로 한 게 분명했다.

"어, 여보."

"누구세요."

"미안합니다."

무령왕과 왕비의 관을 보다가 문득 고개를 돌리자 아내가, 내가 지나왔던 무령왕에 대한 생애와 업적이 있는 곳에 서 있었다. 아침 일찍 답사하러 간다고 나갔는데, 결국 이곳에 왔나 싶어 나는 아내를 불렀다. 그러나 고개를 돌리는 사람은 타인이었다. 옆모습이 어찌나 아내와 흡사한지 나는 깜박 아내로 착각을 한 것이다. 아내와 똑같은 키에 똑같은 외투와 머리칼이 옆에서 보면 영락없는 아내였다. 여자는 내가 미안하다고 했음에도 나를 뚫어져라 쳐다보다 시선을 돌렸다. 짤막한 키에 허름한 점퍼를 걸치고 자신에게 여보, 라고 부른 것이 가소로운 모양이었다. 아내가 의자왕에 대한 글을 쓰려고 답사를 하러 갔다면 필시 부여나 공산성으로 갔을 것이다. 아니면 참고자료를 찾기 위해 도서관이나 문화원에 갔을지도 모른다.

아내에게 핸드폰으로 전화를 걸었지만 받지 않았다. 매사에 이런 식이다. 아내는 전화하면 한 번에 통화가 되는 일이 없었다. 아내가 전화를 안 받으면 액정에 '회의 중이니 전화를 받을 수 없습니다'라는 문구가 떴다. 아내는 내 전화만 안 받는 게 아니었다. 제삿날이라 어머니가 전화해도, 장모나 장인이 안부 전화를 해도 아내의 핸드폰은 먹통이었다. 근무하는 내게 아내가 전화를 받지 않는다고 어머니나 장모님한테서 전화가 오기도 했다.

"전화 좀 받아. 안 받는다고 어머님께 전화 왔잖아."

"전화 온 줄 몰랐네."

"그러려면 핸드폰은 왜 갖고 다녀?"

"전화 온 줄 몰랐다니까."

집에 온 아내가 샤워하는 동안 나는 아내의 핸드폰을 들여다보았다. 카톡의 대화방이 자그마치 서른 개나 되었다. 향토박물관, 시립박물관, 역사박물관, 작은 도서관, 향우회, 답사반, 왕의 물 축제, 박팽년 연구회, 향교 지킴이, 대학원 동기, 유키코 일본 여자, 그 많은 카톡방을 관리하기도 벅찰 듯했다. 아내는 통화 기록이나 메시지, 카톡의 대화 내용을 지우지 않았다. 대충 아내의 핸드폰을 보며 왜 늦는지 살펴도 단서가 될 만한 것은 없었다.

"당신, 가선(佳仙)이도 알아요?"

"그게 누군데."

"의자왕 딸인데 실존 인물인가 해서요."

"나야 모르지."

아내는 자신이 조사한 내용을 말했다. 문헌에서 발췌한 것이라고 했다. 백제를 치기 위해 신라의 오만 병사가 서라벌 서쪽 모량 골짜기 동쪽 산 위 작원성(鵲院城)이라는 토석혼축성(土石混築城)에서 하루를 쉬는데 오만의 병사 중에 한 병사가 품속에서 까치를 꺼내 다리에 지편(紙片)을 묶고 입을 맞춘 다음 '잘 부탁한다' 하고 날려 보냈다. 까치는 신라 진영의 하늘을 맴돌았는데 날이 어두워지자 까치가 까마귀로 보였다. 까마귀는 전쟁터로 가는 병사들에겐 악마였다. 병사들이 까마귀를 보며 불길하다고 느끼는데, 한 병사가 손을 들어 까치에게 가라고 손짓을 하니 까치는 그 손짓이 돌아오라는 소린 줄 알고 가장 높은 깃대에 앉았다. 병사들이 까마귀가 깃대에 앉았다며 불길한 징조라고 김유신 장군께 아뢰자, 김유신이 병사들에게 까마귀를 향해 함성을 지르라고 했다. 이에 병사들이 함성을 지르자 놀란 까치가 병사의 품에 안기려고 병사의 어깨에 앉았다. 병사들의 시선이 한 병사에게 쏠렸다. '가라고, 가.' 병사가 다시 까치를 허공에 날리자마자 김유신 장군이 '첩자다. 잡아라' 호령했다. 첩자가 포로가 된 것을 확인한 김유신은 흠순에게 기병 이백 기를 내주고 까치를 따라가 까치가 내려앉는 곳을 급습하라 명한다. 흠순이 이끄는 기병이 까치가 앉는 곳을 급습하여 백제의 첩보군인 까치 부대를 일망타진했다.

한편 체포된 첩자의 옷을 벗기자 신라 병사의 복장이 벗겨지고 검은 색의 제복이 나왔다. 투구를 벗기자 흰 얼굴에 긴 머리칼이 나풀거렸다. 여인이었다. 그것도 절세미인이었다. 옷을 벗기던 병사들도 더는 어쩌지 못하고 한 발 물러섰고, 놀란 김유신이 정신을 가다듬어 여인에게 정체를 물었다. '자네는……' 말을 잇지 못하는 김유신에게 여인이 '그렇소, 나는 백제의 공주 가선(佳仙)이오'라고 말했다. 『동경잡기』를 보면 서라벌에서 서쪽으로 삼십 리 떨어진 계곡에 내려오는 이야기로, 김유신이 대군을 일으켜 백제를 치고자 이곳에 진영을 이루어 주둔함에 백제 왕이 이를 듣고 근심하니 공주가 나아가 말하기를 '저들은 용맹하나 우리나라도 용감한 군사와 무기가 있으니 우려할 바 못 됩니다. 하여 청하옵건대 제가 신라에 다녀오겠나이다' 하고는 까치로 변하여 깃발 위를 나니 모든 장수가 상서롭지 못하다 하였다. 김유신이 칼을 들어 가리키자 까치가 땅에 떨어져 사람으로 변하였으니 백제의 공주였다, 라고 쓰여 있다.

"그런데 아직도 가선이가 비화인지 모르겠어요."

아내는 의자왕에 대한 글을 쓰려고 『동경잡기』까지 읽어본 모양이었다. 나는 아내의 물음에 대답하지 못했다. 의자왕이 백제의 마지막 왕이고 가무에 빠져 백제가 멸망했다는 것만 알고 있을 뿐, 가선과 비화에 대해서는 알지 못했다. 아내는 그것 때문에 글을 못 쓰고 있는 듯했다.

여자는 무령왕의 코너를 관람하고 저만큼 떨어진 곳에서 토기를 관람하고 있었다. 여전히 아내와 닮은 모습이었다. 어쩜 아내와 저리도 닮았을까. 나도 관에서 시선을 돌려 여자가 보는 토기에 눈을 주었다. 단조로운 토기였다. 색상은 같고 목이 길거나 짧은 것, 배가 나왔거나 홀쭉한 것, 술잔이나 화장품 용기처럼 작은 것들이었다. 토기를 보다가 문득 바닥을 보자 진묘수가 서 있었다. 밖에 있는 것은 송아지만 한데 안에 있는 것은 강아지처럼 작았다. 아, 이게 무령왕릉에서 나온 진품이라니? 나는 진묘수를 보며 늠름하게 왕릉을 지키는 모습을 상상해봤다. 저리도 작고 앙증맞게 생긴 것이 주인에게 함부로 다가오지 말라고 무덤을 지키고 있는데, 나는 집에서 아내도 지키지 못했다. 미꾸라지처럼 잘도 집에서 빠져나가는 아내 때문에, 나도 모르게 일을 저질러서 스트레스가 이만저만이 아니었다.

"뭐, 뭐, 집을, 집을 샀다고?"

아내가 또 일을 저질렀다. 면 단위 소재지에 있는 25평의 아파트에서 사는데, 아내가 갑자기 읍에 있는 유명 건설사 아파트를 계약했다고 예탁금을 빼달라고 했다. 애들이 대학에 가면 교통이 불편해서 안 된다고 아내는 내게 상의 한마디 없이 아파트를 계약해버린 것이다. 매사에 아내는 이런 식이었다. 아버지가 농사짓던 토지가 지방산업단지로 편입되는 바람에 보상을 받았는데 얼마 안 되는 돈이라 형제들에게 조금씩 나뉘주었다. 나는 일억 삼천만 원을 받아서 일억 원은 은행에 넣고 삼천만 원을 아내에게 주었는데, 아내는 그 돈으로 계약금 내고 가구와 가전제품을 사들였다. 내가 은행에 가서 정기예탁금을 해지하고 일억 원을 아내에게 준 후로 금전 문제가 다 정리된 줄 알았는데, 제2금융권에서 일억 삼천만 원이나 주택담보대출을 받은 것을 알았다.

"당신, 제정신이야?"

"삼십 년 상환이라 천천히 갚으면 돼요."

"뭐가 어째? 이혼해."

"그래요. 당신이 집에서 나가면 되겠네."

"뭐야?"

아내는 빚을 일억 삼천만 원이나 지고도 아무렇지도 않은 모양이었다. 어쩐지 이사 올 때부터 알아봤어야 했는데, 아내가 산 집은 우리가 살기에는 터무니없이 큰 마흔여덟 평형이었다. 아내가 담보대출을 받을 만도 했다.

"이번 달에도 또 적자네요."

이사를 오자 아내는 점점 말수가 적고 힘이 없어 보였다. 월급으로 대출금 내고 양쪽 아파트 관리비 내고, 생활비 쓰다 보면 적자라고 했다. 내가 생각해도 적자였다. 하지만 내가 할 수 있는 일은 없었다. 면 단위 소재지에 있는 아파트라 일 년이 되도록 매매가 되지 않았고 월급은 고정적이라 어디서 돈을 끌어올 수도 없었다. 아내는 적자라고 말할 뿐 여전히 직장을 잡지 않고 답사와 사무실에서 글만 쓰다 늦게 돌아왔다. 그런 아내 때문에 한번은 내가 「아무도 오지 않는 밤」이라는 단편소설을 써서 서울에서 발행하는 문예지에 발표했는데, 아내는 자신을 악녀로 만들었다며 길길이 날뛰었었다. 나도 아내의 심정을 이해한다. 집에 있으면 집중이 안 되어 사무실에서 공부한다는데 아내는 내게 사무실이 어딘지도 알려주지 않았고, 한겨울에 눈이 무릎까지 오는데 새벽까지 오지 않아서 거리에 나가 아내를 찾아 헤매던 때를 생각하면 아내가 악녀가 아니라 그보다 더한 것으로도 묘사할 수 있었다.

"비화공주 말이에요. 비화공주를 주제로 공부해봤는데 맞나 모르겠네요."

아내가 마침내 비화공주에 대한 문헌을 찾은 모양이다. 아내는 자신이 써야 할 의자왕에 대한 글에서 비화공주가 핵심 인물이라고 말했다. 의자왕이 김춘추가 보낸 첩자 금화(金花)에게 빠져 정사(政事)를 돌보지 않고 충신들을 내쫓고 가무(歌舞)로 나날을 보내고 있을 때, 소정방이 이끄는 당나라 군사는 덕물도에 닿아 사비성으로 오고 있었고, 황산벌에서 계백을 물리친 신라 군사 오만 명이 사비성 입성을 앞두고 있었다. 660년 7월 13일 사비성 북쪽 대왕포(大王浦)에서 의자왕과 태자 효, 어린 아들 연이와 비화가 은밀하게 배에 올랐다. 칠흑 같은 강물을 보름달이 환하게 밝히고 있었다. 강을 건너온 의자왕은 웅진성과 임존성에서 미리 마중 나온 군사들이 준비한 말에 올랐고 태자와 연도 각자 말을 탔다. 하지만 비화는 평소 가무만 즐겨서 한 번도 말타기를 해보지 않아 고삐를 잡고 망설이고 있었다. 이때 의자왕이 말에서 내려 비화를 말에 태우다 그만 중심을 잃고 비화가 땅에 떨어졌다. 이를 본 임존성 성주 지수신이 어라하께 알리기를, 곧 여명이 밝아 지체할 수 없으니 어라하와 태자마마, 연이왕자는 웅진성으로 가고 비화공주는 임존성으로 제가 모신다고 하여 그리하라 하였다. 비화가 임존성에 도착하자마자 비보는 연이어 날아들었다. 비화가 떠난 지 하루 만에 사비성이 함락되었고, 왕비는 대왕포에서 뛰어내려 강물에 휩쓸려 내려갔고, 웅진성으로 간 아버지는 성주 예식진에게 잡혀 당에 항복했고, 소정방에게 술 시중을 들며 당나라로 끌려갔다.

비화는 아버지의 원수를 갚고자, 김춘추가 연 연회장에 무녀(舞女)로 변신하여 김춘추의 옆에서 가무를 펼친다. 자신을 신라의 첩자 금화가 키운 무녀라고 소개하고 김춘추가 마음을 놓고 있을 때 옷소매 속에서 단칼을 빼 들고 김춘추에게 달려들었다. 그러나 옆에 있던 김유신이 날렵하게 비화의 손을 잡았고, 여러 장수가 장검을 목에 겨누자 비화는 스스로 칼을 떨어뜨렸다. 김춘추가 누구냐고 묻자 비화는 '나는 백제국의 공주 비화이니라. 네놈의 목을 베 북방 산천에 묻힌 아비의 원수를 갚고자 했으나 뜻을 못 이뤘으니 욕보이지 말고 어서 죽여라' 하고 외쳤다. 김춘추는 공주의 기품과 기개가 대단하다고 칭송하며 자신도 백제 장수 윤충에게 죽임을 당한 딸 고타소가 생각난다며 비화를 돌려보냈다. 아내는 그 후의 비화공주에 대한 사료(史料)는 찾지 못했다고 했다.

박물관 1층을 다 돌아보고 2층으로 올랐다. 2층은 충청남도 역사문화실이다. 1층에서 2층으로 올라오며 생각해보니 관람을 끝낸 1층은 웅진백제실로, 1부는 한성에서 백제, 2부는 웅진 백제와 문화, 3부는 무령왕의 생애와 업적, 4부는 웅진에서 사비로, 그렇게 꾸며진 것을 알았다.

2층에도 토기와 불상, 칼과 생활용품들이 전시되어 있다. 전시실에는 공교롭게도 아내를 닮은 여자와 일가족이 함께 관람하고 있었다. 여전히 여자애는 엄마 손을 놓지 않고 있었고, 남자애는 아빠에게 자주 질문을 하고 있었다. 아이의 질문에 아빠가 뭐라고 했는데 거리가 떨어져 있어서 들리지는 않았다.

"혹시 절 따라다니는 건 아니죠?"

장검 관람을 위해 전시관에 바싹 몸을 붙이자 아내를 닮은 여자가 말했다. 나는 녹이 슬어서 금방이라도 잔해물이 떨어질 것 같은 장검이 천삼백여 년이나 지난 것이라는 게 믿기지 않아 장검을 뚫어져라 보고 있었다. 그때 나도 모르게 옆에 있던 여자의 옷깃을 건드린 모양이었다.

"아뇨. 그런데 누구를 닮았다는 말은 들어봤나요?"

"누굴 닮다니요?"

"아닙니다."

여자가 고개를 돌려 관람을 하더니 이내 밖으로 나갔다. 1층에서 관람을 해서 그런지 2층은 좀 지루해 보였다. 나도 천천히 밖으로 나와 다시 1층으로 내려왔다. 매점에서 기념품이라도 사려고 살펴보니 진묘수는 보이지 않았다. 돌이나 석고로 만든 진묘수가 있다면 사려고 했는데, 매점에서는 그것을 관광 상품으로 내놓지 않았다. 로비로 와서 의자에 몸을 맡기자 그때야 관람을 끝낸 홀가분함이 느껴졌다. 이제 밖으로 나가 늦은 점심을 먹고 집으로 돌아갈 생각이다. 일가족도 2층에서 내려와 로비의 의자에 앉아 있고, 남자애는 박물관에 대한 팸플릿을 챙겼다. 밖에서 사진을 찍어주고 함께 관람했지만 나는 아직도 그들에게 말을 걸지 않았고, 그들도 내게 혼자 와서 적적해 보인다느니, 왜 혼자 왔느냐느니, 묻지 않았다. 그들이 먼저 의자에서 일어나자 나는 아내에게 전화를 걸었다.

"어디야."

"사무실요. 의자왕에 대한 글을 쓰고 있어요. 짧은 글이라 곧 끝나요."

아내는 벌써 답사를 마치고 사무실에서 글을 쓰는 모양이었다. 나는 아내에게 취업은 생각해봤냐고 물었다. 아내는 지금 비화공주에 대한 대목이 나오는데 자신이 비화공주가 된 기분이라고 했다. 아내가 비화공주라면 나는 김춘추란 말인가? 어쩐지 아내와 성격이 영 맞지 않았는데, 서로 적으로 살아갈 수는 없는 일이다. 아내와 맞지 않는 부분이 많아서 한번은 점을 보러 가려고 아내가 태어난 시각을 넌지시 물었었다. 아내의 생년월일과 태어난 시각, 내 생년월일과 태어난 시각을 들고 무당을 찾아가면 전생에 나와 아내가 무엇이었는지 알 수 있을 듯했다. 하지만 나는 점을 보러 가지 않았었다. 점을 보았다가 더 큰 근심을 얻을 수 있다는 생각이 들었고 아내를 믿기로 했다.

"끊어요. 오늘은 일찍 들어갈게요."

아내가 일방적으로 전화를 끊자 나는 의자에서 몸을 일으켰다. 이제 밖으로 나가 주차장으로 가서 차를 끌고 집으로 가면 된다. 가다가 점심 먹을 곳이 있으면 들러서 요기하고 가면 된다. 나는 천천히 박물관 밖으로 나왔다. 문앞에는 황송아지만 한 진묘수가 버티고 서서 박물관을 지키고 있었다. 나는 핸드폰을 꺼내 진묘수를 카메라에 담았다. 이다음에 석재공장에 들러 석공에게 사진을 보여주며 작게 만들어달라고 할 생각이다. 작은 진묘수를 현관에 놓으면 밖으로 나도는 아내가 가정을 지키려나. 문득 고개를 들자 아내를 닮은 여자와 일가족은 벌써 주차장 쪽으로 내려가고 있었다. 아내를 닮은 여자가 문득 뒤를 돌아 나를 보았다. 순간, 나는 아내나, 아내를 닮은 여자가 옛날 백제 시대에 살았던 비화공주의 혼이 이곳으로 날아오지 않았나 생각했다.

바퀴벌레 인간

바퀴벌레 인간

프란츠 카프카의 「변신」을 보면 주인공 그레고르가 어느 날 갑자기 벌레가 된 자신의 몸을 발견한다. 물론 자신의 몸이 벌레가 된다는 것은 있을 수 없는 일이지만, 가끔 나도 지금 변신하고 있다고 생각한다. 아니다. 어쩌면 변신보다는 변심에 가까울 수도 있다.

"그동안 수고하셨습니다. 법으로 정한 정년을 맞았으니 저희도 어쩔수가 없습니다. 단, 정규직에서 계약직으로 전환하면 근무를 더 하실 수는 있습니다."

갑자기 인사 담당자가 불러서 갔더니 사직서를 내밀며 사인을 하라고 했다. 아직은 한창 일을 할 수 있는데, 정년이라는 말에 나는 벌써 내 나이가 그렇게 됐나 생각하며 손을 파르르 떨었다. 예감은 하고 있었지만, 연말도 아니고 유월 말에 갑자기 불러서 내일부터 회사에 나오지 말라는 것은 십오 년이나 근무한 회사가 내게 주는 변심이었다.

"알고 있었지만, 너무 빠르지 않은가."

"생년월일이 이달이고, 회사 방침이 2/4분기에 퇴직 처리하는 것이라

저도 어쩔 수 없습니다."

"난 연말인 줄 알고 아무 대책도 안 세웠는데."

그는 내 말은 듣지도 않고 괜히 뜸 들이지 말라는 듯이 볼펜을 내밀며 사인을 재촉했다. 볼펜을 잡은 내 손이 까닭 없이 떨렸다. 갑자기 퇴직하면 내일부터 당장 무엇을 한단 말인가. 나는 인사 담당자에게 되물으려다 그의 소관이 아니므로 입을 꼭 다물었다. 사직서의 사유에는 정년퇴임이라고 적혀 있었다. 나는 이름 옆의 사인란에 볼펜을 힘껏 눌러 이름 모양의 사인을 하고 탁자 위에 힘없이 볼펜을 내려놓았다. 사인 하나로 회사와 나는 분리가 되었다. 내가 사인을 하자 그는 이제야 자신의 임무를 완수했다는 듯이 자리에서 일어나 사무실로 올라갔다. 나는 그가 나간 뒤에도 한동안 접견실에 홀로 앉아 있었다.

그렇게 나는 변신을 했다. 회사원에서 하루아침에 백수가 된 것이다. 첫날은 아무에게 말하지 않고 회사에 출근하는 것처럼 일찍 일어나 집을 나왔다. 그러나 갈 곳이 없었다. 인근 산에 가서 산책하다 점심때 내려와 중국집에서 짬뽕을 사 먹고 다시 산으로 가서 새들과 놀았다. 평일에 처음으로 느껴보는 여유였다. 그러나 불편한 것도 많았다. 에어컨이 돌아가는 사무실에서 전산 입력을 하며 지내다 양복에 넥타이까지 매고 산에서 빈둥거리는 것이 영 어색했다. 게다가 실내에서는 몰랐는데, 칠월로 접어들자 무더위가 기승을 부리고 있었다. 가만히 서 있어도 숨이 헉헉 막힐 지경이었다.

"다녀왔어요? 그런데 오늘은 왜 당신의 몸에서 땀 냄새가 심하게 나죠?"

온종일 산을 헤매가 퇴근 시간이 되어 집으로 돌아오자 아내가 코를

벌렁거리며 말했다. 나는 외근을 했다고 둘러댔다. 윗옷과 넥타이를 거실에 풀어놓고 욕실로 들어가 샤워부터 했다. 무더위 때문인지 수돗물조차 미지근했다.

첫날은 그렇게 넘어갔다. 긴 하루였다. 인사 담당자가 계약직으로 변경하면 회사에서 다시 근무할 수 있다고 했지만, 그것은 불가능한 일이었다. 만년 부장으로 근무하다 갑자기 계약직이 되면 직급도 호봉 수도 없이 평사원이 된다. 그것도 갓 입사한 신입사원 수준이라 급여가 반 토막에서 다시 반 토막이 난다. 게다가 내가 데리고 있던 부하직원 밑에서 일을 해야 하니 월급보다도 비위가 상해서 못 할 일이었다. 차라리 파지를 줍는 한이 있어도 다시 회사에서는 일을 못 할 듯했다.

둘째 날도 셋째 날도 같은 생활이었다. 아침 일찍 양복을 입고 나와 산책을 하고 더우면 그늘이나 차에서 에어컨을 가동하고 있다가 인근 식당이나 분식집에서 간단하게 점심을 먹었다. 놀아서 그런지 우동을 먹어도 배가 고프지 않았고 입맛도 없었다. 첫날 아내에게 땀 냄새 때문에 백수 생활이 들통날 뻔해서 집으로 들어갈 때는 차에서 에어컨 바람을 충분히 쐬고 구두에 흙이 묻었는지 면밀히 살피고 꽤 신경을 써서 아내와 애들이 눈치를 채지 못했다.

하지만 곧 알게 될 것이다. 당장 다음 달부터 월급이 나오지 않을 것이고, 퇴직금이라고 뭉칫돈이 통장에 입금될 테니까 내가 아무리 숨겨도 들통날 수밖에 없는 게임이었다. 나는 들통날 때 들통나더라도 당장은 숨기고 싶었다.

퇴직 일주일째 되는 월요일은 아침부터 비가 내렸다. 인근 시(市)의 변두리에서 친구가 고물상을 하는데, 마냥 놀고 있을 수 없어서 조언을 구해보려고 찾았다. 시라지만 변두리라 일반 시골과 다를 게 없었다.

"고물 장수 한 삼십 년 했으니까 이젠 이골이 난다."

비가 와서 딱히 할 일이 없는지 그는 나를 반갑게 맞아주었다. 한 삼백여 평 대지에 펜스로 박아서 고철, 스테인리스강, 알루미늄, 파지를 쌓아둔 공간이 있고, 사무실 옆의 공터에는 모터와 기계들이 들어차 있었다. 얼핏 보아도 공장에서 가져온 물건이었다. 이곳에 고물을 모았다가 시세가 좋거나 공간이 꽉 차면 큰 차에 실어서 제철소로 가져가는 모양이었다. 고물상 치고는 꽤 큰 편이었다.

"퇴직했으면 이제 편히 쉬어야지 고물상은 왜 찾아와."

그는 편한 소리를 하고 있었다. 고등학교를 졸업하고 병역 특례로 공장에서 일하다 기어에 팔이 끼여서 오른쪽 팔목이 잘리고 공장을 나왔다고 했다. 산업재해로 받은 보상금으로 포터를 사고 고물 줍는 일부터 시작해서 지금까지 하는데, 고물상 터와 예치금까지 합치면 십억은 족히 넘는다고 했다. 물론 일찍 결혼하고 애 둘도 다 독립해서 돈 들어갈 일 없고 편하게 산다고 했다.

반면에 나는 양복만 번지르르하게 입었지 빈털터리였다. 이직을 여러 번 했지만 총 근무일은 그럭저럭 삼십 년이 되는데, 모아놓은 돈은커녕 주택 융자금도 다 갚지 못하고 있다. 이상하게도 나름대로 열심히 직장에 다녔지만, 돈은 모이지 않았다.

"고물상을 하려면 도둑놈 기질도 있어야 해."

"도둑놈 기질."

"그래, 돌아다니며 남의 집 담장 밑에 있는 고철을 슬쩍 집어 와야 하고 돈 될 만한 것도 빨랫비누 몇 개 주고 빼앗아와야 하고, 값을 후려쳐

서 가져와야 남는 거야. 그런데 평생 컴퓨터 자판이나 두드리던 사람이 이런 일을 할 수 있겠어?'

고물상 사무실은 컨테이너였다. 컨테이너 안에서 차 한 잔 나누며 그는 연신 자신이 해온 일을 늘어놓았다. 자신보다 더 배우고 좋은 직장에서 펜대나 굴린 사람이 밑바닥부터 배워보겠다고 찾아오자 괜히 우쭐거리고 싶은 모양이었다. 하기야 이 정도로 고물상을 키웠으니 우쭐거릴 만도 했다. 그는 고물상을 하려면 파지 줍는 것부터 시작해서 포터에 산소와 LPG통을 싣고 산소 쓰는 법부터 배워야 한다고 했다. 철근이나 고철이 너무 길거나 무거우면 차에 실을 수 없어서 절단해야 하는데, 철을 산소로 절단한다고 했다. 나는 그때야 고물을 줍는 일도 편한 게 아님을 알았다. 재력이 있으면 대학 연구소나 기업체 연구소에서 나오는 고가의 고물을 사다 되팔면 많은 수익을 내는데, 나처럼 없는 사람은 철근 토막이나 주워서 연명할 수밖에 없었다.

그가 비도 오는데 소주나 한잔하자는 것을 나는 다음에 또 보자고 인사하고 고물상을 나왔다. 고물상 마당은 시멘트로 포장되어 있어서 비가 와도 흙이 묻어나지 않았다. 그는 오른손에 의수(義手)를 끼웠지만, 왼손으로 컨테이너 문만 열어주고 잘 가라는 말 한마디만 했다. 오른손을 다쳐서 자연스레 왼손잡이가 된 모양인데, 언뜻 보면 표시가 나지 않았다. 차에 시동을 걸고 고물상을 빠져나오자 나는 다시 혼자가 되었다. 퇴직했어도 마음 편히 쉬지 못하고 무엇을 해야 할까 고민을 하는 내가 처량해 보였다. 그냥 아내에게 사실대로 말하고 당분간 집에서 편히 쉬고 싶었다. 그러나 아내는 펄펄 뛸 게 분명했다. 애, 둘이 아직 대학생인데 벌써 회사에서 나오면 어떡하냐고, 대출금도 남았는데 생활비는 앞으로 어떻게 할 거냐고, 나가서 아파트 경비라도 하라고 아내는 들볶을 것이다.

"당신 나 좀 봐요. 오늘은 어쩨 당신의 몸에서 고물상 냄새가 나요?"

"뭐야, 비가 와서 빗물과 땀 냄새지. 고물상은 무슨 고물상이야."

"아니면 말고요."

"당신, 요즘 왜 그래?"

샤워하고 나는 저녁도 먹지 않고 침대에 누웠다. 아직 초저녁이었다. 잠을 자려고 누운 것은 아닌데 자꾸 눈이 감겼다. 내가 퇴직한 것을 냄새 맡았는지, 아내는 호시탐탐 트집이었다. 하기야 아내와 맞지 않는 부분도 없지는 않았다. 아내와 나는 열 살이나 터울이 난다. 내가 육십이니까 아내는 지금 오십이고 내가 칠십이 되면 아내는 육십이 된다. 남들보다 늦게 결혼해서 나이 육십에 첫째가 대학교 삼 학년, 둘째는 일 학년이다. 애들이 그렇게 커오는 동안 나는 이직을 두 번이나 했고 세 번째 직장에서 정년을 맞은 것이다.

칠월의 중순이 넘어가자 불볕더위가 본격적으로 시작되었다. 20일 동안 산책과 고물상 한 번 가본 것밖에 없다. 친구의 말로는 고물상 부지도 없고 돈도 없으니 큰 고물상을 끼고 그날 모은 고물은 바로 처리하는 게 좋겠다고 했다. 아니면 자기에게 가져와도 받아줄 수 있다고 했다. 나는 생각해보겠다고 얼버무렸지만 고물 수집을 하겠다는 것도 안 하겠다는 것도 의지가 선 것은 아니었다. 퇴직금을 받고 아이들 학비와 생활비, 대출금 상환까지 하고 나면 빈손이라 당장 내가 일을 해야 했다. 정년을 맞고도 다시 일자리를 구해야 하는 게 한편으로는 서글펐다. 이럴 때는 아내가 원망스럽기도 했다. 아내는 사회생활은 남자가 하고 여자는 살림만 하는 것이라는 고정관념이 박인 여자였다. 그 때문인지 아내는 결혼하고 한 번도 직장을 잡은 적이 없었다. 물론 작은 도서관 사서나 마을공동체 협의회에서 총무를 맡으며 약간의 보수를 받은 적이 있지만 그것도 육 개월을 넘기지 못했다.

이제 아내에게 퇴직 사실을 알려야 했다. 매월 5일이 월급날인데 벌써 그 5일이 다가오고 있었다. 무더위는 여전히 한낮 최고 기온을 갈아치우고 있었다. 반소매 와이셔츠를 입었는데도 차에서 내리면 땀이 비 오듯이 흘러내렸다. 통장을 아내가 관리하고 있어서 퇴직금이 들어왔는지도 의문이었다. 아내는 한 달에 한 번 월급날에만 카드로 통장 잔액을 확인한다.

"부장님, 어쩐 일이세요."

딱히 볼일이 있는 것도 아닌데 중고차 매매단지 근처에서 요기나 하려고 국밥집에 들르자 같은 직장에서 경비를 섰던 사람이 나를 알아보고 반겼다. 경비실을 직영으로 운영하다가 용역을 주는 바람에 그가 해고되었는데, 그 후로 그나 나나 한 번도 연락하지 않았었다. 그가 반갑게 손을 내미는 바람에 엉겁결에 그의 손을 잡았지만, 이럴 때는 서로가 모르는 채로 지나갔으면 오히려 편하겠다는 생각이 들었다. 그도 혼자 왔으므로 자연스럽게 합석했는데, 직장에서 부딪힐 일이 없었던 관계라 서먹했다.

"전 다른 데 취직했어요. 아내가 기업체에서 식당을 운영해서 경제적으로 여유가 있으니 여행이나 다니며 쉬라는데, 놀면 리듬이 깨지고 나태해져서 작은 회사에 직원으로 들어갔어요. 경비 일을 안 하니까 밤에 제 시간을 가져서 좋더군요."

그는 자기가 말하고도 대견한지 국밥을 한 입 물고 옅게 미소를 지었다. 낮에는 경비원이 필요하지 않아서 야간에만 근무했는데, 그 일을 그만둬서 그런지 혈색이 좋고 표정도 밝아 보였다. 그는 차가 말썽을 부려서 중고차 시장에 내놓고 새 차를 사려고 이곳에 왔다고 했고, 나는 퇴직을 해서 내 차를 팔아서 중고 포터를 살 수 있나 알아보려던 참이라고 했다. 그가 벌써 그렇게 됐냐고 되물었고 나는 고개만 끄덕였다.

그러고 보니 퇴직을 한 지가 한 달이 되었는데도 전 직장의 직원들에게서 전화 한 통도 없었다. 내가 없어도 회사가 잘 돌아간다는 뜻도 되지만, 그만큼 내가 인맥 관리를 못 했다는 뜻이다. 아니면 이십 년이나 터울 진 직원들이라 세대 차이 때문에 연락을 꺼렸는지도 모른다.

국밥 두 그릇 값을 그가 계산하고 식당을 나오자 그는 마치 내게서 볼 일을 다 봤다는 듯이 꾸벅 인사를 하고 중고차 매매단지 쪽으로 급히 걸어갔다. 활기차게 걸어가는 그의 뒷모습을 바라보다 나는 힘없이 차에 올랐다. 중고차 매매단지에 가서 내 차의 시세를 알아보고 중고 포터를 알아볼까 했는데, 급한 게 아니라 이내 차를 돌렸다. 중고 포터를 사서 고물을 수집하는 일을 한다는 확신이 아직은 선 것도 아니므로 내가 여기를 왜 왔는지도 의문이었다.

"당신 오늘 회사 안 갔어요?"

다시 하오의 시간 내내 인근 강가나 유원지를 돌며 시간을 보내다 퇴근 시간에 맞춰 집으로 돌아오자 아내가 말했다. 나는 이번에는 아내가 무슨 냄새를 맡았기에 이러나 싶어 에둘러댔다.

"무슨 소리야."

"당신 회사에서 당신이 핸드폰으로 연락을 안 받는다고 집으로 전화가 왔는데 퇴직했다면서요. 퇴직금 입금했는데, 사표 사인할 때 서약서 받는 것을 깜박했다고 회사에 와서 서약서에 사인하고 가래요. 언제까지 숨기려고 했어요?"

"정년퇴직했어."

어차피 아내도 알아야 할 일이었다. 나는 핸드폰을 보았다. 이런 제기랄. 방전되어 있었다. 충전을 회사에서 하다, 그만두고부터 집에서 밤에 하는데 어제는 깜박한 모양이었다. 연락을 받지 않자 인사 담당자가 집으로 전화를 한 모양이었다. 서약서라면 게시판에 붙은 것을 봐서 나도 알고 있었다. 전에는 퇴사할 때 사직서만 제출하면 되었는데, 퇴직해서 회사 기밀을 누설하지 않겠다는 서약서 서류가 추가되었다. 인사 담당자는 그것을 빼먹은 것이다. 그렇다고 한 달이나 지나서야 집으로 전화할 게 뭐람. 나는 다시 샤워하고 방으로 들어왔다.

"이제 어떡할 거예요?"

아내는 잠시도 나를 내버려두지 않았다. 샤워하고 방으로 들어오자마자 아내가 노크도 없이 들어와 추궁하듯이 말했다.

"이제 어떡할 거냐고요."

"뭘?"

"생활비 말이에요. 다달이 들어오던 월급이 끊겼으니 이제 어떻게 살아요."

"그놈의 돈. 돈. 돈."

나는 다시 밖으로 나왔다. 편의점에서 소주 한 병과 마른오징어를 사 들고 아파트 공터의 벤치에 앉았다. 여름밤이라 벤치도 낮에 받은 열기 때문에 뜨거웠다. 차라리 잔디밭에 앉는 게 나았다. 분리수거함에서 종이상자를 주워다 벤치에 깔고 앉자 그런대로 괜찮았다. 이런 제기랄. 편의점 점원이 건넨 비닐봉지를 들여다보자 소주와 마른오징어밖에 없다. 급히 오느라 종이컵을 빼먹은 것이다. 다시 편의점에 갔다 오거나 병을 들고 마시는 수밖에 없다. 어차피 컵으로 마시나 병을 들고 마시나 마시면 똑같이 취하는 것이라 그냥 병을 들고 마시기로 했다. 병마개를 따고 소주를 한 모금 삼키자 속이 싸하게 울려왔다. 마른오징어 다리를 찢어서 씹는데, 불에 굽지 않아서 그런지 너무 질겼다.

"여보세요. 여기서 이러시면 안 됩니다."

누군가가 어깨를 흔드는 바람에 눈을 떴다. 정신이 몽롱하고 머리가 아렸다. 정신을 차리자 경비원이었다. 소주 한 병을 삼키고 술기운에 나는 다시 편의점에 가서 소주 한 병과 맥주 한 캔, 종이컵을 사 들고 와서 같은 자리에서 그것을 다 비운 모양이었다. 그리고 술에 취해서 뭐라고 흥얼거리다 큰소리로 노래를 부르다 흐느끼다 잠이 든 모양이었다. 내 추태를 보고 주민이 관리사무소에 알려서 경비원이 한달음에 달려온 듯했다.

"가만히 보니까 경수 아버지 아닙니까? 점잖으신 줄 알았는데."

그가 부축해서 나는 집으로 올 수 있었다. 술은 언제나 마셨고 취해서 들어왔다. 회식 때도, 친구를 만나서 한잔할 때도, 장례식장에 가서도, 수시로 술을 마시고 취해서 들어왔었다. 그러면 아내는 '또 마셨어요? 이제 건강을 생각하세요' 했는데, 오늘은 달랐다. 경비원이 초인종을 누르고 마중을 나온 아내가 경비원에게 신세를 져서 미안하다고 말하고 나를 부축했는데, 예전처럼 가볍게 말하지 않았다. 아내는 나를 부축해서 방으로 들어왔고, 내가 옷도 벗지 않고 침대에 쓰러지자 불을 끄고 방문을 닫았다. 나는 불 꺼진 방에서 이상함을 느꼈다. 아무리 술을 먹고 경비원이 부축해서 집으로 왔다지만 아내가 뭐라고 한마디 해야 했다는 생각이 들었다. '동네 창피하게 이게 무슨 추태예요? 당신 이제 술 취하면 아무 데서나 쓰러져 자는 거예요?' 뭐라고 한마디든 해야 했는데, 아내는 말없이 방을 나갔다.

갈증이 엄습해와서 깨어보니 오전 열 시였다. 아차, 싶어 급히 일어나 세수를 하고 나오자 집 안에는 아무도 없었다. 두 아이는 방학임에도 어디로 나갔고 아내는 문화원 연구위원과 문화해설사로 활동해서 밤늦게나 들어온다. 평일 모처럼 집에 혼자 있자 나는 비로소 자유를 만끽한다. 자유는 방생하는 것처럼 나를 놓아주는 것이다. 그동안 나는 나를 얼마나 놓아주었나. 일에 치여서 그동안 한 번도 마음 편하게 쉰 적이 없었다.

해장하기 위해 냉장고를 열어보자 그 흔한 콩나물도 없었다. 황태나 우거지와 소 내장이라도 있으면 고춧가루를 듬뿍 넣고 매콤하게 끓여서 밥 한 술 뜨면 속이 확 풀릴 듯했다. 그러나 아내는 그동안 뭘 먹고 살았는지 냉장고 안은 텅 비다시피 해 있었다. 김치와 양파 몇 개가 전부였다. 평소에 나는 아침은 거르고 점심은 회사에서 해결했고, 저녁은 거르거나 술로 대신해서 냉장고는 거의 열어보지 않았다. 밥솥에 밥은 있었지만, 가스레인지 위에는 빈 냄비만 놓여 있고, 싱크대도 깨끗했다. 아마도 애들과 아내도 아침을 거르는 모양이었다. 국수나 라면이라도 있나 해서 싱크대 서랍과 진열장을 열어봤지만 참기름, 간장, 식초, 소금, 후추 따위의 조미료만 나왔다. 그리고 진열장 밑에서 통조림을 찾아냈는데 몇 년 전에 명절 선물로 받아온 것이라 유통기간이 일 년이나 지나 있었다.

할 수 없이 편의점에 가서 컵라면 한 개를 사 왔다. 뜨거운 물을 붓고 라면이 익는 동안 나는 갈증 때문에 물부터 찾아 마셨다. 생수도 바닥나고 있었다. 이 여자가 정말. 갑자기 아내에게 분노가 일었다. 그 많은 월급은 어디에 쓰고 집안에 라면 한 봉지, 생수 한 통도 없는가. 밖으로 쏘다닐 줄은 알아도 집안일은 관심이 없는 여자였다. 그동안 어떻게 애들을 키워왔는지 의문이 들었다.

컵라면을 먹고 속이 가라앉은 듯해 회사로 왔다. 한 달 만에 와보는 회사였다. 접견실에서 인사 담당자를 만나 서약서에 사인하자 그가 이것 때문에 일부러 오게 해서 죄송하다고 했다. 나는 회사에 온 김에 사무실을 한 바퀴 돌아보았다. 근무 시간이라 각자 맡은 자리에서 컴퓨터 모니터를 바라보다 내게 짧게 인사를 해 왔다.

"어, 부장님. 어쩐 일이세요."

"죄송해요. 연락 드린다는 게 그만."

여직원이 미안한지 고개를 숙였다. 그러나 나는 알 수 있다. 내가 사무실에서 나가면 또 안부 전화를 하지 않을 것이다. 그게 사람의 심리였다. 소속된 곳에서 벗어난 사람은 자신과 아무 상관이 없으며, 그 상관없는 사람에게 애써 안부를 물을 필요가 없었다.

사무실에서 나와 내가 근무했던 검수동에도 가보았다. 그새 사원을 채용해서 김 과장과 둘이서 업무를 보고 있었다. 전에는 나와 김 과장이 업무를 봤었는데, 내가 나가고 신입사원이 들어온 것이다. 대학을 갓 졸업해서 나이가 스물일곱이라고 했다. 나와 삼십삼 년이나 차이가 났다. 아들뻘이었다. 회사는 나를 내보내고 신입사원을 채용해서 연봉 삼천만 원이나 절약했다. 김 과장도 바빠서 내게 전화를 못 드려서 죄송하다고 했다. 나는 좀 서운했지만 괜찮다고 했다. 퇴직해서 심란한데 괜히 전화하기가 미안했으리라.

"부장님은 글을 쓰시니까 논술학원을 해보세요."

"이 나이에 무슨."

"아파트 밀집 지역이라 괜찮을 거예요."

"생각 중이야, 어서 일해."

김 과장은 아직도 내가 글을 쓰는 줄 알고 있었다. 그게 언제 적 일인데. 지역 문인협회에 나갔다가 우연히 옛날 문우를 만나 이번 호에 작품 좀 싣자고 원고 청탁을 해서 못 이긴 척하고 소설 한 편을 넘겨줬더니 사정상 원고료를 지급할 수 없어서 미안하다며 책을 스무 권이나 보내왔다. 그 책을 김 과장에게 한 권 줬더니 부장님이 소설가인 줄 몰랐다고 회사에 소문을 쫙 내서 나는 한동안 민망했었다.

다시 집에 들어오자 여전히 집 안은 비어 있었다. 나는 처음으로 다용도실에 쌓여 있는 빨랫감을 세탁기에 넣고 돌렸다. 청소기로 거실을 밀고 애들 방과 안방, 서재까지 돌아다닌 다음 봉걸레를 빨아서 바닥까지 문질렀다. 집 안이 한결 밝아 보였다. 재활용 봉투를 들고 화장실 쓰레기통부터 애들 방까지 쓰레기를 치우고, 장식대 위의 필요 없는 물건을 정리하자 벌써 하오가 되었다. 회사에 잠깐 다녀오고 집 안 청소하는 사이에 시간이 발 달린 짐승처럼 오후 다섯 시로 도망을 가 있었다. 재활용 쓰레기와 일반 쓰레기를 버리고 돌아오자 애들 방이 한결 청결해 보였다. 작은 애는 내성적이고 소심한 성격이라 제 방 정리를 잘하는 편인데, 큰애는 빈 음료수 병이 침대에서 같이 뒹굴고 옷도 함부로 벗어놔서 꼭 손이 가야만 했다.

　장을 봐서 저녁을 준비하려고 했는데 수중에 돈이 없다. 카드는 아내가 갖고 다니고 내가 가끔 주유할 때만 아내에게 카드를 달래서 쓰고 돌려준다. 냉장고를 다시 살펴보자 냉동실 밑칸에서 언 청국장 한 덩어리가 나왔다. 언젠가 동료들과 청국장 찌개를 잘한다는 집에서 점심을 먹고 맛있어서 조금만 달라고 해서 얻어왔는데, 그것을 아내가 냉동실에 넣은 모양이었다. 언 청국장을 녹여 나도 예전에 먹었던 찌개를 끓여보았다. 구수한 냄새가 가스레인지에서 모락모락 피어올랐다. 식탁에 김치와 멸치볶음, 젓갈과 콩자반을 놓고 수저와 젓가락을 네 곳에 놓았다. 벌써 퇴근 무렵이었고, 아내와 아이들이 들어오면 함께 저녁을 먹고 싶었다.

　"씻고 저녁 먹어라."

　"먹었어."

　가장 먼저 들어온 사람은 큰애였다. 현관문을 열고 들어오자마자 눈도 안 마주치고 제 방으로 들어가서 나오지 않았다. 혼자 쓸쓸히 저녁을 먹었고 일곱 시에 둘째가 들어왔는데, 역시 같은 말을 하고 방으로 들어가 나오지 않았다. 혼자 먹은 그릇을 씻고 거실에서 텔레비전을 켰다. 일곱 시 뉴스가 나왔다. 취업 동향이 나오는데 이십 대나 삼십 대는 취업률이 줄어든 반면에 육십 대 이상의 고령 인구의 취업률은 오히려 증가했다는 아리송한 뉴스가 흘러나왔다.

　"이게 무슨 냄새예요?"

　"같이 저녁을 먹으려고 청국장을 끓였는데, 애들이 먹고 왔다네."

　"애들은 이런 거 안 먹어요. 버려요."

아홉 시가 다 되어 들어온 아내는 애써 집 안을 정리한 내게 다짜고짜 화부터 냈다. 청국장을 끓인 게 그렇게 큰 잘못인가. 아내에게 따지고 싶었지만, 왠지 주눅이 들었다. 아내가 주방으로 가더니 설거지를 할 때 세제는 사용했느냐, 냄새나게 왜 이런 것을 끓였냐며 작은 냄비에 가득 있는 것을 싱크대에 부어버렸다. 그때, 비닐봉지에 싸 들고 왔을 때 버렸어야 했는데, 뭔지 몰라 냉동실에 넣은 것이 잘못이라고 투덜거렸다.

"그럼 애들은 뭘 먹고 살아?

"햄버거나 삼각 김밥, 자기들이 먹고 싶으면 알아서 배달시켜 먹으니까 신경 쓸 거 없어요."

아내는 애들에게도 밥을 차려주지 않는 모양이었다. 나는 아내가 버린 청국장을 보다 주방에서 등을 돌렸다. 그리고 보니 애들과 마음을 터놓고 대화를 한 적이 언제였나 싶었다. 아무리 자기 중심적인 사회가 되어간다지만 한집안에서도 남남처럼 살 수 있을까 싶었다. 그동안 일찍 출근해서 나는 아내와 애들이 잠자는 시간에 나갔고, 일찍 퇴근해서 아내와 애들이 돌아오기 전에 잠을 잤다. 자연스레 아내와 애들과 대화할 시간이 없었고, 그사이에 나는 한집에서 살면서도 타인이 되어간 것이다. 거실에서 다시 텔레비전을 보는데 아내가 시끄럽다고 서재에 가서 자라고 했다. 그동안 각방을 쓴 것도 한참 되었는데, 내가 출근할 때 나는 침실에서 아내는 거실의 소파나 서재에서 잤는데, 이제는 나를 서재나 거실에서 자라고 했다. 퇴직한 것도 억울한데 집에서도 구박을 받으니 당장 무엇이라도 해야 할 성싶었다.

"아니, 여보 세탁기는 왜 돌렸어요? 이게 뭐예요. 양말, 속옷, 바지, 하다못해 식탁보까지 다 집어넣고 돌리면 어떡해요."

다음 날 아침이었다. 방학인데도 애들은 벌써 나갔고, 아내가 세탁기에서 세탁물을 꺼내며 소리를 질렀다. 나는 아내의 고함에 가슴이 내려앉았다. 세탁도 분류해서 하는 것인지 그냥 아무거나 넣고 돌리는 것인지 헷갈렸다. 아내가 세탁물을 꺼내 다시 빨아야 할 것과 그냥 널어도 될 것을 분류하여 다용도실 빨래 건조대로 갔다. 아내가 넌 빨래는 속옷과 식탁보 정도였고 바지와 양말을 다시 세탁하려고 세탁기 앞에 내려놓았다. 세탁물에 따라 세제의 양과 세탁기 돌리는 시간이 정해진 모양이었다.

아내는 일정한 직업이 없으면서 또 외출을 준비했다. 무더위와 강추위도 아랑곳없이 틈만 나면 답사다 교육이다 세미나다 밖으로 나돌았다.

"도, 돈 좀 줘."

"돈은 뭐 하게요."

"찬거리도 사야 하고 이발도 해야 하고."

"없어요. 퇴직금 육천 들어온 거 오천은 대출금 갚고 천으로 애들 학비와 관리비 내며 근근이 버티는데 돈이 어디 있어요? 그리고 당신, 그래도 대출금이 삼천 남았다는 거 알고나 있어요?"

차양이 긴 모자와 선글라스를 한 손에 들고 핸드백을 어깨에 메고 아내는 비교적 간편한 옷차림으로 집을 나갔다. 나는 다시 혼자가 되었다. 설거지와 청소를 다 해놔서 집에 있어도 딱히 할 일은 없었다. 아침부터 텔레비전을 보는 것도 그렇고 침대에 누워 낮잠을 자기도 그렇고 해서 다용도실에 있는 화분을 내다 버렸다. 베고니아와 뱅골고무나무, 만병초, 벤저민, 크루시아, 무려 열두 개나 되었다. 화분에 관심이 있어서 하나둘 장만하고 수돗물은 식물에 좋지 않아 멀리 나가 자연수를 길어다 키운 나무들인데 언제부턴가 관리하지 않아 모두 말라 죽었다. 죽어서 잎이 바싹 마른 화분을 아내나 나나 그대로 방치한 것이다.

화분을 치우자 다용도실이 한층 넓어 보였다. 이제 집도 대충 정리됐으니 나가보려고 했는데 갈 곳이 없었다. 퇴사 후 한 달가량은 억지로 출근하는 척하고 산책도 하고 유원지도 갔었지만 이제 그럴 필요가 없었다.

"하, 오실 줄 알았습니다."

지역 문인협회에서 시화전을 기획했다는 안내문을 받고 문화원 이층 전시실로 가자, 몇몇 사람이 나를 알아보고 반겼다. 방명록에 이름을 남기고 정물화된 시화를 둘러보는데, 사무장이 내 곁에 따라와 이번에 조직 개편이 있다고, 소설분과위원장을 맡아보는 게 어떠냐고 의향을 물어왔다. 나는 내 코가 석 자라고 진저리를 쳤다. 딱 삼십 분 머물다 자리가 불편해서 나는 이내 그곳을 빠져나왔다. 감투도 어느 정도 재력이 있고 활동력이 강한 사람을 써야지, 나처럼 하루하루가 걱정인 사람이 뭘 맡는단 말인가.

팔월 중순이 지나자 아이들이 개학했다며 각자 학교로 돌아갔다. 집에서 멀지 않은 곳에 학교가 있지만, 집에서는 집중이 되지 않는다며 학교 기숙사로 들어갔다. 출근할 때는 애들이 집에 있는지 기숙사에 있는지 신경을 안 썼는데, 혼자 집에 있자 확실히 차이가 났다. 아침에 나가고 저녁에 들어오던 애들이 없어지자 집 안은 마치 빈집만 같았다.

아침저녁으로 제법 바람이 시원하게 느껴졌다. 퇴직한 지 두 달이 되어가고 있었다. 곧 추석이 다가오고 형제들이 모여 선산에 있는 조상 무덤에 벌초도 해야 하는데, 수중에 돈이 떨어진 지 오래되었다. 아내는 주유도 알아서 하라고 카드도 주지 않았다. 나는 점점 무기력해졌다. 눈을 뜨면 오전 열 시나 열한 시였고, 어느 때는 술을 마시지 않았음에도 일어나보면 열두 시가 넘어 있기도 했다. 언제나 눈을 뜨면 혼자였고, 눈을 감아도 혼자였다. 애들은 기숙사에 있어서 그렇다 쳐도 아내는 내가 일어나기도 전에 집을 나갔고 아내가 들어오기도 전에 나는 잠을 잤다. 할 일이 없으니까 잠만 늘었다. 수면제에 중독된 것처럼 자꾸만 졸리고 잠이 왔다. 어느 날은 열 시에 일어나 라면을 끓여 먹고 또 자다가 일어나 배설하고 또 자고 다시 일어나 라면을 끓여 먹고 자다 보니 밤 열두 시였다. 아내를 찾아보니 침실에서 자고 있었다. 이제 잠이 달아나서 슬그머니 아내의 곁에 눕자 아내가 정색하며 침대에서 나를 밀어냈다.

"저리 가, 이 벌레 같은 인간아."

"뭐? 벌레? 당신 말 다 했어?"

참을 만큼 참았다. 아내가 사랑스러워 옆에 누운 것뿐인데 벌레 같은 인간이라고 하자 나는 그동안 쌓인 것이 폭발해서 전등 스위치를 올리고 아내를 노려보았다. 아내는 속옷만 입고 있었다.

"그래, 벌레 같다. 어쩔래."

"뭐, 뭐야."

"그것도 더럽고, 징그럽고, 소름 끼치는 바퀴벌레."

"뭐? 바퀴벌레?"

"그래, 이 바퀴벌레야. 당장 꺼져."

십 년이나 어린 아내가 내게 반말을 하고 있었다. 나는 홧김에 아내의 뺨을 후려치려다 문을 세게 걷어차버렸다.

부부의 신뢰가 깨진 지 이미 오래되었다. 출근할 때도 아침을 차려주기는커녕 일어나서 배웅 한 번 안 했고, 퇴근하면 늘 혼자였다. 그러나 아내가 바람을 피우는 것 같지는 않았다. 아내가 쓰는 이메일이나 핸드폰으로 카톡을 열어봐도 별다른 미심쩍음은 없었다. 답사연구회, 문화를 찾는 사람들, 아내가 가입한 밴드에도 한 사람을 편중해서 댓글을 단 것도 보이지 않았다.

아내와 싸운 다음 날부터 나는 자꾸만 이상한 생각이 들었다. 내 몸이 벌레가 되어간다는 착각이 든 것이다. 그것도 아내가 말한 바퀴벌레로 서서히 변신하고 있다는 생각에 나는 거울을 자주 보았다. 아무도 없는 집에서 나는 창문에 블라인드를 내리고 알몸으로 거실에서 서성거렸다. 내 몸이 정말로 바퀴벌레로 변신을 하는가. 바퀴벌레가 날갯짓하듯이 나는 두 팔을 벌려 허공에 허우적거렸고, 바닥에 엎드려 바퀴벌레가 기어가는 것처럼 기어가기도 했다. 그러다가 거울을 보면 사람의 모습이 거울에 비쳤다. 바퀴벌레로 변신하려면 알에서 애벌레가 나오듯이 변신해야 하는데, 필요한 환경이 중요하다고 생각해서 나는 침실에서 알몸으로 이불을 뒤집어쓰고 웅크리고 있었다. 몇 시간을 그렇게 웅크리고 있자 정말로 어깨에서 날개가 돋아나는 듯했다. 두 다리와 팔이 짧아지고 여러 개의 다리가 다시 생기는 듯했다. 눈 위에는 길게 더듬이가 생겨나고, 입이 뾰족해지는 듯했다. 나는 마침내 바퀴벌레가 된 것이다.

"여보, 이렇게 된 거 아녜요?"

아내였다. 한낮임에도 아내는 현관을 비번을 누르고 들어와 내가 하는 행동을 다 본 것이다. 알에서 깨어난 애벌레가 다시 번데기가 되고 그 속에서 날개를 달고 성충이 되는데, 나는 방금 침실에서 성충이 되어 거실로 나와 날갯짓을 하고 있었다. 알몸으로 거실에서 양손을 하늘에 휘저으며 서 있는 내 모습을 본 아내는 그때까지도 자신의 머리에 손가락을 대고 빙빙 돌리고 있었다.

"당신 미쳤어? 이게 뭐 하는 짓이야?"

"당신이 바퀴벌레 인간이래서 바퀴벌레로 변신을 하려고."

"아주 소설을 써요, 소설을 써. 빨리 옷 안 입어?"

"……."

나는 그때야 내가 실오라기 하나 걸치지 않고 거실에서 날갯짓하는 것을 알았다. 나는 후다닥 방으로 들어가 옷을 걸치고 나왔다. 헛것을 보았나. 바로 전에까지 있었던 아내가 없어졌다. 식탁 위에 서류 봉투 한 개가 있었는데, 그것도 아내와 함께 없어졌다. 아내는 깜박 잊고 나가서 서류를 가지러 왔던 모양이었다. 아내가 없자 나는 다시 벌레가 되어가는 듯했다. 눈썹 위에서 더듬이가 솟아나고 다리가 옆구리에서 나는 벌레가 되는 듯했다. 나는 화장실로 뛰어가 거울을 보았다. 사람이 벌레가 된다는 것은 불가능한 일이었다. 카프카의「변신」을 정독해서 여러 번 읽은 것도 아닌데 왜 이런 상상이 되는지 모르겠다.

"잡았다, 이놈."

화장실에서 나와 블라인드를 올리려고 창가로 다가가서 무심코 문이 열린 다용도실을 보는데, 바퀴벌레 한 마리가 기어가고 있었다. 아마도 화분 밑에 숨어서 살았는데, 화분이 모두 치워지자 숨을 곳이 없어서 배회하고 있었던 듯하다. 바퀴벌레는 내 손아귀에서 벗어나려고 다리를 허공에 대고 허우적거리고 있었다.

나는 바퀴벌레를 찬찬히 살폈다. 나를 닮은 곳이 하나도 없었다. 바퀴벌레는 따스하고 습하고 어두운 곳을 좋아하는 열대성 벌레다. 인류가 지구상에 나온 것이 십만 년 전인데 바퀴벌레가 지구상에 나온 것은 무려 삼억 오천만 년 전인 고생대 석탄기이다. 그때부터 진화하지 않고 버텨온 바퀴벌레는 그때나 지금이나 다리가 여섯 개이고 발에 작은 가시가 나 있으며 긴 더듬이가 있다. 번식력도 빠르고 생존력도 강한 벌레였다. 옥죄었던 손이 느슨해지자 바퀴벌레가 쏜살같이 내 손아귀에서 벗어나 하수구로 들어가버렸다.

블라인드를 걷고 나는 외출을 준비한다. 퇴직을 하고 한 달 동안은 허위로 출근하느라 시간을 흘려보냈고, 퇴직이 아내에게 알려진 한 달은 집 안에서 갇혀 지냈다. 인생은 고독이라는 것은 알고 있었지만, 고독이 이렇게 숨통을 조여올 줄 몰랐다. 애들에게 투명인간 취급을 당하고 아내에게 바퀴벌레 취급을 당하며 사느니 나도 다시 당당하게 살아야 했다. 카프카의「변신」에서 주인공 그레고르는 결국 가족들의 무관심 속에 죽음을 맞이하는데, 나는 죽지 않을 생각이다. 중고차 매매단지에 가볼 생각이다. 내 차를 팔아서 중고 포터를 사서 도색을 하고 상호도 붙이고 명함을 만들어야 했다. 가장 비싸게 고철을 매입합니다. 가장 저렴하게 마음을 드립니다. 희망자원센터. 대충 그렇게 머릿속에 그려 넣었다.

차로 가려고 일 층 출입문에서 나오자 바퀴벌레 같은 고추잠자리가 날고 있었다. 어느새 가을이 오는 모양이었다. 나는 하늘을 올려다보았다. 한두 마리가 날아다니던 고추잠자리는 어느새 점점 늘어나 떼 지어

날고 있었다. 나는 그 모습을 보며 삼억 오천만 년 전에는, 그러니까 고생대의 석탄기에는 바퀴벌레도 고추잠자리처럼 하늘을 날지 않았을까 생각했다.

매머드 잡는 남자

매머드 잡는 남자

나는 일만 년 전 구석기시대인으로 돌아왔다. 짐승의 가죽이나 갈대를 엮어서 몸을 가리고 돌창을 들고 짐승을 사냥하거나 강에서 물고기를 잡았다. 강은 언제나 엄숙하게 흘렀고, 하늘은 파랗게 열려서 땡볕을 쏟아놓았다. 날마다 적도 부근처럼 이글거리는 날씨였다. 맨살을 내놓고 나다녀서 살갗이 금세 까맣게 변했고, 살이 익어 허물이 벗겨지기도 했다. 그만큼 날씨는 몹시 후덥지근했고, 나는 사람들이 올 때마다 돌창으로 매머드를 찌르고, 모닥불을 피워놓고 물고기를 구워 먹었다. 그게 내가 하는 일이었다. 처음에는 알몸에 짐승의 가죽을 두르는 일이, 갈대로 엮은 이엉을 몸에 두르는 일이 익숙하지 않아 몸에서 소름이 돋았지만, 점차 나는 구석기시대인으로 돌아왔다.

"실제 구석기시대인같이 생활해야 하는데, 이런 일을 할 수 있겠습니까?"

면접을 볼 때, 면접관이 하는 말이었다. 유월 중순 무렵에 공주시 석장리 박물관에서 칠월과 팔월, 두 달 동안 구석기시대인으로 근무할 사람을 채용한다는 안내문을 보고 찾아가서 면담하자 면접관은 내게 그런 일을 하려면 담력도 있어야 하는데, 키도 작고, 얼굴도 까무잡잡한 게 영 탐탁지 않다는 눈치였다. 그러나 모집 정원을 남자 두 명과 여자 두 명으로 계획했는데도 모집 기간이 거의 끝날 때까지 응모가 저조하자, 면접관은 내심 초조한 모양인지 내게도 면접에 긴 시간을 할애해주었다. 이보다 더한 일도 해봤는데, 구석기시대인쯤이야 놀고 거저먹는 거나 다름없다며 나는 면접관에게 강력히 내 의사를 전했다. 공주시청 문화재과 석장리 박물관팀이라고 신분을 밝힌 면접관은 2차 면접이 또 있고, 최종 합격은 추후 개별적으로 연락한다고 했다. 하지만 그의 말과는 달리 나는 1차 면접만 보고 합격했으니 칠월부터 근무하라는 연락을 받았다. 알고 보니 두 달 동안 구석기시대인으로 살아야 하는 업무 특성상 지원자가 모이지 않았던 것이다. 남자 두 명, 여자 두 명을 채용해서 구석기시대인을 관람객에게 선보일 예정이었지만 지원자가 달랑 나와 소린뿐이었다. 그 때문에 석장리 박물관에서는 구석기시대인 운영을 두 팀에서 한 팀으로 줄이기로 했다.

첫날, 석장리 박물관으로 출근을 하자 사무실 옆 작은 창고에 의상과 도구가 마련되어 있었다. 나는 그곳에서 소린을 처음 만났다. 남녀 각각 두 명을 뽑는대서 포기하고 다른 일을 찾아보려는데, 연락이 와서 나왔지만 실은 이 일을 한다는 게 계면쩍었다. 소린과 내가 구석기시대인 의상으로 갈아입자 박물관 담당자가 업무에 관해 얘기했는데, 박물관 아래의 막집에 있다가 관람객이 오면 구석기시대인처럼 행동하면 되는 일이라고 했다. 이를테면 관람객이 와도 태연하게 구석기시대인의 생활을 하고, 관람객에게 혐오스러운 행동이나 말을 하면 안 된다고 규칙을 알려주었다.

의상을 갈아입자 나는 일만 년 전의 구석기시대인이 되었다. 그러잖아도 검은 얼굴에 숯 가루를 발라 얼굴이 흑인처럼 까매지고, 표범 가죽으로 몸을 가리자 원시인의 모습이 되었다. 물론 나는 맨발에 맨손으로 돌창을 들고 있었고, 소린은 역시 인조가죽이지만 사슴가죽으로 만든 치마를 입고 조끼로 앞가슴을 가렸다. 그녀도 역시 맨발이고 긴 머리칼은 끈으로 묶어서 뒤로 넘겼다. 구석기시대인으로 변한 나나 그녀나 서로 어색하고 불편했지만, 시간이 지나자 점점 안정을 찾고 현실에 적응하기 시작했다. 지난 오월 초에 구석기 축제가 끝나고 현저히 줄어든 관람객 수를 끌어올리기 위해 계획한 일이라지만 칠팔월의 무더위를 마다 않고 석장리 박물관으로 오는 사람은 그리 많지 않으리라는 게 내 견해였다. 하지만 월요일은 쉬고 화요일부터 일요일까지 주 육 일, 한 달 근무하고 받는 월급이 이백오십만 원이라, 두 달을 참고 근무하면 오백만 원을 벌 수 있어 나는 관람객이 많건 적건 무작정 두 달을 버텨볼 생각이었다.

오전 열 시가 넘어서자 관람객이 몇몇씩 무리 지어 박물관으로 들어왔다. 그들은 박물관 입구에 있는 매머드 동상과 그 동상을 향해 돌창을 던지는 구석기시대인을 바라보다 이내 관람을 위해 안으로 들어왔다. 나는 이제부터 내 업무가 시작됨을 알고 강둑 위의 막집이 있는 곳으로 자리를 옮겼다. 하지만 더위 탓인지 관람객들이 건물 안에서 구석기시대의 유적만 보고 나가기가 일쑤이고, 몇 명만이 내가 근무하는 막집 쪽으로 내려오곤 했다.

내가 첫 번째로 맞은 관람객은 양산을 쓴 중년 여성 세 명이었다. 셋다 치마를 입었음에도 전시실 마당에서 계단을 내려와 막집이 있는 산책로를 걷고 있었다. 오전이지만 햇살은 적도 부근처럼 따갑게 빛을 뿌리고 있고, 이글거리는 태양을 수양버들이 받아 그늘을 만들어주었다. 나는 마침 더위를 피해 수양버들 밑에 쪼그리고 앉아 강물을 훔쳐보고 있었다. 소린은 더워도 막집이 낫다며 막집에서 더위를 참고 있었다. 그녀는 자신이 구석기시대인이 된 것이 적응이 안 되는지 자꾸만 몸을 숨기려고 했다. 어차피 변장해서 알아보는 사람이 없고, 알아봐도 우리는 근무를 하는 것이기 때문에 창피한 게 없다고 해도 그녀는 자꾸 막집으로 들어갔다. 이러다가 관리자에게 한 소리 들을까 싶어 나는 그녀에게 관람객이 오면 막집에서 즉시 나와야 한다고 조언해주었다.

"와~ 구석기시대인이다."

중년 여자가 나를 보며 하는 말이다. 하지만 나는 관람객들에게 인사를 하거나 말을 걸지 않는다. 나는 일만 년 전의 구석기시대의 사람이고 관람객들은 21세기 현대의 사람들이기 때문에 관람객이 있어도 없는 것처럼 행동해야 한다. 관람객이 다가오자 나는 휘파람을 불어 소린에게 신호를 했다. 그녀가 막집에서 나오며 현기증이 이는지 주춤했다. 아마도 음지에서 나와서 강렬한 햇살 때문에 눈이 부셨으리라. 막집에서 그녀가 나오자 중년 여인이 여자 구석기시대인도 있다고 혼자서 중얼거렸다. 나는 관람객에게 흥미를 북돋아주려고 수양버들 밑에서 나와 돌창을 들고 산책로를 달려 나갔다. 맨발이지만 산책로는 들풀이 깔려 있어 발바닥이 하나도 아프지 않았다. 내 모습을 보고 소린도 산책로를 달렸다. 무더위 탓에 조금만 달려도 숨이 막히고 땀이 비 오듯이 쏟아졌다. 그녀도 마찬가지였다. 관람객들이 산책로를 뛰어가는 나와 그녀를 한

동안 바라보다 이내 등을 돌렸다. 관람객이 커브 길을 돌아 보이지 않자 나는 달리기를 멈추고 심호흡을 했다. 그러나 이번에는 앞에서 중년 남성들이 걸어오고 있었다. 나는 다시 관람객에게 흥미를 주려고 뒤돌아서 내달리기 시작했다. 등 뒤에서 중년 남성들이 구석기시대인들이 뛰어간다고 소리쳤다. 왕복 백여 미터를 달리자 몸이 금세 지쳤다. 소린이 물을 마시고 싶다고 해서 막집으로 들어가 물병을 꺼내왔다. 아침에 얼린 물을 들고 왔지만 벌써 얼음이 반이나 녹아 있었다. 그녀는 컵도 없이 물병을 잡고 물을 들이마셨다.

첫날 오전은 그렇게 지났다. 총 관람객이 일곱 팀이었는데 이상하게도 가족 단위로 온 관람객은 한 팀도 없었다. 중년의 여성과 남성들, 방학을 맞아 찾아온 대학생들, 심지어 연세가 많은 노인까지 유채꽃이 진 산책로를 따라 걷고 있었다.

점심시간이 되자 나는 막집에서 소린과 함께 도시락을 먹었다. 관리자가 사 온 도시락이었다. 구석기시대인의 복장을 하고 현대식 도시락을 먹으면 시대에 어울리지 않으므로 되도록 관람객의 눈을 피해서 먹으라고 해서 선풍기도 없는 막집에 들어가 도시락을 까먹자 문득 서글프기도 했다. 하지만 소린은 다람쥐처럼 도시락을 잘도 까먹었다. 쓰레기를 비닐봉지에 담고 양치질도 못 하고 나는 다시 현장에 돌아왔다. 그녀도 물로 입만 헹구었다.

오후에는 햇살이 더 길게 늘어져 있었다. 칠월 초순이지만 벌써 삼복더위가 시작되는 듯했다. 수양버들 위에는 참매미가 귀청이 떨어질 정도로 울어댔다. 매미의 울음소리를 듣자 한여름임이 실감 나는 듯했다. 소린은 매미 소리가 시끄럽지만 낭만적이라며 구석기시대에도 매미가 있었냐고 물었다. 나는 모르겠다고 말했다. 그녀는 만약에 구석기시대에 매미가 없었다면 지금 있는 매미를 쫓아야 한다고 했다. 나는 구석기시대에도 매미가 있었을까 생각했다.

오후에도 관람객은 이따금 유입되었다. 관람객이 오면 나와 소린은 자연스럽게 돌창을 들고 뛰어가거나 돌을 집어 던지며 구석기시대를 연출했고, 관람객이 지나가면 막집이나 수양버들 그늘에서 쉬었다. 첫날은 그렇게 업무를 마무리했다. 여섯 시에 탈의실로 와서 옷을 갈아입고 각자 집으로 가면 되는데, 나와 소린은 차가 없었다. 처음부터 버스를 타고 출퇴근을 할 생각이었고, 운이 좋으면 관람객이나 박물관 직원의 차를 얻어타지만, 첫날은 버스를 이용했다.

구석기시대인에서 벗어나자 숨통이 트일 듯했다. 온종일 땡볕 아래서 일을 해서 무더운 날씨지만 몸이 나른했다. 첫날이라 그런지 소린도 좀 피곤하다고 했다. 각자 탈의실에서 구석기시대의 옷을 벗고 현대인으로 돌아와 얼굴에 묻힌 숯가루와 땀을 씻고 밖으로 나오자 관람객과 똑같은 사람이 되었다. 그때서야 나는 구석기시대에서 해방된 느낌이었다. 그러나 구석기시대인으로 돌아가는 것은 내일도 모레도, 글피도…… 그렇게 두 달 동안 이어진다.

둘째 날부터는 업무가 좀 수월하게 돌아갔다. 관리자 없이도 알아서 탈의실에서 구석기시대인의 의상을 입고 얼굴에 숯가루를 발랐다. 소린도 어제와는 달리 사슴가죽 치마를 민첩하게 갈아입고 밖으로 나왔다. 밖은 어제처럼 햇볕이 따갑게 내리쬐고 있다. 아직 칠월 초순인데도 날씨가 이렇게 후덥지근한 걸 보면 지구 온난화가 현실로 느껴졌다.

소린과 나는 각자 소지품을 챙겨서 관람실 밑의 막집 앞으로 왔다.

어제처럼 오늘도 구석기시대인으로 살면 되는 일이다. 오전에 관람객이 오면 돌창을 들고 뛰어가고, 관람객이 말을 걸어 오거나 몸짓을 해도 거기에 전혀 반응하면 안 되며, 묵묵히 구석기시대인으로 살아가면 되는 일이다. 점심시간이면 어김없이 관리자가 도시락을 들고 오고, 저녁이면 쓰레기가 담긴 비닐봉지를 들고 나가면 되었다.

"우리, 이러다가 진짜 구석기시대인이 되는 거 아니에요?"

석장리 박물관에서 일주일 넘게 근무한 어느 날, 소린이 물었다. 나는 아마 그럴지도 모른다고 했다. 구석기시대인으로 근무한 다음 날부터 몸이 이상하게 변해갔다. 맨발로 근무해서 그런지 발바닥에 갈라지고, 벌레에 물리고 햇볕에 그을려서 몸이 가려웠다. 온종일 돌창을 들고 뛰어다녀서 밤에는 잠도 빨리 왔고, 꿈도 잘 꾸어졌다. 낮에 돌창을 들고 뛰어가던 모습이 밤에는 꿈에 나타났다. 그녀도 증상이 똑같다고 했다. 습성이란 참으로 고약한 것이라 밤에도 구석기시대인이 나타났다. 어느 책에서나 봤을 듯한, 몸에 털까지 난 구석기시대인이었다. 그녀도 밤에 그런 꿈을 꾼다고 했다. 관람객에게 너무 잘 보이려고 한 행동이 뇌에서 연상작용을 해서 밤에 꿈이 꾸어지는 것이라고 내가 말했다.

칠월 중순으로 접어들자 장마가 일찍 오려는지 비가 자주 내렸다. 비 오는 날에는 꼭 감옥에 들어앉은 듯했다. 더러 우산을 쓰고 산책하는 관람객도 있지만, 비 오는 날에는 산책로가 거의 정지된 듯했다. 구석기시대인으로 생활해야 해서 책이나 신문, 노트북 등의 반입이 금지였고, 핸드폰도 급할 때만 관람객이 없는 곳에서 써야 했다. 그 때문에 비 오는 날에는 시간이 정지된 것만 같았다. 관리자는 비 오는 날도 두 달의 계약 기간에 포함되어 있으므로 나와서 자리를 지켜야 한다고 했다. 아침부터 비가 질척이는데도 나는 소린과 함께 구석기시대인의 복장을 하고 막집으로 들어갔다. 막집은 산책로에 여러 개가 듬성듬성 놓여 있고, 위에도 있어서 아무 곳이나 들어가서 비를 피할 수 있지만, 문제는 아무것도 할 수 없다는 것이다.

"꼭 감옥에 갇혀 있는 것 같아요."

소린이 핸드폰을 보며 말했다. 아직 열 시도 안 됐는데, 오후가 된 느낌이었다. 막집 앞에 굵은 빗줄기가 계속 쏟아지고 있었다. 아침부터 비를 맞으며 막집으로 와서 한기가 느껴졌다. 젖은 옷이지만 나는 윗옷을 벗어 그녀의 어깨를 감싸주었다. 그녀가 핸드폰으로 일기예보를 보며 오후에는 그칠 거라고 했다. 막집은 둘이 있어도 충분한 공간이지만, 내가 윗옷을 벗어주자 그녀가 불편해하는 듯했다. 나도 핸드폰으로 일기예보를 검색해봤다. 지나가는 비가 아닌 듯했다. 지도에 전국이 우산으로 그려져 있었다. 하기야 요즘은 시도 때도 없이 내리는 비였다. 햇볕이 쨍쨍하게 났다가 검은 구름이 몰려오고 한바탕 소낙비가 쏟아지면 언제 그랬냐는 듯이 햇빛이 나곤 했다. 이곳도 아열대 현상이 나타나는 모양이었다.

관리자가 도시락을 들고 와서 막집에서 점심을 해결했다. 비는 점점 약해지고 있었다. 소린이나 나나 핸드폰은 전화를 받거나 문자와 카톡만 보고 사진 찍는 것 말고는 하는 게 없었다. 그 때문에 막집에서 온종일 갇혀 지내는 것도 곤욕이었다. 그녀는 막집에 혼자 있으면 무섭다고 했다. 나는 그녀가 있어서 오히려 불편한데 말이다. 그녀는 핸드폰을 꼭 쥐고 다리를 모으고 앉아 눈을 감고 있었다. 아마도 이 일을 하기 전의 생각을 하는 모양이었다. 유독 검은 머리칼을 뒤로 묶어서 넘긴 모습이 배우처럼 예뻤다. 하지만 얼굴이 유난히 검어 구석기시대인을 연출하기에 딱 좋은 모습이었다.

비가 점점 소강 상태를 보이자 관람객이 산책로까지 내려왔다. 나는 소린과 막집에서 눈을 붙이고 있었다. 굵은 빗줄기는 아니지만, 여전히 비가 오고 있어 오늘은 관람객이 이곳으로 오지 않으리라 생각하고 막집의 바닥에 누워 있는데, 불쑥 관람객이 찾아왔다.

"구석기시대 사람이 여기 있었네."

"둘인가 보네."

"둘이 살림 차렸나?"

"그런 것 같지는 않은데. 그냥 사는가 본데."

관람객은 중년 여인들이었다. 비가 오는데도 각자 우산을 쓰고 산책로로 내려와 막집을 살펴보다 나와 소린이를 본 것이다. 나는 잽싸게 바닥에서 몸을 일으켰다. 상의를 소린에게 덮어주어서 알몸이고 하의만 입은 나를 보면서도 관람객들은 놀라지 않았다. 소린도 관람객의 소리에 눈을 뜨고 핸드폰을 뒤로 감추었다. 관람객과 눈이 마주치자 나는 두 손으로 가슴을 감싸았다. 그녀는 벽 쪽으로 몸을 밀착시키고 있었다. 관람객들은 나와 그녀가 반응을 보이지 않자 쉽게 등을 보였다. 그리고 막집에서 발을 떼며 한 여자가 '섹스도 할까?' 말했다. 그 소리는 막집 안에서도 충분히 들을 수 있었다. 나는 그녀를 보았다. 갑자기 나타난 관람객 때문에 놀랐는지 눈을 동그랗게 뜨고 있었다.

비가 그치자 햇살이 빛났다. 강가에 수증기가 올라오고 다시 날씨가 뜨거워졌다. 나는 막집에서 나와 수양버들 아래로 갔다. 아직 물기가 마르지 않아서 수양버들 나뭇잎에서 물방울이 떨어지고 있었다. 강을 보다 전시실 쪽으로 눈을 돌렸다. 언덕 때문에 전시실과 사무실을 보이지 않았다. 이곳은 원래 강기슭에 있는 평범한 구릉지(丘陵地)였다. 적어도 1964년 5월 이전까지만 해도 말이다.

1964년 5월의 어느 날, 미국인 모어 부부는 금강변을 거닐다가 구석기시대의 연장으로 보이는 돌 하나를 발견했고, 호기심에 연세대학교 손보기 박사를 찾아갔다. 손보기 박사는 모어 부부가 주워 온 돌이 구석기시대의 유물임을 금세 알아보고 가슴이 뛰었다. 당시에는 우리나라에 구석기인들이 살지 않았다는 것이 학자들의 통설이었고, 일제강점기에 일본인 학자들은 우리나라의 역사가 일본보다 짧다는 것을 주장하기 위해 우리나라에서 발견된 모든 석기시대 유물들을 일본으로 가져가 숨겨버려서 우리나라에서는 석기시대에 사람이 살지 않았던 것으로 알려져 있었다. 그런데 구석기인들이 사용했던 것으로 보이는 석기가 우리나라에서 발견되었고, 기초 조사를 마치고 마침내 1964년 11월 11일에 연세대학교 사학과 대학원생들을 중심으로 '석장리 유적 발굴단'이 구성되어 발굴의 첫 삽을 떴다. 발굴한 결과 제1지구에서 여섯 개의 문화층, 제2지구에서 열세 개의 문화층이 드러났고, 특히 후기 구석기시대 문화층에서는 집터가 확인되었다. 집터 안에는 기둥 자리, 화덕 자리, 등이 발견되어 구석기시대의 생활상을 알 수 있었다. 그 후 2010년까지 13차 발굴 조사가 진행되었고, 공주 석장리 구석기 유적지가 사적으로 지정되었다.

구석기시대의 유물 발굴 과정을 생각하는 사이에 해가 서편으로 한층 기울어 있었다. 비가 그치자 갑자기 무더위가 기승을 부렸다. 수양버들 잎에서 뚝뚝 떨어지던 물방울은 이제 떨어지지 않았다. 소린은 그때까지도 막집에서 나오지 않고 있었다. 곧 퇴근 시간이므로 나는 위로 올라가 옷을 갈아입을 생각이었다. 그때 그녀가 막집에서 나오며 퇴근하기 전에 관리자가 잠깐 보자는 연락이 왔다고 했다. 비 오는 날이라 별로 할 일이 없어서 삼십 분 일찍 들어가려고 했는데 다 틀린 모양이다.

"비가 온다고 둘이 막집에 들어앉아 낮잠이나 잔다고 관람객으로부터 민원이 들어왔어요. 도대체 어떻게 하고 있었기에 그런 민원이 들어옵니까?"

"예, 그럼 비 오는데 비를 맞으며 밖에서 돌아다니란 말입니까?"

"아니, 내 얘기는 관람객에게 대처를 잘 해달라는 것입니다. 비가 온다고 바닥에서 잠만 자지 말고 막집 안에서도 돌을 주워다 깬다든지, 막대를 주워다 구멍을 뚫는다든지, 뭐 그런 거 있잖습니까. 구석기시대인이 사는 생활상을 그대로 재현하고 있었으면 관람객이 왜 민원을 넣습니까?"

"……."

"좀 더 책임감을 가지고 리얼하게 움직여주세요."

관리자에게 처음으로 싫은 소리를 들었다. 막집의 바닥에 엎드려 잠자는 모습을 본 그 중년 여인이 관리사무소에 얘기를 한 모양이었다. 비를 맞아서 몸이 찌뿌듯한데 기분마저 찜찜했다. 소린은 관리자의 말에 아무 대꾸도 못 하고 고개만 숙이고 있었다. 나는 앞으로 주의하겠다고 말했다.

관리자에게 주의를 받은 다음 날부터 나는 진짜 구석기시대인이 된 것처럼 행동했다. 어차피 월급을 받고 하는 일이므로 지적을 당하고 싶지 않았다. 게다가 나와 소린이 구석기시대인이 되어 근무하는데도 관람객이 우리가 근무하기 전보다 더 없다거나 관람하는데 질이 떨어진다는 소리를 듣고 싶지 않았다.

비가 그치고 된더위가 여러 날째 계속되고 있었다. 수양버들 위에서는 매미가 연일 따갑게 울어댔다. 땅속에서 육 년 만에 나온 매미다. 암컷 매미는 단단한 산란관이 있어 나무껍질을 뚫고 속에 알을 낳는다. 사십오 일에서 십 개월, 또는 그 이상 걸려 부화한 애벌레는 땅속으로 들어가 나무뿌리의 진을 빨아먹으며 자라다가 열다섯 번이나 탈피한 끝에 육 년 만에 밖으로 나와 허물을 벗고 매미가 된다. 북아메리카의 매미는 애벌레 기간이 십칠 년이나 되는 것도 있다고 한다. 그런데 아이러니하게도 땅속에서 육 년 동안이나 버티며 애벌레로 살아온 매미는 성충이 되자 고작 일 주에서 삼 주 동안 살다 생을 마감한다.

나는 문득 내가 매미를 닮았다고 생각한다. 초중고와 대학까지 무려 십육 년 동안 공부를 하고 겨우 잡은 직장이 두 달만 하고 끝나는 것이었다. 두 달 후면 다시 나는 예전처럼 백수가 된다. 대학을 졸업하고 공무원 시험도 치러보고, 기업체에 원서도 냈었지만 하나같이 불합격이었다. 다행히 공주가 집이라 캥거루처럼 나이 서른이 넘었음에도 부모 밑에서 생활하고 있지만, 그것도 서서히 눈치가 보이고 함께 사는 것도 곤욕이었다. 나는 벙어리매미처럼 집에서 아무 소리도 못 하고 작은 방에서 생활하고 있다.

"인디언 말이냐? 인디언처럼 생활하는 곳에 취직이 되었다고?"

"네."

"아무 데면 어떠냐. 월급만 꼬박꼬박 잘 나오고, 일이 편하면 되지."

"저도 그렇게 생각해요."

석장리 박물관에 구석기시대인으로 취직되어 출근하게 됐다고 말하자 아버지와 엄마가 하는 말이었다. 대학을 졸업한 지도 벌써 사 년이나 지났다. 그 사 년 중에 나는 공무원 시험을 위해 이 년 동안 독서실에 처박혀 있었고, 나머지 이 년은 여기저기 이력서를 내며 집에서 죽치고 있었다. 그러니까 나는 대학을 졸업하고 단 한 번도 내 손으로 돈을 벌어본 적이 없었다. 긴 인고의 세월 끝에 땅속에서 나와 성충이 되는 매미처럼 나도 긴 인고의 학업과 병역을 마치고 사회로 나왔지만, 육 년을 땅속에서 살다 밖으로 나와 겨우 일 주에서 삼 주만 살다 생을 마감하는 매미처럼 겨우 직업을 가졌지만 두 달 후면 다시 원점으로 돌아가야 했다.

관리자로부터 더 적극적으로 움직이라는 주문을 받고 나는 땡볕에서도 돌창을 들고 뛰어다녔다. 관람객이 오건 안 오건 산책로를 따라 뛰거나 사냥할 대상이 없는데도 유채밭을 헤집고 다녔다. 소린도 막집이나 수양버들 그늘에 앉아 있는 것보다 움직이는 시간이 많아졌다. 관람객들이 산책로를 뛰어가는 나를 보며 정말로 구석기시대인 같다며 손뼉을 치기도 했고, 어느 관람객은 음료수나 아이스크림을 건네기도 했다. 하지만 나는 받지 않았다. 현대를 망각하며 살아야 하는 나는 언제나 관람객을 투명 인간처럼 대했고, 받지 않는데도 자꾸 음료수를 들이미는 관람객에게는 화난 킹콩처럼 두 손으로 가슴을 치며 짐승의 울음소리를 냈다. 음료수를 건네던 관람객이 깜짝 놀라서 도망쳤다.

내가 적극적으로 구석기시대인으로 살아가자 이번에는 관리자가 관람객들이 다 좋아한다며 칭찬을 해주었다. 처음 있는 일이었다. 구석기시대인 두 명이 막집에서 잠이나 잔다고 이른 관람객들이 이번에는 정말로 구석기시대인이 나타난 것처럼 생동감이 있다고 말한 모양이었다. 강 둔치의 산책로에는 매머드 두 마리가 걸어가는 모습으로 서 있다. 코끼리의 상아보다 더 큰 이빨을 드러내고 육중한 몸을 지탱하고 있는 매머드는 조각상이지만 살아서 움직이는 것처럼 리얼리티가 있었다. 나는 산책로를 뛰어가다 돌창으로 매머드를 찌르는 시늉을 했고, 매머드의 이빨을 부여잡고 매머드를 쓰러트리는 행동을 했다. 관람객들이 매머드와 싸우는 나를 보며 손뼉을 쳤고, 나는 꼼짝도 하지 않는 매머드를 사냥하는 연출을 했다. 관람객들이 신기한지 탄성을 자아냈고, 소린도 돌창을 들고 매머드를 향해 달려들었다. 얼마나 긴 싸움이었을까. 무려 한 시간은 족히 매머드를 사냥하는 연출을 하자 온몸이 땀으로 뒤범벅되었다. 그사이에 관람객들은 권투나 투우(鬪牛)를 관람하듯 내게 돌창으로 매머드의 목을 찌르라, 배를 찌르라, 아니다 매머드는 눈이 약하니까 눈을 찔러야 한다고 소리쳤다. 하지만 매머드는 움직일 수 없는 조각상이었고, 나는 그 조각상과 무려 한 시간이나 싸우다 제 뿔에 지쳐 물러나고 말았다. 그때까지도 관람객들은 흥분을 감추지 않고 있었다.

칠월 말일이 되자 급여가 입금되었다. 약속한 대로 이백오십만 원이었다. 나는 처음으로 한 달에 월급 이백오십만 원을 받아보았다. 오늘 급여가 이체됐다는 관리자의 말을 듣고 핸드폰으로 통장 내역을 조회해보았다. 잔액이 없었던 통장에 이백오십만 원이 들어와 있었다. 소린이도 통장에 이백오십만 원이 찍혀 있다고 했다. 그녀도 대학을 졸업하고 처음으로 돈을 벌었다고 했다. 어느새 퇴근 시간이 되었고 나는 탈의실에서 대충 씻고 옷을 갈아 있었다. 연한 연둣빛의 면바지에 반소매 티셔츠를 입었을 뿐인데도 구석기시대인으로 한 달을 살아보니까 오히려 현재의 옷이 이상해졌다.

"이제 반밖에 안 남았네요."

"반밖에라뇨? 아직도 반이나 남았다고 해야죠."

첫 월급을 탄 기념으로 소린과 함께 신관동 버스터미널 근처의 치킨집에서 치킨과 생맥주를 주문하자 그녀가 걱정 반, 아쉬움 반 조로 말했다. 그녀의 말에 나는 낙천적으로 말했다. '반밖에'와 '반이나'는 상당한 차이가 있다. 나는 석장리 박물관에서의 근무가 끝나면 다시 백수가 되므로 시간이 천천히 가기를 바랐다. 한 달 동안 출근하면서 느낀 것은 무엇보다도 아버지의 반응이었다. 어디 가서 아르바이트도 제대로 못 해본 내가 한 달 동안 근무하는 것을 보고 아버지는 이제 어엿한 사회인이라고 했다. 하지만 나는 그게 두 달 동안만 하는 단기 계약직이라고는 말하지 않았다.

"정말 이러다가 우리 진짜로 구석기시대인이 되는 거 아니에요."

소린이 그 말을 하고 ─쿡 ─쿡 웃었다. 한 달 동안 같이 일했지만, 그녀와 처음 가져보는 안락한 자리였다. 생맥주 오백 씨씨 두 잔과 프라이드 치킨이 나오자 그녀는 말이 많아졌다. 묻지도 않았는데 그녀는 공주사범대학을 나오고 초등학교 교사 임용고시에 합격해서 발령을 기다리는 중이라고 했다. 대기자가 많고 결원이 없어 임용고시에 합격하고도 이 년째 기다리고 있는데, 내년에는 발령을 받을 것 같다고 했다. 나는 그녀에게 축하한다고 했다. 일터에서 근무할 때는 왠지 그녀가 사색을 많이 하고 조용한 편이라 그냥 나처럼 무작정 백수인 줄 알았는데, 실속은 다 챙기는 모양이었다. 그녀의 말대로라면 그녀는 내년 봄에는 어엿한 초등학교 선생님이 되어 있을 것이다.

"제가 왜 구석기시대인 채용에 지원했는지 아세요?"

"그야, 돈 때문이 아닐까요. 전, 돈이 궁해서 지원했었는데."

"아뇨. 구석기시대에도 남존여비(男尊女卑) 사상이 있었나 해서였어요. 전 집에서 아버지께 엄청나게 무시당하며 살고 있거든요. 아버지는 아직도 여자는 모름지기 서방 잘 만나서 애 낳고 잘 살면 된다는 거예요. 오죽했으면 제 이름을 소린(小鱗)이라고 지었겠어요. 소린이 무엇인지 아시죠. 작은 비늘이나 물고기잖아요."

나는 그때서야 소린이 그런 뜻이라는 걸 알았다. 지금까지 소린(小鱗)이가 작은 반딧불인 소린(小燐)인 줄 알고 이름이 참 곱다고 생각했었다. 그녀는 아버지가 지어준 이름이 못마땅하다고 했다. 한자를 바꿔서 작은 반딧불이나 도깨비불로 고치고도 싶었지만, 소린이라는 글자 자체가 싫다고 했다. 정 그렇다면 개명을 하면 되는 일인데, 그녀는 아버지가 살아 계신 한 그것은 불가능하다고 했다.

벌써 생맥주를 다섯 개나 비웠다. 소린은 화장실을 두 번이나 다녀왔다. 집이 신관동이라 걸어가도 금방이라고 했다. 구석기시대의 복장을 했을 때는 그냥 직장 동료로 보였는데, 네온 빛을 받으며 앉아 있자 그녀는 유독 앳되어 보이면서도 귀여웠다. 사슴처럼 까만 눈망울과 오똑 솟은 코뼈, 허벅살이 살짝 내보이는 줄무늬 치마가 잘 어울렸다.

"그래서 구석기시대인 채용에 응시했던 거예요. 구석기시대에는 여자를 천시하지 않았다는 생각이에요. 제 생각이 맞겠죠?"

나는 아마 그럴 것이라고 말했다. 구석기시대에는 단순히 돌과 나무로 사냥을 하고 열매를 채취해서 남녀가 동등하게 생활했을 것이라고 말하자 소린도 그렇게 생각한다고 했다. 그러니까 매머드나 곰 같은 큰 동물의 사냥은 남자가 하고, 조개를 줍거나 열매를 따는 일은 여자가 했을 것이고, 동등하게 나눠 먹고 동등하게 생활했을 것이라고 말하자 그녀가 갑자기 울음을 터뜨렸다. 자신이 다시 태어날 수만 있다면 구석기시대에 태어나서 아버지의 구박을 받지 않겠다고 했다. 취했다고 이만 나가자고 그녀의 어깨를 잡고 일으켜 세우자 그녀의 눈에는 아직도 굵은 눈물방울이 떨어지고 있었다. 나는 테이블에 있는 물티슈로 그녀의 눈을 닦아주었다.

밖으로 나오자 여름밤이 물들어 있었다. 소린과 함께 오후 여섯 시부터 시작한 술자리가 열 시가 돼서야 끝났다. 무려 네 시간 동안 그녀와 나는 생맥주 잔을 부딪치며 구석기시대에 대해 논의했다. 물론 우리가 남은 시간 동안 해야 할 것도 얘기했고, 한 달 후면 업무가 끝나고 각자 헤어져야 할 일도 얘기했다. 그녀는 구석기시대가 저 아프리카 끝의 어딘가에 존재한다면 가보고 싶다고 했다. 나는 그녀의 말을 듣고 −헤 −헤 하고 웃었다. 이미 일만 년이나 지난 과거가 그녀는 현실이 되어 지구의 어느 곳인가에 존재한다고 생각하는 모양이었다. 그녀의 몸이 좀 휘청거려서 바래다주겠다고 했는데, 그녀가 혼자 갈 수 있다며 가로등 불빛이 환한 거리를 걸어갔다.

팔월이 되자 더위는 절정에 달했다. 중복(中伏)과 대서(大暑)가 십여 일 전에 지났지만, 더위는 지금부터라고 예고한 것처럼 연일 불볕더위였다. 구석기시대인을 연출하려고 짐승의 가죽으로 만든 치마와 조끼를 입는 순간부터 온몸이 땀으로 범벅이었다. 소린도 더위를 피하려고 막집이나 동굴에 들어가 있어도 숨이 헉헉 막힌다고 했다. 나는 그녀에게 정 더위를 못 참겠으면 강가에 가서 씻으라고 말했다.

무더위가 기승을 부리지만 휴가철이라 그런지 관람객이 양산을 쓰고 종종 산책로로 내려왔다. 가만히 서 있어도 땀이 등줄기로 줄줄 흐름에도 나는 다시 돌창을 들고 산책로를 달려가거나 매머드에게 달려들어 돌창으로 찌르는 시늉을 했다. 더위 탓인지 관람객들은 내가 매머드를 잡는 시늉을 해도 시큰둥했다.

관람객이 사라지자 나는 유채밭을 가로질러 강가로 가서 발을 담갔다. 강물마저 미지근했다. 돌창을 들고 산책로를 뛰어다니고, 매머드를 사냥하자 온몸이 물을 끼얹은 듯이 땀으로 범벅이었다. 표범 가죽 조끼와 치마를 벗어놓고 강물로 들어가 수영을 했다. 강심까지는 꽤 먼 거리지만 평소에 수영을 즐긴 덕분에 강을 왕복하는 데는 지장이 없었다. 나는 물개처럼 잠수도 하고 자유형과 배영, 평영, 접영, 두루 사용하며 강심을 따라 내려갔다. 그때서야 체온이 떨어지고 더위가 잊혔다.

"수영은 언제 배웠어요?"

강심을 따라 내려갔다 둑으로 올라와 유채밭 앞으로 오자 소린이 말했다. 그녀는 더위를 피해 막집에 있다가 나오는 참이었다. 나는 그녀에게 알몸을 드러내서 흠칫하며 한 발 뒤로 물러섰다. 그녀가 아무 일 아닌 듯 내게 수영을 참 잘한다고 말했다. 강물은 유속이 거의 없어 마치 호수처럼 잔잔했다. 그녀가 자신도 수영할 줄 안다며 물에 같이 들어가자고 해서 나도 좋다고 했다. 그녀가 먼저 구석기시대인의 복장을 벗고 강물로 뛰어들었다. 그녀는 아주 능숙하게 자유형으로 물살을 헤치며 강심으로 나갔다. 수영 실력이 보통이 아닌 듯했다. 그녀는 수영복도 입지 않고 브래지어와 속옷 차림으로 강물을 유유히 헤쳐나갔다. 나처럼 집이 강변마을이라 자력으로 수영을 배운 줄 알았는데, 초등학교 때부터 중학교 때까지 수영선수로 활약했다고 했다. 둘 다 도강을 했다. 강을 건너자 석장리 박물관이 강 건너에 있었다. 강둑의 위에는 도로가 있고, 차들이 달렸다. 강을 건너도 햇볕은 여전히 따갑게 내리쬐고 있었다. 나는 잠시 주변을 살피다 그녀에게 다시 강을 건너자고 했다. 강에서 헤엄치는 모습을 관람객이 보고 밀고를 한다면, 그래서 우리가 도강한 사실이 관리자에게 알려지면 근무지 이탈로 심하게 꾸중을 들을 것이다. 이번에도 그녀가 먼저 강으로 헤엄쳐 나갔다. 그녀는 강을 건너와서도 힘이 빠지지 않는 모양이었다. 하지만 강심에 다다르자 그녀는 몸이 굳은 것처럼 움직이지 않았다. 자유형으로 물살을 가르며 나가던 그녀가 힘에 부치는지 갑자기 돌아누워 배영으로 바꾸더니 물에 떠 있었다. 발에서 쥐가 났다고 했다. 힘이 없어 팔다리가 움직이지 않는다고 했다. 그녀는 그렇게 말하고 갑자기 입수했다. 물속으로 그녀가 들어가는 순간 나는 재빨리 그녀의 목덜미를 움켜쥐었다. 그녀는 벌써 몇 모금의 강물을 들이마신 상태였다. 그녀의 얼굴을 수면 위로 올리고 나는 강심을 따라 유유히 헤엄쳐 밖으로 나왔다.

다시 강을 건너오자 아무 일 없었다는 듯이 수양버들이 바람에 나뭇가지를 흔들고 있었다. 몸에 물기가 마르기도 전에 소린과 나는 다시 동물 가죽으로 만든 구석기시대인의 옷을 입었다. 강물에 들어갔다 나왔지만, 가죽옷을 입자 땀이 줄줄 흘러내렸다. 그녀는 이제 더워도 물에 들어가지 않겠다고 했다. 그녀는 여러 번 기침을 토해내고 나서야 정상으로 돌아왔다. 너무 자신의 수영 실력을 믿은 게 잘못이라고 했다. 자유형으로 강심을 막 지나는데 갑자기 발에서 쥐가 나더니 앞으로 뻗친 손까지 힘이 쏙 빠지고 물속으로 들어갔다고 했다. 익사가 이런 것이구나 생각할 때 내 손이 그녀를 당겨서 살아났다고 했다. 나는 그만하길 다행이라고 했다.

팔월도 중순을 넘어서고 있었다. 말일까지 계약했으므로 이제 십여 일 후면 나와 소린은 이 일을 그만둔다. 관리자에게 들었는데 계약을 연장할 계획은 없다고 했다. 아무래도 가을이면 단풍이 물들어서 석장리 박물관도 서정적인 분위기를 자아내서 관람객들이 만추를 즐길 것이고, 곧 추위가 닥쳐 구석기시대인이 생활하려면 무리가 있다고 생각한 모양이었다. 물론 막집에서 불을 피우고 두꺼운 외투를 입고 생활해도 되지만 관리자는 겨울에는 관람객이 거의 찾아오지 않고 구석기시대인을 계속 쓸 만한 예산도 확보되지 않았다고 했다.

십여 일밖에 안 남은 업무의 유종의 미를 거두려고 나는 더욱 힘차게 산책로를 뛰어다니고 매머드 사냥에 열을 올렸다. 산책로에 서 있는 두 마리의 커다란 매머드를 향해 달려가서 돌창으로 찌르고 다리를 부여잡고 넘어뜨리는 시늉을 수시로 하고 있었다. 관람객들은 내가 진짜 구석기시대인 같다며 환호를 했고, 일부는 박수를 보냈다. 그때마다 나는 킹콩처럼 두 손으로 가슴을 두드리며 괴성을 내질렀다. 아무도 알아들을 수 없는 괴음(怪音)이었다. 관람객들이 더욱 우렁차게 환호성을 내질렀다. 나는 답례를 하듯 커다란 매머드의 이빨에 매달려 거꾸로 재주를 넘었다. 관람객들이 와- 하고 탄성을 질렀다. 그 소릴 들으며 나는 꿈쩍도 안 하는 매머드가 문득 쓰러지고 있다고 생각했다. 석장리 박물관 입구에는 머리를 들고 쓰러진 매머드가 있고, 주위에는 매머드를 향해 돌창을 휘두르거나 던지는 구석시시대인이 있다. 구석기시대인의 공격으로 신음하며 죽어가는 매머드의 형상이 갑자기 눈앞에서 펼쳐졌다.

나는 매머드의 이빨에서 내려와 다시 돌창으로 매머드의 가슴을 찌르고 있었다.

처서(處暑)가 지나자 조석(朝夕)으로 바람이 서늘했다. 한낮에는 여전히 무더위가 기승을 부렸지만, 아침저녁으로 찬 바람이 불자 숨통이 트이는 듯했다. 수양버들 위에서 매미가 기를 쓰고 울어대더니 허공에는 빨간 고추잠자리가 떼 지어 날고 있었다. 이제 업무도 일주일이면 끝이었다. 관리자가 구석기시대인의 생활상을 재현해보라며 산 잉어와 붕어를 가져왔다. 지인이 밤낚시를 해서 잡은 것이라고 했다. 그물망에 고기를 넣어 가져왔는데 잉어는 팔뚝만 했다. 관리자가 불을 피워서 그것을 요리해 먹으라며 소금을 놓고 갔다. 그물망에 넣어졌지만, 물고기는 양동이에 담가져 있고, 얼음이 들어 있어서 살아서 움직이고 있었다. 강가에 풀어주려고 했는데 관리자가 오늘은 점심 배달이 없다고 해서 물고기를 막집 안에 놓았다.

점심 무렵이 되자 나는 강둑의 수양버들 밑에 작은 돌로 둘레를 두르고 삭정이를 주워다 불을 피웠다. 물고기를 구워볼 생각이었다. 마침 수양버들 아래는 마른 나뭇가지가 많아 불을 피우는 데 지장이 없었고, 한 끼쯤은 구석기시대인의 방식대로 민물고기를 구워 먹어도 좋은 듯했다. 삭정이를 모아놓고 마른 풀에 불을 붙이자 금세 불길이 살아났다. 물고기를 꼬일 꼬챙이를 만들고 막대로 지지대도 세웠다. 소린이 신기한지 내가 하는 것을 보고 있었다. 나뭇가지가 가늘어서 삭정이는 금세 타버렸다. 돌로 두른 앞에는 알불이 소복이 쌓여 있었다. 비늘도 벗기지 않고 꿈틀거리는 잉어의 아가미에 끝을 날카롭게 깎은 막대를 밀어넣고 거치대에 올렸다. 잉어 두 마리와 붕어 세 마리를 알불 위에 걸자 양동이는 비워졌다. 관리자가 가져온 다섯 마리의 물고기를 모두 알불 위에 올리고 앞뒤로 돌려주자 물기가 뚝뚝 떨어지던 물고기들이 점점 익어갔다. 비늘이 빨갛게 변하는 것을 보며 그녀는 물고기가 불쌍해서 못 먹겠다고 했다. 그런 그녀에게 나는 이것도 음식이라고 말했다.

"물고기를 제대로 굽는데?"

"맞아. 구석기시대에는 저렇게 물고기를 잡아먹었어."

언제 왔는지 주변에는 관람객이 서 있었다. 산객을 하다 연기가 나고 냄새가 나서 온 듯했다. 관람객은 머리가 희끗희끗한 노년 남자 세 명과 여자 세 명에 한 여자는 반려견을 안고 있었다. 정년퇴직하고 바람이나 쐬러 다니는 모양이었다. 나는 관람객을 무시하고 마저 물고기를 구웠다. 빨갛게 변색한 물고기의 비늘이 이번에는 까맣게 변했다. 알불이 세서 겉이 탄 모양이었다. 하지만 겉이 타야 속이 익으므로 나는 알불에 호오 하고 입김을 모아 불었다. 알불이 더욱 강해져 물고기에서 기름 방울이 뚝뚝 떨어졌다. 관람객들은 내가 하는 행동이 신기한지 자리를 뜨지 않고 있었다. 하지만 내면은 구석기시대이므로 나는 관람객이 없는 것으로 생각했다.

물고기가 다 익자 나는 갈댓잎을 바닥에 깔고 나무로 젓가락을 만들어 소린에게 나눠주었다. 커다란 잉어를 갈댓잎에 누이고 나무젓가락으로 비늘을 긁어내고 뽀얗게 익은 살점을 뜯어 그녀에게 내밀자 그녀가 고개를 내저었다. 점심을 굶더라도 못 먹겠다고 했다. 소금을 치고 내가 먼저 시식하자 관람객이 물끄러미 나를 바라보다 맛을 본다며 한 점 달라기에 내주었다. 여인이 반려견에게 살점을 주자 날름 받아먹었다. 관람객이 소린을 보며 개도 먹는데 못 먹는다고 핀잔을 주었다. 잉어 두 마리를 관람객이 먹고 갔다. 나는 소린에게 붕어는 잔가시가 많지만, 더 맛있다고 말했다. 소린이 그때서야 물고기의 살점을 입으로 가져갔다. 세 마리의 붕어를 다 먹었지만, 식사량은 턱없이 부족했다. 잉어 두 마리를 관람객에게 줬기 때문이었다. 잔불을 흙으로 덮고 자리에서 일어나자 다시 땡볕이 쏟아지고 있었다.

어느새 업무 마지막 날이 되었다. 이제 내일이면 구월이고 나는 다시 백수가 되어 집에서 빈둥거리거나 다른 직업을 알아봐야 했다. 다시 백수가 되면 무엇보다도 부모님이 제일 걱정할 것이고, 소린이도 만날 일이 없을 것이다. 나는 업무 마지막 날에도 유종의 미를 거두기 위해 동분서주했다. 산책로를 뛰어다녔고, 돌창을 들고 서 있는 두 마리의 매머드를 향해 달려들어 찌르고 때리고 넘어뜨리는 연출을 강행했다. 점점 날씨는 서늘해졌고, 관람객도 많아졌다. 오늘이 마지막 날이라 나는 관람객에게 최상의 서비스를 제공했다. 커다란 유채밭에 숨어 있다 산책로에 관람객이 지나면 쑥 모습을 드러내 놀래주기도 했고, 그들이 주는 음료수도 날름 받아서 마셨다. 관람객이 내가 친근해서 좋다고 했다.

오후가 되자 핸드폰에 급여가 입금됐다는 문자가 떴다. 관리자가 오후 다섯 시에 사무실로 들르라는 연락이 와서 나는 삼십 분 전부터 업무를 끝내고 옷을 갈아입었다. 두 달간 구석기시대인으로 살아보니 이것도 나쁘지 않은 직업 같았다. 다만 겨우 두 달만 근무해야 하는 야박함 때문에 생활이 안 되는 것뿐이었다. 소린도 아침에 출근할 때처럼 줄무늬 치마로 갈아입었다. 세수하고 휴대용 화장품으로 대충 화장했을 뿐인데, 그녀는 구석기시대인의 이미지가 감쪽같이 사라진 상태였다. 까무잡잡한 얼굴에 유독 빛나는 눈빛이 매력이었다.

"두 달 동안 수고들 했습니다. 덕분에 한여름에도 관람객의 수가 약 삼십 퍼센트 증가했습니다. 다 두 분의 덕분이고 잘 참아주셨습니다. 이제 돌아가셔도 좋습니다. 시내에서 회식하려고 하는데, 두 분의 의향은 어떠십니까?"

관리자가 인사와 함께 회식 얘기를 꺼냈지만, 소린은 그냥 집으로 가겠다고 했다. 두 달간 더위와 싸우며 구석기시대인으로 살아서 피로가 엄습해오는 모양이었다. 그녀가 싫다고 하자 나도 멋쩍어 그냥 집으로 가겠다고 했다. 관리자가 아쉽다며 다시 한마디 했다.

"실은 두 분이 장기 계약직이 아니라 저희로서도 무척 부담스러웠습니다. 두 달 동안 구석기시대인을 연출할 수 있는 사람을 직원 중에서 차출하려고 했는데, 선뜻 나서는 사람도 없고, 마땅한 사람도 없어서 공개 모집을 했습니다. 마침 시청 문화복지국 문화재과에서 문화재 발굴과 보수 업무를 할 직원을 특별채용하는데 두 분 다 응모하시는 게 어떨까요?"

관리자의 말은 뜻밖이었다. 오늘 업무가 끝나면 다시 백수로 돌아가 지겹도록 썼던 이력서를 또 쓰고 전공이나 적성에도 맞지 않는 회사까지 이력서를 보냈었는데, 관리자의 말을 듣자 나는 갑자기 가슴이 들뛰었다. 관리자는 내가 대학에서 역사학을 전공했고, 두 달 동안 구석기시대인의 연출 직무를 보니까 참을성과 성실함이 돋보인다며 적극적으로 추천하겠다고 했다. 자세한 것은 시청 홈페이지에서 볼 수 있지만, 우선 이력서와 자기소개서, 졸업증명서, 성적증명서, 가족관계증명서 따위를 준비해서 제출하면 된다고 했다. 그러나 소린은 응시하지 않겠다고 했다. 적성에 맞지 않을뿐더러 내년이면 초등학교 교사 임용을 받아 학교로 돌아갈 것이므로 굳이 문화재 복원이나 발굴 현장을 누빌 필요가 없다고 했다.

소린과 함께 버스를 타고 와서 신관동 터미널 근처에서 내렸다. 두 달간의 업무를 끝내고 시내로 나오자 마음이 후련하였다. 거리는 벌써 서늘함이 스멀거리며 돌아다녔다. 소린은 예전처럼 줄무늬 치마에 손가방을 들고 있었다. 나는 그녀에게 구석기시대인의 연출이 끝난 기념으로 생맥주나 한잔하자고 했다. 그녀가 아뇨, 그냥 집에 가서 쉴래요, 말했다. 나는 그냥 들어가기에는 너무 서운하다며 다시 그녀에게 치킨에 간단하게 생맥주나 한잔하자고 했다. 그녀는 이번에도 머리를 흔들며 싫다고 했다. 학교로 돌아가면 학생들에게 구석기시대인에 대해 꼭 얘기하겠다고 말하고 그녀는 등을 돌려 내게서 멀어져갔다. 나는 그녀의 뒷모습을 오랫동안 바라보았다.

구름 농원

구름 농원

1

민가(民家)가 점점 사라졌다. 사람이 죽어서 방치된 집이 몇 년 동안 늘어나더니 이제 마을의 사분의 일이 빈집이 되었다. 한 집 건너 혹은 서너 집 건너 두세 채의 집이 빈집이다. 노인은 죽는데 아기는 태어나지 않았다. 아기의 울음소리가 그친 지 이미 십 년이 넘었다. 마을에는 초등학생과 중학생이 한 명도 없었다. 한때 학생이 이백여 명이나 되던 학교는 폐교해서 목사에게 팔려나갔다. 목사가 폐교를 헐고 청소년 수련원을 짓겠다고 허가를 받았는데 재정이 어려워 공터로 방치돼 있다. 마을 앞을 지나는 도로 옆에는 장애인 부부가 운영하는 슈퍼마켓과 마을회관, 교회가 약간의 간격을 벌리고 서 있다. 마을 바로 위에는 공장이 한 개 들어서 있는데 부도가 났는지 문이 닫혀 있다. 이게 내가 본 마을의 풍경이다.

마을은 사월의 햇살이 내리고 있지만 겨울처럼 음산하다. 패잔병이 잔류하는 마을처럼 활기가 없고 빈집이 많아 이웃 간의 왕래도 없었다. 일 년에 한두 번 이곳을 다녀갈 때는 음산한 분위기를 느끼지 못했는데, 막상 이곳에 와서 정착하려 하자 모든 것이 낯설어 보였다. 게다가 어머니가 돌아가시고 홀아버지와 함께 지내는 것도 아직은 어색하고 적응이 쉽지 않았다. 결혼하지 않은 탓이다. 매 끼니를 차려드리는 것도 지극한 정성이 있어야 한다는 것을 나는 알았다.

"나 혼자 살아도 되는데 뭐 하러 내려와서."

아버지는 수저를 들 때마다 그 얘기다. 내가 귀농을 한 것이 못마땅하다는 눈치였다. 하기야 평생을 땅을 파고 산 당신이라 농사일이 힘들다는 것은 누구보다도 잘 알고 있었다. 아버지는 농토가 많았다. 문중의 산이 이십오만여 평이나 있고, 밭 삼천 평에 논 열 마지기가 있다. 조상 대대로 물려 내려온 땅이다. 나는 문중의 산을 개간할 생각이다.

산은 마을을 바라보고 있다. 마을에서 산을 볼 수 있고, 산에서 마을이 훤히 내려다보였다. 해발 이백여 미터밖에 안 되는 산이지만 구름이 수시로 내려앉아 사람들이 그곳을 구름골이라고 불렀다. 언제부터 구름골로 불렸는지 알 수 없고, 고개가 작아서 문헌에도 나오지 않는 곳이었다. 나는 이곳에 내려온 후로 자주 구름골에 가보았다. 아버지가 농사짓는 땅이 거기에 있고, 문중의 산이 고래 등처럼 엎드려 있었다. 문중의 산을 개간해볼 생각이다. 산의 아랫부분은 경사가 완만해서 유실수를 심으면 잘 자랄 듯했다.

산은 도시를 잊게 했다. 나이 서른일곱에 작은 오피스텔을 얻어 사는 동안 굶기만 했다. 이십 대를 반지하의 방에서 보냈고, 삼십 대를 오 층 건물의 고시원에서 보낸 내게는 오피스텔도 그리 좋은 것만은 아니었다. 반지하에서 지상으로 올라온 기간이 칠 년, 고시원에서 오피스텔로 옮긴 것이 십 년, 그러니까 십삼 년 동안 직장 생활로 오피스텔 하나를 얻었고, 나이는 삼십 대 후반이 되었다. 만나던 여자가 몇은 있었지만, 돈이 없어 결혼을 미루다 여자가 떠났다. 인연이 없다는 것보다 현실이 여자를 떠나게 했다. 중고차 한 대 외에는 모아둔 돈도 없고 직장도 중소기업이라 여자는 나와 살면 고생이 손바닥 보듯 훤하다며 쉽게 떠났다. 가는 여자는 붙잡지 않는 게 내 신조다. 여자들은 내가 신조를 생각할 겨를도 없이 더 좋은 환경을 찾아 약삭빠르게 도망쳤다. 세아도 같은 유형이었다.

"이 작은 곳에서 살림이나 하겠어요?"

"늘려가면 되잖아."

"무슨 수로요."

여자도 지쳐 있었다. 은행에서 일한 지도 벌써 오 년이 넘었지만, 비정규직이라 같은 자리에만 앉아 있다. 나는 여자에게 다른 일을 찾아보라고 했다. 여자는 어딜 가나 마찬가지라고 했다. 그러게 문과는 왜 나와가지고. 나는 그 말을 삼켰다. 문과가 어때서요? 잘나가는 애들은 벌써 교수 임용에 합격했어요. 여자는 자기 탓이라고 했다. 스펙도 못 쌓고 하루 벌어 하루 먹고 사는 아르바이트로 전전한 탓이라고 했다. 그 무렵 나도 지쳐 있었다. 빈곤에서 벗어나는 것이 점점 어려워졌다. 있는 집 자식들은 강남에 아파트 한 채를 부모에게 물려받고 사회생활을 시작하지만 없는 사람들은 빚부터 갚아야 했다. 학비 융자금, 마이너스 통장, 졸업과 동시에 이삼천만 원씩 빚을 지고 시작하는 사회생활은 움직이면 움직일수록 더욱 조여드는 올가미처럼 빚이 줄어들지 않았다. 세아도 그랬다. 빚을 이천만 원 떠안고 졸업했는데 그걸 갚으려고 오 년이나 일했다. 은행에서 비정규직으로 일하며 먹고 쓰고 빚을 갚는 데 허비한 시간이 오 년이었다. 나와 같은 유형으로 세아도 살아왔고 그게 나에게는 위안이 되었다. 나이 서른여덟이지만 그녀는 지금도 부모와 함께 살고 있다.

산을 개간하려면 벌목부터 해야 했다. 잡목이 우거진 숲의 나무를 베어내고 유실수를 심는 일이 그리 만만해 보이지 않았다. 나는 산에서 살려야 할 나무에 하얀 천을 달아놓았다. 벌목공이 그것을 보고 그 나무는 베지 말라는 표시다. 주로 소나무가 대상이었다. 자연산 소나무는 정원수로 팔 수 있어 수령과 운치가 있는 것만 골라 천을 매달았다. 아주 완벽히 잘생긴 나무만 골랐는데도 오십여 그루가 넘었다.

"돌투성이인 산에 뭘 심겠다고?"

도시에서 살다 내려온 내게 사람들의 시선은 여전히 곱지 않았다. 벼농사와 밭작물만 경작해온 사람들이라 변화를 쉽게 따라주지 않았다. 육십 대 후반부터 칠십 대 후반이 주류인 사람들은 내게 주는 것도 없이 못마땅하다는 말투를 던졌다. 벼와 고추, 배추와 무, 콩 농사만 해오던 사람들이라 유실수를 심어서 소득을 올리는 것이 믿어지지 않는 모양이다.

벌목업자를 만나 나무를 가져가는 조건으로 계약을 했다. 그 정도 양이면 기계톱 세 개로 사 일이면 작업이 끝난다는 업자의 말에 나는 나무를 심어야 하니까 빨리 베고 치워달라고 했다. 별도로 돈을 주지 않으려고 했지만, 산에 길을 만들고 나무를 실어 나르려면 굴착기가 있어야 하는데 장비 사용료는 내가 지급해야 한다고 우기는 바람에 그렇게 하기로 했다. 이마가 좀 벗어지긴 했지만, 인상이 누굴 우려먹을 사람 같지는 않았다. 벌목업자는 나무를 공짜로 가져다 팔아서 이윤을 남기는 모양이다. 참나무와 갈참나무는 버섯을 재배하는 농가에 팔고, 소나무와 해송 따위는 목재소에 넘겨 자신들이 일한 몫을 챙기는 듯하다. 그가 어떻게 하거나 나는 손해 볼 게 없었다. 어차피 산에 길을 내야 했으므로 나는 이미 장비 사용료까지 계산해놓고 있었다. 다만 벌목업자가 나뭇값을 너무 후려친 게 아닌가 싶어 길을 만들어달라고 했던 것이다.

나무가 아까워 혼자 벌목을 해볼까도 생각했었다. 부질없는 일이었다. 이만 오천여 평이나 되는 산을 혼자 벌목하려면 몇 달이 걸릴 듯하다. 게다가 베어낸 나무들이 내겐 필요가 없었다. 벌목업자는 공주에 있는 야산의 벌목이 마무리되는 대로 이곳으로 옮겨와 벌목하겠다고 했다. 벌목업자의 말대로 참나무나 굴참나무가 많지 않아 벌목해도 밑진다는 말이 빈말이 아닌 듯했다. 수령이 오륙십 년 된 참나무와 굴참나무가 듬성듬성 서 있고, 오리나무와 아카시아, 해송과 소나무, 밤나무가 들어차 있지만, 벌목업자는 아카시아와 오리나무 따위는 땔감으로나 필요할까, 쓸 데가 없다고 했다. 키가 큰 나무들은 수종이 그 정도고 나머지는 싸리나무와 찔레나무처럼 일손만 더 들어가는 나무들이다. 산 밑에는 뽕나무가 우거져 있는데 그것도 벌목할 생각이다. 증조할아버지 때부터 잠업(蠶業)을 했다는데 지금은 밑동이 굵은 뽕나무만 들어차 있다. 잠업이 사양산업이라 나는 어릴 적에 누에를 치던 것을 잠깐 본 기억밖에 없다. 사각이 막힌 광에 선반 같은 것을 설치하고 상자처럼 생긴 곳에 누에가 잘 집을 짓게 끈을 엮어주고 연한 뽕잎을 넣어주면 누에가 사각사각 뽕잎을 갉아먹었다. 나는 누에가 있는 광의 문을 열고 기겁을 했다. 하얀색의 벌레들 수백 수천 마리가 사각사각 뽕잎을 갉아먹는 것이 너무 징그러워서 어머니의 치마폭에 매달려 울음을 터뜨렸다.

"괜찮아. 저게 누에라는 건데 집을 지으려고 뽕잎을 갉아먹는 거야."

어머니는 누에가 징그럽지도 무섭지도 않은 것이라고 알려주었다. 누에가 뽕잎을 먹고 집을 지으면 그게 옷감이 되는 거라고 했는데, 내게는 그냥 수천 마리의 벌레만 같았다. 우리 집에 벌레들이 우글거린다는 생각에 소름이 끼쳤다. 광의 문을 열면 금방이라도 누에들이 내 몸으로 기어 올라올 듯했다. 나는 누에가 있는 광 근처에는 가지 않았다.

"봐라, 누에가 이렇게 예쁜 집을 지었구나!"

그러던 어느 날이었다. 어머니가 누에가 가득 찬 광에서 하얀 누에고치를 들고 나왔다. 너무도 하얗고 예뻐서 나는 그게 하늘에서 떨어진 솜뭉친 줄 알았다. 어머니가 건네준 누에고치 한 개를 잡자 솜처럼 보드라운 털이 손끝을 건드렸다. 처음 보는 물건이었다. 누에는 작년에도, 그 전해도 키워왔지만 내가 누에고치를 만진 것은 처음이었다.

어릴 적에 누에를 키우기 위해 관리했던 뽕나무밭은 숲이 되어 있었다. 나는 벌목을 하는 김에 뽕나무도 다 베어버릴 생각이다. 갓 싹이 나온 연한 뽕잎은 나물로 먹는다지만 상품 가치가 없다. 대량으로 채취해도 판로도 없고, 고작 나물이나 뜯으려고 넓은 땅을 놀리기가 아까웠다.

살려야 할 나무에 천을 매달고 밭으로 내려오자 마른 고구마 넝쿨손이 내동댕이쳐져 있다. 지난 늦가을에 일손까지 얻어 고구마를 캐고 그대로 버려둔 고구마 넝쿨손을 모아 불살랐다. 흰 연기가 모락모락 피어오르며 고구마 넝쿨손을 불이 야금야금 삼켰다. 겨우내 소의 양식이 되었을 것인데 아버지가 소 한 마리조차 키우기가 힘들다며 내다 파는 바람에 쓸모없는 것이 되고 말았다. 겨우내 눈이 오고 비가 왔음에도 고구마 넝쿨손은 삭정이처럼 말라 있어서 치우는 것은 그리 어렵지 않았다. 아무렇게나 흩어진 것들을 듬성듬성 모아놓고 불을 붙이면 끝이었다. 피복용 비닐은 이미 수거했으므로 밭에 비료를 뿌리고 트랙터로 갈아 엎고 골을 만들고 비닐을 씌우고 고구마 순을 꽂으면 고구마 심기가 끝난다. 고추를 심던 밭이었는데 일손이 너무 가서 이 년 전부터 고구마를 심은 밭이다.

"주말마다 오기 힘들지 않냐?"

"괜찮아요. 이제 습관이 된걸요."

농번기면 나는 주말마다 내려와 아버지의 일손을 도왔다. 그 일은 중학교 때도, 고등학교 때도, 대학 때도, 직장에 다닐 때도 계속되었다. 모판을 나르고, 밭에 비닐을 씌우고, 고추 따기, 소 꼴 베기, 많은 일을 도왔다. 장소는 같았지만, 일손은 겨울만 빼고 늘 모자랐다. 아버지는 힘이 장사라 볏가마니를 두 개씩 날랐다. 어릴 적의 나는 장래의 꿈이 아버지처럼 힘센 사람이 되는 것이었다. 천하장사가 되어 동네의 일을 척척 해주고 나뭇단도 야무지게 만들어서 하루에 열 번씩 해오는 게 꿈이었다. 그러나 나는 그런 꿈을 이루기에는 몸이 몹시 왜소했고, 감기도 잘 걸려서 겨울에는 아예 고뿔을 달고 다니다시피 했다.

밭을 벗어나 마을로 돌아오는 동안 아무도 만나지 못했다. 아직 농사철이 아니라 들판에는 고즈넉한 적막만 깔려 있다. 겨우내 잠자고 막 싹이 돋은 달래나 냉이 같은 푸성귀를 뜯는 사람도 없다. 마트에 가면 사시사철 널려 있는 게 푸성귀라 귀한 줄 모르는 듯하다. 아니면 연로해서 그것조차 뜯을 기력이 없는지.

마을회관에는 노인들이 모여앉아 화투를 치고 있다. 천 원짜리 지폐 몇 장과 백 원짜리 동전만 왔다 갔다 하는 작은 놀음판이다. 그 돈으로 노인들은 안주도 없이 소주와 막걸리를 사 먹었다. 아침부터 마을회관에 모여 앉아서 하는 소일거리가 화투를 치거나 윷가락을 던지는 게 고작이었다. 게다가 술에 취하면 말을 함부로 하다 싸우기도 했다. 노인들에게 일거리가 없기 때문이다. 마을을 정화하려면 노인들부터 설득해야 했다.

"자네가 대관이 아들 아닌가?"

"예."

"시골로 아주 내려왔다며, 농사를 지으려고?"

"예."

나는 노인들에게 우리 마을을 친환경 생태체험 마을로 만들겠다고 말했다. 먼저 마을 앞 국도변에 6미터 간격으로 매실나무를 가로수로 심어서 매실 따기와 매실 효소 만들기 체험을 하도록 할 생각이다. 매실은 몸속의 독 제거, 스트레스와 피로 회복, 체질 개선, 설사, 변비, 혈액 순환, 소화 해열 작용, 신경안정과 골다공증에 좋다고 알려져 있다. 게다가 유월 초순이면 매실을 수확할 수 있으므로 돈이 마른 마을에 새로운 소득원이 될 듯했다. 여름에는 마을 옆의 공터에 잔디를 심고 텐트를 설치해서 야영 체험을 하고, 가을에는 고구마 캐기 체험을 하면 마을이 활기차게 돌아갈 듯했다.

－재가 도시에서만 살다 오더니 미친 거 아닌가?

－그깟 매실을 심어서 이 촌구석에 누가 구경 오겠나?

－인근에 광덕산도 있고 계룡산도 있는데 누가 여기까지 와서 텐트

체험을 하겠나?

노인들은 하나같이 부정적인 말만 쏟아냈다. 된다고 말하는 사람은 아무도 없었다. 태어나서 지금까지 씨 뿌리고 거두며 살아왔는데 무슨 나무를 심고 텐트를 치냐는 식이다. 나는 할 수 없이 마을회관을 나왔다. 내 편이 아무도 없다는 것보다 거북등처럼 투박한 손등을 보이며 화투를 치는 노인들의 삶이 더 서글퍼 보였다.

마을에 젊은 사람이 아예 없는 것은 아니었다. 쉰다섯 살의 종석은 고추와 콩 농사를 지으며 소 열 마리를 키우고 있고, 쉰일곱의 연호는 땅이 없어 날품을 팔며 생활하고 있다. 그들은 젊으므로 내 뜻을 이해하고 동참해줄 듯했다. 나는 저녁녘에 그들을 만나볼 생각이다. 마을을 친환경 생태체험 마을로 만들겠다는데 그들이 반대할 이유가 없을 듯했다. 고추나 매실, 고구마 따위를 무공해로 재배해서 인터넷으로 거래를 하고 마을회관에서 전시 겸 판매를 하면 잘 사는 마을이 될 듯했다. 누군가 나서서 하지 않으면 언제나 초라한 시골 마을로 눌러앉아 있을 것이다.

"그냥, 고구마만 심어도 먹고 사는데 뭐 하러 산을 까뭉개."

아버지는 근심 반 걱정 반 하고 있었다. 아버지의 말대로 고구마만 심어도 먹고살 수 있었다. 천여 평의 밭에서 천오백만 원의 소득을 올렸다. 시골이라 나가는 돈이 없어 그 돈이면 일 년을 지내도 남았다. 하지만 내가 이곳에서 아주 살기로 한 이상 내가 추구하는 것을 해야만 한다. 남들이 뭐라고 하든 내가 가야 할 길을 걸어가야 한다.

집 안은 생기가 없다. 한일자형으로 곧게 지어진 집은 방 두 칸에 거실이 한 개인데 거실을 사이에 두고 좌우로 각각 방이 한 개씩 있는 구조다. 집을 정면에서 보면 내 방은 우측에, 아버지의 방은 좌측에 있고 주방 겸 거실이 가운데 있다. 그리고 집의 좌우에는 외양간과 헛간이 있다. 대지가 이백 평이 넘는 이 집은 증조께서 지었다고 했다. 당시에는 이 고을에서 가장 큰 집이었고, 머슴까지 두고 있었다고 했다. 아버지가 사랑채는 필요 없다고 헐고 텃밭을 만들어서 ㄷ자형이었던 집이 지금처럼 일자형이 되었다.

짐을 다 정리하지 않아 나는 방에서 짐을 정리했다. 오피스텔을 나올 때 필요한 것만 가져왔으므로 정리할 물건은 많지 않았다. 옷장과 책상, 텔레비전과 냉장고는 그곳에 놓고 내려와서 책과 컴퓨터, 옷만 정리하면 된다. 방에는 옛날 장롱과 작동이 안 되는 재봉틀, 철제 책상과 아무렇게나 벽에 걸린 옷가지들이 정신을 어지럽혔다. 장롱에서 솜이 들어간 이불과 요를 꺼내 밖에 내놨다. 삼십 년이 넘은 이불이다. 어머니가 살아 계실 때 이불보만 뜯어서 빨았던 이불과 요를 지금은 사용하지 않는다. 빈 장롱에 내가 가지고 온 가벼운 이불을 넣고 벽에 매달려 있는 옷들도 걷어서 밖으로 내놓았다. 그때야 방이 방처럼 보였다. 내친김에 아버지의 방도 정리하려고 들어갔다. 겨우내 한 번도 창문을 안 열고 지냈는지 노인의 냄새가 코를 찔렀다. 아버지의 방도 굴속처럼 어둡고 아무렇게나 옷가지들이 널려 있다. 필요 없는 것들을 밖으로 내놓고 창문을 열어 환기를 시켰다. 앉아 있는 것보다 누워 있는 시간이 더 많은 아버지를 위해 침대를 마련할까 생각했다.

아버지는 군불을 지피고 있다. 소가 있을 때는 걸려 있는 무쇠솥에 여물과 고구마 넝쿨손, 잔 고구마, 마른 배춧잎 따위를 넣고 소죽을 끓였다. 풀이 나올 때부터 늦가을까지는 풀을 먹었지만, 겨울에는 언제나 아버지가 무쇠솥에 소죽을 끓였다. 처마 밑에 참나무 장작을 빼곡하게 쌓아놓고 겨우내 아버지는 군불을 때는 것을 소일거리로 삼았다.

"보일러를 틀면 되는데 뭐 하러 군불을 지펴요?"

"이렇게 해야 방바닥이 따뜻해."

아버지의 습관은 쉽게 고쳐지지 않았다. 십여 년 전에 온돌은 그대로 둔 채 내부를 수리해서 보일러를 설치했는데도 아버지는 겨울이면 한사코 군불을 지폈다. 보일러 작동법도 알려주고 낮에는 외출로 돌려놓으면 기름값이 많이 들지 않는다고 했음에도 여전히 군불을 지피고 데운 물로 밖에서 발을 씻는다. 욕실에서 수도꼭지만 돌리면 더운물이 콸콸 쏟아져 나오는데도 말이다. 하기야 평생 소를 키우며 살았으니 쉽게 습관이 바뀔 리가 없다. 소가 새끼를 낳으면 내다 팔고, 또 낳으면 내다 팔고, 목에 멍에를 씌워 들일 다 부리고 늙으면 내다 팔고 송아지 사 오기를 아버지는 마지막 소를 팔 때까지 했었다. 여물을 끓이던 습관 때문에 아버지는 무쇠솥에 물을 붓고 군불을 지핀다.

방으로 돌아와 영농 계획을 세워본다. 트랙터는 고구마 밭과 논 갈 때만 필요하므로 살 필요가 없다. 필요할 때마다 소유자에게 일을 맡기고 돈을 주면 된다. 경운기는 집에 있지만 낡아서 폐기하고 1톤짜리 화물차를 장만해야 할 듯하다. 비료나 퇴비를 빠르게 운반하고 수확물을 싣고 외지로 나가야 하니까 화물차는 있어야 할 듯했다. 예초기와 비료 뿌리는 분무기, 모터가 장착된 농약 뿌리는 기계, 어림잡아도 2천만 원은 들어갈 듯하다. 게다가 산에 심을 묘목과 퇴비, 지지대와 부직포까지 사려면 천만 원은 더 들어갈 듯했다. 가지고 내려온 돈이 1억 오백만 원인데 삼분의 일이 없어질 듯하다.

대충 영농 계획을 세우고 밖으로 나오자 아버지는 그때까지 군불을 지피고 있다. 시골이라 그런지 어둠이 빨리 오는 듯했다. 어둑어둑하던 주위가 짧은 시간에 먹물을 뿌려놓은 것처럼 깜깜해졌다. 이따금 서 있는 가로등만 불빛을 쏟아내고 있을 뿐, 사위는 어둠이 짙게 드리워지고 있었다. 나는 아버지에게 그만 들어가자고 말했다. 아직도 아궁이에는 불이 활활 타고 있다. 발을 다 씻었음에도 아버지는 다시 세숫대야에 뜨거운 물을 붓고 찬물을 섞고 있었다. 치매가 오는 것인가? 왜 발은 자꾸 닦는 것일까? 나는 혼자서 생각하다 방으로 들어왔다. 아버지를 위해 저녁을 해야 했다. 밥솥에 밥이 남아 있어서 찌개만 끓이면 될 듯하다. 냉장고에서 먹고 남은 김치, 젓갈, 호박 무침, 따위를 식탁에 꺼내놓았다. 돼지고기를 조금 썰어서 파와 함께 넣고 고추장과 간장, 다진 마늘을 넣고 가스레인지 불을 올렸다. 오피스텔에 있으면서 혼자 밥을 곧잘 해 먹어서 상 차리는 일이 어렵지는 않았다.

2

　아침부터 기계톱 돌아가는 소리가 구름골을 뒤덮었다. 2인 1조로 3개 조가 벌목을 하고 굴착기가 길을 내며 잘린 나무를 트럭에 싣고 있었다. 다 알아서 하겠지만 나는 혹시나 싶어, 살리려고 하얀 천을 매달아놓은 나무까지 베어버리지 않게 산에서 일하는 사람들에게 일일이 당부했다. 벌목하는 사람들이 고개를 끄덕였다. 나무는 너무 쉽게 잘려 나갔다. 톱날이 지나가는 곳마다 아름드리나무들이 힘없이 쓰러졌다. 벌목하는 사람들이 쓰러진 나무의 가지를 자르고 일정한 간격으로 토막을 내놓으면 굴착기가 집게로 나무를 안아서 트럭에 실어주었다. 2.5톤 트럭 두 대가 연신 나무를 실어 날랐다.

산이 점점 비워졌다. 벌목하는 사람들이 지나간 곳에는 언제 나무가 서 있었냐는 듯이 공터가 생겨났다. 굴착기가 나무를 실으며 잔가지들을 한곳에 모아놓아서 할 일이 없었다. 산에는 잔가지를 쌓아놓은 것만 듬성듬성 놓여 있었다. 나는 톱을 들고 벌목을 하는 사람들이 놓친 작은 나무들을 잘라냈다. 묘목을 심으면 경쟁하듯 치고 올라온 잡목들 때문에 묘목이 뿌리를 못 잡고 고사(枯死)할 수 있어 남겨진 잡목을 잘라내야 했다. 작은 나무들은 기계톱으로 휘두르고 지나가서 손댈 게 없지만, 간혹 빠트린 것들은 일일이 손으로 베어주어야 했다.

벌목은 사흘 동안 계속되었다. 이제 산은 민둥산이 되었다. 굴착기가 길을 내서 경운기나 트랙터도 얼마든지 올라올 수 있었다. 벌목하는 사람들이 철수하자 그때야 산이 조용해졌다. 경사가 심하고 돌이 많은 위쪽의 산만 남겨두고 벌목을 끝내자 거대한 들판이 나타났다. 야트막해서 벌거벗은 산이 시야에 확 들어왔다. 나무뿌리를 캐내고 밭을 만들어도 될 만큼 평범한 산이다. 나는 벌목을 하지 않은 산 위쪽으로 가본다. 돌이 많아 벌목해도 쓸모없는 곳이라 아예 제쳐놓은 산 위에는 땅이 척박해서 그런지 나무도 자잘했다. 자잘한 나무 사이로 커다란 바위가 서 있다. 바위는 소나무에 가려서 잘 보이지 않았다. 나는 바위를 보며 산을 올랐다.

ー이게 무슨 새일까?

바위 밑에는 두 마리의 새가 있었다. 새끼였다. 흰 털이 난 작은 새 두 마리는 인기척에 겁을 먹었는지 짹짹거리며 어미를 찾고 있었다. 나는 핸드폰을 꺼내 새를 여러 각도에서 촬영했다. 처음 보는 새라 신기했고, 무슨 새인지 궁금했다. 촬영을 끝내고 산에서 내려올 때까지 어미 새는 나타나지 않았다. 눈이 동그랗고 발톱이 날카롭고 부리가 구부러진 것으로 봐서 수리부엉이가 틀림없었다.

산이 비워지자 갑자기 바빠졌다. 나뭇가지가 모아진 곳에 불을 놓았다. 나무를 키우는 데 방해가 되기 때문이다. 생나무라 불이 잘 붙지 않았다. 불이 산으로 옮겨붙지 않게 갈퀴로 낙엽을 긁어모아 나뭇가지 밑에 밀어 넣고 삽으로 주변에 흙을 뿌린 다음 낙엽에 일회용 라이터를 긁자 불이 확 살아났다. 그러나 그때뿐이었다. 생나무라 연기만 자욱하게 피어오를 뿐 불이 붙지 않아 몇 번이나 낙엽을 긁어다 넣어주었다. 따다닥 따다닥 소리를 내며 불이 붙자 불기둥이 치솟았다. 불길은 나무가 가진 수분을 증발시키며 생나무 가지를 먹어치웠다. 산에서 연기가 자욱하게 나자 마을 사람들이 산불이 난 줄 알고 달려오기도 했다. 여러 개의 나무 무더기를 다 태운 뒤에야 사람들이 돌아갔고, 나는 잔불을 정리하다 날이 어둑어둑해진 다음에야 산에서 내려왔다. 다행히 소방서에서는 오지 않았다. 마을에서 신고한 사람도 없었고, 인근 시와 경계 지역이라 담당 지역이 아닌 줄 알았으리라.

마을회관은 텅 비어 있었다. 노인들이 화투를 치고 가서 방바닥에 화투장과 술병이 놓여 있다. 놀고 마셨음에도 그것을 치울 힘조차 없는지 노인들이 그냥 돌아가버렸다. 빈 병과 휴짓조각과 과자 부스러기를 대충 치우고 청소기를 돌렸다. 시에서 녹색마을로 지정해 1층이던 마을회관을 2층으로 증축하고 특산물 전시와 숙박을 겸용으로 할 수 있게 꾸

멨지만, 방문객이 없어 노인들의 쉼터로 사용하고 있었다. 1층의 벽면에는 마을에서 생산된 왕관 호박과 매실 엑기스, 고구마, 콩 따위가 전시되어 있다. 나는 2층으로 올라가보았다. 넓은 방에 이부자리와 세면장까지 갖춰져 있었다. 모텔보다는 못하지만 웬만한 여관보다 나을 듯했다. 마을에서 기금을 조성하려고 시작한 일이지만 외지인이 이곳에서 잔 적은 한 명도 없었다. 이대로 놀리기가 아까워 보였다.

"아주 내려왔다고?"

마을회관에서 나와 어제 들르려고 했던 종석이 형의 농장에 왔다. 그는 막 일손을 놓고 숙소에서 쉬고 있던 참이었다. 쉰다섯 살로 이 마을에서는 그나마 제일 젊은 농부였다. 주로 콩 농사를 지어서 두부 공장에 납품하는데, 작물 가꾸기가 편하고 소득도 괜찮다고 했다. 집은 읍내에 있고, 농장에서는 쉴 수 있게 컨테이너 한 개를 갖다놓고 쇠파이프로 용접을 해서 차양을 만들어놓아서 집처럼 아늑했다. 게다가 산골짜기에서 괴암을 가져다 정원을 만들어서 운치도 좋았다. 물이 얼마나 오랫동안 흘렀으면 단단한 돌이 저렇게 파였을까? 나는 정원에 놓인 돌을 보며 물의 힘을 느꼈다. 바위가 물이 흐른 방향으로 깊이 파여 있어 마치 인위적으로 조각한 것처럼 보였다. 그런 돌들을 여러 개 둑 밑에 세워놓고 느티나무를 심어놓아서 사색하기에 좋을 듯했다. 느티나무가 하늘을 가려주므로 한여름에도 돗자리만 깔면 낮잠을 자기에도 좋은 장소였다.

"시골에서 살기가 쉽지 않을 텐데?"

"산을 개간했어요. 매실과 호두나무를 심을 생각인데 괜찮을지 모르겠네요."

그가 컨테이너에 가서 김치와 막걸리를 내왔다. 별로 술 마실 생각은 없었는데 그가 일회용 종이컵에 막걸리를 가득 따라 내게 내밀었다. 내가 막걸리를 받고 그에게 따라주려고 했는데 손수 따라서 건배도 없이 먼저 마셨다. 김치 한 조각을 나무젓가락으로 잡고 나도 막걸리를 마셨다. 그는 마침 정원 꾸미는 일을 끝내서 술 생각이 났던 모양이다. 내가 따라주기도 전에 다시 잔을 채워 입으로 가져갔다.

"누가 좋다고 하면 너도나도 따라 하니까 그게 문제야. 처음에 시작한 사람들만 돈 벌지 뒤쫓아 한 사람들은 투자비도 못 건져. 잘 생각해서 해봐."

"무슨 말이죠?"

"매실나무도 이미 많이 심겨 있어. 매실 효소가 좋다고 하니까 너도나도 심어서 매실 값이 형편없어. 호두도 중국산이 많이 들어온다던데, 아무튼 시골에서 살기가 쉽지 않아. 나무를 키우려면 적어도 삼사 년은 수확도 못 하고 계속 투자만 해야 하는데 감당할 수 있겠어?"

그는 이곳에서 태어나서 이곳을 떠나서 산 적이 없었다. 고등학교만 졸업하고 막 바로 눌러앉아 농사를 지었는데 빚만 늘어났다고 했다. 생각보다 돈이 모이질 않았고, 생활은 늘 쪼들렸다. 농사라는 게 이상하게도 일은 많이 하는데 돈은 들어오지 않았다. 봄부터 여름내 키우고 가을에 수확하는 방식이라 농협에서 영농 자금을 빌려서 쓰고 가을에 갚는 악순환이 계속되었다.

"공동화를 하자는 거죠. 공동으로 생산해서 공동으로 팔고 공동으로 나누면 대량화가 가능하다니까요. 적은 양은 돈이 안 되지만 대량으로 수확하면 목돈을 만질 수 있어요. 그러니까 형도 해마다 콩만 심지 말고 매실나무를 심어봐요. 마을 브랜드로 만들 생각이거든요. 매실 따기 체험과 효소 만들기 체험을 하면 사람들도 많이 올 거예요."

어느새 날이 어두워지기 시작했다. 그가 막걸리를 한잔 더 하자는 것을 나는 자리에서 일어났다. 무엇인가 마을에 보탬이 되고 자신도 소득을 올릴 방법을 제시해도 그는 도시 들으려 하지 않았다. 예전에 농협에서 융자를 얻어 축사를 크게 지었는데, 그게 잘못돼서 이제는 투자라면 지레 겁부터 난다고 했다. 3억을 빌려서 축사를 짓고 돼지를 입실했는데 처음에는 빚을 금방 갚을 수 있을 정도로 돼지고기 가격이 높게 형성되더니 막상 출하하려는 시점에는 값이 형편없이 내려가서 사룟값도 충당하기 힘든 지경이었다. 돼지의 두수를 계속 늘려서 천여 마리까지 키워보려는 바람이 일 년도 안 돼서 물거품이 되고 말았다. 사료 판매업자를 설득해서 어떻게든 버텨보려고 했는데 미수금이 누적되자 돌연 사료 공급을 중단했고, 그가 다른 사료 판매업자를 만나 사정을 했지만, 동종업계에서 사정을 훤히 알고 있으므로 사료 구매가 쉽지 않았다. 결국, 그는 싼값에 돼지를 도매업자에게 넘겼고, 다 자라지 못한 돼지는 방치해버렸다. 돈을 벌려고 지은 축사가 돈만 축내는 축사가 되었다. 배고픈 돼지들이 밥을 달라고 아우성치고 돼지를 판 돈으로 사료를 사서 먹여도 사료는 금방 바닥이 났다. 그는 음식점을 돌아다니며 음식 찌꺼기를 긁어모아 돼지에게 주었는데, 워낙 돼지가 많아 그것도 감당이 되지 않았다. 그는 할 수 없이 야반도주했다. 거기서 있으면 돼지들 때문에 미쳐버릴 것 같았다. 아무리 먹어도 배고프다고 꿀꿀대는 돼지들에게 그는 더 이상 아무것도 해줄 수 없었다. 돼지들처럼 자신도 같이 울거나 죽어나가는 돼지들을 망연히 바라볼 수밖에 없었다.

농장을 나와 집으로 오는 동안에도 절망적이었던 그의 목소리가 귓가를 떠나지 않았다. 누구에게나 한 번쯤은 실패의 경험이 있지만, 그가 자식처럼 키우던 돼지들을 내팽개치고 야반도주했다는 말을 했을 때는 내 눈에서도 눈물이 흘렀었다. 돼지들을 그렇게 남겨두고 혼자 서울로 도피를 하자 남은 것은 주머니에 돈 몇 푼밖에 없었다. 당장 입에 풀칠이라도 해야겠기에 백부의 집에 찾아갔지만, 그곳도 대학생 둘을 둔 집이고, 소득보다 지출이 많아 매일 물에 빠진 사람처럼 허우적거리며 살고 있었다. 그는 다시 혼자가 되었다. 서울에서 날품을 팔며 약간의 돈을 모았지만, 그나마도 약삭빠른 사람에게 속아 다시 빈털터리가 되고, 삼 년 만에 이곳에 오자 축사와 논밭은 법원 경매로 넘어갔고 화병에 어머니마저 돌아가시자 그도 삶을 버리려고 살충제를 들이마셨다. 그러나 연장을 빌리러 온 이웃 사람이 입에 거품을 물고 신음하는 그를 발견하고 119에 신고해서 그는 살아났다. 대학병원에서 위세척하고 이틀 만에 돌아온 그는 이제 머슴부터 다시 시작하겠다고 남의 집 일을 다녔다. 돈은 모으기만 하고 쓸 줄을 모르는 바보로 살기를 십여 년, 작은 논밭을 사고 자꾸 늘어나는 농토를 보며 그 재미로 지금까지 살아왔다. 그는 그 때문에 투자나 대체작물 재배 같은 변화는 하고 싶지 않다고 했다.

"잘 들어갔니? 그냥 잘 갔나, 해서?"

잠자리에 들었다가 핸드폰이 울려서 깼다. 그였다. 시계를 보니 열한 시가 넘었다. 집에 온 시간이 여덟 시가 조금 넘었었는데 그는 지금까지 혼자 술을 마시고 있었던 것일까? 그의 말에는 취기가 가득 담겨 있었다. 그가 얼마나 취했는지 내가 들고 있는 핸드폰에서 술 냄새가 폴폴 풍기는 듯했다.

"왜요, 형."

"잘 갔나 하고."

"그럼 잘 왔지. 걸어서 십 분 거리고 술도 마시지 않았는데 무슨 걱정을 하세요?"

"어, 방금 갔잖아. 나랑 지금까지 술 마시고."

"예?"

"지금 갔어. 나랑 막걸리를 일곱 병이나 비우고. 내가 돼지 새끼들을 버리고 서울로 도망갔다는 얘기를 듣고 네가 눈물을 보였잖아. 그게 하도 순수해 보여서 전화한 거야. 난 지금까지 나를 이용해먹으려는 사람들만 만나왔어. 시골에 살면서도 너처럼 때 묻지 않은 사람은 처음이야. 그래서 진실을 알려주려고. 실은 돼지 때문에 망한 게 아니라 누나에게 보증을 서줘서 축사와 논밭이 경매에 넘어갔던 거야. 누나가 십억이 넘는 돈을 부도내고 잠적하는 바람에 나도 알거지가 되었던 거지. 듣고 있냐?"

"예, 그만하시고 이제 주무세요. 형은 지금까지 혼자 술을 마신 거예요. 아무도 없는데 혼자 취해서 마치 내가 옆에 있다는 착각으로 혼자 말하고 대답한 거라고요. 내일 얘기해요."

그가 걸어온 전화 때문에 잠이 머리에 찬물을 맞은 것처럼 화들짝 달아났다. 그는 지금까지 혼자 술을 마신 게 분명했다. 얼마나 큰 충격과 상처였기에 지금까지 잊지 못하고 있을까. 이미 이십여 년이나 지난 일이라던데.

이십 년. 이십 년 전이면 내가 세아를 처음 만난 해이기도 하다. 그녀는 여자상업고등학교를 졸업하고 갓 은행에 입사한 새내기였고, 나는 중소기업에서 근무할 때였다. 자금 담당을 맡고 있어서 자연히 은행에 갈 일이 많았던 나는 그녀와 자주 눈길이 마주쳤다. 긴 생머리를 늘어뜨리고 감색 유니폼을 입고 앉아 있는 그녀는 인형처럼 예뻤다. 그러나 숫기가 없던 나는 그녀에게 업무 얘기만 했고, 혼자 가슴앓이만 했었다. 고등학교 때도 그렇고 대학교에 다닐 때도 그랬었다. 마음에 드는 여자가 있으면 말도 걸지 못하고 혼자서 가슴앓이를 하는 게 내 습관이었다. 아는 여자들과는 아무 부담 없이 대화도 잘하고 리포트 쓰는 일을 도와주고 구내식당에서 함께 식사해도 아무렇지 않았지만, 마음속에 숨겨둔 여자에게는 그녀가 앞에서 걸어오는 모습만 봐도 가슴이 쉴 새 없이 방망이질하고, 시선은 이미 다른 곳으로 도망가 있었다. 그리고 시간이 지나면 언제 그런 일이 있었나 싶게 같은 여자였음에도 마음이 끌리지 않았다. 이를테면 봄에 안 여자가 천사만 같고 이슬만 먹고 사는 여자처럼 보였다가 가을이면 평범한 여자로 보이는 것이었다. 평범한 여자로 돌아간 여자를 마음속에서 보내고 가을에 다른 여자를 알아 다시 가슴앓이가 시작되고 겨울이 가기 전에 천사 같던 여자가 다시 평범한 여자로 들어왔다. 대학을 다니는 동안 나는 결국 다섯 번이나 가슴앓이하고 말았다.

세아도 마찬가지였다. 처음 은행에 갔을 때, '아! 이 여자다' 하고 첫눈에 그녀에게 반했던 것은 아니었다. 은행 업무 때문에 은행에서 본 것이 전부였고, 그녀는 평범한 은행원일 뿐이었다. 언제나 그녀는 바빴고 손님들의 이야기를 들어주느라 피곤해 보였다. 담보대출 문의, 장기예탁 문의, 마이너스 통장 만들기 문의, 하다못해 몇 줄 안 쓴 통장을 들고 와서 통장을 정리해달라는 사람도 있었다. 나는 거래처에서 온 수금을 확인하고 회사 주거래통장으로 입금하는 일을 하려고 일주일에 두세 번씩 은행에 들렀다. 그때마다 세아는 손님들에게 똑같이 상냥하게 '안녕하세요, 무엇을 도와드릴까요?' 앵무새처럼 말했다.

"예쁘시네요."

"네?"

"예쁘다고요."

"……."

내가 그녀에게 처음 말을 한 것이 그 말이다. 처음 은행에 가서 입금 내역을 조회하고 주거래통장에 잔액을 옮겨달라고 말하고 그녀가 업무를 보는 사이에 나는 밑도 끝도 없이 그 말을 했다. 그녀가 일손을 멈추고 나를 보다 다시 컴퓨터 화면으로 시선을 돌렸다. 그녀의 볼이 약간 빨개졌다. 수줍음을 타는 듯했다.

두 번째로 은행에 갔을 때도 나는 같은 말을 했다. 그녀는 얼굴이 빨개지지 않았다. 세 번째, 네 번째도 그렇게 말하자 그녀가 '손님, 인제 그만 놀리세요' 말했다. 나도 문제였다. 진지하게 말하지 않은 탓에 그녀는 내가 말장난을 하거나 놀리는 줄 알았으리라. 이제 나는 그녀에게 예쁘다고 말하지 않았다. 은행 업무만 보고 무엇인가에 쫓기는 사람처럼 급히 은행을 나오곤 했다. 가을이 가고 있었다. 입사한 지 벌써 일 년이 다가오고 있었다. 일 년 동안 그녀와 나눈 대화는 업무와 멋모르고 예쁘다고 말한 게 전부였다. 그리고 나는 그녀를 자주 잊었다. 일 년 동안 그녀는 두세 번 헤어스타일을 바꾸었고, 계절마다 유니폼을 바꿔 입었다. 나무가 잎을 떨어내듯 블라우스에 조끼 차림의 춘추복이던 그녀의 옷이 어느 순간에 반소매 차림이었다가 지금은 손등까지 덮은 두꺼운 옷으로 바뀌었다. 그만큼 가을이 빨리 가고 있었다.

세아를 처음 만난 지 오 년쯤 지나자 그녀도 여자가 되었다. 나이가 갓 스무 살에서 스물다섯으로 올라가 있었고 나도 어느새 서른두 살이 되어 있었다. 지난 오 년 동안 나는 사내에서 두 명의 여자와 교제를 하다 시시하게 끝났고, 친구가 주선해준 여자와도 깨져 있었다. 여자를 진지하게 사귀려고 생각하면 여자가 가볍게 나왔고, 반대로 내가 가볍게 지내려던 여자는 오히려 진지하게 나왔다. 만남은 언제나 어긋났다. 내가 영업부의 미스 서에게 마음을 두면 관리팀의 미스 송이 내게 관심을 보였다. 만남은 흐르는 물처럼 나를 위해 멈추지는 않았다.

"서다혜 씨, 오늘 저녁에 차 한잔할까요?"

"네, 저…… 하고요."

"네, 저녁 식사도 같이."

"학원에 가야 해요."

그녀는 학원에 가지 않아도 학원에 가야 한다고 했다. 무엇을 배우는지 나는 묻지 않았다. 해외 영업 때문에 어학원에 다닌다는 얘기는 언뜻 들었지만 그게 몇 년 전이었다. 물론 그녀는 지금도 학원에 다닐 수 있고 그만두었을 수도 있다. 자주는 아니었지만, 약속하려면 그녀는 지레 겁먹은 여자처럼 잔뜩 몸을 웅크리고 빠져나갈 구멍부터 찾았다.

─지방에 계신 아빠가 올라오시는 날이에요.

─엄마가 아프시다네요.

─오늘도 학원에 가는 날이거든요.

나는 영업부에 있는 미스 서와 거짓말처럼 한 번도 약속하지 못했다. 그녀가 몇 번 내 호의를 거절하는 바람에 나오는 부담이 된다는 것을 알수 있었지만, 그녀가 일방적으로 나를 피하는 것은 그녀에게 남자가 있어서다. 그녀의 남자가 같은 사무실의 후배라는 것을 알았을 때, 나는 넋이 나갔었다. 다른 사람도 아니고 같은 부서의 후배가 그녀의 남자라니, 둔기로 뒤통수를 맞은 듯이 며칠간 머리가 멍하고 일손이 잡히지 않았다. 혼자 짝사랑한 대가를 그녀는 철저히 짓밟았다. 실연은 시간이 지나면 잊힌다지만 그해 가을에 나는 무작정 어디론가 떠나갔다가 영영 돌아오지 않았으면 하는 충동과 하필이면 후배의 여자라는 죄책감에 시달려야 했다.

"다혜, 그 남자랑 사귄 지 오래됐어요."

서다혜에게 남자가 있다고 미스 송이 귀띔해줬을 때도 나는 그녀가 질투 때문에 그러는 줄 알았다. 내가 서다혜를 좋아하니까 둘 관계에서 멀어지게 하고 자신이 내게 오려는, 흔한 드라마의 줄거린 줄 알았다. 그러나 정말로 그녀가 후배와 사귀고 있다는 것을 알았을 때, 나는 실연을 당한 것을 알았다. 이슬만 먹고 사는 선녀처럼 보이던 여자가 평범한 여자로 보이는 것도 그때부터였고, 잘되기보다는 헤어지거나 결혼하더라도 불행해지기를 바라는 이상한 심리가 활활 타올랐다. 그 마음이 끝나야 비로소 타인(他人)이 되는 것을.

3

안동에 가서 나무를 사 왔다. 경부고속도로를 타고 서대구의 금호분기점에서 중앙고속도로를 타고 다시 위로 올라가는 긴 여정이라 안동에는 도산서원과 하회마을이 유명하다는 얘기는 들었지만 가보지 못했다.

세종시 북쪽의 소정면에서 아침 아홉 시에 출발했음에도 안동에 도착하자 오후 한 시가 넘었다. 안동으로 가다 군위휴게소에 들러서 점심을 먹고 한 삼십 분쯤 쉬며 음료수를 마신 것 말고는 줄곧 운전만 했다. 안동에서 다시 면 단위 소재지로 가서 한참을 들어가야 농장이 나왔다.

"인터넷에서 보신 대롭니다. 묘목이 육십 센티가 넘는 것은 한 그루에 만 이천 원입니다."

동년배로 보이는 주인은 사기꾼 같지가 않았다. 인터넷으로 농장의 위치와 취급 품목을 미리 점검하고, 전화로 상담까지 하고 왔으므로 첫 대면이지만 낯이 익어 보였다. 습관인지 밀짚모자를 눈가까지 눌러쓰고 농장의 이곳저곳을 안내하는 주인은 사뭇 진지해 보였다. 호두알이 굵은 왕호두나무 묘목만 사겠다고 했음에도 주인은 비닐하우스와 야산에 심어진 정원수까지 보여주었다. 향나무와 전나무, 주목, 단풍, 느티나무, 금송, 일정한 간격으로 끝없이 심겨 있었다. 과수 묘목과 정원수, 관상수, 약용식물까지 다양하게 농장을 운영하는 듯했다. 나는 필요한 것이 왕 호두나무 묘목임으로 그것만 살 생각이었다.

"사오십 센티는 구천 원에서 만 원 선인데 대량 구입하신다니 팔천 원까지 해드리죠."

주인이 그 이하의 가격은 안 된다고 흥정을 거절했지만 나는 일천 주를 사는 조건으로 한 주당 칠천 원씩, 칠백만 원어치를 사들였다. 일천 주면 내가 생각하는 만큼의 넓이에 왕호두나무를 심을 수 있을 듯했다. 계약금으로 이백만 원을 현금으로 주고 나머지는 나무를 인수하면 계좌로 송금해주기로 했다. 주인도 흔쾌히 허락하며 나무가 작업되는 대로 용달차로 올려보낸다고 했다.

나무는 안동에 가서 계약하고 온 지 이틀 만에 도착했다. 용달차 기사가 아침 일찍 차를 낸대서 나는 전날 일꾼을 열다섯 명이나 얻었다. 열명은 인력회사를 통해서였고, 다섯 명은 마을에서 젊은 축에 속하는 사람들을 맞췄다. 용달차는 아침 여덟 시가 조금 못 돼서 도착했다. 열 그루를 한 다발씩 묶은 나무는 총 백 다발하고 두 다발이나 더 있었다. 주인이 스무 그루를 서비스로 보내준 탓이다. 아침부터 용달차가 오기만을 기다리던 인부들이 차에서 묘목을 내려 산으로 들고 올라갔다. 나는 나무의 간격과 심는 요령에 관해 얘기해주고 곧바로 작업을 시켰다. 2인 1조로 각자 산의 중턱에서부터 위와 옆으로 나무를 심어 나갔다. 나무의 간격을 최소 육 미터씩 띄우고 돌이나 습지는 피해 심으라고 인부들에게 일일이 알려줬음에도 어느 곳에는 사 미터가 채 안 되게 나무를 심어놓았다. 나무가 크면 서로 그늘을 만들어서 수확량이 적기 때문에 옮겨 심어야 했다. 나는 인부들에게 다시 나무와의 간격을 설명해주고 음식점에 전화했다. 점심을 먹으려고 열다섯 명이 식당으로 가는 것보다 식당에서 이곳으로 배달을 해 오면 일하는 데 좀 더 효율적이라는 생각 때문이다.

"이곳부터 위로 계속 심으며 올라가요."

인부들에게 나무를 심을 방향을 다시 알려주고 참을 사러 나왔다. 제과점에 들러서 열다섯 명분의 빵을 사고 마트에 들러 음료수와 막걸리랑 소주도 샀다. 하루 벌어 하루 먹고 사는 사람들이라 대낮에도 인부들은 술을 찾았다. 삽으로 땅을 파는 일이라 술기운이 들어가야 고됨을 모르고 일하기 때문이다.

"먹고살자고 하는 일인데 한잔하자고."

오전 열 시. 새참을 사다 마른 풀 위에 풀어놓자 인부들이 꿀을 본 벌처럼 달려들었다. 각자 제과점 빵과 음료수를 한 잔씩 따라 들고 풀 위에 앉아 참을 먹었다. 인부들은 별로 시장기를 느끼지 못하는지 반쯤 먹다 남은 빵을 함부로 버리기도 했고, 아예 입에 대지 않는 사람도 있었다. 나는 힘든 일을 하니 많이 먹으리고 했다. 나이가 든 남자가 소주병을 따서 종이컵에 내용물을 따라 단숨에 비우며 말했다.

"땅이 하도 척박해서 나무가 잘 살 수 있을까?"

"그러게 돌이 많은 곳과 물이 많은 곳은 피하라고 했잖아. 일당만 받으면 된다고 아무 데나 꽂지 말고. 나무도 심는 사람의 정성이 있어야 잘 사는 법이야. 뿌리에 바람이 들어가면 나무가 죽으니까 심고 나서 흙을 꼭꼭 밟아주고, 나무가 삐뚤어지지 않게 반드시 잡고 심어야 해. 일을 잘해야 다음에 주인이 또 부를 거 아냐?"

남자가 말을 하다 나를 바라보는 바람에 나는 난처했다. 옳은 말이지만 그는 건성으로 말하고 종이컵에 소주를 따라 입으로 가져갔다. 알코올중독자처럼 그는 앉은 자리에서 소주 한 병을 다 비우고 일어났다. 저렇게 술을 마시고 일을 할까 싶었다. 그러나 그는 내 우려와는 달리 나무를 한 다발 안고 산을 오르며 노랫가락을 뽑고 있었다.

─한 많은 이 세상 야속한 님아, 정을 두고 몸만 가니 눈물이 나네, 아무렴 그렇지 그렇고말고, 한 오백 년 살자는데 웬 성화여, 백사장 새 모래밭에 칠성단을 보고, 님 생겨달라고 비나이다, 아무렴 그렇지 그렇고말고, 한 오백 년 살자는데 웬 성화요, 청춘에 짓밟힌 애끊는 사랑, 눈물을 흘리며 어디로 가나, 아무렴 그렇지 그렇고말고, 한 오백 년 살자는

데 웬 성화요, 한 많은 이 세상 냉정한 세상, 동정심 없어서 나는 못 살겠네, 아무렴 그렇지 그렇고말고, 한 오백 년 살자는데 웬 성화요.

오전부터 남자의 노랫소리가 처량하게 들려왔다. 일하는 데 방해가 될까 싶어 나는 남자를 돌려보낼까 생각했다. 술에 취해서 일하면 실족할 우려도 있고, 다른 사람과 작업하다 시비가 붙어 싸움도 할지 모른다는 생각에 버스정류장까지 태워다주고 올까 했다. 버스정류장까지만 태워다주면 남자가 알아서 집으로 돌아갈 것이다. 어차피 일당을 받으려고 와서 일하는 것이어서 나는 그에게 이만 원만 쥐여주면 된다.

"이해하세요. 아픔이 뼈에 사무쳐서 일을 나오건 일을 나오지 않건 저런답니다. 그래도 할 건 다 해요. 술 취해서 노래를 불러도 장정 두 명이 일하는 폭은 해내고, 아픔을 안에서 삭이는 사람이라 싸움질 같은 건 하지 않아요. 내버려두면 지가 알아서 척척 일해요."

인력회사에서 함께 온 사람이 구슬프게 노래를 부르는 남자에 대해 말했다. 어릴 때 자신을 낳은 어머니가 가정불화로 집을 나가서 홀아버지 밑에서 컸다고 했다. 초등학교 이 학년 때였으니 얼마나 어머니가 그리웠으면 지나가는 여자를 어머니로 알고 달려가 확인도 하고, 언제나 외톨이가 되어 마당에서 혼자 흙으로 어머니를 만들며 놀았다고 했다. 성장 후에도 어머니는 끝내 찾아오지 않고, 아버지마저 암으로 세상을 떠나자 그는 고삼 때 고아가 되었다고 했다. 직장을 잡고 여자를 만나 결혼식도 올리고 아이도 한 명 낳았는데, 초등학교 이 학년 때처럼 이번에는 아내가 돌이 갓 지난 아이를 남겨두고 집을 나갔다고, 여자 복이 지지리도 없어 만나는 여자마다 그렇게 떠나가서 아주 오래전부터 막일이나 하며 하루하루 먹고사는 사람이니 내버려두라고 함께 온 남자가 말하자 나는 노래를 부르며 산을 오르는 남자를 바라보았다. 소주 한 병을 비웠음에도 남자는 조금도 흐트러진 모습을 보이지 않았다. 남자는 마치 살아온 삶을 산속에 묻어두고 가려는지 구슬프게 〈한 오백 년〉의 노랫가락을 뽑고 있었다.

새참을 먹고 인부들이 다시 산으로 올라가 나무를 심는 사이에 주문한 자재가 속속 도착하였다. 농약방에서 제초용 부직포를 가져오고, 건재상에서 나무 지지용 쇠파이프를 가져왔다. 인부들이 산에서 나무를 심기 때문에 나는 운전사와 둘이서 자재를 일단 내려놓았다. 점심을 먹고부터는 일부 사람들을 빼내서 묘목을 심은 곳에 제초용 부직포를 깔고 지지대를 박아야 한다. 오늘 일이 다 끝날지 아직은 가늠할 수 없었다.

점심을 먹고 나자 일손이 더욱 바빠졌다. 나무 심기와 밸런스를 맞추기 위해 다시 조를 짜서 제초용 부직포를 덮는 팀과 지지대인 쇠파이프를 박는 팀, 나무 심는 팀으로 쪼개고 일을 시작했다. 묘목 부위에 부직포를 덮지 않으면 지면에서 올라오는 잡초를 감당하지 못할 것이다. 부직포는 덮기 좋게 가로 세로가 각각 육십 센티미터의 사각형으로 잘려 있었다. 중앙에서 아무 방향이나 칼로 긋고, 묘목을 가운데에 놓고 사방으로 부직포를 펼친 다음 끝부분을 흙으로 덮어주면 부직포 씌우기가 끝난다. 다음 조는 부직포가 씌워진 묘목 옆에 지지대인 쇠파이프를 박고 묘목을 천으로 묶어주면 묘목 심기는 끝난다.

오후 세 시가 넘어서 나는 인부들에게 줄 품삯을 찾아왔다. 현금 지급기에 카드를 넣고 비밀번호를 누른 다음 원하는 금액을 누르면 현금 지급기가 알아서 현금을 토해냈다. 저녁에도 참을 사다 줄까 하다 일이 거의 끝났으므로 그만두기로 했다. 인력회사에서 온 사람들은 오늘 일을 끝내면 언제 또 볼지 모르는 사람들이므로 일당만 주고, 마을에서 온 사람들만 음식점으로 모셔서 저녁을 대접할 생각이다.

"이게 마지막 나무야?"

묘목 심기는 생각보다 삼십 분이나 일찍 끝났다. 여섯 시까지 빠듯하게 할 줄 알았는데 마지막 남은 나무를 심고 부직포를 씌우고 쇠파이프를 박아 묘목을 고정시켜주자 핸드폰의 시계는 다섯 시 삼십 분을 가리키고 있었다. 생각보다 빨리 끝나서 인부들도 기분이 좋아 보였다. 나는 인부들에게 일일이 수고했다고 악수를 하고 일당을 나눠주었다. 인력회사 사람들이 돌아가고 마을 사람들만 남자 내가 저녁 식사를 대접한다고 했음에도 마을 사람들은 한사코 혀를 내둘렀다. 밥은 무슨 밥이냐고, 마을에 있는 가게에 가서 막걸리나 마시고 들어가겠다고 하는 바람에 나는 일당 외에 막걸릿값을 주머니에 찔러주었다.

인부들이 산에서 내려가자 산은 다시 고요해졌다. 아침부터 나무를 심느라 분주하게 산을 오르내린 탓에 다리가 아려왔다. 인부들이 먹고 버린 빵 봉지 따위를 수거하고, 놓고 간 연장을 경운기에 실었다. 나무가 잘 심어졌는지 확인해보려고 산을 한 바퀴 돌자 정작 발이 멈춘 곳은 수리부엉이 둥지가 있는 바위 밑이었다. 나는 조심스럽게 둥지로 다가갔다. 며칠 사이에 두 마리의 새끼는 훌쩍 커 있었다. 어미가 사냥해서 갖다 놓은 청둥오리 사체가 놓여 있었다. 아직 새끼들이 뜯기에는 무리인 듯했다. 산에서 묘목을 심는 바람에 주위가 시끄럽고 부산해서 어미는 산속에 숨어 있다 조용해지면 내려와서 새끼들에게 먹이를 나눠줄 것이다. 나는 핸드폰으로 청둥오리의 사체와 수리부엉이 새끼를 촬영하고 쫓기는 사람처럼 황급히 자리를 떴다. 날이 어두워지고 주위가 고요하면 어디선가 어미가 둥지로 내려앉을 것이다. 얼마나 큰 새이기에 커다란 청둥오리까지 잡아 올까? 갑자기 수리부엉이가 등 뒤에서 나를 덮칠지도 모른다는 생각에 등골이 오싹했다.

"이리 와서 자네도 한잔해."

연장을 챙겨서 경운기에 싣고 마을로 돌아오자 어느새 어둠이 내려앉았다. 마을회관 옆에 있는 가게에서는 묘목을 심었던 사람들과 일을 나오지 않은 사람들까지 섞여서 막걸리를 마시고 있었다. 하루의 회포를 꼭 술로 풀어야 한다는 듯이 그들은 연신 막걸릿잔을 부딪쳤다. 나는 아버지에게 드릴 소주 한 병과 육포 한 개를 사 들고 가게를 나왔다. 아버지도 저녁에는 꼭 술을 드셨다. 어머니가 돌아가셔서 혼자 사는 쓸쓸함을 술을 마시지 않고는 견딜 수 없는 모양이다.

산을 너무 오래 탔는지 몸살 기운이 온다. 몸이 으스스하고 열이 났다. 나무를 심느라 무리한 탓이다. 가래가 끓고 기침까지 나온다. 이 시간에 문을 연 병원이 없어 진료를 받으려면 천안으로 나가야 했다. 의료함을 열자 마침 해열제가 있었다. 해열제를 먹고 버티다가 여전히 몸이 낫지 않으면 내일 병원에 가볼 생각이다. 나는 장롱에서 두꺼운 이불을 꺼내 덮었다. 몸이 더워지고 땀이 나기 시작했다.

다음 날, 컨디션은 좋지 않았지만, 몸살은 병원에 가지 않아도 될 만큼 멀리 물러나 있었다. 몸살 때문에 평소보다 늦게 일어나 어제 나무를 심은 것이 궁금해서 산에 올랐다. 생각보다 간격이 맞고 잘 심겨 있었다. 퇴비를 나를 시간이 안 돼서 길가에 놓았는데 그걸 옮기는데도 일손이 필요할 듯했다. 이십오 킬로그램씩 포대에 담겨 있어서 나무를 심은 곳마다 놓고 퇴비를 주어야 하는데 만만한 일이 아니다. 일단은 경운기로 운반해서 길을 따라 늘어놓고 나무가 심어진 곳으로 옮기는 것이 가장 좋은 방법이지만 혼자서 하기엔 벅차다. 인부를 두 명은 사야 할 듯하다. 나는 퇴비는 다음에 옮기기로 하고 산에서 내려간다. 이제 왕호두나무가 심어진 산 밑에 매실나무를 심어야 했다. 매실을 봄에 수확하고, 고구마와 호두를 가을에 수확하면 자금 회전이 되어 안정적으로 소득을 올릴 수 있다. 나는 그것을 계산해서 일만여 평에 매실나무를 심을 생각이다. 물론 마을 앞의 길가에도 매실나무를 심어 매실 따기 축제도 열 생각이다. 마을 사람들이 호응해준다면 일은 쉽게 끝날 것이다.

매실나무 묘목을 사려고 충청북도 옥천군 이원면 이원 묘목 축제를 다녀왔다. 다행히 내가 찾는 묘목이 있어서 쉽게 살 수 있었다. 한 주당 삼천 원씩 이천 그루를 계약하고 작업이 되는 대로 받기로 했다. 농장 주인은 일손이 바빠서 삼사 일은 걸릴 거라고 했다. 묘목은 오십 센티미터 정도 자란 것들인데 잔뿌리가 많고 튼실해 보였다. 삼백만 원만 계약금으로 주고 나무가 도착하면 송금해주기로 했다. 이천 주면 산과 마을 앞 도로에 심어도 충분할 듯했다. 농장 주인은 심다가 모자라면 굳이 이원면까지 올 필요 없이 택배나 용달로 받아볼 수 있다며 명함을 한 장 내밀었다.

경부고속도로를 타고 올라오는 길에는 이슬비가 내렸다. 차창 유리에 달라붙는 이슬비 때문에 와이퍼를 작동시키며 속도를 줄여야 했다. 금강휴게소에 들러 강가를 바라보다 우동을 한 그릇 사 먹었다. 상행선과 하행선이 같은 출구라 깜박하면 다른 길로 가기 십상이다. 휴게소에서도 이슬비가 흩뿌리고 있다. 강은 조용히 흐르고 이슬비 때문에 풍경이 흐릿하다. 흐릿한 풍경 속에 문득 세아의 모습이 떠올랐다. 미스 서와 미스 송이 마음에서 떠나자 비로소 세아가 마음에 들어왔다. 언제나 창구에서 손님을 맞이하던, 손님과 손님으로만 있어야 하는 그녀가 갑자기 사랑스럽게 느껴졌다.

"나이를 먹으니까 자리에 앉아 있기가 눈치 보여요."

그녀와 처음으로 저녁을 먹는 자리였다. 그녀는 스물다섯 살이 창구에 앉아 있기에는 많은 나이라고 했다. 은행원의 유니폼을 입고 있을 때보다 그녀는 더 나이가 들어 보였다. 더 늦기 전에 사표를 내고 대학에 가야겠다고 그녀가 말했다. 고졸로는 승진은커녕 잘리지 않는 게 다행이라고 했다. 대학을 나와도 요즘은 별 볼일 없다고, 대부분이 실업자고 전공보다는 교양 수준이라 굳이 대학에 갈 필요가 없다고 내가 말했다.

"전 문학을 공부해보고 싶어요."

"문학을?"

"시를 전공해서 시인이 되고 싶어요."

"시인?"

나는 시를 잘 모른다. 다만 시를 쓰면 가난하다는 것은 안다. 행정고시나 사법고시처럼 합격만 하면 앞날이 보장되는 것도 아닌데 신문사마다 신춘문예 모집 공모를 하면 수백 명씩 몰리고 수백 대 일의 경쟁을 뚫고 당선의 영예를 안으면 오백만 원의 상금뿐이다. 상금이 곧 연봉이고, 어쩌다 청탁이 오면 시 한 편에 오만 원, 세 편을 실어야 겨우 십오만원 받는데, 웬만한 노동자의 하루 품삯을 시인은 세 편의 시를 쓰려고며칠을 고민한다. 시를 많이 써도 이름이 없으면 오히려 시인이 출판 비용을 내고 시집을 출간해야 하고 그런 시집은 팔릴 리가 만무하다.

시에 대해 부정적인 말을 늘어놓자 그녀가 스테이크를 먹다 포크를 내려놓았다. 긴 머리칼을 살짝 늘어뜨린 그녀의 모습이 쓸쓸해 보였다. 장래의 희망으로 풍선처럼 마음이 부푼 그녀의 가슴에 찬물을 끼얹은 듯해 미안하기도 했다. 하지만 삶은 꿈만 갖고는 살 수 없는 법이다. 꿈에서 깨어났을 때 현실은 이미 저만큼 도망쳐버릴지도 모른다. 나는 그녀가 현실적으로 살도록 유도하고 싶었다.

"김세아 씨라고 어디 갔어요?"

"누굴 찾으세요?"

"세아요. 여기서 근무했는데?"

은행에 들르자 그녀의 자리에는 여고를 갓 졸업해 보이는 앳된 여자가 앉아 있었다. 나는 그녀에게 세아에 관해 물었다. 엊그제까지 이곳에 앉아 있었는데, 오늘 갑자기 다른 여자가 앉아 있으므로 나는 그녀가 부서를 옮겼나 생각했다.

"아! 그 언니요. 퇴사했어요."

"예? 퇴사요? 엊그제까지도 여기서 근무했었는데요?"

"어제 퇴사했어요. 공부해서 대학 간다고 하던데 저도 잘은 몰라요."

그녀의 말은 너무도 뜻밖이었다. 대학에 가야겠다는 얘기는 들었지만, 세아가 이렇게 빨리 결단을 내릴 줄은 몰랐다. 수능을 보려면 아직 다섯 달은 남아 있었다. 시인이 되려면 대학에 가지 않아도 문학 강좌를 수강하고 신춘문예나 문예지 신인상에 응모해서 당선되면 된다고 내가 얘기했음에도 그녀는 대학에 가는 길을 택한 모양이다. 스물여섯에 대학에 들어가서 서른 살에 졸업할 그녀가 좀 엉뚱해 보였다. 세아에게 핸드폰으로 전화했지만 받지 않았다. 일부러 그러는 것처럼 몇 번이나 전화해도 마찬가지였다. 물론 그녀도 내게 전화를 해오지 않았다. 그녀가 행방을 감추자 일손이 잡히지 않았다. 은행에 물어서 그녀의 주소를 알아낼까 하다가 그만두었다. 그녀와의 인연은 여기까지라는 생각이 들었다. 내 나이가 서른둘이므로 그녀가 졸업할 때까지 기다릴 여유가 없었다. 게다가 그녀는 나를 사랑하지 않고 있었다. 갈 사람은 보내야 한다. 인연은 잡는다고 잡히는 것이 아니었다.

오피스텔에는 언제나 고독이 깔려 있었다. 혼자 사는 남자의 삶이 그렇듯이 나는 빨래도 몰아서 하고 밥도 잘 해먹지 않았다. 라면을 끓여 먹은 냄비가 며칠씩 싱크대 속에 처박혀 있었다. 오피스텔은 잠만 자고 빠져나오는 역할밖에 없었다. 아침에 출근하면 밤 열 시가 넘어서 들어와 곯아떨어졌고, 다시 아침이면 출근을 했다. 기계처럼 같은 시간에 출근해서 같은 시간에 들어오고 같은 시간에 잠을 잤다. 그리고 일요일은 오전 내내 잠을 잤다. 오전 내내 잠을 자도 누적된 피로가 풀리지 않아 어느 때는 점심도 거르고 오후까지 잠을 잤다. 오피스텔은 단지 잠을 자는 데 필요한 것뿐이었다.

"이게 사람 사는 집이냐?"

시골에서 어머니가 올라오셨다. 어머니는 내 오피스텔을 보고 거지가 사는 것 같다고 말했다. 괜찮다고 해도 어머니는 구석에 있는 빨랫감을 몽땅 세탁기에 쓸어 넣었다. 전원을 꺼놔서 밥솥 안에 딱딱하게 굳은 밥을 버리고 쌀을 씻어 밥을 안쳤다. 설거지를 끝내고 어머니가 고향에 내려와 선을 보라고 했다. 여고를 나와 개인병원에서 간호사로 일하는 여자라고 했다. 나는 싫다고 잘라 말했다. 여자가 있는 것은 아니지만 고향에 있는 여자와는 사귀기가 싫었다. 이름만 대면 누구네 후배, 선배의 여동생이라는 지연(地緣)도 부담이었다. 선을 보지 않겠다고 하자 어머니가 평생 혼자 살라고 악담을 했다.

그날, 어머니는 하룻밤도 묵지 않고 시골로 내려갔다. 어머니가 다녀가자 집 안이 한결 깨끗해졌다. 문득 세아가 생각났다. 전화를 받지 않아 술을 마시고 홧김에 그녀의 전화번호를 삭제했다. 그녀가 내게 전화를 걸지 않으면 이제 그녀와 연락을 할 수 없다. 짧은 만남이었지만 그녀가 가장 기억에 남고 앞으로도 그럴 듯하다. 아마 그녀가 살아 있는 한 나는 그녀를 찾을 것이다.

4

매실나무 묘목은 정확히 사흘 만에 도착했다. 이원면에서 보내온 나무는 생각보다 싱싱해 보였다. 오후 네 시여서 길가에 나무를 내려놓고 차광막으로 덮어놓았다. 차가 아침에만 도착했어도 나는 나무 심기를 시작했을 것이다. 운전기사를 돌려보내고 인력회사에 전화를 걸어 내일 열 명만 보내달라고 했다. 나머지 다섯 명은 동네에서 조달할 생각이다. 매실나무만 심으면 큰일은 다 끝난다. 오월에 고구마 심을 때와 가을에 고구마를 수확할 때만 인력회사에 전화를 걸어 열 명만 보내달라고 하면 이번 연도는 인력회사와 연락할 일이 없을 듯하다.

오늘 전화를 했음에도 인력회사에서는 내일 열 명을 보내줄 수 있다고 했다. 인력이 확보되자 짐을 던 듯하다. 왕호두나무를 심을 때 마을에서 온 사람들도 기꺼이 온다고 했다. 내려놓은 묘목을 둘러보고 산을 오른

다. 호두나무가 심어진 곳에서 아래쪽에만 매실나무를 심으면 되지만 만
만한 곳이 아니다. 뽕나무를 심었던 것을 베어내고 매실나무를 심는 것이
라 땅을 파면 뽕나무 뿌리가 사방에서 나오고 다랑논처럼 생긴 지형이 여
러 개 있어서 묘목을 심기에 좋은 곳은 아니었다. 게다가 풀도 무성하게
자랐던 곳이라 마른 풀들을 일일이 헤쳐가며 묘목을 심어야 했다.

"한 마리가 어딜 갔을까?"

산을 오르다 방향을 틀어 수리부엉이의 둥지가 있는 바위로 올라왔
다. 분명히 두 마리의 수리부엉이 새끼가 있었는데 한 마리밖에 보이지
않았다. 남은 한 마리는 솜털을 벗고 짙은 색의 털이 나고 있었다. 경계
하느라 날개를 펴고 부리를 들어 쪼려고 한다. 옆에 있었던 청둥오리 사
체는 이미 새끼가 먹어서 뼈와 털만 남아 있었다. 나는 한 마리밖에 남
지 않은 새끼 수리부엉이를 핸드폰으로 촬영하고 둥지를 벗어났다. 그
때 저편의 소나무 위에서 어미 수리부엉이가 나타나 상처를 입은 것처
럼 날개를 퍼덕이며 나를 유인하고 있었다. 나는 새의 특성을 잘 알기
때문에 현혹되지 않는다. 내가 어미 수리부엉이에게 다가가면 새는 조
금씩 둥지에서 멀어지도록 유혹한 다음 일정 거리를 벗어나면 언제 그
랬냐는 듯이 훨훨 날아갈 것이다.

새에 대해 나는 얼마나 알고 있는 것일까?

산에서 내려오면서도 없어진 새끼 수리부엉이 한 마리가 자꾸 뇌리
에 그려졌다. 어디로 간 것일까. 혼자 돌아다니다 추락했나 싶어 바위
주변을 찾아봐도 보이지 않았다. 두 마리 중에 감쪽같이 사라진 새끼부
엉이는 체구가 작은 놈이었다. 그것만은 분명했다. 큰 놈 혼자 둥지에
남아 있다. 그렇다면, 문득 떠오르는 것이 있다. 언젠가 어느 책에서 읽

었는데 맹금류는 새끼를 기르다 약해 보이면 어미가 물어다 둥지 밖에 버린다고 쓰여 있었던 듯하다. 그러니까 키워봐야 발육이 늦어 정상적인 기간 내에 둥지를 떠날 수 없는 새끼는 스스로 기르기를 포기하고 없애버린다는 것이다. 어미 수리부엉이가 자신의 새끼 한 마리를 내다 버린 게 분명했다. 이럴 줄 알았으면 내가 무녀리를 데려다 키워볼 걸 그랬다는 후회가 머리를 스쳐갔다. 어디에도 없는 이미 끝난 생명이 한없이 가엾게 느껴졌다.

"인연을 만들면 그리운 사람은 못 만나서 슬프고 미운 사람은 만나서 괴로운 것이지요. 만남이라는 게 자연의 순리처럼 이뤄져야 합니다. 불어오는 바람을 막을 수 없고 쏟아지는 비를 다 가릴 수 없듯이 사람의 만남도 억지가 있으면 안 되는 것이지요. 보아하니 순하고 순하게 생겼는데 고집이 하늘을 찌르니 누가 다가오겠습니까. 중세의 철학 같은 마음을 버리고 더우면 누구나 찾는 나무 그늘 같은 마음을 가져야 합니다. 그래야 편하게 사람이 찾아오고 따르지요. 사람이 사람을 어찌 소유할 수 있겠습니까?"

빈집이던 뒷집에는 언제부턴가 여승이 와서 살기 시작했다. 그이름이 옥화라고 했다. 빈집을 공짜나 다름없이 얻어서 집 수리하는 인부들을 불러 도색도 하고 낡은 것들은 새것으로 바꾸고 안방에는 불당을 차렸다. 마당과 뒤란에는 돌로 탑을 쌓았고, 대문에는 절을 상징하는 깃발을 세워놓았다. 그녀는 석양 무렵이면 혼자 들판까지 난 농로를 따라 산책을 하고 돌아오는데 그 길이 하필이면 뒤란에 나 있는 길이었고, 길 건너편이 고구마밭이라 나는 그녀가 산책하는 모습을 종종 보았다.

"아시겠어요? 소유는 물건이나 하는 것이지 사람은 소유하는 게 아니랍니다.”

여승이 내게 하는 말이었다. 농로에서 정면으로 그녀와 마주치자 내가 먼저 인사를 하자 그녀가 나에 관해 물었다. 나는 내가 사는 집을 가리키며 서울에서 살다 아주 내려왔다고 했다. 그녀가 다시 아이는 몇이냐고 물었고 나는 아직 미혼이라고 말했다. 편하게만 지내는지 그녀는 몸이 뚱뚱했고 얼굴에도 살이 붙어 있었다. 나는 그녀에게 딱 한 여자만 좋아했었다고 말했다. 언제나 일정한 거리에 있어야만 했던 그녀. 아무리 잡으려고 해도 잡히지 않는 사람. 여승은 내 말을 듣고 소유하지 말라고 말했다. 소유하지도 집착하지도 않아야 진정한 인연이 이뤄진다고, 언제 시간이 나면 한번 들르라고 말했다. 여승과 헤어지자 세아의 얼굴이 눈앞에 그려졌다.

세아를 다시 만난 것은 그녀가 대학을 졸업하고 ‘시와 세상’이라는 잡지사에서 낸 시집을 보고였다. 우연히 서점에 들러 시집 코너에서 그녀가 낸 시집을 보는 순간 나는 가슴이 터지는 전율을 느꼈다. 『떠나간 사람은 그리움으로 다시 돌아온다』, 그녀의 시집 제목이다. 시집의 앞장에는 그녀의 사진과 약력이 있고 맨 뒤에는 출판사 주소와 전화번호가 적혀 있었다. 시집을 한 권 사고 출판사에 전화를 걸었다. 여직원이 받는데, 시인의 동의가 없어 연락처를 알려줄 수 없다고 잘라 말했다. 나는 내 연락처를 여직원에게 알려주며 꼭 연락이 닿게 해달라고 간청을 했다. 여직원이 시인에게 전해주겠다고 말하고 전화를 끊었다.

그녀에게서 연락이 온 것은 그로부터 일주일이나 지난 뒤였다. 출판사에서 연락을 받고도 그녀는 일주일 동안 나를 만나야 하나 생각했던 듯하다. 아무튼, 그녀가 내게 연락을 해오자 나는 갑자기 초조해졌다.

그녀를 만나면 오 년 만이니까 그녀는 서른 살, 나는 서른일곱 살이 되어 있었다. 서른일곱이 되는 동안 나는 여전히 오피스텔에서 혼자 살고 있었고 그녀는 대학을 졸업하고 틈틈이 쓴 시를 묶어서 시집을 출간했다. 그 이외에는 아무것도 달라진 것이 없었다.

"너무 오랜만이네요?"

약속 장소로 나가자 그녀가 나와 있었다. 그녀는 몸이 좀 통통해진 것 말고는 변한 게 없었다. 은행에서 처음 만나서 여기까지 왔으니까 십 년간의 길고도 지루한 만남이었다. 그러나 몇 번밖에 만나지 못한 여자였다. 그녀가 대학에 다닌 기간 내내 나는 그녀를 한 번도 만나지 못했고, 그녀가 은행에 적을 두고 있을 때도 단순히 손님과 직원의 업무적인 문제로 만났으므로 그녀와 정식으로 만난 것은 다섯 손가락도 안 되었다. 그러다가 그녀와 연락이 끊긴 후로 다시 만났으니 그녀와의 인연이 참 길다고 생각했다.

"저를 사랑하긴 한 거예요?"

"……."

사인해달라고 그녀가 쓴 시집을 내밀자 그녀가 자신의 이름을 낙서처럼 쓰며 말했다.

"동우 씨를 만나도 전 아무 감정을 못 느끼겠어요."

"……."

그녀가 몇 번을 말하는 동안 나는 아무 말도 하지 못했다. 물론 시를 잘 쓴다거나 언제 이렇게 많은 시를 썼냐는 말도 하지 않았다. 그녀가 찻잔을 만지작거리며 출판사에 취직해야겠다고 했다. 졸업을 하고 일 년간 쉬며 시를 정리해서 시집을 펴냈는데 하도 팔리지 않아 출판사도 힘들다고 했다. 나는 그녀의 말이 다 진실이라고 믿지 않았다. 시집 한 권 출간하는 데 출판비가 겨우 돈 백에서 백오십만 원이면 되는데 시집 한 권을 내고 출판사가 힘들다고 하면 거짓말이다. 그녀는 힘들다는 출판사에 취직이 됐다고 했다. 그녀에게 시집을 내준 출판사에서 먼저 제의해서 응한 거라고 했다. 그녀는 은행 여직원에서 대학생으로, 다시 출판사 여직원으로 신분이 바뀌었다. 그때 나는 직장 생활에 회의를 느끼고 있었다. 아침에 출근해서 밤 열 시가 넘어야 들어오는 생활 때문에 꼭 이렇게 살아야 하나? 했었다. 회사에서는 인원 충원도 시켜주지 않으며 과다한 업무를 내게 떠맡겨서 늘 바쁘고 피곤했다. 영업이익과 순이익은 물론 공장에서 올라오는 자료들까지 도맡아서 해야 하므로 몸도 마음도 지쳐 있었다.

　─꼭 이렇게 살아야 하나?

　그 무렵에 어머니가 돌아가셨다. 밤에 소변을 보려고 밖에 나왔다가 돌부리에 걸려 넘어졌는데 하필이면 뇌를 다쳐서 대학병원 중환자실에 입원했다가 사흘 만에 돌아가셨다. 어머니가 쓰러졌다는 얘기를 듣고 새벽에 차를 몰고 병원으로 오자 어머니는 의식이 없었다. 의사는 뇌진탕이라 깨어난다고 해도 식물인간으로 살 것이라고 했다. 그러나 의사의 말과는 달리 어머니는 병원에 온 지 사흘 만에 돌아가셨다. 어머니를 장례식장으로 모시자 그때야 어머니의 죽음이 실감 났다. 슬퍼할 겨를도 없이 상주가 되어 조문객을 맞느라 몸이 열 개라도 모자랄 지경이었다. 회사와 친구, 동창들에게 문자를 보냈는데 다른 사람들이 어머니의 죽음을 알리고 알려서 정작 조문을 온 사람들은 삼백여 명이나 되었다. 그러나 세아는 오지 않았다. 어머니의 죽음을 내가 그녀에게 알려주지 않았기 때문이다. 핸드폰으로 문자를 보낼 때 그녀의 이름은 건너뛰었다. 어머니의 죽음을 알릴 만큼 친한 사이도 아니었고 그녀가 문상을 오는 것도 부담이었다.

어머니를 선산에 모시고 봉분을 만들고 나자 그때야 허전함이 찾아왔다. 장례식장에서 삼 일 밤을 설치고 장례를 치러서 몸이 천근의 쇳덩이를 진 것처럼 무거웠다. 장례를 치르고 고향 집으로 오자 금방이라도 어머니가 방문을 열며 나올 것만 같았다. 부엌에서 설거지하던 모습이, 마루에서 걸레질하던 모습이, 안방에서 넋 놓고 드라마를 보던 모습이, 수많은 어머니의 모습이 눈앞에서 지나갔다. 그러나 어머니는 없었다. 아버지는 자주 소주잔을 기울였다. 며칠 전까지도 있던 사람이 휴거(携擧)처럼 사라지자 아버지도 마음을 잡지 못하는 모양이었다. 있던 사람이 갑자기 없으니까 이렇게 허전할 수가?

"이럴 줄 알았으면 네 엄마한테 좀 더 잘했을 것을. 네 엄마 허리가 구부러져 머리가 땅에 닿을 정도가 돼도 병원 한번 데리고 가지 못했다. 허이고, 나도 이제 살아서 뭐 하겠냐? 네 엄마 가는 길을 나도 따라가야지."

"왜 이러세요. 어머니 허리가 아프셔서 제가 큰 병원에 모시고 갔었잖아요. 검사를 받았는데 척추가 굳어서 수술을 할 수 없다고 해서 그냥 왔잖아요. 마음 단단히 먹어야 해요. 죽은 사람은 죽은 사람이고 산 사람은 살아야지요."

나는 필요 이상으로 아버지께 언성을 높였다.

"산 사람은 살아야 할 거 아녜요?"

아버지는 술을 찾았다. 어머니의 갑작스러운 죽음 때문에 아버지가 극단적인 선택을 할까 봐 나는 어머니의 장례를 치르고 닷새 동안 더 머물다 서울로 올라왔다. 그러나 일손이 잡히는 것은 아니었다. 시골에 홀로 남겨둔 아버지가 걱정이었다. 여든이 넘은 아버지가 혼자 밥하고 빨래를 하는 것이 무리였다. 나는 사표를 내기로 결심했다. 내가 아버지를 돌보지 않으면 안 되기 때문이었다.

"자네, 어머님이 돌아가셔서 너무 극단적으로 처리하는 거 아냐?"

상사에게 사직서를 내밀자 이마가 훤하게 벗겨진 이사는 신중히 생각하라며 사표를 반려했다. 나는 신중히 생각한 끝에 결심했다고, 다시 생각해도 내 뜻은 변함이 없다고 다시 말했다. 귀농해서 아버지를 모시고 살고 싶다는 얘기를 하자 이사는 '농사일 한번 안 한 자네가?' 하며 의아해했다. 내 뜻이 그렇다면 할 수 없다며 사표를 수락하고 이사는 언제 시간을 내서 내가 사는 시골에 인사차 한번 내려오겠다고 했다. 빈말임을 알면서도 나는 이사에게 내려오시면 시골에서 직접 키운 토종닭으로 음식을 대접하겠다고 했다.

사표를 내고 세아를 만났다. 출판사 근처에서였다. 교정 볼 게 밀려서 야근할지 모른대서 내가 그리로 가겠다고 했다. 그녀는 정말로 교정을 많이 봤는지 눈이 침침하다고 했다. 작가가 맞춤법도 틀린다니, 사전에 없는 단어도 써서 독자들이 읽으면 무슨 뜻인지 모른다고 말했다. 나는 그녀에게 어머니가 돌아가셨다고 말했다. 그녀가 스테이크를 먹다 포크를 내려놓았다.

"언제요."

"일주일 지났어. 장례 지내고 아버지를 진정시키려고 닷새나 더 있다 올라왔으니까."

"왜 갑자기 돌아가셨어요? 병도 없으셨잖아요."

"넘어지셨어. 뇌를 다쳐서 병원에서도 손을 못 썼어."

"왜 제게 알리지 않았어요?"

"부담될까 봐."

그녀는 내가 사표를 냈다고 말하자 표정이 더욱 어두웠다. 이직하려는 게 아니라 시골로 아주 내려간다고 말하자 그녀는 얼굴이 더 참담해 보였다. 무엇인가 커다란 성채가 무너지는 전율이 그녀의 얼굴에 그려졌다. 교정은 내일 봐도 된다며 그녀도 아버지처럼 소주를 찾았다. 차를 놓고 왔으므로 나도 한 잔 따랐다. 그녀가 출판사를 그만두고 해외로 여행을 다니며 시를 쓰고 싶다고 했다. 아무것에도 구속받지 않으며 맑은 머리로 시를 쓰면 좋은 시를 쓸 수 있을 것 같다고 말했다. 나는 그게 불가능할 거라고 했다. 돈이 많으면 몰라도 해외에 나가면 움직이는 게 돈인데 여행 자금을 어떻게 조달할 수 있냐고 내가 부정적으로 말하자 그녀는 배낭여행을 하다 돈이 떨어지면 아르바이트를 하면 된다고 단순하게 말했다. 그뿐이었다. 그녀는 자신의 앞날을, 나는 내 앞날을 얘기하다 서로 헤어졌다. 그녀가 택시를 타며 시골로 내려가기 전에 오피스텔에 한 번 들르겠다고 했다. 아마 취중에 한 말인 듯했다.

산에 매실나무를 다 심고 마을의 도로에도 양옆으로 길게 매실나무를 심자 동네가 다 다르게 보였다. 마을회관을 중심으로 무려 3킬로미터를 매실나무를 심자 벌써 사월이 되었다. 산에 매실나무를 심다 모자라서 용달차로 다시 받아서 도로까지 심었는데 품값만 해도 곱절이나 들었다. 그러나 다행인 것은 마을 사람들의 의식이 조금씩 바뀌고 있었다. 아무도 도와주지 않아서 일일이 품값을 지급하고 매실나무를 심었는데, 퇴비를 줄 때는 마을 사람들 스스로 와서 일손을 도왔다. 가로수로 심은 매실나무에서 소득이 생기면 똑같이 분배해주겠다고 나는 마을 사람들을 일일이 설득했다. 관심은 반반이었다. 매실에서 열매가 열리면 판매할 수 있다는 쪽과 그걸 누가 사 가겠냐고 의심하는 쪽으로 갈라져 있었다. 마을에 처음 심어보는 매실이라 반신반의한 모양이었다. 종석이 형과 연호 형도 쉽게 합류하려 하지 않았다. 나무를 심어서 열매가 열릴 때까지 몇 년 동안 소득이 없는 게 가장 큰 단점이고 수확을 한다고 해도 인건비도 건지지 못할 정도로 값이 싸면 헛고생이라는 것이다. 그 때문에 종석이 형은 콩을 경작하는 일과 토끼를 대량으로 사육해서 토끼의 오줌을 받아 의약품 회사에 납품할 계획을 세우고 있고, 연호 형은 어차피 혼자 사니까 일주일에 하루만 일해도 먹고산다며 봄이 됐으니 이장(移葬)하는 일과 집수리하는 허드렛일을 하고 있다. 나는 그들에게 녹색체험 마을 조성사업에 동참해달라는 말을 이제 하지 않는다. 다만 마음이 바뀌면 언제든지 같이 하자고 했다. 연호 형은 산에 나무를 심는 일과 퇴비 주는 일, 나무에 소독할 때와 제초작업 할 때 일당을 받는 조건으로 와서 일하기로 했다.

충남 금산에 가서 묘삼을 사 왔다. 매실나무에 퇴비 주기를 끝내자 급한 일들은 끝난 듯해서 개간하지 않은 산에 삼을 심어볼 생각이다. 묘삼은 킬로그램으로 파는데 십여만 원어치를 사자 일천여 뿌리가 나왔다. 비닐봉지에 담겨 있는 삼을 그늘진 곳에 한 개 한 개 심어 나가며 잘 자랄까 생각했다. 한 삼 년이나 오 년을 키워서 뽑으면 이게 장뇌삼인데 한 뿌리에 이십여만 원이나 한다니 잘만 자라준다면 앉아서 돈 버는 셈이다. 실패해도 크게 손해는 보지 않는다. 산이 워낙 넓어서 맞은편에는 인삼씨앗을 사다 심었는데 싹이 돋을 확률이 몇 프로인지 아직은 알 수 없다. 다만 들쥐의 피해가 없어야 하는데 호미로 땅을 파보니 곳곳에 들쥐 굴이 뚫려 있었다.

"도둑을 맞지 말아야지."

묘삼을 심는데 연호 형이 찾아왔다. 내가 전화를 받지 않아서 혹시나 하고 왔는데 농로에 차가 세워져 있어서 산에 올라오는 중이다. 그는 자신이 아는 사람이 산에 삼을 심고 몇 년 있다 장뇌삼을 캐려고 가보니 한 개도 남아 있지 않았다고 했다. 삼을 심은 줄 알면 사람들이 몰래 와서 크지도 않은 것을 캐 가서 나중에는 삼이란 삼은 씨가 말랐다고 삼을 잘 지켜야 캘 수 있다고 귀띔해줬다. 하지만 어쩔 수 없는 일이다. 이 넓은 곳을 계속 지킬 수도 없고, 산에 철조망을 치기도 어렵다. 나는 삼을 다 심으면 '입산 금지'라는 푯말이나 여러 개 만들어 세울 생각이다. 생각 있는 사람들은 그것만 봐도 산에 오르지 않을 것이다. 문제는 몰지각한 사람들이다. 애써 심어놓은 것을 알고도 삼을 캐 가는 사람들이라면 철조망을 쳐놓아도 절단기로 자르고 들어갈 사람들이다.

"어제 술을 많이 했더니 영 죽겠네."

"차에 가서 쉬세요. 좀 쉬면 괜찮을 거예요."

그는 금산에 갈 때 심심하다고 내가 부탁해서 동행했는데 가는 내내 잠이었다. 새벽까지 야식집에서 술을 마시고 어떻게 집에 갔는지 기억이 나지 않는다고 했다. 그렇게 술을 마신 것을 알았다면 나는 그를 데리고 가지 않았으리라. 그는 술을 마시면 안에서 끓는 체질이다. 아무리 술을 많이 마셔도 겉으로는 도시 표시가 나지 않았다. 나는 그가 왜 술만 보면 절제를 못 하는지 알고 있다. 그의 아내 때문이다. 그의 아내가 오래전에 하나밖에 없는 아들을 데리고 가출을 했기 때문에 그는 술이 없으면 못 사는 사람으로 전락해 있었다. 그가 말해서 안 일이지만 아내가 이혼 절차도 없이 아들을 데리고 간 것은 그가 아파트 공사장에서 일하고 보름 만에 돌아왔을 때였다. 현장에서 공기(工期)가 바쁘다고 해서 보름간 쉬지도 않고 미장과 타일 붙이는 일을 하고 집에 오자 빈집처럼 불이 꺼져 있고, 문을 열자 냉기가 확 달려들었다.

"이런 빌어먹을."

그는 힘없이 메고 온 가방을 툭 떨어뜨렸다. 아내가 언제 집을 나간 건지 알 수 없었다. 다만 일주일 전부터 전화를 받지 않아 한번 집으로 오려고 했으나 미장과 타일 작업을 빨리 끝내야 도배 작업이 된다고 만류하는 바람에 작업을 마저 끝냈는데 그사이에 다섯 살짜리 아들을 데리고 아내가 집을 나갔다. 그는 그날 밤 마을 사람들에게 아들과 아내를 수소문했지만, 외딴곳에 사는 집이라 아무도 아내의 행방을 모른다고 했다. 오히려 아내가 집을 나갔냐고 반문하는 사람도 있었다. 그는 다시 술에 손을 대기 시작했다. 읍내에 나가 이 집 저 집 옮겨 다니며 술을 마시다 정신을 잃었다. 술에 취하면 아무거나 손에 잡히는 대로 던지고 부수었다. 그 버릇 때문에 아내가 가출했지만, 그는 아직도 그 버릇을 고치지 못했고 아내와 아들은 지금도 돌아오지 않고 있다. 경찰에 가출 신고를 했었지만, 아내는 한번 떠나면 다시는 돌아오지 않겠다고 작심을 했으므로 끝내 신분이 노출되지 않았고, 지금은 어디서 살아 있는지 죽었는지도 모른다고 했다. 다만 소원이 있다면 지금은 성년이 되어 있을 아들을 한 번만이라도 만나는 것이라고 했다. 그의 말을 들으며 산에서 내려오자 산 그림자가 길게 드리워지고 있었다.

5

사월 중순으로 접어들자 제법 풀들이 돋아났다. 쑥, 원추리, 망초, 억새, 칡, 자리공, 엉겅퀴. 한여름에는 잡초들과 싸워야 할 판이다. 매실나무에서 싹이 나오기 시작했다. 싹은 어디에서나 나오기 시작했다. 농장으로 만들지 않은 산 위쪽과 삼을 심은 산에는 나무들이 약속한 것처럼 싹이 돋기 시작했다. 나는 모처럼 수리부엉이 둥지가 있는 바위를 찾았다. 새가 어디로 갔을까? 매실나무를 심고 일주일쯤 후에 수리부엉이 둥지를 찾아오자 새끼 수리부엉이는 없고 빈 둥지만 놓여 있었다. 그새 날개를 펴고 어미를 따라 나간 모양이다. 새끼 수리부엉이가 떠나자 마음이 허전했다. 야생의 세계에서 잘 살아주길 바라며 나는 빈 둥지를 핸드폰에 담았다. 이제 어미 수리부엉이가 나를 유혹하지도 않았고, 멀리 날아갔는지 보이지도 않았다.

새끼 수리부엉이가 둥지를 떠나자 나는 핸드폰에 저장된 새끼 수리부엉이의 사진을 보는 버릇이 생겼다. 알에서 깨어나 둥지를 박차고 훨훨 날아간 수리부엉이의 일상이 마치 다큐멘터리처럼 뇌리에서 영상이 이어졌다. 나는 빈 둥지를 한동안 바라보다 삼을 심은 곳으로 발을 옮겼다. 산에는 어느새 진달래꽃이 피어 있었다. 진분홍의 꽃들이 여기저기 무리를 지어 피어 있는 것이 마치 진분홍의 물감을 뿌린 듯했다. 어릴 때 저 꽃을 따 먹으려고 이곳까지 온 적이 있었다. 배가 고파서 진달래꽃을 따 먹었는데 약간 시고 떫은맛이 나는 꽃이 뭐가 그리 맛있다고 한 아름 꺾어 들고 집으로 오며 꽃을 따 먹은 기억이 생생하다. 어른들은, 진달래꽃은 문둥이가 먹는 꽃이라며 산에 가지 말라고 했었다. 문둥이는 사람의 간을 빼 먹는 짐승 같은 사람이라고 어른들이 말하자 나는 산에서 문둥이를 만난 것처럼 가슴이 철렁했었다. 나중에 커서 안 일이지만 문둥이는 나병 환자를 가리키는 말이었고, 아이들이 산에 갔다가 뱀에 물리거나 넘어져서 다치는 일이 없게 어른들이 거짓말을 한 것을 알았다. 나는 진달래꽃을 따서 입에 물고 씹어본다. 여전히 시고 떨떠름하다.

아직 삼은 싹이 나오지 않고 있다. 묘삼과 삼씨를 심은 곳을 둘러봤지만 매일반이다. 더 있어야 하나 보다. 하기야 아직 활엽수들도 싹이 약간 나온 정도다. 나무가 무성한 산을 오르다 방향을 바꿔 호두나무를 심은 농장으로 들어왔다. 호두나무도 아직 싹이 나지 않았다. 이제 며칠 사이에 온갖 나무들이 약속처럼 일제히 싹이 올라올 것이다. 싹은 점점 자라서 넓은 잎으로 변하고 나무는 목덜미를 내밀며 위로 쭉쭉 올라갈 것이다. 나는 그때부터 더 바빠질 것이고, 이 넓은 농장에서 사슴처럼 뛰어다니며 나무를 돌봐야 했다.

"얼굴에 근심이 있어 보입니다."

산에서 내려와 집으로 오는 길에 여승을 만났다. 그녀가 집 앞에서 마주치자 들어가서 차나 한잔하고 가라고 잡는 바람에 나는 그녀가 묵는 집으로 들어갔다. 겉은 평범한 민가였지만 내부는 절처럼 잘 꾸며져 있었다. 안방으로 쓰이던 방에는 부처님이 모셔져 있고, 향과 양초가 타고 있었다. 향냄새가 코끝에 확 와 닿았다. 종교를 갖고 안 갖고는 자신의 마음이므로 일부러 권하지 않는다며 그녀는 부처님께 절을 하지 않아도 된다고 했다.

"모든 근심은 마음에서 우러나는 것이지요. 마음이 편해야 근심이 없는데, 얼굴에 잊지 못하는 근심이 쌓여 있습니다. 그것을 잊어야 근심이 없는데, 이승에서는 잊지 못할 만큼 소중한 분이었나 보죠?"

여승이 지난가을에 따서 말린 것이라며 국화차를 내왔다. 들국화를 그늘에 말려 양파 자루처럼 통풍이 잘 되는 것에 담아 실내에 매달아놓고 차를 마시고 싶으면 그것을 꺼내 찻잔에 넣고 뜨거운 물만 부으면 국화차가 된다고 했다. 여승이 건네준 차에서 국화꽃 냄새가 났다. 여승은 내가 여자 때문에 괴로워하는 것으로 단정 짓고 있었다. 그게 아니라고, 이미 다 지난 일이라고 했음에도 여승은 인연은 피안(彼岸) 같은 것이어서 그게 끝났다 해도 끝난 게 아니라고 했다.

불상을 바라보다 정원으로 나와 그녀가 세운 돌탑에 나도 조그마한 돌을 올려놓았다. 정원에도 개나리꽃이 노랗게 피어 있었다. 예년보다 일주일가량 늦게 핀 꽃이다. 올해는 저온 현상이 길어져서 과수 농가들의 큰 피해가 우려된다는 뉴스가 나왔었다. 꽃은 그만큼 힘들게 피어나 노랗게 꽃봉오리를 터뜨리고 있었다. 차 한 잔을 얻어 마시고 막 돌아가려는데 여승이 다시 말했다.

"이별도 아픔을 남기지 않아야 아름다운 것이지요."

여승의 말을 듣자 문득 세아의 얼굴이 떠올랐다. 어쩌면 여승의 말대로 떠남은 아픔이 없어야 아름다운지도 모른다. 늪지에서 놀던 새들이 계절이 바뀌어 북으로 날아가기 위해 일제히 날개를 펴는 것처럼 떠남은 미련이나 아쉬움 따위가 없어야 아름다운지도 모른다. 지금 생각해보면 떠나는 것들은 저렇게 아름다운데 그녀는 아름답지 못했다.

세아가 나를 찾아온 것은 오피스텔을 내놓고 막 짐을 정리할 때였다. 회사에 사표를 내고 부동산 중개소에 오피스텔을 내놓고 마음을 정리해서 공허한 때였다. 어차피 서울에 남아 있어도 그녀와는 이뤄지지 않을 관계이므로 나는 마음을 정리하고 가슴속에 자리 잡고 있던 그녀를 내려놓았다. 그게 편했다. 그녀에게 프러포즈를 안 한 것도 아니었다. 카페에서 결혼하자고 내가 말했을 때, 그녀는 대답 대신 쿡쿡 웃었다. 반지나 선물을 준비하지도 않았고, 나도 분위기 때문에 즉흥적으로 고백을 했다. 붉은 조명등 아래서 오래전부터 지속한 그녀와의 만남을 생각하며 결혼 얘기를 꺼내자 그녀는 결혼이 새장에 갇혀 사는 것 같아 싫다고 했다. 결혼 대신에 자유롭게 여행을 하며 시를 쓰는 게 자신의 인생 항로라고 했다. 내가 생각해도 그녀의 인생 항로는 갇혀 지내는 것보다 돌아다니며 생활하는 것이 더 행복해 보였다.

"전 아주 오래전부터 시와 결혼했어요. 결혼하면 함께 지내며 아이도 낳고, 그 아이를 키우며 생활해야 하는데, 그게 속박 같아서 남자와는 결혼을 못 하겠어요."

"결혼하면 여자가 살림해야 하는 거 아닌가?"

"그래서 전 결혼을 못 하겠어요. 아침에 집을 나가는 남편에게 다녀오세요, 밥하고, 빨래하고, 청소하고, 가정부처럼 생활하다 저녁에 들어오는 남편에게 다녀왔어요, 참 우습죠. 그게 삶의 다라는 게 말이에요. 전 그렇게 살고 싶지 않거든요."

"다 그렇게 살아."

"아뇨, 전 그렇게 살고 싶지 않아요."

한 번도 그녀를 안아보지 못했다. 그녀는 내가 안으면 먼지처럼 폴폴 사라질 것만 같았다. 어쩌면 그녀는 사라진 새끼 수리부엉이처럼 내게서 떠남을 알리기 위해 왔는지도 모른다. 좀 더 시간이 필요한 것도 아니었다. 그녀의 내면에 흐르는 상념이 언제나 먼 곳을 바라보고 있으므로 나는 그녀를 위해 아무것도 할 수 없었다. 다만 시가 좋다는, 객관적인 입장만 취할 수 있었다.

"그래, 세아의 방식대로 살아. 잡지 않을게."

너무 쉽게 그녀를 놓아주었는지도 모른다. 그녀는 오피스텔이 황량하다고 했다. 짐을 싸는 나를 보며, 하나씩 제 위치에 있던 물건들이 사라지는 것을 보며 그녀는 아주 오래전부터 사람이 살지 않은 방처럼 느껴진다고 했다. 나도 그렇게 느껴졌다. 어차피 떠날 집이라 신발을 신은 채 안에서 짐을 싸고 있었으므로 내가 이곳에서 살았었는지 의심이 갈 지경이었다. 그녀는 내가 가지고 있던 시집 몇 권을 집어 들고 가져도 되냐고 물었다. 이제 시집은 필요가 없었다. 그녀에게 줄 몇 가지 액세서리와 함께 시집을 몽땅 주었다. 스무 권이 넘었다. 쇼핑백에 담은 시집 중에는 그녀의 시집도 있었다. 그녀가 머리를 끄덕였다. 자신의 시집까지 돌려주자 그녀는 아주 이별하는 것으로 생각한 모양이다.

"이러지 말아요. 난 당신의 여자가 아녜요."

쇼핑백을 들고 서 있는 그녀를 내가 안았다. 내가 안으면 먼지처럼 사라질 것만 같던 그녀는 의외로 강하게 저항했다. 딱 한 번만이라도 안아주고 싶은 내 마음과는 달리 그녀는 자신을 소유할 사람은 아무도 없다며 오피스텔 현관문을 강하게 닫고 나가버렸다. 그녀는 그렇게 떠났고, 나는 아주 시골로 내려왔다.

차를 잘 마시고 말씀도 잘 들었다고 여승께 인사를 하고 밖으로 나왔다. 길옆 고구마밭에 심은 매실나무도 이제 싹이 돋고 있었다. 문중의 산소가 이곳에 있어서 밭이 좁았는데 묘를 선산으로 이장하고 나니 밭이 한결 넓고 길게 보였다. 이름도 모르는 작은 묘 하나는 마저 이장하려고 했는데 아버지가 머슴의 무덤이라 다음에 화장해야겠다고 해서 내버려두었다. 묘가 밭의 가장자리에 있어서 불편한 것은 없지만 밭을 더 넓게 쓰려면 화장하든 이장을 하든 해야 할 듯했다.

종석이 형이 트랙터로 밭을 갈고 이랑을 만들어서 인력사무소에 전화했다. 비닐 씌우는 작업을 해야 하므로 기계를 소유한 사람을 보내달라고 해야 하는데 있을지 의문이다. 멀칭은 농사의 필수가 되었다. 둑 위에 비닐을 씌워서 잡초가 자라지 않게 하고 수분의 증발을 억제하는 효과 때문에 농사지으려면 멀칭을 꼭 해야 했다.

"그런 기계를 가진 사람은 없습니다. 아시다시피 여기는 인력사무소라 필요한 사람만 보내주지 농업용 장비는 비치해놓지 않습니다. 삽이나 톱 같은 간단한 연장은 있습니다만 전문적인 농기구는 없습니다."

"장비는 이곳에서 구할 테니 사람을 세 명만 보내줄 수 있나요."

"글쎄요."

인력사무소 소장은 언제나 사람이 없는데 보내주는 것처럼 뜸을 들였다. 나는 내 핸드폰 번호를 알려주고 전화를 끊었다. 인력사무소에서 사람을 조달받지 못하면 마을 사람을 쓰는 수밖에 없다. 그러나 멀칭 작업이 고된 일이라 마을 사람들을 시키기가 미안했다. 한 명이 기계를 앞에서 끌고 두 명은 좌우에서 계속 삽질을 하며 앞으로 나가야 한다. 원통에 감긴 비닐이 풀리며 앞으로 나가기 때문에 허리를 펼 시간도 없다. 그 일을 마을 사람들에게 맡기면 오히려 내가 불편하다.

아침부터 멀칭 작업 때문에 바빴다. 인력사무소에서 약속대로 세 명을 보내줬는데 둘은 우즈베키스탄에서 온 남자고 기계를 잡은 사람은 한국 사람이다. 어제저녁에 인력사무소에서 외국인을 보내도 되냐는 전화가 왔었는데 나는 힘든 일이니까 힘 잘 쓰는 사람이면 괜찮다고 했다. 인력이 확정되자 나는 멀칭 작업을 하는 기계를 수소문했다. 마침 작목 반에 기계가 있어서 차로 실어 왔는데 조작은 생각보다 간단했다. 원통형 비닐을 끼우고 끌면 감긴 비닐이 풀어지는 원리였다. 인부들에게 기계의 작동법을 알려주고 슈퍼에 가서 빵과 음료수를 사 왔다. 넓은 밭이 조금씩 비닐이 씌워지기 시작했다. 이제 고구마 싹을 잘라서 비닐이 씌워진 곳에 심으면 봄 농사는 끝난다.

인부들이 알아서 일하므로 나는 산으로 오른다. 빵과 음료수를 사 왔으니 힘들면 아무 때나 먹으라고 일러뒀으므로 나는 그들에게 점심만 사주면 된다. 배달을 시킬까 하다 인원이 적어서 내가 음식점에 데리고 가는 게 나을 성싶다. 인부들은 쉬지도 않고 멀칭 작업을 하고 있다. 그러나 오늘 끝내기는 무리다. 작년에도 내려와서 비닐을 씌워봤는데 인부 셋이서 온종일 작업해도 집 뒤의 밭은 손도 못 댔었다. 일단 산 밑의 밭만 비닐을 씌우고 집 뒤의 밭은 인부를 하루 더 부르거나 틈틈이 내가 일을 하면 된다.

산은 조금씩 푸름으로 채워져갔다. 나무들이 하루가 다르게 잎을 키웠다. 찔레나무는 벌써 잎이 다 완성된 모습을 보이고 있었다. 나무 중에서 가장 빨리 잎을 만드는 듯했다. 반대편 산에는 무덤가에 개나리가 노랗게 피어 있다. 산에서는 동네가 한눈에 보인다. 멀리 마을회관과 느티나무, 학교였던 공터와 하다못해 마을 길을 지나가는 개까지 보였다. 나는 삼을 심은 곳으로 가보았다. 삼은 아직도 싹이 나오지 않고 있다. 그냥 두려고 했는데 아무래도 울타리를 만들어야 할 듯하다. 입산 금지 푯말로는 사람들을 통제할 수 없어 철조망을 치고 차광막으로 울타리를 만들어 사람들의 접근을 원천적으로 차단해야 삼을 보존할 수 있을 듯했다. 사람들은 하지 말라면 더 하고 싶은 근성이 있는 모양이다. 종석이 형도 삼씨를 사다 심고 일 년을 키웠는데 다 도둑맞았다. 입산 금지 푯말을 세워놨어도 사람들이 산에 올라가 크지도 않은 삼을 모조리 캐 가서 낙심하고 술만 들이켜던 그의 모습을 휴일에 서울에서 내려와 본 적이 있다.

"무슨 일 있어요? 술을 그렇게 마시고."

"말도 마라. 작년에 심은 삼을 어떤 놈들이 다 캐 갔다. 세상에 그럴 수 있는 거냐. 삼씨를 사다 뿌려서 겨우 모종을 하려고 했는데 가보니까 멧돼지가 쑤셔놓은 것처럼 삼이 나던 자리가 다 파헤쳐져 있고 급하게 도망치려다 그랬는지 더러는 캔 삼을 떨어뜨려놨더라고. 잘 모종해서 키우면 돈 좀 되겠다고 했는데, 새끼손가락보다 더 작은 삼이 무슨 약이 된다고 다 그걸 캐 가, 그 어린 것을."

그가 삼을 잃어버린 일이 있어서 나는 울타리를 만들어야겠다고 다짐했다. 도둑맞아서 속병을 앓으니 울타리를 만드는 것이 백번 옳았다. 어린 삼까지 훑어가는 사람들이라면 울타리를 만들어도 소용없으리라. 울타리를 뛰어넘거나 밑을 들고 기어들어가 삼을 뽑아갈 수 있으므로 내가 지키고 있지 않은 이상 삼을 지킬 방법이 없다. 그러나 울타리를 만들어놓았음에도 들어가서 삼을 캐면 변상시킬 수 있으므로 나는 서둘러 울타리를 만들기로 했다. 울타리를 전문적으로 만드는 업체에 위탁하면 손쉽게 할 수 있지만, 비용이 만만찮을 듯하다. 자재만 사다 종석이 형과 연호 형을 불러 울타리를 만들면 이틀이면 끝날 것이다. 농장을 가꾸는 것이 시간이 지나면 지날수록 할 일이 많아졌다.

인부들과 음식점에 가서 점심을 먹고 왔다. 가끔 가는 집이지만 음식은 별로였다. 돼지등뼈를 신 김치와 함께 끓여 내왔는데 덜 익어서 살이 쏙쏙 빠지지 않고, 국물도 개운치가 않았다. 한참 일을 해서 그런지 인부들은 공깃밥을 다 비우고 반씩 더 먹은 후에야 자리에서 일어났다. 인부들이 다시 일손을 잡고 밭은 점점 비닐로 덮였다. 기계가 지나갈 때마다 줄줄 풀려나오는 비닐이 마치 비닐공장에서 생산하는 것 같았다.

인부들이 일하는 동안 나는 종석이 형에게 연락해서 트랙터를 끌고 오라고 했다. 벌목할 때 커다란 해송 나무가 있어서 다음에 원두막을 지을 때 쓰려고 베어서 그대로 두었는데 그걸 옮길 참이다. 원두막은 다음에 짓더라도 당장 간판부터 세워야 하므로 나무는 어차피 옮겨야 했다.

"구름 농원이라고 쓰면 되죠?"

"예, 알아보기 쉽게 쓰면 됩니다."

해송 나무를 싣고 제재소에 가서 판자로 켜다가 목공예 공장에 가져가자 대패질을 하며 목공이 물었다. 15센티미터 두께로 켠 판자가 좀 두껍다며 대패로 깎아내고 고딕체로 글씨의 본을 뜬 다음 불로 태워서 글씨를 만드는 작업은 생각보다 복잡하고 시간이 오래 걸렸다. 마침 나무가 적당하게 마른 상태라 작업하기 좋다며 목공은 쉬지도 않고 간판을 만드는 데 열정을 쏟고 있었다. 테두리가 그려지고 나무 타는 냄새가 풍기자 목공의 손놀림에 따라 내가 원하는 글씨가 드러나기 시작했다. 기둥만 세우면 금방 걸 수 있게 목공은 위치를 선정해 고리를 박는 것으로 작업을 마무리했다.

인부들이 돌아간 밭에는 깔끔하게 비닐이 씌워져 있었다. 밭을 무려 세 곳이나 옮겨 다니며 멀칭 작업을 끝내서 나는 인부들에게 안 해도 될 저녁까지 사주었다. 우즈베키스탄에서 온 두 명의 남자는 한국말을 몰라 의사소통이 안 되었지만, 술을 가리키자 고개를 끄덕였다. 소주 두 병을 주문해서 나눠 마시는데 인부들을 데리러 차가 오는 바람에 한 병은 병마개만 따고 일어서야 했다. 어차피 돈을 지급한 것이므로 나는 마개를 다시 닫고 소주 한 병을 우즈베키스탄 남자에게 주었다. 가서 한잔 마시고 푹 쉬라는 말도 아끼지 않았다.

마을은 여전히 정지한 듯 조용했다. 들어오는 사람도 나가는 사람도 없고 마을 안에서 돌아다니는 사람들뿐이었다. 근처의 산업단지까지 마을을 가로지르는 4차선 도로가 개통되면서 마을을 지나는 차들도 뜸해졌다. 아직은 매실이 열매를 맺지 못하기 때문에 축제를 열 수 없지만 몇 년이 지난 후에 매실이 주렁주렁 열려서 축제를 개최하려면 홍보를 많이 해야 할 듯하다. 이곳이 오지라 매실 축제를 한다고 해도 위치를 몰라서 못 오는 사람도 많을 성싶다. 축제를 열게 되면 큰길가에 알림판을 설치하고 지역신문에 광고라도 내서 사람들을 끌어모아야 한다. 나는 벌써 매실 축제가 시작되는 것처럼 마음이 들뜨기 시작했다. 간판을 만들었지만 정작 간판을 설치한 것은 이틀이나 지나서였다. 간판을 작게 하려고 했는데 목공이 크게 해야 큰길에서도 보인다고, 운전자들도 볼 수 있게 하려면 적어도 가로 삼 미터에 세로 일 미터 이상은 돼야 한다고 해서 간판을 크게 만들자, 세우는 일이 곤욕이었다. 그 정도의 나무 무게를 지탱하려면 양쪽에 쇠파이프를 박아야 하는데, 미관상 좋지 않다고 남은 해송 나무로 기둥을 세우자고 제안하는 바람에 두 개의 나무로 기둥을 세우고 산문(山門)처럼 높이 세우자 비로소 커다란 간판이 만들어졌다. 목공은 마침 일이 없어 쉬던 참이었다며 수고비 정도나 달라고 해서 비용도 적게 들었다.

마침내 '구름 농원'이 완성되었다. 매실나무와 호두나무를 심은 경계로 길을 낸 좌우에는 오 년생 소나무를 일정한 간격으로 심고 농장의 한가운데 습지는 연못을 만들었다. 한국전력에 연락해서 농업용 전기를 끌어오고 관정을 뚫어 수도도 설치했다. 시청에 농업용 창고를 짓겠다고 허가 신청서를 냈지만, 이곳이 임야로 돼 있어 허가를 받지 못했다. 작은 비닐 하우스를 만들고 그곳에 연장 따위를 보관해야 할 듯하다.

"창고 짓는 게 무슨 죄가 된다고 그걸 허가를 안 내줘. 나쁜 새끼들."

창고 짓는 것을 허가받지 못하자 연호 형이 혼자 욕하고 투덜거렸다. 요즘은 집 수리나 창고 수리하는 곳이 많아 날일을 일주일 내내 다닌다고 했다. 혼자 살고, 저소득층이라 면사무소에서 생활보조금이 나오기 때문에 일주일에 하루만 일해도 먹고살 수 있다던 그가 이렇게 악착스러운 것은 오래된 오토바이를 새것으로 바꾸기 위해서라고 했다. 그러나 나는 알 수 있었다. 그는 돈만 있으면 술집마다 배회하며 다 써야지 직성이 풀리는 성격이라 새 오토바이를 절대로 탈 수 없다는 것을.

그와 함께 삼을 심은 산에 울타리를 치고, 농기구 보관용 하우스를 조그맣게 지었다. 바닥이 흙이라 눅눅하지 않게 헌 장판을 깔고, 휴대용 가스레인지와 냄비, 약간의 조미료, 라면, 프라이팬, 수저 따위를 갖추자 아담한 집이나 다를 바가 없었다. 일하다 시장하면 라면을 끓여 먹을 수 있고, 저녁녘에 고기를 사다 구울 수 있게 불판과 호일, 장작과 번개탄도 준비해놓았다.

오후 세 시가 조금 넘은 시간, 농장 일을 더 할 게 없어 이만 하산을 하려다 고구마밭으로 발을 옮겼다. 작년 가을에 멧돼지 떼가 출몰해서 이백여 평가량을 쑥대밭으로 만들어 놓아서 전기 울타리를 만들었다. 가는 강선에 전기를 흐르게 해서 멧돼지가 밭으로 들어오다 줄에 걸리면 쇼크를 받고 도망치는 원리인데 효과가 좋았다. 낮에 사람들이 지나다 감전되는 것을 막기 위해 어둠이 내릴 때 전원 스위치를 올리고 아침 일찍 와서 스위치를 내려야 하는 수고가 따르지만, 멧돼지의 피해는 막을 수 있었다.

연호 형을 돌려보내고 집으로 돌아와 하우스에서 고구마에 물을 주었다. 싹이 제법 자라서 곧 잘라서 심어도 될 듯하다. 작년에는 고구마 순이 모자라 사다 심어서 올해는 하우스 전체에 고구마를 심어서 싹을 조달하는 데는 문제가 없을 성싶다. 물기가 촉촉이 묻은 고구마 순이 싱그럽게 하오의 햇살을 받고 있었다.

"이제 마음이 안정되어 보이는군요."

여승이었다. 막 하우스에서 나오자 여승이 나를 보며 말했다. 여승은 또 산책하러 가는 중이다. 그녀는 커다란 개를 끌고 농로(農路)를 따라 한참 동안 가다 돌아온다. 어느 때는 봄 향기가 너무 좋아서 농로의 끝에서 더 걸어서 산까지 다녀왔다고 했다. 삭발에 승복을 입었지만, 그녀는 승려 같지가 않았다. 마음이 소녀처럼 소박해 보이는 여자 같았다.

"싹이 많이 컸나 보죠?"

나는 그렇다고 말했다. 여승은 더 묻지 않고 농로 쪽으로 걸어갔다. 마당에는 네 마리의 닭이 노닐고 있다. 한 마리는 수탉이고 나머지는 암탉이다. 아버지가 몸이 쇠약해 보여서 오늘 암탉 한 마리를 잡아서 엄나무와 인삼을 넣고 백숙을 해야 할까 보다. 전에도 백숙을 해드렸는데 커다란 솥에 든 닭고기를 두고두고 드시더니 기력을 찾았었다. 아직 해가 있어 동네 슈퍼부터 다녀와야겠다. 마을회관 옆에 있는 슈퍼는 부부가 운영하는데 둘 다 장애인이다. 남자는 어릴 때 소아마비를 앓아 한쪽 다리가 짧아 걸을 때는 심하게 절룩거리고, 여자는 등이 굽은 꼽추다. 여자가 꼽추라 아이를 낳으면 유전될까 봐 부부는 아이도 없이 살고 있다.

아버지께 드릴 소주 한 병과 라면, 소금, 비누를 사 들고 슈퍼를 나왔다. 멀리 내가 만든 구름 농원이 보였고, 마을 앞 도로 옆에 길게 심은 매실나무에서도 싹이 돋고 있다. 막 슈퍼를 나와 정자가 있는 곳을 지날 때였다. 흰색 승용차 한 대가 미끄러지듯 다가와 멈추었다. 차에는 여자가 혼자 타고 있었다. 여자는 차에서 내려 사위를 둘러보다 나와 시선이 마주쳤다. 세아다. 세아가 어떻게 여길. 나는 들고 있던 비닐봉지를 툭 떨어뜨렸다. 그 바람에 소주병이 시멘트 바닥에 부딪히며 산산이 조각났다. 세아가 나를 찾아온 걸까? 가슴속에서 뜨거운 것이 확 올라오는 듯했다. 그녀는 천천히 내게 오고 있었다.

닻

닻

대천항 여객터미널 앞은 아직 배 시간이 멀어서 그런지 한산했다. 제 시간이 되면 떠날 여객선은 육중한 몸을 바다에 맡긴 채 정박해 있고, 낚시꾼들을 실어나르는 어선은 일찍 출항했는지 보이지 않았다. 하기야 오전 열한 시가 지난 시각이라 이 시간이면 녹도(鹿島)로 가는 배가 없다는 것을 알면서도 서울에서 내려오느라 어쩔 수 없었다. 녹도는 명절때나 가끔 가보는 곳이고, 이미 인터넷으로 검색을 해서 배 시간이 오전 여덟 시와 오후 두 시임을 알고 있었지만, 서울에서 대천행 기차를 타고 보니 어정쩡하게 도착했다. 나는 대합실에 들러 배 시간을 다시 확인하고 바다로 나왔다. 바람이 일지 않아 바다는 마치 커다란 사막처럼 몸을 눕히고 있었다. 앞으로 두 시간 반은 기다려야 배를 탈 수 있으므로 나는 우선 간단하게 요기나 할 곳을 찾았다. 집에서 용산까지 나와 기차를 타고 대천역까지 오는 동안, 그리고 택시를 타고 이곳까지 오는 동안 어느새 점심때가 되었다.

"어서 오이소."

수산시장에 들러 주변을 두리번거리자 앞치마를 두른 여자가 건성으로 말했다. 수산물을 파는 여자였다. 나보다 서너 살은 아래로 보이는 여자는 바다처럼 얼굴이 차 보였다. 상호가 커다랗게 붙어 있고 수조 안에는 우럭, 도미, 광어, 참돔, 대게 등이 가늘게 지느러미를 움직이거나 아예 바닥에 배를 붙이고 엎드려 있었다. 나는 물건을 사지 않고 구경만 할 요량으로 주변만 눈으로 훑었다. 수조 밑에는 소라, 조개, 주꾸미, 참게, 해삼, 멍게, 꼬막 등이 함지박에 담겨 손님을 기다리고 있다. 고만고만한 간판과 길게 이어진 수조, 널려 있는 해산물이 흡사 바다를 옮겨놓은 듯했다.

"다 있소이다. 사이소."

여자가 다시 말을 걸어오는데 나는 차마 배 시간이 남아서 구경한다는 말은 못 했다. 여자는 내가 그 가게를 지나갈 때까지 물건을 흥정하는 것처럼 말을 걸어왔다. 어투가 칼칼하지만, 아내처럼 매서운 여자는 아닌 듯했다. 여자를 뒤로하고 앞으로 나가며 주변을 두리번거리자 가게마다 간판만 다르지 물건은 똑같아 보였다. 큰 물고기와 대게가 수조에 들어앉아 있고, 함지박에 담긴 조개와 멍게, 해삼이 꼭 같은 곳에서 잡은 것처럼 닮아 보였다.

수산시장 끝에서 끝까지 걸어갔다 다시 걸어 나오는데, 여자와 다시 마주쳤다. 여자는 이제 내게 말을 걸지 않았고 나도 여자에게 말을 걸지 않았다. 검은 바지에 비닐 앞치마를 두르고 고무장갑을 낀 여자는 주변에 있는 수산물이 아니어도 바다 냄새가 나는 듯했다.

"싸게 줄게 사이소."

막 좌판 옆을 지나는데 여자가 다시 말했다. 나는 마지못해 여자에게 바지락과 가리비나 달라고 했다. 여자가 함지박에 있는 조개를 비닐봉지에 담아 내밀었다. 덤으로 새조개 세 마리를 더 넣었다고 이만 원을 달래서 카드를 내밀었다. 아침과 점심을 걸렀지만 혼자서 뭘 사 먹기도 그렇고 해서 녹도에 가서 어머니와 조개를 넣고 국수나 삶아 먹을 생각이었다. 게다가 주변이 횟집뿐이라 혼자 회를 먹기도 그랬다. 여자가 카드로 계산을 끝내고 내게 카드를 내밀었다. 순간, 여자와 시선이 딱 마주쳤는데, 어디서 본 듯한 얼굴이었다. 이마가 좁고 갸름한 얼굴, 광대뼈가 약간 드러나고, 목덜미가 긴 여자를 어디서 봤을까? 하지만 여자는 이내 시선을 수산물 쪽으로 돌렸고, 나도 여자가 건넨 비닐봉지를 들고 터벅터벅 수산물 시장을 걸어 나왔다.

다시 대합실로 돌아오자 이제 배 시간이 이십여 분 남았다. 배표를 사고 배로 오르자 섬을 찾아가는 것이 실감이 났다. 올 설과 추석에도 못 왔고, 작년에도 못 내려왔으니까 근 삼 년 만에 찾는 섬이다. 하지만 이번에 섬에 들어가면 뭍으로 나오지 않을 생각이다. 이미 아내에게 선전포고하고 떠나왔기 때문에 아내도 내가 집으로 돌아가지 않을 것을 알고 있을 것이다.

"뭐라고요? 당신 미쳤어요?"

직장을 그만두고 섬으로 내려가 살겠다고 하자 아내는 펄쩍 뛰었다. 예상한 일이었다. 아내는 도시를 떠나서는 단 하루도 살지 못할 여자였다. 신혼 초에는 명절마다 섬으로 어머니를 찾아갔었는데, 애가 큰 다음부터는 아내는 아예 어머니에게 발길을 끊었다. 용산역에서 기차를 타고 대천으로 와서 다시 택시를 타고 대천항 여객터미널에서 배를 타고 섬에 들어갔다 나오는 일정에 아내는 마치 저승이라도 다녀오는 것처럼 손사래를 쳤다. 섬에 가는 것이 피곤한 것도 있지만, 그곳에서 하룻밤을 묵으면 통 잠을 못 이루고 이상한 꿈을 꾼다고 했다.

"차라리 나더러 죽으라고 해요. 난 죽으면 죽었지 다시는 섬에 안 갈 거니까."

어머니를 뵈러 섬에 갈 때마다 섬에 따라가지 않겠다고 버티더니 어느 해부턴가 빈말이 아니었다는 듯이 아내는 명절 때만 되면 집을 나갔다. 출근하며 분명히 연휴 때 섬에 가야 한다고 말했음에도 퇴근하고 집에 돌아오면 아내는 아이와 함께 자취를 감추었다. 불 꺼진 집에서 여기저기 전화하며 아내를 수소문한 후에 아내가 친정에 가 있는 것을 알았고, 다음 날 나만 섬으로 내려갔었다.

아내를 생각하는 사이에 배가 녹도 선착장에 도착했다. 대천에서 한 시간이면 닿는 섬이지만 하루에 두 번 왕복하는 배 시간 때문에 명절 때나 큰맘을 먹어야 다녀올 수 있었다. 나는 트렁크를 들고 배에서 내렸다. 집에서부터 이곳까지 줄곧 들고 온 트렁크에는 옷가지와 수산시장에서 산 조개가 들어 있었다. 아내는 간밤에 트렁크에 옷가지를 챙기는 것을 보면서도 무심하게 서 있었다. 내가 섬으로 떠나도 하나도 겁이 안 난다고 했다. 마치 며칠 있다 돌아오는 여행쯤으로 생각한 것이다.

"분명히 말하지만 난 섬에서 돌아오지 않을 거야."

"그러거나 말거나 난 몰라요. 퇴직금이야 당신이 어떻게 하든 상관하지 않겠지만 이 집만은 안 돼요."

아내는 도시를 떠나지 않겠다는 생각이 완강했다. 회사에서 감원 바람이 불어서 명예퇴직을 하겠다고 말했고, 퇴직하면 섬으로 내려가 어머니를 모시겠다고 했음에도 아내는 그저 남의 일이려니 생각하다 막상

내가 사표를 내자 방방 뛰었다. 정말로 사표를 냈느냐느니, 진짜로 명예
퇴직을 당했느냐느니, 자꾸 물어와서 나는 숨도 못 쉴 지경이었다. 그런
아내가 한 발 물러서서 집만은 안 된다고 버티었다.

"배도 사고, 집도 수리하려면 돈이 만만찮게 들어갈 거야."

"그러게 누가 섬으로 가래요?"

"도시에서 그만큼 살았으면 됐잖아."

"글쎄, 전 죽어도 못 간다니까요."

생각 같아서는 집까지 팔고 도시 생활을 완전히 정리하려고 했는데,
아내가 완강히 버티는 바람에 나만 섬으로 향했다. 아내까지 섬으로 온
다면 집을 전면 개조해서 민박집을 운영하고 나는 배를 구해서 낚시꾼
을 실어나를 생각이었다.

여객선에서 내리자 갑자기 가슴이 들뛰었다. 삼 년 만에 밟아보는 섬
이다. 하지만 변한 것은 없었다. 선착장과 정박해 있는 배, 멀리 수평선
까지 모든 게 그대로였다. 나는 트렁크를 들고 천천히 집으로 향했다.
집에는 어머니 혼자 소일하고 있을 것이다. 아버지는 내가 태어나기도
전에 돌아가셨고, 이모가 이혼하고 섬으로 들어왔다 다시 나가서 집에
는 어머니밖에 없는데, 몇 년 전부터는 자꾸 관절이 아프다고 했다.

집으로 가는 언덕에서 바다를 바라보았다. 넓은 바다가 한눈에 들어
왔다. 이 섬은 평지가 없어서 마을이 언덕에 있다. 집으로 가려면 선착
장에서 한참 언덕을 올라야 했다. 여객선에서 내린 사람들도 마을로 올
라가고 있었다. 가족 단위로 여행을 왔는지 내게 민박집의 위치를 물었
는데, 나도 이 섬에 오랜만에 와서 모른다고 했다.

"참말로 아주 내려온 긴가?"

예측한 대로 어머니는 마당에서 멸치를 말리고 있었다. 멸치 배가 들어와서 하역하면 바닥에 수두룩하게 멸치가 떨어지는데, 어머니는 그게 아깝다고 주워다 말리곤 했다. 나는 어머니께 관절은 어떠냐고 물었다. 어머니가 지금 관절이 문제냐고, 아내와 아주 헤어진 거냐고 물었다. 아내가 섬에 오기 싫어할 뿐이라고 말했음에도 어머니는 내 그럴 줄 알았다며 혀끝을 세웠다.

"처음부터 영 맘에 안 들었는디, 그때 말렸어야 했는디."

"뭐가 맘에 안 들고 뭘 말려요."

"니 어미 말여. 약하디약해빠져서 그동안 살림이나 번번하게 했냐?"

트렁크를 들어 들마루에 올려놓고 수산시장에서 사 온 조개를 꺼냈다. 어머니가 검은 비닐봉지를 보고 뭐냐고 묻기에 나는 조개를 어머니께 맡겼다. 여기도 쌨는데 왜 사 왔냐고 핀잔할 줄 알았는데, 어머니는 조개를 수돗가로 가져가 대야에 담갔다.

"아침부터 거르고 온 거 아녀?"

나는 그렇게 됐다고 말했다. 어머니는 아내와의 골이 얼마나 깊으면 밥도 못 얻어먹고 혼자서 왔냐고 투덜거렸다. 옷을 갈아입으려고 트렁크를 들고 방으로 들어가서도 어머니의 투덜거림은 들렸다. 바늘 가는데 실도 따라가는 법인디, 남편 내려오는데, 지가 힘들면 얼마나 힘들다고 못 내려와.

방도 그대로였다. 안방과 마루 하나를 사이에 두고 건넛방이 있는데, 어릴 때부터 살아온 방이었다. 비탈진 언덕에 집이 있어 바다가 내려다 보였다. 나는 이곳에서 초등학교를 마치고 뭍으로 나가서 생활했다. 섬에서 커야 뱃일밖에 배울 게 없다는 어머니의 결단 때문이었다. 공부하든, 기술을 배우든, 뭍으로 나가서 살아야 한다는 어머니의 고집 때문에 나는 중학교 때부터 뭍으로 나가 이모님 댁에서 살았다. 작은 도시였고, 이모부는 바다보다는 산을 좋아하는 사람이었다. 이모가 섬에서 태어나고 자라서 못 배우고 무식하다고 구박하는 사람이었다. 하지만 이모부도 잘난 게 없었다. 이모부는 저녁때도 집에 돌아오지 않았고, 일요일에는 산악회 총무라 평일보다 더 바쁜 사람이었다.

"등산은 무슨 등산여. 계집하고 산에서 그 짓 하니까 좋냐?"

"이놈의 여편네가 뭔 소릴 지껄이는겨, 시방."

"왜, 내가 모를 줄 알고. 기집질 하려고 산에 가는 거잖아."

"뭐여, 이게 그냥."

가끔 늦은 밤에 이모의 비명이 들렸고, 흐느껴 우는 소리가 들렸다. 내가 봐도 둘은 성격이 맞지 않았다. 관광버스 기사로 일하는 이모부는 일이 있는 날보다 노는 날이 더 많았다. 산에 가는 것도 손님을 태우고 일하러 가는 것이고, 친목을 도모하는 산악회라고 했지만, 이모는 이모부가 돌아오면 몸에서 분 냄새가 난다고 했다. 묻지 마식 관광이라며 산에 가는 것이 저질이라고 했다. 토요일이나 방학 때 섬으로 돌아오면 어머니는 이모의 안부부터 물었다. 나는 어머니께 이모가 싸우며 산다는 말은 하지 않았다. 물론 맞고 산다고도 말하지 않았다.

"뭍에서 공부하니까 좋지. 너는 커서 꼭 뭍에서 살아야 한다."

어머니는 집에만 오면 그 소리였다. 나는 어머니가 왜 뭍에 집착하는지 알고 있었다. 섬에서의 삶은 힘들고, 가난하게 산다는 것이 어머니의 생각이고, 무엇보다도 바다는 아버지를 잡아먹은 곳이라 바다에 대한 원망이 가슴 깊이 배 있었다.

"시장하겠다. 어여 먹거라."

옷을 갈아입고 방에서 한동안 앉아 있다가 나오자 어머니가 마루에 밥상을 차려놓았다. 내가 사 온 조개를 넣고 칼국수를 끓인 것이다. 어머니는 옛날부터 칼국수만큼은 잘했다. 잡아 온 조개를 찬물에 담가 해감시킨 다음 삶아서 속살을 빼내고, 밀가루를 반죽해서 다듬잇방망이로 밀어 멍석처럼 밀가루 반죽을 넓게 편 다음 차곡차곡 개어 부엌칼로 일정하게 자르면 칼국수가 되었다. 어머니가 끓인 칼국수는 특별한 양념을 하지 않아도 속이 후련했다.

"참말로 섬으로 아주 내려온 것이여."

"그렇다니까요."

"에이그, 이놈아. 여기서 뭐 해 먹고 살려고 그려."

"퇴직금 탄 게 있어서 괜찮아요."

"그래도 그렇지. 도시에서 편히 살면 되는데 뭣 땜시 내려와."

칼국수 한 그릇을 게눈 감추듯이 비우고 반 그릇을 더 먹고 나자 포만감이 일었다. 어머니는 내가 숟가락을 놓자마자 아까 한 말을 잇기라도 하듯이 말했다. 사실 나는 어머니 때문에 섬으로 내려왔다. 이미 연세가 여든의 중반에 들어선 어머니는 관절도 아프고 허리까지 휘어서 거동하기가 불편했다. 집에서 백여 미터 떨어진 노인정까지 가는데도 숨이 차다고 했다. 그런 어머니를 섬에서 혼자 지내게 할 수 없어 도시로 모셔올까도 생각했는데, 아내의 반대도 만만찮았지만, 무엇보다도 어머니가 한사코 마다하는 바람에 내가 내려오는 것이 낫다 싶었다.

"뭐라고요? 어머니를 모시고 올 테니 나더러 모시라고요?"

"그럼 어째. 몸도 아프신 분을 섬에서 혼자 지내게 할 수 없잖아."

"못 들은 거로 할게요. 어머니를 모셔오면 어머니가 이곳에서 사실 것 같아요?"

"왜 못 사셔?"

"차라리 요양원으로 보내세요. 그곳은 사람들이 많으니까 적적하시지 않을 거예요."

"그런 곳에서 지낼 분이 아냐."

어머니에 대해 아내와 대화를 해봤지만 별 뾰족한 수가 없었다. 그 무렵 나는 은행에서 감원 바람에 시달리고 있었다. 자동화 시스템이 도입된 이후 꾸준히 감원하던 은행이 이번에는 불필요한 부서를 통폐합하며 잉여 인력을 밖으로 내보내고 있었다. 감원 일 순위가 나처럼 이십 년 이상 근무한 부장급 이상 임원이고, 이 순위가 십오 년 이상 근무한 과, 차장급이었다. 나는 은행에서 만년 부장을 달고 있었고, 감원 공고가 꼭 나를 위해 난 것 같았다. 의자에 앉아 업무를 보지만 일손이 잡히지 않았고, 까닭 없이 아랫배가 아팠다. 가끔은 누군가가 내 목을 조르는 느낌도 들었다. 이런 증상이 감원 때문에 오는 강박관념이라는 것을 알면서도 나는 딱 한 번 병원에 가보았다. 일 년에 한 번씩 주기적으로 건강검진을 해서 건강에는 별문제가 없었는데, 갑자기 몸에 이상이 느껴져 찾아간 병원이었다.

"한마디로 말씀드리면 감원에서 오는 강박관념보다는 이소의 본능이라고나 할까요, 여기 차트를 보시면 뇌파가 급격히 요동치다 떨어지는 것을 볼 수 있죠. 어딘가로부터 탈출하여 새로운 곳으로 가고 싶은 욕망이지요."

"예, 그럼 제가 감원보다는 새로운 곳을 찾아 떠나고 싶어 한단 말인가요?"

"그렇습니다. 이 증상은 오래전부터 속에서 꿈틀거리다 터져 나온 것입니다."

나는 그때야 무엇인가에 짓눌리는 듯한 통증이 알에서 깨어나는 고통임을 알았다. 새가 둥지를 박차고 떠나듯이 한정된 공간을 탈피하여 나도 어떤 새로운 곳으로 가려고 쉼 없이 꿈틀이고 있었던 것이다.

"따로 치료받을 것은 없습니다. 하고 싶은 것을 하며 살면 만병의 근원이 다 떨어져 나갑니다. 하지만 하고 싶은 것을 하며 사는 사람이 얼마나 되겠어요?"

의사의 말을 듣고 나는 불현듯 섬을 떠올렸다. 내가 태어나고 자란 곳, 지금은 어머니 혼자서 아픈 몸으로 집을 지키고 있는 곳, 언젠가는 돌아가야겠다고 늘 생각하고 있던 곳, 문득 그곳에 가서 살고 싶었다.

"김 부장도 이번에 명예퇴직 신청을 했던데, 뭐 좋은 사업 구상한 거 있나?"

"좋은 사업은요? 때가 돼서 떠나는 것입니다."

"하기야 좋은 조건을 내걸었을 때 나가는 것도 나쁘지 않지."

최 이사의 말대로 명예퇴직이 나쁜 조건은 아니었다. 삼 년치 월급의 기본급을 위로금으로 주고, 창업장려금과 퇴직금까지 합치면 수령액이 칠억이 넘었다. 이 돈으로 섬에 가서 이억짜리 배를 사고 오억은 시골집 주변의 땅을 더 사서 기존의 집을 허물고 펜션을 지으면 좋을 듯했는데, 아내가 반대하는 바람에 무산되고 말았다. 집까지 처분하고 내려가면 섬에서도 떵떵거리며 살 수 있는데, 아내가 한사코 반대하는 바람에 집을 팔지 못했다.

칼국수를 먹고 집을 둘러보았다. 옹기종기 붙은 집과는 달리 어머니의 집은 마을에서 약간 떨어져 있지만, 펜션을 지을 만한 곳은 아니었다. 가파른 언덕 위에 있어서 중장비로 집을 허물고 터를 넓혀야 하는데 집 옆이 남의 땅이라 함부로 건드릴 수도 없는 곳이었다. 집을 올 수리하거나 있는 집을 허물고 다시 지으면 면적이 좁아 펜션으로 활용할 수 없었다. 결국, 이러지도, 저러지도 못하는 곳이라 일단 생각을 접고 나는 집을 나왔다. 섬을 둘러볼 생각이었다.

섬은 차분하게 가라앉아 있었다. 집에서 나와 산을 오르다 바다를 내려다보니 섬은 바다에 조용히 가라앉은 듯했다. 파도가 밀려와 섬을 때리지만 한치의 미동도 없이 섬은 자리를 지키고 있었다. 이곳은 섬의 모양이 고개는 서쪽으로, 뿔은 동쪽으로 두고 드러누워 있는 사슴과 같다고 해서 녹도라고 부른다. 대천항으로부터 25킬로미터의 거리에 있는 면적 0.9킬로미터의 조그만 섬이지만, 80여 가구에 200여 명의 주민이 사는 전형적인 어촌 마을이다. 하지만 예전에 비하면 턱없이 적은 인구였다. 1970년대에는 120여 가구에 450명이 거주했고, 초등학생이 100여 명이었고, 300여 척의 고깃배가 왕래했었다. 지금은 슈퍼도 없는 섬이지만 그때는 술집도 십여 개에 이를 정도로 즐비했고, 뱃사람들이 돈자루를 메고 다닌다는 말이 나올 정도였다. '배 띄워라 돈 실러 가자'라는 뱃노래를 유행가처럼 불렀던 그 시절이었다. 섬의 연안 일대가 산란기인 봄, 여름에 제주 난류의 북상으로 까나리, 새우, 멸치 잡이가 성행하고 굴과 김 양식이 풍부한 곳이라 어업 활동이 활발한 때였다. 배가 한번 출항하면 어김없이 만선이 되어 돌아왔고, 선원들은 각자의 몫으로 챙긴 돈이 하도 많아서 주체 못 할 지경이었다.

"까짓거 뱃놈이 이런 때 돈 못 쓰면 언제 써봐. 어여 술이나 따라봐."

술집마다 왁자지껄했고, 여자의 웃음소리가 끊이질 않았다. 취한 사내들이 서로 여자를 차지하겠다고 싸우는 일도 있고, 방파제에서 떨어져 죽은 일도 있었다. 그래도 술집은 늘 불야성이었다. 배가 한번 들어오면 만선이다 못해 잡은 물고기의 무게 때문에 배가 전복될 지경이었고, 하역장에는 언제나 장날처럼 붐비었다. 선원들은 각자 돈주머니를 들고 싱글거렸고, 지나가던 개도 돈을 물고 갈 정도였다.

그 무렵에 어머니는 아버지를 잃고 나를 얻었다. 무슨 하늘의 기구한 장난처럼 한 달 사이에 어머니는 죽음과 태어남을 동시에 경험했다. 산달이 다가오자 어머니는 산고(産苦)를 느끼고 있었다. 아버지는 곧 태어날 나를 위해 더 많은 고기를 잡겠다고 무리하게 배를 탔다. 고기를 많이 잡아서 뱃사람들이 한 몫씩 잡고 밤새도록 기생들과 어울려도 아버지는 집에서 잠깐 눈을 붙이고 다시 바다로 나갔다. 그날은 어머니가 꿈자리가 하도 사나웠다고 바다에 나가지 말라고 당부한 날이었다. 어머니는 꿈에 바닷물이 용솟음치며 오르는 것을 봤다고 했다.

"불길한 꿈 같아요. 바닷물이 소용돌이치며 하늘로 올라가는데, 어찌나 높이 올라가던지 끝이 보이지 않았어요."

아버지는 그런 어머니의 꿈이 곧 태어날 아기에 대한 태몽이라며 대수롭잖게 여겼다. 바닷물이 소용돌이치며 올라가는 것은 용이 하늘로 승천하는 꿈이라며 내친김에 용천(龍天)이라고 아직 태어나지 않은 내 이름까지 지었다. 그래서 내 이름은 지금까지 용천이다.

산에서 내려와 해변으로 나오자 조약돌이 바닥에 짝 깔려 있다. 반질반질한 돌들은 햇살을 받아 윤기라 가르르하게 흐르고 있었다. 조약돌

을 밟으며 걷다가 물수제비를 떠보았다. 햇살이 내리는 수면 위로 조약
돌이 날아가다 바다에 빠졌다. 몇 번을 해봤지만 출렁이는 파도 때문에
물수제비는 떠지지 않았다. 그래도 유년에는 두세 번은 물수제비가 떠
졌었는데, 지금은 허탕만 쳤다. 몇 번 더 조약돌을 던져보다 돌아섰다.
문득 옆에 복례가 있는 것만 같았다. 나보다 두 살이나 아래인 그녀는
어릴 때부터 나를 무척 따랐고, 서너 집 위에 집이 있어서 우리 집에 곧
잘 놀러 오곤 했다. 중학교 때 내가 뭍으로 나가기 전까지 그녀는 나와
함께 섬의 구석구석을 누볐고, 집에서 숙제를 알려주곤 했다. 그런 모습
을 본 어머니는 모처럼 만에 입가에 만연의 웃음을 흘렸다.

"그렇게 둘이 붙어 있으니까 한 쌍의 원앙이 따로 없구나."

어머니는 벌써 그녀를 며느릿감으로 점찍어놓은 듯했다. 그것은 어
머니와 그녀 어머니와 서로 각별하기 때문이었다. 나도 아버지가 없었
고 그녀도 아버지가 없었다. 나나 그녀나 둘 다 아버지를 바다에서 잃었
다. 나는 내가 태어나기도 전에 아버지를 잃었고, 그녀는 세 살 때 아버
지를 잃었다. 내가 어머니의 배 속에서 태아로 있을 때나 그녀가 세 살
때나 기억을 서로 못 할 때였다. 둘 다 남편을 잃은 어머니나 그녀 어머
니나 서로 한숨만 지으며 살았다. 남편이 없자 갑자기 소득이 줄었고,
삶은 점점 궁핍해졌다. 멀리 제주도에서 해녀들이 와서 물질해서 많은
돈을 벌어 간다고 했다. 그래도 어머니와 그녀의 어머니는 물에 들어가
지 않았다.

어머니와 그녀 어머니는 바다를 택하는 대신 산비탈을 일구어 농사
를 지었다. 남편을 바다에 묻어서 물에 들어가는 것은 도시 자신이 없는
모양이었다.

"니 크면 나한테 시집 온나."

"싫다. 난, 혼자 살기라."

"왜 혼자 사노."

"울 어머니도 혼자 살지 않나."

"바보야, 그건 아버지가 죽어서 그런 거다."

"그래도 나는 싫다."

어느 날 해변에서 내가 복례에게 물었다. 뭍에 나갔다가 돌아온 겨울이었다. 바다는 하얗게 포말을 부숴놓고 있었다. 추위 탓인지 해변에는 관광객이나 주민들의 모습이 보이지 않았다. 칼바람이 불고 있어 커다란 바위를 등지고 서 있었다. 그녀의 얼굴이 추위로 빨갛게 물들어 있었다. 토끼 눈 같은 그녀의 큰 눈이 유난히도 반짝였다.

"왜 이러는겨."

점퍼를 입은 그녀를 나는 조용히 끌어안았다. 그녀가 나를 밀치며 올려다봤다. 나는 다시 그녀를 끌어안고 그녀의 입술을 더듬었다. 그녀가 화들짝 놀라며 나를 힘껏 밀었다. 그 바람에 나는 뒤꿈치가 돌부리에 걸려 넘어지며 엉치뼈를 다치고 말았다. 내가 바닥에 쓰러져 괴로워하는 것을 보고서도 그녀는 한달음에 마을로 도망쳤다. 겨우 몸을 일으켰지만, 통증이 심해 걷기조차 힘들었다. 나는 개처럼 바닥을 손으로 짚으며 엉금엉금 기어서 해변을 나와 어둠이 내린 후에야 집으로 돌아왔다. 다행히 뼈는 다치지 않았지만, 추위로 잔뜩 움츠린 근육에 충격이 가해져 근육통이 일었던 모양이다. 방에서 이틀을 꼼짝없이 누워 있었지만, 그녀는 내게 문병도 오지 않았다.

그게 고등학교 겨울방학 때였다. 중학교 때까지만 이모의 집에서 지냈고, 고등학교 때부터는 기숙사에서 생활해서 나는 방학 때면 섬에서 지냈다. 그녀는 그 일이 있은 뒤로 꼭꼭 숨은 술래처럼 내게 나타나지 않았다. 일부러 피하는 게 분명했다. 하지만 나는 자꾸만 그녀가 떠올랐다. 남녀 공학이라 연애 상대는 많았지만 유독 섬에 갇혀 지내는 그녀가 마음에 다가왔다. 엉치뼈를 다쳐 고생했어도 달콤한 그녀의 입술이 생각났다.

"어째 요즘은 복례가 우리 집에 통 오지 않는다. 무슨 일이 있었냐?"

"······아뇨, 아무 일도."

"갸도 이젠 처녀가 돼서 부끄러운 줄 아는 모양이다. 하기야 벌써 젖가슴이 출렁이고 엉덩이가 펑퍼짐한 것이 도시에 나갔으믄 사내 꽤나 홀릴 몸매더라."

"······."

"여자는 모름지기 저래야 한다. 마음씨 곱지, 생활력 강하지, 몸매 좋아 애도 쑥쑥 잘 낳겠다. 어디 흠잡을 곳 하나 없는 애지."

"······."

어머니는 점점 그녀에게 빠져들고 있었다. 그녀의 어머니와 함께 농사도 짓고 어울리더니 농담 삼아 사돈을 맺자고 한 모양이었다. 하지만 그녀와의 만남은 오래가지 못했다. 중학교만 나오고 섬에서 지내던 그녀는 돈 벌러 도시로 떠났고, 나는 대학에 들어가 다시 기숙사 생활을 시작했다. 방학 때나 명절 때 섬에 내려오면 그녀는 바쁘다며 섬에 오지 않았고 대신 선물만 그녀의 어머니께 보내곤 했다. 섬에 와서도 그녀를 볼 수 없자 나는 자연히 그녀를 잊었고, 군에 입대하고 제대하는 동안, 그리고 대학을 졸업하고 취업이 되어 섬에 내려갔다 오는 동안에도 나는 거짓말처럼 그녀를 한 번도 보지 못했다. 어머니의 말로는 대구의 방직공장에 취직해서 살고 있다고 했고, 그녀 어머니의 말로는 대구에 있다, 다시 서울의 큰 방직공장으로 가서 야간 고등학교를 마쳤다고 했다. 내가 군에 가 있을 때는 섬에 자주 내려왔고, 지금은 방직공장을 그만두고 야간 대학을 마치고 어느 무역회산가에서 근무한다고 했다.

"박복례 씨요. 그분 두 달 전에 퇴사했습니다."

그녀의 회사 전화번호를 알아내 전화를 걸자 그녀는 이미 퇴사한 뒤였다. 중학교를 졸업하고 섬에서 생활하다 대구에 있는 방직공장에 취직했다가 다시 서울로 올라가 큰 방직공장에 취직해서 야간 고등학교와 대학까지 마치고 무역회사에서 근무한다는 것까지가 내가 알 수 있는 그녀의 이력이었다. 그녀는 떠도는 바람처럼 파란만장하게 살아온 듯했다. 결국, 나는 그녀를 찾는 것을 단념하고 말았다. 연락이 닿으면 고향의 오빠로서 밥이나 한 끼 사주고 싶은 마음뿐이었다. 예전처럼 그녀를 가슴에 담아둔 일도 없고 생각도 나지 않았다. 그 무렵에 나는 대학을 졸업하고 몇 군데 이력서를 낸 끝에 은행에 취업이 되어 한참 바쁘게 지내고 있었다. 은행 업무라는 게 그렇듯이 마감을 하고도 시재가 맞지 않으면 야근을 일삼아야 했고, 영업 실적에 시달려야 했다. 수많은 입출금 내력을 수시로 점검하고, 대출금 회수가 안 되는 곳을 일일이 찾아다니고 나면 몸이 녹초가 되었다.

졸업과 함께 기숙사에서 나와서 고시원에서 생활하다 얻은 원룸은 생각보다 아늑했지만, 충분한 휴식의 공간은 못 되었다. 월요일부터 금요일까지 업무에 시달리고 나면 나는 토요일 오전 내내 원룸에서 뒹굴다 일어났다. 술을 마시지 않았음에도 머리가 아려왔다. 그 무렵에 나는 지금의 아내를 만나 교제를 막 시작할 때였다. 평일에는 각자 직장 생활을 하며 지냈고 일요일마다 만났지만, 그마저도 나는 피로가 누적되어 여의치 않았다.

"용천 씨는 만날 때마다 지쳐 보여요."

아내는 나를 만날 때마다 그 소리였다. 은행 업무가 그렇게 고단한 일이냐고 묻기도 했다. 아내는 금융업은 아니지만, 경리과에서 근무해서 돈 만지는 일이 얼마나 까다로운 것인지 안다고 했다. 주로 아내가 말을 하고 나는 듣는 쪽이었다. 내가 근무하는 곳이 주거래 은행이라 종종 오던 손님이었는데, 어느 날 기업 업무를 상담하다 알게 된 여자였다. 유난히도 살갗이 희고 눈망울이 큰 여자였고, 몸은 왜소하다 못해 앙상한 여자였다.

"아이고, 뭔 여자가 저리도 빼싹 말랐냐? 생전 밥이라곤 구경도 안 해보고 산 여자 같다. 애도 못 낳을 여자 같으니 올라가거든 당장 떼버려라."

섬으로 아내를 데리고 오자 어머니는 마당에 서서 아내가 방에서 들을 만큼 크게 떠들었다. 아내가 들겠다고 조용히 하라고 손짓했음에도 어머니는 들으면 어떠냐고 더욱 크게 소릴 질렀다.

"내 생전엔 저런 며느리를 들일 수 없다. 어디 여자가 없어서 저런 것을 데리고 왔노. 당장 데리고 나가거라."

어머니의 반대를 예상했지만 이렇게 노골적으로 아내를 무시할 줄은 몰랐다. 악을 써대는 어머니를 뒤로하고 방으로 들어가자 아내는 방바닥에 머리를 묻고 울고 있었다. 어머니가 한 말을 다 듣고 감정을 주체할 수 없어 눈물을 쏟는 것이다. 겨우 아내를 일으켜 달래도 아내는 눈물을 금방 그치지 않았다.

"울면 내가 눈 하나 꿈쩍할 것 같아?"

"그만 좀 하세요. 내가 좋아서 하는 거예요."

"이놈아! 이 철딱서니 없는 놈아. 여자 보는 눈이 그리도 없어, 이놈아."

"에이, 다시는 섬에 오지 말아야지."

"뭐여? 이놈아, 그게 어미한테 할 소리여?"

밖에서 악을 써대던 어머니가 방까지 들어와 악담을 쏟아놓자 나는 아내를 데리고 집을 나왔다. 그러나 이미 배편이 끊겨 돌아갈 수는 없었다. 아내와 함께 선착장에 나와 정박 중인 배를 보고 해변을 거니는 동안에도 아내는 감정이 누그러지지 않았는지 훌쩍거렸다. 어머니께 인사를 온 것이 꼭 소박맞은 기분이었다. 아내는 어머니가 무섭다고 했다. 어머니에 대한 처음 본 이미지가 섬에서 사는 투박한 아낙의 모습이 아니라 난폭한 사람으로 인식되었으리라.

"첫 배로 일찍 가거라. 가서 정리 잘하고, 색싯감은 내가 골라보련다."

어머니와의 불화를 피하고자 해변에서 아내와 함께 있다 어둠이 내려서야 집으로 돌아와 작은 방에서 눈을 붙이고 일어나자, 어머니는 아내가 끝까지 맘에 안 드는지 당신이 내 배필을 알아보겠다고 했다. 나는 아내가 들을까 봐 재빨리 어머니의 곁을 피했다. 혼자 살면서 나를 키워서 그런지 어머니는 나에 대한 집착이 유별나 보였다. 섬에서 올라온 그날부터 내게 수시로 전화해서 아내와 정리를 했냐고 물었고, 복례가 아직 결혼을 안 했으니 만나보라고 했다.

"따지고 보면 불쌍한 애다. 지 아버지 섬에 묻고 지 어미처럼 강하게 살지 않느냐? 그런 애를 놔두고 어디서 피래미처럼 깡마른 사람을 데리고 와서 며느리라니 내 속이 불이 안 타겠냐. 잔말 말고 복례와 식 올리거라."

복례와는 연락도 안 되는데 어디서 무슨 소릴 들었는지 어머니는 그녀를 만나서 식을 올리라고 성화였다. 하지만 나는 아무것도 그녀에 대해 아는 것이 없었다. 그녀의 어머니도 섬에서 농사나 짓고 허드렛일을 해봐야 겨우 목구멍에 풀칠할 정도라 몇 년 전에 뭍으로 나가면 뭐든 해서 못 먹고 살겠냐며 섬을 등졌다. 이제 섬에 남은 그녀의 혈육이라고는 산비탈에 조그맣게 만들어진 그녀 아버지의 봉분뿐이었다. 그녀의 아버지도 아버지처럼 배를 타다 풍랑을 만나 배가 전복되는 바람에 바다에 빠졌는데 용케도 시신이 섬까지 밀려왔었다. 파도에 밀려온 그녀 아버지의 시신은 며칠 만에 발견되어 물에 불어 있었는데, 시신을 건지고도 막 바로 장례를 지낼 수 없었다. 사람이 죽으면 시신을 땅속에 묻지 않고 일정 기간 땅 위에 안치하는 초분(草墳)이라는 독특한 풍습 때문이었다. 고기를 잡을 때 땅을 파면 불길하다고 하여 사람이 죽었어도 금방 장례를 치르지 않고, 수개월이나 수년이 지난 뒤에 본장(本葬)을 하였다. 그녀의 아버지도 시신을 발견한 지 넉 달이나 지난 다음에야 땅을 파고 본장을 치를 수 있었다.

복례 어머니가 섬을 떠나자 어머니는 의지했던 팔 하나가 떨어져 나간 것처럼 몹시 허전해했다. 함께 산비탈 밭을 일구고 어구를 손질하며 지내다 갑자기 혼자가 되자 어머니는 그 외로움을 내게 표출하기 시작했다. 낮에도 불쑥불쑥 은행으로 전화를 걸어와 안부를 물었고, 밤에는 핸드폰으로 섬에 갇혀 있으니 꺼내달라는 이상한 말까지 했다.

"천천히 말해보세요."

"천천히랄게 뭐 있냐? 복례 엄니가 뭍으로 떠나고 나니께 이 섬에 나 혼자 있는 것 같고, 밤바다 꿈을 꾸는디 캄캄한 바다에서 니 아버지가 살려달라고 자꾸 나를 붙들어. 청상과부로 살 팔자다 생각하고 이제껏 살았는디 인제 와서 그 양반 왜 그런다냐? 니 아부지 진혼제라도 지내야 할까 부다."

"어머니."

어머니의 연락을 받고도 나는 대수롭잖게 여겼다. 섬에 어머니만 사는 것도 아니고, 섬 주민이 자그마치 이백오십여 명이나 되는데 복례 어머니가 뭍으로 떠났다고 저렇게 오두방정일까 생각했다.

"참말여, 꿈에 자꾸 니 아부지가 나타나."

"시신도 못 찾았다면서 꿈에는 왜 나타나요."

"난들 아냐. 아무튼 이제는 섬이 무섭고 두렵다."

어머니는 그렇게 말했지만 섬을 떠날 사람은 아니었다. 친지 몇 분만 모시고 조촐하게 결혼식을 올릴 때도 어머니는 당일로 섬으로 내려갔다. 신혼여행 다녀올 동안 집이 비었으니 며칠 쉬었다 내려가라고 했음에도 어머니는 집도 구경하지 않고 바로 내려갔다. 지금 내려가봐야 섬으로 가는 배편이 끊겨 집에 갈 수 없으니 하룻밤만이라도 자고 내일 일찍 내려가라고 당부해도 어머니는 대천에 가면 복례 어머니도 있고, 잘 곳이 많다며 굳이 기차를 타러 갔다.

"이젠 니들이 알아서 살아라."

기차를 타러 가며 어머니가 짧게 말했다. 나는 그 말을 들으며 이제 어머니가 내게 간섭하지 않겠다는 것인지, 인연을 끊자는 것인지 헷갈렸다. 어머니는 결혼식을 올렸는데도 아내를 못마땅히 여기는 듯했다. 섬에 인사하러 다녀온 후로 아내를 식장에서 처음 보지만 눈도 마주치지 않았다. 그런 어머니 때문에 아내도 불편해 보였다. 어머니가 극구 반대하는 결혼을 내가 밀고 나가자, 어머니는 결혼식도 참석하지 않고 앞으로 나를 안 보겠다고 엄포를 놓았다. 하지만 결혼식이 시작될 때쯤 어머니는 이모와 함께 왔다.

해변을 돌아 다시 방파제로 오자 정박 중인 배들이 보였다. 출어했다 만선이 되면 인근 대천항으로 가서 물고기를 하역하고 다시 출어하거나 이곳으로 들어와 며칠 쉬었다 출항을 하는데, 아마 그런 배들인 모양이다. 나는 배가 정박 중인 곳으로 가보았다. 닻을 내리고 배 앞머리는 동아줄로 묶여 있었다. 정박 중인 배를 보며 나도 곧 배를 사야겠다고 생각했다. 배를 사서 출어를 하거나 인근 양식장 일을 돕고, 나도 기술을 배워 양식장도 해볼 생각이다. 도시에 있으면서 줄곧 퇴직하면 바다에서 살겠다고 생각했었다. 어머니는 퇴직해도 섬으로는 돌아오지 말라고 했지만, 나는 바다와 함께 노년을 보내는 것도 뜻깊은 일이라고 여겼다. 50대 초반이라 노년이라고 하기에는 이르지만, 아무튼 뱃일을 업으로 삼고 싶었다.

"피곤할 텐데 어딜 갔다 오는겨?"

집으로 돌아오자 어머니는 칼국수 반죽을 했던 그릇과 도마 따위를 치우고 있었다. 조개를 넣고 끓여서 개운한 칼국수가 남아 있음에도 당신은 수저를 들지 않았다. 섬에 다니러 왔을 때는 닭장에 들어가 손수 씨암탉도 잡던 어머니였다. 그런 어머니가 아들이 도시 생활을 정리하고 내려오자 실의에 빠진 사람처럼 힘이 없어 보였다.

"섬을 둘러보고 왔어요."

"참말로 여기에 눌러앉을겨?"

"그렇다니까요."

"니 아비를 삼킨 바다가 뭐가 좋다고 바다에 나가려고 해."

어머니는 아직도 바다를 증오하고 있었다. 도시에서의 삶은 로봇이 움직이듯이 일정한 시간에 따라 움직여서 이골이 났다. 아침에 일어나서 출근하고 온종일 정신없이 업무에 매진하다가 퇴근하고 잠드는 것이 일상이었다. 삶의 여유도 없이 늘 일상에 쫓기듯 살았기 때문에 이제는 섬에서 통통배를 타고 그물을 내리고 통발을 걷으며 살고 싶었다. 어머니는 바다를 증오하지만 생명을 잉태시키는 바다를 나는 안고 싶었다.

"나야 먹고살려니 어쩔 수 없이 그물을 꿰매고 조개도 줍고, 돌미역이나 다시마를 땄지만, 도시에서 편하게 살면 되는데 뭐 하러 혼자 내려와서 고생을 자초해? 동건이 에미하고는 완전히 정리한겨?"

아내는 아직도 연락이 없었다. 내가 섬으로 내려가도 도시를 떠날 생각은 추호도 없다고 말한 아내였다. 그렇다고 나는 섬을 포기할 수 없었고, 아들은 호주로 유학을 가더니 거기가 좋다고 졸업하고도 돌아오지 않았다. 그곳은 일손이 딸려 졸업과 동시에 취업이 되었고, 한국처럼 쉴 틈도 없이 일하는 게 아니라 살기가 좋다고 했다. 결국, 세 가족이 뿔뿔이 흩어지려고 그동안 이를 악물고 살아왔나 싶었다.

"웬만하면 돌아가라. 오래 떨어져 있으면 남보다 못한 게 부부여."

"저도 다 생각이 있으니 그만하세요."

"내가 뭘 믿고 이제껏 살아왔냐? 널 배 속에 품고 산고를 겪을 때였다. 그날따라 바람이 어찌나 세게 불던지 집채만 한 파도가 밀려왔었다. 바다의 변덕이 심한 날이라 아침에는 물살이 잔잔하여 니 아버지가 마을 사람들이랑 배를 타고 나갔는디, 하필이면 풍랑이 몰려오는 바람에 배가 먼바다에서 뒤집혀 뱃사람들이 전멸하지 않았냐. 일곱 명이나 되는 사람들이 어디로 흘러갔는지 시신도 못 찾고 제사만 지내왔잖냐. 그렇게 니 아버지를 삼킨 바다가 뭐가 좋다고 돌아와, 돌아오길.”

어머니가 말하는 동안에도 나는 먼바다만 바라보고 있었다. 어머니에겐 바다가 한 서린 곳이지만, 내게는 숙명처럼 다가온 곳이다. 도시에 있을 때도 문득문득 바다가 그리웠고, 어머니와의 불화 때문에 한사코 섬에 내려가지 않겠다는 아내를 뒤로하고 명절 때마다 한달음에 달려온 섬이었다. 내가 이 섬에서 태어났듯이 이제는 섬으로 돌아와 섬에서 생활하다 죽음을 맞는 것이 섭리라 생각하여 나는 다시 바다를 바라보았다. 어선을 구입하고 시청에 들러 어선을 등록하고 어업허가증을 받으려면 내일부터 서둘러야 했다. 신형 어선의 재고가 있을지도 의문이고 어선을 인계받으면 선구점에 들러 어선에서 쓸 용품도 구입해야 했다.

“복례 말이다, 대천 수산시장에서 생선 판다더라.”

어머니가 갑자기 복례 얘기를 꺼내서 나는 수산시장에서 조개를 사며 보았던 아낙을 떠올렸다. 앞치마를 두르고 지나가는 사람들에게 물건을 흥정하던 여자, 여자와 시선이 마주치자 어디서 본 듯한 얼굴이었던 그 여자. 이마가 좁고 갸름한 얼굴, 광대뼈가 약간 드러나고, 목덜미가 긴 그 여자가 복례였을까?

“개도 남편 복이 지지리도 없지. 신랑이 대천항에서 서울 노량진 수산시장으로 수조차(水槽車)를 끌고 우럭이랑 도미를 실어 날랐는데, 결혼하고 석 달 만에 고속도로에서 교통사고로 죽었지 않았는가, 말이다."

"예?"

"놀라기는, 그러게 복례랑 진작에 결혼했으믄 얼마나 좋았냐?"

어머니는 아직도 복례 타령이었다. 하기야 아내가 저토록 섬에 오기를 싫어하고, 어머니도 그런 아내를 탐탁잖게 여기니 어머니로서는 자꾸 복례에게 마음이 가는 것은 어쩔 수 없는 일이다. 하지만 나는 어머니의 의중과는 달리 그녀에 대해 아무것도 알지 못하고 은연중에 마음에 둔 일도 없었다.

"수산시장에서 자기 가게 갖고 어엿한 사장 노릇 하고 있으니 얼마나 좋겠냐?"

어머니는 또 아내를 복례와 비교하고 있었다. 내가 벌어다 준 돈으로 지금까지 살림만 하며 산 아내가 어머니는 못마땅한 눈치였다. 남자나 여자나 몸 성할 때 한 푼이라도 벌어야 한다는 게 어머니의 생각이었고, 몸을 움직여야 잔병치레도 안 한다고 여겼다.

"집에서 남편이 벌어다 주는 돈으로 살림만 하면 그게 식충이지 뭐냐?"

어머니는 아내를 식충이로 생각했다. 돈을 벌지는 못하고 쓰기만 하면 식충이가 따로 없다고 했다. 나도 그런 아내가 탐탁지 않았다. 애가 클 때는 육아에 힘쓰기 때문에 이해할 수 있지만, 다 커서 호주로 유학 가자 아내는 딱히 할 일이 없었다. 아침을 거르는 습관 때문에 아내는 내가 출근해도 자고 있었고, 마트에 다녀오거나 음식물 쓰레기를 버리는 일 말고는 달리 하는 게 없어 보였다. 나는 그런 아내에게 당신도 직업을 가져보라고 말했다가 핀잔만 들었다.

"이 나이에 직업은 무슨, 그리고 살림하는 게 노는 건지 알아요?"

아내는 의외로 자신이 하는 일을 소상히 밝혔다. 아침에 일어나서 혼자 밥을 먹고 방 청소와 거실, 서재 청소를 끝내고, 세탁기 돌리고 나면 오전이 다 지나가고, 오후에 마트에 들렀다가 저녁 준비하면 하루가 다 지나간다고 했다.

"이왕 이렇게 된 거 동건 에미가 섬으로 안 내려온다면, 네가 다시 올라가든지 복례랑 합치든지 해라."

"어머니?"

"나이 쉰 좀 넘었는데 어떻게 혼자 살려고 그러냐?"

"그만하세요. 전 복례와는 상관없는 사람이에요."

"이놈아, 평생 벌어서 니 마누라 처멕였으면 됐지, 얼마나 더 처멕여."

"제발요, 어머니."

"못난 놈."

어머니의 말을 되받으며 나는 수산시장에서 본 아낙이 복례가 확실하다는 생각을 했다. 수조 안에 우럭, 도미, 광어, 참돔, 대게 등이 가득 들어 있고, 좌판에는 소라, 조개, 주꾸미, 참게, 해삼, 멍게, 꼬막 등이 함지박에 담겨 손님을 기다리는 곳에서 그녀는 어엿한 주인이 되어 있었다. 잔주름이 많지만 어디선가 본 듯한 얼굴이었고, 쉽게 떠오르는 기억은 없었지만 지금 곰곰이 생각해보니 아낙은 분명히 그녀였다. 다시 바다를 바라보자 바다는 어느새 노을이 지고 있었다. 이제 어선을 구입하여 저 바다를 누비다 굳건하게 닻을 내리고 그물을 던져야 한다. 그때 핸드폰이 울렸다. 아내였다.

천도재(遷度齋)

천도재(遷度齋)

이 차선 도로에서 농로(農路)로 들어서자 차 한 대가 겨우 지날 수 있는 길이다. 시멘트로 포장된 길이지만 드문드문 비포장길도 있고 투박하게 돌들이 튀어나와서 운전하는 데 여간 신경이 쓰이는 게 아니다. 하지만 아주 낯선 길은 아니다. 어릴 적에 어머니의 손을 잡고 온 길인데, 그때는 암자로 가는 길이 오솔길에 잡풀만 무성했었다. 시골집에서 시오 리나 되는 오솔길을 어머니와 함께 걸을 때면 철모르고 따라다녔던 것 외에는 길에 관한 생각은 없었다. 다만 오솔길 옆에 핀 구절초와 참나리꽃이 예쁘다는 정도였다. 도라지꽃과 상사화도 드물게 핀 오솔길을 걸을 때면 마음이 편안했는데, 어머니는 그게 다 부처님의 은혜가 내 몸속에 들어와서 그런 거라고 했다.

"다 온 거 아녜요?"

"맞아, 저 모퉁이만 돌아서면 암자야."

차가 비포장길이라 덜컹거리는 바람에 지그시 눈을 감고 있던 아내가 눈을 뜨고 자리를 고쳐 앉으며 물었다. 유년 시절에 와보고 처음 오는 곳이라 지레짐작하며 나는 아내에게 그렇게 답했다. 어렴풋한 기억으로는 한참 동안 오솔길을 오르다 작은 산 하나를 돌면 암자가 나왔는데 아마도 그게 저 모퉁이일 성싶었다. 천도재(遷度齋)를 지내기 위해 일찍부터 서두른 탓에 아내는 피곤한 모양이었다. 아침 열 시에 고속도로 요금소를 통과해서 두 시간 만에 시골집에 닿았고, 스님께서 말한 대로 어머니의 한복과 속옷 한 벌을 챙겨 암자로 가는 중이다.

"당신은 아직도 그런 미신을 믿어요?"

"어머니의 혼이 구천을 떠돈다잖아?"

"글쎄, 그걸 믿냐고요."

"믿어봐야지."

아내는 처음부터 천도재를 지내는 것을 반대했다. 사람이 태어나고 죽는 것은 하늘의 이치이고 자연의 섭리인데 괜히 돈 버리고 시간 버리지 말라고 내게 충고까지 했다. 사람도 동물처럼 태어나서 죽으면 그만이지 내세가 어디 있고, 사후세계가 어디 있냐고 버티는 바람에 아내를 여기까지 데리고 오는 데 나는 공을 많이 들였다. 나는 내세나 사후세계 같은 것을 따지지 말고 여행처럼 편안하게 다녀오자고 했고, 아내는 평일에는 근무해서 시간을 낼 수 없다고 버티었다. 여러 날도 아니고 딱 하루만 시간 내서 다녀오자고 했음에도 아내는 굳이 따라갈 게 뭐 있냐며 정 하고 싶으면 내게 혼자 다녀오라고 했다.

"당신도 참석해야 어머님이 편히 가시지."

"또 그 소리예요?"

아내가 버럭 화를 냈으므로 나는 더는 천도재를 지내는 데 아내에게 동행해달라고 요구하지 않았다. 어차피 아내는 시간이 있어도 암자에는 가지 않을 사람이었다. 딱히 어떤 종교를 가진 것은 아니었지만 사찰에 대해서는 이상하리만큼 거부반응을 보였다. 지난여름에도 더위를 피하고자 인근 산사 계곡에 갔다가 내려오는 길에 산사에 들렀는데, 부처님의 법을 지키는 사천왕을 보며 무섭다고 뛰다시피 산사를 벗어났다. 결혼하기 전에도 큰 사찰에 가면 마음이 편하여 예산의 수덕사나 속리산의 법주사에 갔었는데, 그때마다 아내는 절이 불편하다고 했다. 범당에 모신 부처님과 벽에 그려진 불화와 범종, 하다못해 바람이 불 적마다 은은하게 들려오는 풍경소리마저 듣기에 거북하다고 해서 애써 온 여행이 짐이 되었다.

"저기가 그 암잔가 보네요."

차가 모퉁이를 돌자 암자가 눈에 들어왔다. 멀리 떨어져 있지만, 유년에 본 암자보다 더 크고 건물도 늘어나 보였다. 아마도 증축하고 새로 지은 건물도 두어 채는 되는 모양이었다. 아내는 암자라고 하더니 절처럼 보인다며 여기가 맞냐고 했다. 어릴 적에 와보고 초행길이지만 나는 아내에게 맞다고 말했다. 전화로 무진 스님께 어머니의 천도재를 부탁하고 날짜가 잡히자 나는 암자의 위치까지 물어봤었다.

"오시느라 노고가 많으셨습니다."

"아닙니다. 차로 편하게 왔습니다."

차를 세우고 암자로 올라가자 때마침 무진 스님이 마당까지 나와서 나와 아내를 맞았다. 나는 무진 스님에게 두 손을 모아 합장을 하며 인사를 했고, 아내는 가볍게 묵례만 했다. 암자는 생각보다 많이 커져 있었다. 어릴 적에 어머니와 찾아왔을 때는 사랑채처럼 작은 건물 한 채와 부처님을 모시는 불당 한 채가 전부였는데, 지금은 법당과 요사채, 산신

각과 해탈문까지 갖추고 있었다. 그러고 보니 주차장에 차를 세우고 내부로 올라오는 길에 해탈문을 지났는데 거기에 감로사(甘露寺)라는 간판이 목판으로 새겨져 있었는데, 아마도 암자가 아니라 사찰로 바뀐 모양이었다.

"천도재란 것이 이미 죽은 사람의 영혼을 달래는 것이라 산 사람은 예를 갖추고 마음을 경건하게 해야 합니다."

"알고 있습니다. 하여 아침에 목욕 재개하고 깨끗한 옷을 입고 왔습니다."

"잘하셨습니다. 이미 준비가 되었으니 드시지요."

산사의 풍경을 좀 더 보고 천도재를 지낼까 했는데, 무진 스님이 요사채에서 차 한 잔 마시고 나자 천도재를 지낼 준비가 다 되었다고 했다. 미리 천도재를 부탁하고 비용을 계좌 이체했기 때문에 무진 스님이 비구니를 시켜 장을 봐 오고 손수 제상까지 차려놓았다. 덕분에 나는 장도 보지 않고 편하게 이곳에 올 수 있었다.

"극락왕생을 빕니다."

천도재를 지낼 작은 법당에서 비구니가 나오며 내게 합장을 했다. 스무 살이 갓 넘었을 법한 비구니는 삭발했음에도 유난히 피부가 곱고 눈이 맑아 보였다. 비구니는 아내에게도 같은 말을 하고 요사채로 들어갔다. 나는 그제야 비구니의 말이 어머니의 혼을 가리켜 한 말임을 알았다. 천도재를 지내라고 일부러 그러는 것처럼 주위는 바람 한 점 없는 맑은 날이다. 무진 스님이 먼저 작은 법당으로 들어갔고, 그 뒤를 내가 따랐다. 아내가 밖에서 머뭇거리고 있어서 내가 괜찮다고 손짓을 했다. 아내는 그제야 들어왔다. 작은 법당이라 제상을 차리고 세 사람이 절을 하기에는 비좁아 보였다. 무진 스님은 내가 건넨 어머니의 영정사진을 제상의 중앙에 놓고 나무로 만든 사람의 형상에 어머니의 옷을 입혔다. 그리고 함께 가지고 온 속옷은 제상 위에 놓았다.

아내는 아직도 표정이 굳어 있었다. 전생에 무슨 죄라도 지은 것처럼 불상을 바라보다 이내 고개를 숙였다. 나는 아내의 손을 잡아주었다. 의외로 손이 찼다. 아내는 불상을 처음 본다고 했다. 하기야 처녀 때도 사찰 근처만 가도 기겁을 하고 도망쳤으니 불상을 볼 일이 없었을 것이다. 무진 스님이 목탁을 들고 천도재를 지낼 준비를 하자 나는 향을 피웠다. 실내에 향냄새가 은은히 피어 올랐다.

천도재를 지내야 한다고 한 것은 작은아버지였다. 어머니가 돌아가신 지 달포쯤 지난 어느 날이었다. 시골에 계신 작은아버지가 전화를 해와서 대뜸 천도재를 지내야 한다고 했다. 나는 밑도 끝도 없이 무슨 천도재냐고 반문하려는데, 작은아버지가 다시 말했다.

"네 어머니의 혼이 갈 곳을 못 찾고 구천을 맴돌고 있어."

"……."

"듣고 있는겨? 밤마다 나를 찾아와서 잠도 못 자고 미치겠다. 돌아오는 사십구재 때 꼭 지내도록 해. 죽은 사람이 무슨 원한이 그리 많은지 나보고 자꾸 저승에 같이 가자고 끌어서 나도 곧 죽을지 모르겠구나."

"숙부님도, 참. 세상에 혼이 어디 있다고 그러세요."

"아니다. 네 어머니 혼이 내게 달라붙어서 자꾸 나를 저승으로 데려가려고 해. 제발 천도재를 지내서 나 좀 살려다오."

작은아버지는 전화로 내게 통사정을 했다. 평소에 어머니가 잘 다니던 곳이라고 암자 전화번호도 알려주고 돈만 부쳐주면 암자에서 알아서 준비하므로 몸만 내려오면 된다고 거듭 강조하는 바람에 나는 간신히 알았다고 말했다.

전화를 끊고 나서 나는 작은아버지를 떠올렸다. 시골집과 같은 마을에서 혼자 사는 작은아버지는 올해 여든셋인데 나이가 나이인 만큼 거동을 못 하고 집 안에서 혼자 지내고 있다. 둘이나 있는 자식들이 모두 사업에 실패하면서 연락이 끊기는 바람에 기초생활 수급 대상자가 되어 근근이 살아가고 있다. 그런 작은아버지가 갑자기 어머니의 넋을 위로한다는 말에 나는 자연히 옛날을 떠올렸다.

삼촌은 분가하기 전까지 우리 집의 사랑채에서 기거하고 있었다. 어머니가 시집 올 적에 삼촌은 지방대학 법학과에 다니다 막 군에 다녀와서 복학을 눈앞에 두고 있었다. 그 때문에 할아버지께 물려받은 농토에서 아버지가 농사를 지으면, 삼촌의 등록금으로 다 들어가서 가을에도 먹을 것이 없었다. 산골이라 농사가 끝나면 할 일도 없고 먹을 것도 나오지 않았다. 없는 집인 줄 알고 시집을 왔지만, 어머니는 딸린 식솔에, 이렇게 궁핍한지 몰랐다고 했다. 할머니와 할아버지가 돌아가셔도 뒤주의 쌀은 늘어나지 않았다. 삼촌의 등록금과 책값과 교통비를 대느라 소를 팔았다. 삼촌은 궁핍한 생활과는 무관하게 사랑채에서 책과 씨름을 했다. 사법고시를 본다고 했다. 사법고시에 합격만 하면 판검사가 되어 앞날이 확 뚫린다고 했다. 아버지는 그런 삼촌을 대견해했다. 삼촌의 말대로 사법고시만 합격하면 우리 집에서 판검사가 나오고 가문의 영광이라며, 아버지는 힘들어도 내색하지 않았다.

"그놈의 책을 보면 쌀이 나오나 돈이 나오나, 어휴 내 팔자야."

삼촌이 사법고시 공부하는 햇수가 어느새 오 년이나 되었다. 졸업하고 내리 삼 년을 떨어진 것이다. 그사이에 우리 집은 더욱 형편이 쪼들 렸다. 내가 초등학교에 입학했는데, 책가방 살 돈이 없어서 보자기에 책 과 필통을 싸서 다녔다. 다른 집 아이들은 새 가방과 운동화와 새 옷을 입고 학교에 가는데, 나는 책보에 고무신에 어머니가 두어 군데 기운 바 지를 입고 있었다. 어머니는 나를 보며 삼촌이 집을 나가야 내 책가방을 살 수 있다고 했다.

"저게 사람이여, 식충이지."

어머니는 삼촌을 식충이라고 했다. 식충(食蟲)이는 스스로 일해서 생계 를 꾸려나가지 않고 다른 사람에게 의지해 사는 사람을 비난조로 이르거 나, 하는 일 없이 먹기만 하는 사람을 이르는 말인데, 나는 정말로 사랑채 에 커다란 식충이가 들어앉아서 우리 밥을 독식하는 줄 알았다.

"내가 낙방하고 싶어서 일부러 떨어지는 겁니까. 그까짓 밥 좀 얻어 먹는 게 그리도 쉽니까. 왜 자꾸 저를 못살게 굽니까. 형수님은 뭐가 그 리 잘나서 저를 못 잡아먹어서 안달이냐고요."

"저, 저, 입만 살아서 말하는 버릇 좀 봐."

"왜요, 내가 뭘 잘못했습니까?"

"없는 살림에 대학까지 나왔으면 밥벌이를 해야지 언제까지 식충이 노릇을 할겨."

"그래요. 내는 식충이다. 어찌할 거여."

"저, 저, 말하는 모양하고는."

삼촌이 오 년 동안 사법고시에서 내리 낙방하자 어머니는 서서히 독 기가 올랐다. 그동안 삼촌에게 퍼준 게 얼마냐고 한숨을 내쉬기도 했고, 사랑채에 따로 챙겨가던 밥상도 이제 차려가지 않았다. 배고프면 삼촌이 알아서 부엌에서 차려 먹든 빌어서 먹든 상관하지 않았다. 나는 어머니를 이해할 수 있었다. 들에서 고단하게 일하고 오면 보리쌀 두 공기로 밥을 짓고 묵은지 몇 가닥 넣고 멀겋게 국을 끓여 밥상을 차리고, 엄동설한에도 고무장갑도 없이 개울가에서 빨래했다.

"제발 좀 나가서 살란 말이야."

"이 집에 내 몫도 있는데, 내가 왜 나가?"

"뭣이여. 그동안 뒷바라지하느라 소 팔고 땅 판 것은 어쩔 거야."

"내가 팔았어? 왜 나한테 그래?"

"아이고 내 팔자야."

삼촌이 그해에도 사법고시에 떨어지자 어머니는 작정하고 삼촌에게 집을 나가라고 했다. 하지만 삼촌은 그래도 사법고시에 미련을 버리지 못하고 있었다. 한번 들여놓으면 좀처럼 벗어나지 못하는 늪처럼 삼촌은 합격이라는 한 가닥의 희망을 품고 사랑채에서 무려 육 년이나 침잠하고 있었다. 나도 삼촌 때문에 피해자였다. 삼촌이 사랑채를 차지하고 있어서 나는 변변한 내 방을 갖지 못하고 안방 뒤의 옆방에서 형과 동생까지 셋이서 붙어 지냈다. 형은 중학교에 입학했고, 나는 오 학년, 동생은 삼 학년이었다. 셋이서 한방을 써서 옷과 양말, 책과 필기도구가 뒤죽박죽이었다. 어느 날은 학교에 가서 책을 꺼냈는데, 중학교 교재가 나오기도 했고 3학년 교과서가 나오기도 했다. 양말과 속옷은 딱히 네 것 내 것이 없었다.

"우라질 놈들, 빨래를 한꺼번에 벗어놓으면 어찌 빨라고."

겨울마다 옷이 없어 밖에 나가지 못했다. 얼음판에서 썰매를 타다가 물에 빠지거나 맨바닥에서 씨름하다 넘어져서 흙이 범벅이 된 옷을 벗어놓으면 빨래가 마르지 않아 입을 게 없었다. 가난은 우리에게 많은 것을 양보하게 했다. 조금 남은 밥이나 고구마를 형이나 동생에게 양보해야 했고, 일찍 마른 내 옷도 동생이 입었다. 나는 이게 다 삼촌 때문이라고 생각했다. 삼촌이 사랑채에 틀어박혀 식충이 생활만 하지 않았다면 우리 집은 부자가 됐을 거라고 어머니가 말했다.

"저기 식충이 나온다."

아이들도 삼촌을 식충이라고 했다. 어머니에게 들은 것을 내가 아이들에게 퍼뜨렸기 때문이다. 아이들은 뭐든 따라 하기를 좋아했다. 내가 우리 집 사랑채에 커다란 식충이가 산다고 하니까 아이들이 정말이냐고 되물었고, 나는 삼촌이 식충이라고 알려주었다. 식충이에 관한 설명도 곁들이자 아이들이 모두 고개를 끄덕였다.

"그라믄 우리도 일을 안 하고 노니까 식충이 아닌가?"

"아니다. 우린 학교에 다니니까 식충이가 아니다. 학교에 가지 않으며 놀면 그게 식충인 기다. 이제 알겠냐?"

나는 식충이에 대한 정의를 그렇게 내렸다. 일을 할 수 있는 나이임에도 불구하고 무위도식하는 사람. 그러기 때문에 아이들은 식충이가 될 수 없었다. 아이들이 식충이는 도깨비처럼 머리에 뿔도 나고 무섭게 생긴 줄 알았는데, 삼촌이 식충이라고 하자 시시하다고 말했다.

"이놈의 새끼들 잡히면 다리를 분질러버린다."

아이들의 놀림에 삼촌도 악다구니를 썼다. 이미 어머니께 반말하는 삼촌이라 거칠 게 없었다. 삼촌이 소릴 지르면 아이들이 쏜살같이 도망쳤다. 하지만 삼촌도 지쳐 있었다. 육 년 동안 사법고시에 낙방하자 얼굴이 초췌해졌고, 광대뼈가 움큼 나올 만큼 몸이 메말라 있었다. 아버지가 사법고시는 그만 단념하고 면서기나 순경 시험을 치라고 독려했지만, 삼촌은 시시해서 싫다고 했다. 식충이면서도 자존심만큼은 하늘을 찔렀다. 슬프게도 삼촌은 나이가 서른이 넘었고, 그 나이면 장가 가서 애를 두셋을 둘 때였다. 없이 살아서 그런지 환갑도 못 넘기고 죽는 사람이 많았다. 할아버지도 마흔일곱 살에 돌아가셨고, 할머니도 환갑을 못 넘기고 돌아가셨다. 어머니는 저승사자가 식충이는 안 잡아가고 엉뚱한 사람들만 잡아간다고 핀잔했다. 그만큼 삼촌에게 원한이 많은 모양이다.

하굣길에 마른 논에서 둑새풀 씨앗을 훑었다. 그릇으로 훑으며 지나가면 작은 씨앗이 그릇에 들어오는데, 그것을 자루에 담아 집으로 가져가면 어머니가 미음을 만들어주었다. 둑새풀이 가득한 논에서 씨앗을 훑고 나면 농부가 쟁기로 땅을 갈아엎고 써레질을 하였다. 논에 물이 고이고 모내기를 할 때면 개구리가 우렁차게 울어댔다. 그게 짝짓기를 위해 우는 것이라는 것을 모른 채 돌팔매질을 했다. 끈적끈적하고 미끄러운 개구리알이 징그럽다고 삽으로 떠서 내동댕이쳤다.

"너도 이젠 살 궁리를 해야 하지 않겠냐?"

이른 봄이 저물어가고 있었다. 아버지가 삼촌에게 고시 공부는 그만하고 살 궁리를 하라고 했다. 나이 서른이면 인생의 반이 지나갔다고, 뭐든 하면서 가정을 꾸리라고 꾸지람을 했다. 어머니는 저 고집을 누가 말리냐며 평생 식충이로 살라고 악담을 했다. 어머니는 전생이 삼촌과 무엇으로 만났기에 저리도 싸우는지 이해할 수 없었다.

"법을 공부했으니 행정사무소를 내보겠습니다."

"뭐? 행정사무소? 그게 뭐 하는 건데?"

"법이나 행정 업무를 모르는 사람들을 도와주고 수수료를 받는 곳입니다."

"시골에서 그게 될까?"

"식충이보다 낫겠죠?"

삼촌이 마침내 사랑채에서 나와 읍내로 갔다. 사법고시 공부를 한 지칠 년 만이었다. 아버지가 마지막 남은 땅을 팔아 삼촌에게 주었다. 삼촌은 그 돈으로 읍내에 사무실을 내고 이 층 단칸방에서 지냈다. 삼촌이 집에서 나가자 나와 형이 사랑채를 쓰고 동생은 혼자 윗방에서 지냈다.

"이젠 땅이 한 평도 없어서 앞으로 어찌 살 것이요?"

"품이라도 팔면 되지."

"뭣이시여. 품 팔아서 애들 학교는 어떻게 보낸대?"

"그럼, 언제까지 식충이로 살게 내버려둘 거야?"

삼촌이 집을 나갔어도 집안 형편은 좀처럼 나아지지 않았다. 땅이 없어 아버지는 남의 집으로 날품을 팔러 다녔고, 어머니는 남의 땅을 조금 얻어 김장거리나 재배하고 있었다. 뒤주는 언제나 비었고, 소나 먹는 쌀겨를 쑥과 버무려 쪄 먹었다. 입안이 껄끄러웠다. 도시락을 싸 가지 못해 점심시간이면 슬그머니 일어나 학교 뒷산에서 시간을 보내다 교실로 들어왔다. 교실 문을 열면 김치 냄새가 확 풍겨 더욱 배가 고팠다. 하굣길에 소나무 속껍질을 칼로 벗겨 씹었다. 매미를 잡아서 구워 먹고, 뱀도 구워 먹었다. 아버지가 뒤란에서 키우던 바둑이를 잡는 바람에 어느 날은 고기를 실컷 먹었다. 그런 날은 꼭 배탈이 나게 마련이었다. 밤새 아랫배가 부글부글 끓고 변소에 들락거리느라 한숨도 못 잤다. 형이 밤에 변소에 가면 물귀신이 똥통에서 나온다고 해서 딱 두 번만 변소에 가고 나머지는 그냥 마당에서 볼일을 봤다. 아침에 일어나 보니 마당의 군데 군데 묽은 똥이 여기저기에 깔려 있었다. 어머니가 그 똥을 삽으로 치우며 염병할 놈 똥도 제대로 못 눈다고 욕설을 퍼부었다.

"천도재에는 삼신이운(三身移運, 제를 올리는 불사의 자리에 삼신─법신, 보신, 화신─을 모셔오는 의식)이 있는데 지금부터 독경하겠습니다."

향을 피운 무진 스님이 목탁을 두드리며 독경을 시작했다. 아내는 그 소리마저 귀에 거슬리는 눈치였다. 하기야 불교와는 거리가 먼 낙천적인 아내고 보면 여기까지 따라온 것도 신기할 정도였다. 작은 법당에 무진 스님이 외우는 독경 소리가 가득 찼다. 목탁 소리가 은은하게 작은 법당 밖으로 흘러나갔다. 나는 눈을 감고 두 손을 모아 합장을 했다. 문득 세진(世塵)에서의 일들이 사라지고 마음이 텅 비는 듯했다. 이렇게 공허할 수가? 마치 허공에 몸이 둥실둥실 떠 있는 것처럼, 구름 위에 앉아 피리를 부는 것처럼 몸이 깃털처럼 가볍게 느껴졌다. 이상하다는 생각에 실눈을 뜨고 옆을 보자 따라 하라고 하지도 않았는데 아내도 눈을 감고 합장하고 있었다. 무진 스님이 읊는 독경 소리가 불자(佛者)의 길로 인도하는 듯했다.

무진 스님은 천도재의 순서대로 독경하는 모양이었다. 삼신이운이 끝나고, 대령의식(對靈儀式, 부처님이 깨달은 진리의 법을 설하기 위하여 영가(靈駕)를 부르는 의식)과 관욕의식(灌浴儀式, 영가의 생전에 지은 업장을 씻어내고 해탈복으로 갈아입는 의식)을 독경하고 있었다. 무진 스님이 다음 독경을 위해 잠시 목탁을 내려놓자 아내도 합장하던 손을 내려놓았다. 나는 부처님을 올려보았다. 잔잔한 미소가 흘러나오는 부처님은 예나 지금이나 복을 부르는 듯했다. 오금이 저려 자세를 고쳐 앉자 발이 저렸다. 어릴 적 말고는 법당에서 이렇게 오래 있는 것도 처음이었다.

"이렇게 부처님을 믿으면 만사형통한단다."

어머니의 손에 이끌려 암자의 작은 방에 들어가자 불상이 놓여 있었다. 어머니는 불상 앞에 큰절을 여러 번 올리며 나도 따라서 하라고 했다. 나는 불교가 무엇인지도 모르고 불상 앞에 절을 여러 번 했다. 이렇게 해야 내가 못 먹고 어렵게 살아도 잔병이 없고 크게 성공한다고 했다. 어머니는 부처님께 절을 올리고 나서 비구니에게 한 해의 운수와 부적을 받아 왔다. 문종이에 붉은 글씨가 휘장처럼 그려진 것이었다. 어머니는 그 부적을 장롱에도 놓고 베개 속에도 넣었다.

날품을 팔던 아버지는 마른기침하며 자주 누웠다. 천식인 줄 알았는데 폐가 많이 상했다고 했다. 담뱃가루를 신문지에 말아 피운 게 원인이었다. 아버지는 그래도 담배를 끊지 않았다. 어머니는 삼촌 때문에 아버지가 속병에 걸렸다고 했다. 그 많던 논밭과 소를 팔아서 식충이에게 바쳐서 속에서 울화가 뭉친 것이라고 했다.

"철천지원수 놈이여."

삼촌이 읍내에서 행정사무소를 차렸어도 어머니는 삼촌을 미워했다. 삼촌만 없으면 우리 집이 가난하지 않았고, 아버지도 아프지 않았다고 했다. 하지만 다 지나간 일이었다. 삼촌이 고시 공부하느라 들어간 돈이 되돌아올 리 없었다. 게다가 삼촌은 돈을 벌어도 아버지께 돌려주지 않았다. 삼촌이 행정사무소를 열고 두어 해가 지나자 시골에도 산업화가 밀려와 공장들이 속속 들어서고 사람들이 유입되었다. 삼촌은 이때를 기다렸다는 듯이 돈을 챙기기 시작했다. 공장 지을 부지를 알선해주고 수수료를 받고, 유입되는 사람들의 집을 알선해주고 수수료를 받아 제법 돈을 벌었다는 소문이 돌았다. 땅도 사고 집도 사고 여자도 얻어 결혼까지 했다. 그때부터 삼촌이라는 호칭이 작은아버지로 바뀌었다. 어머니는 삼촌이 결혼하는데도 예식장에 가지 않았다. 나와 형만 예식장에 가봤는데, 농협 대강당에서 예식을 하고 있었다. 드레스를 입은 여자는 화장을 짙게 했는데, 첫눈에 보아도 삼촌과 어울리지 않았다. 삼촌 사무실에 차 배달 오던 아가씨라고 했다. 어머니는 그 때문에 예식장에 안 왔는지도 모른다. 삼촌이 결혼하겠다고 했을 때, 어머니는 날카롭게 혀끝을 세웠다.

"뭐가 못나서 차 보따리 들고 엉덩이 흔들며 다니는 여자랑 결혼해."

어머니는 동서가 된 그 여자를 한 번도 보지 못했다. 어머니가 예식장에 가지 않았고, 삼촌도 신혼여행 다녀오고 우리 집에 인사를 오지 않았다. 다방에서 일하는 여자를 동서로 맞을 수 없다는 어머니의 확고한 고집 때문이었다.

"여기가 어디라고 들어와. 당장 나가."

작은아버지가 결혼한 지 이 년 만에 아버지가 돌아가셨다. 형이 고등학교에 들어갔고, 내가 중학교 이 학년 때였다. 폐에 종양이 생겨서 손도 못 쓰고 앓다가 아버지가 돌아가시자, 사람들은 그것도 오래 산 거라고 했다. 병이 깊어져 심각성을 알고 아버지가 담배를 끊고 약을 먹었지만 이미 늦은 시간이었다. 삼일장을 치르려고 아버지의 시신을 안방에 모시고 앞에 병풍을 치고 분향소를 마련하자 작은아버지와 여자가 들어왔다. 상복을 입고 아낙들이 하는 음식을 지켜보던 어머니가 대문 안으로 들어오는 작은아버지와 여자를 막았다.

"당장 나가지 못해?"

"형님이 죽어서 왔는데, 문상도 못 해요?"

"당장 나가, 네가 사람이여? 저년은 왜 데리고 왔어? 당장 나가."

눈 깜짝할 사이에 어머니가 여자의 머리채를 잡아 뜯었다. 여자가 맨땅에 쓰러져 고함을 지르자 사람들이 싸움을 말렸고, 작은아버지가 돈 봉투를 내밀고 자리를 떴다. 두 사람이 밖으로 나갔음에도 어머니는 분이 안 풀리는지 숨을 헐떡거렸다.

"철천지원수 같은 연놈들."

작은아버지가 놓고 간 돈 봉투를 어머니가 집어서 모닥불에 휙 던졌다. 사람들이 빠르게 달려들어 불이 붙은 돈 봉투를 꺼냈다. 일부는 까맣게 탄 지폐를 사람들이 각자 나눠 가져도 어머니는 사람들을 탓하지 않았다. 상여를 멜 사람들이라 내버려둔 모양이다. 봄날인데도 사람들이 산에서 참나무를 베어다 마당에 군불을 놓고 밤에도 불을 밝히고 화투를 쳤다. 밤에도 상갓집에 남아 있어야 고인이 외롭지 않다는 속설 때문이었다. 형은 맏상제라 삼 일 내내 문상 온 사람들을 맞았다. 나는 아버지가 죽은 게 실감이 안 났고, 집에 사람들이 많이 모여 음식도 만들고 술도 마시며 떠드는 분위기가 잔칫날만 같아서 동생과 함께 뛰어놀았다.

아버지를 보내고 나자 어머니는 억척스러워졌다. 아버지 병시중이나 들며 집안일만 하던 어머니가 읍내에서 물건을 떼다 집마다 돌아다니며 팔고, 들일도 마다하지 않았다. 어떻게 해서든 우리 삼 형제를 교육시키려고 방물장수로, 날품팔이로, 동분서주하면서도 작은아버지에게는 손을 내밀지 않았다. 그 무렵 작은아버지는 사업이 잘 되어 당시에는 드물게 차도 사서 굴리고 땅도 사고 재물을 많이 모았다.

무진 스님의 독경은 삼보통청(三寶通請, 삼보-불보, 법보, 승보-를 통괄적으로 초청하여 공양을 올리는 의식)과 상단권공(上檀勸供, 부처님 전에 초, 향, 청수 등의 공양물을 올리는 의식)으로 이어지고 있었다. 독경하다가 무진 스님이 어머니의 한복이 걸쳐진 나무로 만든 형상과 영정사진에 합장했다. 무진 스님의 행동을 보며 나도 같은 곳에 합장했고 아내도 따라서 했다. 아내는 의외로 잘 적응하고 있다.

"어머니의 혼이 와서 음식을 먹고 있습니다."

"예, 어머니의 혼이요?"

"그렇습니다. 멀리 있는 길을 돌아서 오셨으니 편안히 계시게 잠시 독경을 멈추겠습니다. 어머님 살아생전의 기억이나 이야기를 해도 좋습니다. 그래야 망자도 자신이 갈 곳을 알고 떠날 것입니다."

"무슨 말씀인지요."

"혼이 아직 이승에 머무는 것은 뭔가가 아쉬워서이거나 증오 때문일 겁니다. 그걸 이야기로 풀어서 없애주자는 것이지요. 나무아미타불 관세음보살."

무진 스님의 말에 나는 다시 옛날을 떠올렸다. 필시 인과응보가 있는 모양이었다. 어머니의 노력으로 우리 형제들은 무사히 성장했다. 형은 고등학교를 졸업하고 지방행정직 공무원 시험에 합격하여 면사무소에서 근무하다 군에 다녀오고 다시 복직하여 근무하며 야간대학을 마쳤고, 지금은 정년을 앞두고 있다. 그리고 나는 대학에 다니다 군에 다녀오고 다시 복학과 휴학을 반복한 끝에 졸업하고 중견기업에 입사해서 지금은 형처럼 은퇴를 앞두고 있고, 동생도 대학을 나와 공기업에서 제 밥벌이를 하고 있다.

"저희 형제들은 어머니께 속 썩인 게 없습니다. 어머니의 혼이 현세에서 떠돌고 있다면 필시 작은아버지에 대한 원한 때문일 겁니다. 하오나 지금은 작은아버지도 무슨 업보를 지었는지 빈털터리에 고독하게 살고 있습니다. 부디 어머니의 혼이 내세로 가시도록 인도하여 주십시오."

"나무아미타불 관세음보살."

무진 스님이 다시 독경했다. 신중퇴공(神中退供, 상단에 올린 공양물을 신중님께 올리기 위하여 신중단으로 옮기는 의식)과 관음시식(觀音施食, 관세음보살의 자비로운 마음과 같이 영가에게 음식 공양을 올리는 의식)으로 이어진 무진 스님의 독경에 나는 다시 합장하고 어머니의 혼이 차려놓은 음식을 원 없이 드시고 조용히 극락세계로 떠나기를 부처님께 빌었다. 아내도 옆에서 합장하고 눈을 지그시 감고 있었다. 주위는 무진 스님이 읊는 독경 소리만 나지막하게 울리고 있었다. 현세를 떠도는 어머니의 혼을 내세로 인도하는 의식이 이렇게 긴 줄을 몰랐다.

"그렇게 건성으로 기도를 해서 어디 부처님께서 소원을 들어주시겠느냐?"

어머니와 함께 암자에 가면 불상 앞에서 나는 두 손을 모아 부처님께 예불을 올렸는데, 옆에서 지켜보던 어머니는 내가 장난기가 있다며 훈육을 하셨다. 아마도 내가 제단에 있는 과일을 탐한다고 느낀 모양이었다. 예불이 끝나면 가지고 간 사과와 배를 나누어 먹었는데, 집에 보리쌀조차 없던 때라 나는 과일을 얻어먹는 재미로 곧잘 어머니를 따라 암자에 갔었다.

"부처님께 예불을 건성으로 들이면 안 한 것만 못하느니라."

"알겠습니다."

나는 과일을 먹기 위해 어머니 앞에서 불상에 백팔 번이나 절을 한 적도 있었다. 허리가 아프고 오금이 저렸었다. 어머니는 그때야 환하게 웃으셨다. 나는 부처님이 자비로운 분이 아니라 심술궂고 고약한 심보를 가진 게 분명하다고 생각했다. 그냥 과일을 주는 일이 한 번도 없었으므로 말이다. 아무튼, 어머니가 암자에 가는 일은 우리 형제들이 성장해서 분가할 때까지 계속되었고, 연로한 나이에도 혼자서 암자를 찾곤 했다. 도시에서 가끔 안부를 물으면 관절 통증이 심해 걷기가 불편한 몸으로 암자에 다녀왔다고 자랑스럽게 말하기도 했다. 택시를 부르면 태워다주고 다시 태우러 오기 때문에 불편한 게 없다고 했다.

"어머님 말이에요, 이제 이런 거 그만 보내라고 하세요. 불편해요."

아내의 손에는 부적이 들려 있었다. 어머니는 사월 초파일이나 연초에는 암자에 가서 꼭 부적을 받아다 우리 형제들에게 고르게 보내왔는데, 아내는 그것을 받아보면 왠지 기분이 찝찝하다고 했다.

"세상에나. 이것 좀 봐요. 여덟 장이나 보냈어요."

"한 사람당 두 장씩, 맞고만 뭘 그래."

어머니는 가족의 숫자에다 한 장씩 부적을 더 넣어 여덟 장을 보내왔는데, 확인해보니 각자 한 장은 지니고 다니고 한 장은 집에 보관하라고 보낸 것이라고 했다. 어머니는 부적을 지갑에 넣고 다녀야 액운을 막을 수 있고, 집 안에 부적을 보관해야 가정이 편안하다고 말했다. 그런 어머니의 행동을 아내는 못마땅해했다. 하기야 아내와 결혼하려고 어머니께 인사하러 갔을 때도 어머니가 집안 사정이나 학벌 따위는 묻지 않고 대뜸 궁합부터 보자고 해서 아내의 처지가 난처했었다.

"어머니와 작은아버지의 얽힌 원한을 풀어드렸습니다. 이제 어머니의 혼이 극락왕생하실 것입니다. 나무아미타불 관세음보살."

무진 스님이 마지막으로 봉송의식(奉送儀式, 영가를 저세상으로 떠나보내는 마지막 의식)을 하며 말했다. 무진 스님의 독경이 끝나고 작은 법당 안은 적요함만 고여 있었다. 무진 스님이 목탁을 내려놓고 부처님께 합장한 다음 말했다.

"방금 어머님의 혼이 극락세계로 떠나가셨습니다. 밝은 모습을 하고 있었습니다. 이제 원한을 풀어드렸으니 좋은 날들만 있을 것입니다."

아내는 그제야 긴 한숨을 내쉬었다. 두 시간 십 분이나 되는 천도재였다. 무진 스님의 말을 듣자 나도 한숨을 내쉬었다. 도대체 작은아버지와 전생에 무슨 관계였기에 죽어서도 어머니의 혼이 작은아버지 곁을 맴돈 것일까. 작은아버지도 이젠 잃을 것 다 잃고 외롭게 사는 촌로(村老)인데, 왜 어머니의 혼이 작은아버지께 붙어서 떠나지 않았는지 이해할 수 없었다.

"내, 그럴 줄 알았다. 차 보따리 들고 엉덩이나 내두르며 다니는 여자가 살림을 하겠냐?"

작은아버지의 여자는 남자애 둘을 낳고 야밤에 도망갔다. 작은아버지가 초저녁부터 술에 취해 곯아떨어지자 장롱 속에서 목돈과 패물을 들고 도주한 것이다. 사람들의 말로는 남자가 있었다고 했다. 작은아버지와 살면서도 내연남이 있었던 모양이다. 여자가 집을 나가자 작은아버지는 경찰에 신고하고, 나름대로 여자를 찾으려고 무진 애를 썼지만 끝내 찾지 못했다.

"애들을 봐서라도 정신 차려야지?"

여자를 찾지 못하자 작은아버지는 술독에 빠져 지냈다. 술에 취하면 여자를 찾는다고 읍내를 고래고래 소리 지르며 다녔고, 술에서 깨어나면 또 술을 찾았다. 아직 애들이 어려서 새장가를 가면 될 텐데, 애 둘 딸린 홀아비에게 선뜻 시집 오겠다는 여자도 없고, 애들은 돌봐야 했기에 어머니는 작은아버지 댁으로 가서 애들 밥도 해먹이고 빨래도 해주고 숙제와 과제물도 챙겼다. 그러나 애들은 엄마가 집을 나가서 큰엄마를 따르지 않았고 점점 고집도 세고 반항을 했다. 어머니는 작은아버지 댁에서 오면 긴 한숨을 내쉬며 아이고 내 팔자야 하며 푸념을 했다. 애들이 제 어미를 닮아서 싹수가 노랗다고 했다. 어머니의 말대로 사촌 동생들은 둘 다 커가면서 문제를 일으키더니 성년이 되자 사업을 한다며 작은아버지의 재산을 몽땅 탕진했다. 다단계 사업에 빠지고, 남에게 사기를 당하고 몇 번 그렇게 하더니 논밭과 집까지 모두 날리고 작은아버지와의 인연도 끊어버렸다. 빈털터리가 된 작은아버지는 시골집에서 서너 채 떨어진 외딴집이 비어 있어 그곳으로 왔다. 작은아버지가 빈손으로 마을에 들어오자 난처한 것은 어머니였다. 여자가 집을 나가서 어린애들을 보살폈는데, 이제 작은아버지가 늙어서 마을로 들어와 그 뒷바라지를 해야 했기 때문이다. 어머니는 당신도 늙은 나이에 작은아버지의 빨래를 해주고 반찬을 해다 날랐다. 시집 올 때부터 우리를 못살게 하더니 늙어서 죽을 때도 못살게 한다고 푸념했다.

"자, 이제 어머님의 속옷과 한복을 밖으로 들고 나가 소각장에 태우시면 됩니다."

나비 한 마리가 허공을 날아가고 있었다. 아마도 어머니의 혼이 극락 세계로 가는 모양이었다. 무진 스님도 일어나 밖으로 나가려고 했다. 나는 제상 위에 놓인 어머니의 속옷과 나무로 만든 형상에 걸쳐진 어머니의 한복을 거두어 밖으로 나왔다. 그때 눈앞에서 배추흰나비처럼 작은 나비 한 마리가 허공으로 날아갔다. 나는 그 나비가 어머니의 혼이 분명하다고 생각했다.

공산성(公山城)

공산성(公山城)

서울에서 고속버스를 타고 공주로 내려오자 오전 열한 시였다. 동서울종합터미널에서 하루에 5회(07 : 10, 08 : 50, 12 : 10, 14 : 20, 17 : 30) 운행하는 버스라 공주에서 다시 서울로 돌아오려면 일찍 서두를 수밖에 없었다. 마음 같아서는 첫차로 내려오고 싶었는데, 오늘 연차를 내고 공주로 오느라 전날 업무 인수를 위해 늦게까지 일한 탓과 공주로 내려가도 아내를 만날 수 있을까, 하는 조바심 때문에 잠을 설쳐서 여덟 시 오십 분 차도 겨우 출발 직전에야 탈 수 있었다.

고속버스는 평일 오전이라 그런지 좌석이 많이 비어 있었다. 공주까지 두 시간 십여 분 걸리는 것을 나는 미리 알고 있어서 그 시간에 글을 써보려고 포켓용 노트와 펜을 가져왔는데, 고속버스가 출발하자마자 이내 눈을 살포시 감았다. 벌써 몇 달째 글을 쓰지 못했지만, 글이 아무 때나 거미가 거미줄을 뽑듯이 술술 나오는 게 아니므로 나는 지난가을에 월간지에 단편소설 한 편을 발표한 후로 줄곧 글을 쓰지 못했다. 그것은 어쩌면 아내의 행동과도 무관하지 않았다.

공주종합버스터미널에 도착하자 시간은 벌써 열한 시였다. 나는 포켓용 노트를 다시 주머니에 찔러 넣고 버스에서 내렸다. 터미널도 평일 오전이라 그런지 한산했다. 터미널 내에 있는 공주관광안내소에서 관광안내 책자를 집어 들었다. 공주에 온 김에 무령왕릉과 한옥마을을 둘러볼까 했는데, 그럴 시간이 없을 듯했다. 하지만 마음만은 담담했다. 아침을 거르고 와서 김밥집에 눈이 갔지만, 아내가 떠올라 이내 터미널 밖으로 나왔다. 거리는 옛살라비에 온 것처럼 편안했다. 장모님 댁으로 갈까 하다가 공산성으로 방향을 틀었다. 아내가 공산성 안에 있는 영은사에서 묵고 있다는 말을 들었을 때, 나는 적잖이 놀랐다. 불도에 관심이 많아 짐작은 하고 있었지만, 마곡사나 갑사 같은 큰 절도 아니고, 더군다나 공산성 안에 있는 사찰에서 아내가 묵고 있다는 것은 너무도 뜻밖이었다.

"글쎄, 난 모른다니까. 서울에서 집 나간 애를 왜 여기서 찾아."

아내가 집을 나간 것은 달포 전이었다. 아들이 군에 다녀와서 복학하고 졸업하자마자 공기업에 취직되어 지방으로 내려가자 아내가 갑자기 별거를 선언했다. 이유는 간단했다. 그동안 나와 아이 뒷바라지하며 살았으니까 이제부터는 자신의 삶을 살겠다는 것이다. 어린 새가 크면 이소(離巢)하듯이 아내는 아들이 분가하자 자신도 집을 나가겠다고 했다. 하지만 나는 아내의 말을 별반 귀담아듣지 않았다. 아들이 지방으로 내려가서 잠깐 살림살이를 도와주러 가는 것으로 생각했다.

"아뇨, 엄마 안 왔어요."

아들의 대답은 명료했다. 아내가 집을 나간 지 사흘째 되는 날, 아내와 통화가 안 돼서 아들에게 전화를 걸자 아들은 아내와 무슨 일이 있었냐고 묻지도 않고 잘라 말했다. 나는 아내가 집을 나갔다는 말은 하지 않았다.

택시를 타고 와서 공산성 앞에서 내리자 무엇보다도 먼저 보이는 것은 커다란 성문과 성벽이었다. 공산성 입구에 매표소가 있고, 요금표가 붙어 있지만, 안내원이 없고 무료 입장이란 글씨가 붙어 있었다. 나는 천천히 산성을 향해 발을 옮겼다. 길가에 비석이 즐비하게 서 있지만, 한자가 어렵고 글자가 닳아서 보이지 않아 뜻을 알 수 없었다. 평일인데도 산성으로 올라가는 사람과 내려오는 사람들이 많았다.

산성에 오르자 공주 시내가 한눈에 다가왔다. 산이 그리 높지 않음에도 시내가 지척에 보였다. 나는 금서루(錦西樓)의 누각에 앉아 아내를 생각했다. 이곳에서 곧장 내려가면 영은사(靈隱寺)인데, 나는 산성을 한 바퀴 돌아보고 영은사를 찾을 생각이다. 아내와 연락이 되지 않은 상태에서 내가 불현듯 찾아가면 아내도 심히 놀랄 것이다.

산성은 마음을 차분하게 했다. 금서루에서 우측으로 산성을 따라 오르자 시내가 더욱 크고 넓게 눈앞에 다가왔다. 산성시장과 크고 작은 건물들이 총총히 보였다. 서울의 변두리와 다를 바 없는 도시였다. 나는 성곽길을 따라 천천히 걸었다. 커다란 참나무가 들어찬 숲은 겨울이라 나무가 서 있어도 산이 훤해 보였다. 드문드문 솔수펑이가 보이고 낙엽이 수북이 쌓여 있었다. 나는 산성길을 걷다가 산길에 놓인 벤치에 몸을 맡겼다. 그다지 가파른 길은 아니지만, 산길을 오르자 벌써 숨이 차고 발목이 아렸다. 평소에 비만이라 몸 관리를 해야 하는데, 아침에 출근하면 야근까지 해서 그다지 신경 쓸 시간이 없었다. 게다가 아내와의 불화 때문에 속이 연일 끓어올랐다.

"이게 다 뭐야! 이게 다 뭐냐고!"

아내와 각방을 쓴 지도 이 년이었다. 처음에는 내 숨소리가 거칠고, 술 냄새 때문에 같이 잘 수 없다고 하더니, 이제는 혼자 자는 게 편하다고 했다. 아들 방을 빼고도 방이 한 개가 남아서 서재와 작업실로 겸해서 쓰고 있는데, 아내가 그곳에 간이 침대를 들여놓고 침실로 사용하기 시작했다. 나는 글을 쓰려고 서재를 만든 것도 아니고, 집에서는 통 글이 써지지 않아서 서재에 들어가지 않았다.

"다, 부처님의 공덕으로 그동안 살아온 거예요."

모처럼 휴일을 맞아 서재에 들어가자 눈에 띄는 것은 온통 불상이었다. 아내는 어디서 구했는지 손때가 묻은 목불상, 돌부처, 철로 만든 부처까지 크고 작은 불상을 서재의 곳곳에 놓고 벽에는 탱화(幀畵)나 불화(佛畵)까지 걸어놓았다. 아내는 이렇게 해야 마음이 편하다고 했다.

"당신도 부처님을 모시세요."

아내는 진지하게 말하면서도 살푸슴히 미소를 지었다. 불상이 에둘러 쌓여 있으니까 부러울 게 없는 듯했다. 나는 갑작스러운 아내의 행동에 의아해할 뿐이었다. 가끔 정월 대보름이나 부처님 오신 날에 인근 사찰에 다녀오는 것 말고는 불교에 대해 특별한 행동을 보이지 않던 아내가, 갑자기 불상을 모으고 불교용품을 사들이는 것이 혼란스러웠다. 하지만 아내는 내가 그동안 서재에 들어오지 않아서 그렇지, 오래전부터 조금씩 모아온 것이라고 했다.

"당신은 그동안 당신을 위해 살았으니까 이제부터는 부처님을 위해 사세요."

"뭐야? 나더러 불가(佛家)에 입문하란 말이야?"

"못 할 것도 없잖아요."

아내는 점점 불도에 열정을 갖기 시작했다. 인근 사찰에 다니는 일도 일 년에 한두 번이던 것이 한 달에 한두 번으로 바뀌었고, 어느 때는 혼자 차를 몰고 지방의 시찰을 다녀오기도 했다.

자리에서 일어나자 해가 벌써 중천에서 햇살을 내려주고 있었다. 핸드폰 폴더를 열어 시간을 확인하자 숫자는 13 : 00를 알리고 있었다. 아침과 점심을 걸렀지만 시장기는 느껴지지 않았다. 겨울이지만 한파가 물러간 다음이라 산성을 따라 산책하는 사람들이 종종 눈에 띄었다. 어느 부부는 등산복 차림에 지팡이까지 짚고 있으면서 한 손은 서로 꼭 잡고 산에서 내려오고 있었다. 아내와 함께 산책한 것이 언제인가 싶었다.

성곽을 따라 걷다 목조 건물이 눈에 띄어 다가가니 쌍수정(雙樹亭)이었다. 안내판이 있어 읽어보니 조선 시대 인조가 이괄의 난을 피하여 일시 파천(播遷)했을 때, 5박 6일간 머물렀던 곳이라고 적혀 있었다. 쌍수에 기대어 왕도(王都)를 걱정하던 인조가 평정 소식을 듣고 기뻐하며 이 쌍수에 통훈대부(通訓大夫)의 영(令)을 내렸다는 유래가 적혀 있다. 나는 쌍수정 사적비를 눈으로 읽다가 이내 발길을 돌렸다. 쌍수정에서 막 발을 옮기는데, 까그매 소리가 들려 허공을 올려보니 늙은 참나무 가지 위에서 까그매 두 마리가 허공으로 날아가며 우는 소리였다. 나는 멀리 날아가는 까그매를 시선으로 쫓다 다시 산책로를 따라 걸었다. 서울이라는 테두리 안에서 집과 회사밖에 모르고 살아온 내가 공산성을 찾아오자 낯설지만, 육아낭 속에 들어온 눈자라기처럼 편안함이 들었다.

쌍수정 앞에서 허공으로 날아가는 까그매를 바라보다 왕궁지(王宮址)로 오자 운동장처럼 넓은 평지가 나왔다. 왕궁지는 백제가 한성에서 웅진으로 수도를 옮긴 웅진 시대 초기의 왕궁터로 추정된다. 나는 왕궁지를 둘러보고 이제 영은사로 내려가려다 이내 산성을 따라 발을 옮겼다. 야트막한 산이지만 어느 구간은 경사가 급격해서 힘들게 올라야 했고, 어느 곳은 산모롱이를 편하게 돌기도 했다.

진남루(鎭南樓)에 오자 나는 다시 망루에 앉았다. 진남루는 공산성의 남문이며 토성(土城)이었던 산성을 조선 시대 석성(石城)으로 다시 쌓아서 건립한 건물로 조선 시대에는 삼남(三南)의 관문이었다. 망루에 앉아 산 아래를 보자 산으로 올라오는 길이 정갈지게 보였다. 등산복을 입은 사람 몇몇이 망루 쪽으로 오르고 있고, 몇몇 사람들은 내 앞을 지나가기도 했다. 망루에 앉아 늙은 갈참나무를 보니 청설모 한 마리가 인기척에도 귀를 쫑긋 세우고 나뭇가지 위에 앉아 있었다. 전에도 종종 보던 짐승이었다.

출판사가 파주로 이전을 해서 나는 출퇴근 때문에 늘 지쳐 있었다. 중견기업에 다니다 적성이 맞지 않아 선배가 운영하는 출판사로 자리를 옮겨서 근 이십 년을 근무한 곳이다. 중견기업에서 근무할 때는 비록 야근해도 집이 가까워 별 부담이 없었고, 출판사가 서울에 있을 때도 업무가 많아도 견딜 만했는데, 파주로 이전하고부터는 더 일찍 일어나고 더 늦게 자야 했다. 게다가 이십여 년을 근무하다 보니 어느새 정년이 코앞에 와 있었다.

"왜 잘 다니던 직장을 그만두고 출판사로 옮겨요?"

아내는 내가 직장을 옮길 때도 못 미더운지 자꾸 내게 사살낱을 했다.

"내가 뭘 믿고 공주에서 서울로 올라왔겠어요. 다 당신 보고 왔잖아요."

백수로 지내는 것도 아니고, 적성에 맞는 직장에 다니겠다는데도 아내의 반대는 만만찮았다. 아내는 내가 직장을 옮기는 것을 무료봉사하는 줄 알고 있었다. 어디서 들었는지 아내는 출판사 월급이 쥐꼬리만 하다는 것을 알고 있었다. 그건 나도 각오한 일이었다. 지방에 세 개의 건설 자재를 생산하는 공장을 거느린 중견 건설사에서 근무하다 보니 문득 내가 갖은 재능을 썩힌다는 생각이 들었다. 직장 생활을 하며 나름대로 문예지 신인상에 소설이 당선되어 문단에 나왔고, 창작집 두 권과 장편소설도 출간했는데, 업무에 치여 통 글을 못 쓰고 있었다.

"자네 소식은 익히 들어서 잘 알고 있지. 마침 출판사가 사세 확장을 해서 사람이 필요한데 같이 일해보지 않겠나?"

대학 때 알던 동아리 선배였다. 시를 쓰는 사람인데 일찌감치 출판사를 차려서 문학은 물론 인문사회과학 서적까지 발간하는 출판사로 키웠다. 나는 마침 건설 일에 싫증을 느껴 이직을 고민하던 참이었다. 글을 쓰니까 아무래도 글과 연관된 직업이 낫겠다 싶어 나는 선배의 제안을 수락했다.

"이 돈으로 어떻게 생활해요? 요즘 물가가 보통 오른 줄 알아요?"

예상은 하고 있었지만, 출판사로 옮기고 월급을 받아보자 전에 받았던 월급의 삼분의 이 수준이었다. 전에 다니던 회사에서 퇴직금이 나오고 출판사에서 발행하는 문예지에 글을 실으면 원고료도 나와서 아껴 쓰면 된다고 했으나, 아내는 갑자기 서민이 된 것처럼 허희탄식했다.

"애도 점점 커가는데, 어떡해요?"

"한평생 하는 게 직장 생활인데, 적성에 맞고 재미가 있어야지. 도살장에 끌려가는 소처럼 마지못해 출근해서 일에 시달리다 돌아오면 그게 직장이야?"

"차라리 공주로 이사 가요."

"뭐? 공주로?"

"그곳에도 공단이 있어서 취직해서 살면 될 거예요. 근처에 계룡산과 마곡사, 한옥마을, 무령왕릉, 금강이 있어서 글쓰기도 좋을 거예요."

내가 이직을 하자 아내는 차라리 자신의 옛살라비로 내려가자고 했다. 하지만 나는 도시 자신이 없었다. 아내와 연애할 때와 결혼하고 명절 때와 장인 장모 생신 때 꼬박꼬박 내려갔었지만, 금방 올라왔고, 공주에 대해 잘 알지도 못했다. 그런데도 아내는 출판사에 다닐 바에야 공주로 내려가서 살기를 권했다.

갈참나무 위에 있던 청설모는 보이지 않았다. 진남루 망루에서 자리를 털고 일어나 산성길을 따라 다시 걸었다. 에두름한 곳이지만 어느 구간은 가팔라서 발을 멈추고 서 있다 걷곤 했다. 산길 아래는 대나무가 자라고 있었다. 대나무 숲에서 어치 한 마리가 퍼들껑 날개를 치며 날아올랐다. 대나무 숲이 있는 가파른 언덕을 오르자 이번에는 영동루(迎東樓)가 나왔다. 공산성 동쪽에 있는 문이었다. 영동루를 지나 광복루(光復樓)로 왔다. 계단을 타고 올라가 누각에 앉았다. 여기까지 오는 동안 내 앞을 여러 사람이 앞질러 갔는데, 젊은 남녀가 누각에서 햄버거와 커피를 마시다 불편한지 내려갔다. 괜히 자리를 빼앗은 듯해 미안한 마음이 들었다. 목조로 지어진 영동루는 커다란 원두막처럼 생겼는데, 주변 경관이 좋아 사람들이 누각으로 꼭 올라왔다 내려가는 모양이었다. 나는 누각에 앉아 산 아래를 내려보았다. 내가 올라왔던 길이 길게 늘어져 있었다.

"이제부터는 편집보다는 영업 쪽을 맡아주십시오."

출판사에서 인사 이동의 공지도 없이 사장이 내게 한 말이었다. 선배가 사장으로 있다가 아들에게 출판사를 물려주고 명예회장으로 물러나자 사장이 기다렸다는 듯이 나를 편집위원에서 제명했다. 이유는 간단했다. 출판물에 대한 감각이 없다는 것이었다. 이미 정년을 앞두고 있어서 그 말이 곧 그만두라는 소리였다. 나는 이참에 글이나 써볼까 했지만, 그것도 쉬운 일이 아니었다. 내가 재직하고 있는 출판사 선배의 배려로 장편소설과 창작집을 여러 번 발간했지만 전부 초판 발행에 그쳤고, 내 책을 출간해서 밑졌다는 말만 들었다.

"뒷선으로 물러나고 아들에게 경영권을 물려줬는데, 나야 뭐 권한이 있나?"

"그래도 이건 너무하는 거 아닙니까? 근 이십 년이나 편집부를 맡아왔는데, 갑자기 영업이나 하라니요?"

"영업도 중요한 곳이야. 괜히 고집 부리지 말고 따라가주게."

마침 선배가 출판사에 나와서 나는 서운한 감정을 내비쳤다. 하지만 선배는 이미 경영권을 아들에게 넘겼으니 아들이 하는 대로 따라가주길 바랐고, 나는 다시 이참에 사표를 쓰려고 했다. 어차피 일 년만 있으면 정년퇴직이므로 아쉬울 것도 없었다.

"뭐라고요? 당장 사표 쓰면 뭐 하게요?"

"글쎄, 생각해봐야지."

"나이 먹어서 갈 곳이 어디 있다고 사표를 써요? 괜히 사서 고생하지 말고 입 꽉 다물고 다녀요. 편집이야 감각이 있어야 하지만 영업은 특별한 기술이 없어도 되니까 정년이 지나도 다닐 수 있잖아요."

아내에게 내 심정을 얘기했지만, 씨알도 안 먹혔다. 아들이 분가해서 지방으로 내려가자 불현듯 자신의 삶을 살겠다고 나선 아내는 조금도 내 생각은 해주지 않았다. 교사나 공무원은 정년을 채우면 연금을 많이 받아 퇴직하고 쉴 수 있지만, 나처럼 작은 회사에서 퇴직하면 당장 생활비가 끊긴다는 게 이유였다.

"영업부를 맡아서 일하시면 됩니다."

선배의 아들은 경영권을 넘겨받더니 편집팀장을 외부에서 스카우트해오고 신입 여직원도 두 명이나 더 채용했다. 팔리지 않는 인문사회과학 서적을 접고 베스트셀러 작가와 출판 계약을 하고 외국 소설을 번역해서 시장에 내놓겠다는 것이 사장의 계산이었다. 자연히 나는 편집회의에서 제외되었고, 영업부를 맡았지만, 직급은 그대로였다.

"평생 부장이나 해 먹으란 말인가?"

나는 혼자서 투덜거렸다. 이십 년을 근무하는 동안 부장만 십 년이었다. 게다가 줄곧 편집부에서 책을 만들었는데, 새꼽빠지게 영업을 해보라는 사장의 말에 부아가 치밀어 올랐다. 사장이 낸 인사 발령 때문에 영업부로 자리를 옮겼지만 일하기가 영 내키지 않았다. 파주에서 서울의 대형 서점으로 외근을 나가야 했고, 예스24와 알라딘 같은 인터넷 서점에도 들러 화면 광고와 도서 주문을 부탁해야 했다. 아침에 출근하면 출판사를 벗어나지 않았던 나는 그것도 부담이었다. 화술이 없어 영업에는 영 자신이 없는데, 나를 영업부로 발령낸 것은 분명히 사장이 날 출판사에서 내보내려는 술수라는 생각이 들었다.

"부장님, 걱정하지 마십시오. 외근이나 지방 출장은 저희가 다 할 테니 부장님은 그냥 사무실에 계시며 결재만 하면 됩니다."

영업부에는 부하직원이 세 명이나 있었다. 여직원은 사무실에서 책

판매 동향과 거래명세표와 세금계산서를 끊고, 외근 다녀온 직원의 전표를 정리하는 일을 하고, 두 명의 남자 직원은 서울과 지방의 대도시로 출장을 다니는데, 자신들이 일을 다 할 테니 나는 편하게 지내라고 꾀송꾀송하게 말했다. 하지만 나는 사무실에서 자리나 지키고 있을 형편이 아니었다. 서류는 여직원이 다 정리하고, 남자 직원들이 지방까지 출장 가며 업무에 시달리는데, 보고만 있을 수는 없는 일이었다. 나는 영업사원과 중복되지 않게 담당 구역을 배정하고 수도권에서 영업했다. 자연히 외근이 잦고, 늦게 퇴근하는 일이 많아졌다.

"여보, 이번 일요일엔 절에 같이 안 갈래요?"

"갑자기 절이라니?"

"요즘은 절에 가면 마음이 무척 편해져요. 사람이 태어날 때는 세상 모든 것을 다 가지려고 두 주먹을 움켜쥐고 태어난다잖아요. 그리고 임종을 맞을 때는 살아보니까 별거 아니라고 쥐었던 두 주먹을 편다잖아요. 당신도 그동안 너무 세상과 부대끼며 살았으니 이제부터 주먹을 펴고 살아요."

"그 쓸데없는 소리는, 그럴 시간 있으면 잠이나 푹 자겠다."

아내는 내가 거절하자 혼자서 절에 다니는 눈치였다. 부처를 믿지 않아서 마음에 불심이 우러나지도 않는데, 굳이 아내를 따라 절에 갈 필요가 없었다. 아내는 평일에도 인근 절에 다니며 불공을 드리고 낡은 불교용품들을 들고 왔다. 목탁, 염주, 촛대, 양초, 부적, 탱화, 풍경, …… 서재에는 아내가 가져온 불교용품들로 가득 채워졌다. 책장의 위에 풍경이 걸려 있고, 창에는 작은 탱화가 걸려 있었다. 그리고 책장의 칸칸마다 불상과 목탁, 염주가 놓여 있고, 아내는 그 방에서 뭐라고 중얼거리기까지 했다.

"이게 다 뭐야? 당신 중이 되려고 작정을 한 거야?"

"이제 세상의 속박에서 벗어나고 싶어요. 인간이 살지 않는 어딘가에 부처님이 사는 곳이 있어요. 그곳에 가면 사시사철 늙지 않는 나무가 있고, 그곳에서 사는 사람들은 몇천 년을 살아도 늙지 않아요. 늙지 않으니 아프지도 않고, 먹을 것이 풍부하니 싸움도 없어요. 전 그곳으로 갈 거예요."

"미쳤군, 미쳤어."

아내는 한복을 곱게 차려입고 벽의 중앙에 놓인 불상에 절을 했다. 서재는 영락없는 무속의 방이었다. 향로에 향이 피워져 있고, 양초가 양쪽에서 불을 밝히고 있었다. 형광등이 있음에도 아내는 형광등을 켜지 않고, 두 개의 양초에서 빛나는 불빛에 의지한 채 의식 같은 예불을 올리고 있었다. 서재의 문을 열어보고 나는 하마터면 소리를 지를 뻔했다. 한복을 입은 아내가 다른 여자로 보였기 때문이었다. 아내는 머리에도 선녀관을 쓰고 있어서 요염하기까지 했다.

광복루 누각에서 내려와 몇 발치 앞으로 나오자 금강이 유유히 흐르고 있었다. 산길로만 걷다 금강을 보자 마음이 확 트이는 듯했다. 이제 성벽을 따라 내려가면 만하루(挽河樓)와 연지(蓮池)가 나오고 영은사가 그 옆에 있을 것이다. 그러고 보니 성문 앞에서 우측으로 가지 않고 좌측으로 돌았다면 이렇게 멀리 오지 않고 영은사에 쉽게 닿을 수 있었다. 나는 성벽을 따라 천천히 발을 내디뎠다. 산세가 갑자기 가팔라서 내려가는 길임에도 발을 내딛기가 힘들었다. 성벽 앞에서 젊은 남녀가 오르다 힘에 부치는지 자주 멈추어서 심호흡을 했다. 성벽 밖을 보니 절벽이었다. 절벽 아래로 강물이 느리게 흐르고 있었다. 젊은 남녀를 비켜 내려가다 가끔 발을 멈추고 강물을 바라보았다. 강물 너머에는 아파트와 철교, 다리가 보였다. 물론 내가 서울에서 내려왔을 때 고속버스에서 내렸던 종합터미널도 가물거리게 보였다.

만하루로 내려와 강물을 내려보았다. 강물은 산성 위에서 바라보던 때보다 한결 가까이서 흐르고 있었다. 만하루 마루에 앉아 영은사를 바라보았다. 작은 절이었다. 저 사찰에 아내가 있다고 생각하자 마음이 추연했다. 아내는 뭐가 아쉬워서 성안의 작은 사찰에서 머물고 있을까. 마음을 추스르고 아내에게 가야 하는데, 몸이 움직이지 않았다. 서울에서 편하게 살면 되는데 굳이 공주까지 내려와 작은 사찰에서 기거하는 아내가 등살 달았다.

만하루에서 일어나 연지를 내려다보았다. 연지는 공산성 안에 있는 연못이었다. 단(段) 형태로 석축을 정연하게 만들었는데 깊이가 대략 십여 미터는 되는 듯했다. 연지를 바라보다 무심코 핸드폰 화면을 보자 시간은 벌써 세 시를 알리고 있었다. 산성 입구부터 여기까지 대략 한 시간이면 올 수 있는 거리인데, 나는 아내를 생각하며 쉬엄쉬엄 온 탓에 무려 세 시간이나 걸렸다. 이제 영은사에 들러 아내를 만나고 서울로 돌아가야 했다. 나는 영은사로 발길을 돌렸다.

경내는 작은 사찰이라 그런지 인기척이 없었다. 영은사라는 현판이 있는 것으로 봐서 여기가 본당인 듯한데, 역시 인기척이 없었다. 나는 건물을 돌아 뒤란으로 가보았다. 요사채가 있고 부처님을 모시는 법당이 있는데 역시 사람은 보이지 않았다. 주위에 사람이 보이지 않자 아내가 이곳에서 묵는지도 의심스러웠다. 괜히 장모의 말만 믿고 이곳에 오지 않았나 싶었다. 경내에 한동안 서 있다 실퇴가 있어 엉덩이를 붙였다. 만약에 이곳에 아내가 없다면 나는 공연히 공주로 내려와서 헛걸음하고 다시 서울로 올라가야 했다.

"아무한테도 말하지 말랬는데, 자네가 하도 보채서 하는 말이네. 걔는 이제 일상에서 살 사람이 아니네. 없는 셈 치고 잊고 살게나."

"어디에 있는지는 알아야죠."

"영은사에 있다네."

"영은사요?"

"공주 공산성 안에 있는 사찰인데, 어려서부터 자주 가더니만."

장모의 말을 듣고도 나는 냉큼 공주로 내려오지 못했다. 월말이라 실적 분석을 하느라 연일 계속된 야근에다 토요일과 일요일에는 작가와의 만남을 기획해서 빠질 수 없었다. 결국, 나는 장모가 알려준 아내의 행방을 알고서도 오 일이나 지나서야 겨우 연차를 냈다. 일 년 내내 연차를 한 번도 쓰지 않던 내가 갑자기 연차를 내자 직원들이 무슨 일이냐고 연거푸 물어왔지만 나는 남사스러워 입을 다물었다.

"집이 꼭 동굴 같아요. 숨쉬기도 버거워요. 당신은 그런 거 못 느껴요?"

무녀(巫女)처럼 살던 아내는 새장에 갇힌 새처럼 집 안이 답답하다고 했다. 밤늦게 퇴근해서 몹시 지친 내게 아내는 집에 대한 불만을 늘어놓았다. 서재에 법당을 차려놓고 부처님을 모시고 있지만, 공간이 좁아 불편하고, 거실과 부엌이 마치 한 줌의 좁쌀만 해 보인다고 내게 면박을 주었다. 게다가 인근의 절에 갔다 온 날이면 아내는 정말로 새장에 갇힌 새처럼 더욱 답답하다고 했고, 당장이라도 집을 뛰쳐나갈 기세였다. 아내는 베란다에서 뛰어내리면 새처럼 하늘을 훨훨 날아가리라고 착각하고 있는 게 분명했다.

"여보, 제발 이러지 마. 부처님의 세상이 어디 있다고 그래?"

"제가 언젠가 그랬잖아요. 인간이 살지 않는 어딘가에 부처님이 사는 곳이 있어요. 전 그곳으로 갈 거예요."

겨우 아내를 진정시키고 나는 서재로 가보았다. 여전히 향이 피어오르고 양초가 불상의 양옆에서 눈물을 흘리고 있었다. 형광등 스위치를 올리자 방 안이 대낮처럼 환해졌다. 서재는 아내가 꾸며놓은 그대로였다. 서재의 책장마다 작은 불상과 불교용품이 놓여 있고, 작은 탁자 위에는 불상이 놓여 있었다. 우리 집안에 중이 된 사람은 없는데 아내는 언제부터 불도에 관심이 있었는지 의문이었다. 월급이 통장에 꼬박꼬박 입금되어 애옥살이한 것도 아니고, 계목지르게 싸운 일도 없는데, 아내는 불도에 빠져 서재를 법당으로 만들어놓았다. 나는 아내가 가져다놓은 불상과 장신구들을 면밀히 살폈다. 불교용품점에서 사 온 것도 있고 어디서 주워 온 것도 있었다. 새것은 윤기가 흐르고 빛깔이 좋지만 손때가 묻지 않아서 정이 안 갔고, 낡은 것은 은은한 자태가 보기에 좋았다. 하지만 불상과 여러 가지 불교용품을 봐도 불교에 끌리지는 않았다. 아내가 켜놓은 양초와 향의 불을 끄고 형광등 스위치를 내리고 서재를 나왔다. 거실이 조용해서 아내를 찾아보니 언제 난동을 부렸냐는 듯이 아내는 작은방에서 자고 있었다.

그런 아내가 가출했다. 그날은 대형 서점에 들러 주간 판매 동향을 살피고 출판사에서 물러난 선배와 때늦은 저녁 식사를 하고 온 날이었다. 현관문을 열고 안으로 들어오자 평소에 못 느끼는 이상한 한기 같은 것이 얼굴에 확 달려들었다. 거실 불을 켜고 주위를 살피자 아내가 보이지 않았다. 서재와 안방과 작은방 문을 다 열어보고 나서야 아내가 가출한 것을 알았다. 아내는 생전에 돌아오지 않을 사람처럼 보일러도 끄고 나갔다. 대체 이 밤중에 어딜 간 거야? 나는 혼자서 투덜거리며 아내의 핸드폰 번호를 찾아 눌렀다. 핸드폰이 꺼져 있었다. 평소에 친하게 지내는 사람도 없어 알아볼 사람도 없었다.

"안 왔는데, 잠시 바람 쐬러 갔겠지."

"정말로 안 갔습니까?"

"글쎄, 그렇다니까. 너무 걱정하지 말게."

급한 김에 공주로 전화했지만, 장모님은 너무도 태연하게 전화를 받았다. 나는 아내가 가출했으니 그곳에 들르면 곧장 연락해달라고 말하고 전화를 끊었다. 교직에 있다 정년 퇴임하고 소일거리도 없이 공주에서 사는 장인어른 장모님은 나날이 평온하게 지내고 있었다.

아내는 그날 밤에 집에 돌아오지 않았다. 핸드폰 전원이 꺼져서 달리 아내에게 연락할 방법이 없었던 나는 소파에 앉아 늦게까지 아내를 기다리다 잠들었고, 깨어보니 날이 훤히 밝아 있었다. 아침도 거른 채 출근을 해서 짬짬이 아내에게 전화를 해봤지만 역시 전원이 꺼져 있었다. 일손이 잡히지 않았지만 나는 경찰에 아내의 가출을 신고하지 않았다. 아내가 제 발로 나갔으니 제 발로 들어올 것이라고 믿었다. 하지만 아내는 돌아오지 않았고 며칠을 더 기다리다 다시 장모님께 전화하자 그때야 아내가 공주 공산성 안에 있는 영은사에서 머물고 있다고 알려주었다.

실퇴에서 막 일어나려는데 요사채에서 나온 스님이 나를 보고 발걸음을 멈추었다. 나는 엉거주춤 일어나 스님에게 다가가 아내를 찾아 이곳에 왔다고 말했다. 스님이 내게 두 손을 모아 합장을 하고 본당으로 안내했다. 아내는 거기에 있었다. 본당의 옆 내실에 소반을 펴놓고 불경을 읽고 있었다.

"언젠가는 올 줄 알았어요. 얼굴을 보니 끼니도 못 챙겨 먹었죠?"

아내를 보자 기다렸다는 듯이 시장기를 느꼈다. 오후 네 시가 되도록 아무것도 먹은 게 없으니 당연한 일이었다. 아내가 소반에 밥상을 봐왔다. 절밥이라 그런지 맨밥에 산나물이 전부였다. 나는 그것을 허겁지겁 입안에 욱여넣었다. 밥 한 그릇을 게눈 감추듯이 비우자 그때야 아내의 얼굴이 제대로 보였다. 아내는 천상 비구니로 살 살매인 모양이었다. 집에서는 신경이 몹시 날카로웠는데, 여기서는 안색이 평온해 보였다. 삭발은 하지 않았지만, 아내는 개량 한복처럼 생긴 승복을 입고 있었다. 갑자기 배가 부르자 졸음이 쏟아졌다. 아침 일찍 버스를 타고 이곳에 내려와 유희하듯 공산성 성곽길을 돌고 아내를 만나자 갑자기 안도감이 밀려왔다. 아내는 상을 물리고 내게 모과차 한 잔을 내밀었다. 지난가을에 모과를 따서 모과청을 담았는데 맛이 괜찮다고 했다. 아내의 말대로 모과차는 떫은맛이 없고 모과 특유의 향이 입가에 확 풍겼다.

"이곳은 조선 세조 4년(1458)에 세워진 사찰이야. 묘은사로 불렀다가 이괄의 난 때 이곳에 피신해 있던 인조가 은적사라고 하였다가 다시 영은사로 고쳤지. 광해군 때는 이곳에 승장(僧將)을 두어 전국의 사찰을 관할하였고, 임진왜란 때는 승병의 합숙소로 사용되었고, 여기서 훈련된 승병은 영규대사의 인솔 아래 금산전투에 참여했었지."

모과차 한 잔을 마시고 밖으로 나오자 아내가 사찰을 설명했다. 사찰의 규모가 작아 마당도 작지만 늙은 은행나무가 서 있고 사찰 주변이 야트막한 산이라 운치는 있었다. 게다가 시선만 들면 금강이 유유히 흐르고 있고, 연지와 만하루가 앞에 있어 한 폭의 동양화 같았다.

"본관처럼 보이는 이곳이 관일루(觀日樓)고 저기가 요사채, 그리고 산신각처럼 뒤에 떨어져 있는 곳이 원통전(圓通殿)이야. 내가 거처를 이곳으로 정한 것은 사찰이 역사는 깊은데, 소박하고 꾸밈이 없어서야. 그 흔한 일주문(一柱門)이나 천왕문(天王門)도 없잖아. 길이 아무 곳이나 열려 있어서 어디로든 오갈 수 있어서 사찰이 마음에 들어. 금강이 지척에서 흐르고 사방이 산이라 너무 고요해서 나조차도 내가 있는지 모르는 곳이야."

아내는 사찰에서의 생활이 만족스러워 보였다. 집에 있을 때는 작은 일에도 쉽게 폭발해서 집안이 떠나가도록 소리를 지르고 난동을 부렸는데, 이곳에서의 아내 모습은 근심을 모두 내려놓은 사람처럼 평온해 보였다. 아내와 함께 왕궁지까지 걸었다. 백제시대 왕궁이 있던 곳인데 지금은 초원처럼 넓은 곳에 잔디가 깔려 있었다. 잔디가 깔린 곳곳에 왕궁이 있던 자리의 명칭이 새겨진 안내판이 있고 멀리 공북루(拱北樓)와 수령이 수백 년 된 느티나무가 보였다. 아내는 불경을 공부하다 한가할 때는 금강 줄기를 따라 성곽길을 걷거나 이곳에 와서 생각한다고 했다. 왕궁지에서 위를 올려보자 내가 처음에 공산성에 왔던, 바로 금서루였다. 금서루에서 내려가면 산성 입구이고 나는 택시를 타고 종합버스터미널로 가서 버스를 타고 서울로 올라가면 된다. 아내에게 이만 집으로 가자고 말했지만, 아내는 이내 고개를 내저었다. 아직 불도에 정진하지 못하여 속세의 때가 그대로 남아 있다고 했다.

왕궁지에서 아내와 얘기하는 동안 해는 어느새 서녘으로 기울어 길게 산 그림자를 만들고 있었다. 이만 아내와 헤어져 혼자 서울로 올라가려다 도리가 아닌 듯해 다시 영은사로 내려왔다. 아내는 시장하면 저녁을 먹고 가라고 했다. 아내가 차려준 늦은 점심을 먹어서 도시 밥 생각은 나지 않았다. 아내는 관일루 내실에서 다시 소반에 불경을 펴놓았다. 정말로 집에 돌아가지 않을 거냐고 묻자 아내는 아직은 그럴 생각이라고 했다.

"여기까지 내려왔는데 자고 내일 가지 그래?"

"아침부터 영업 회의가 있고, 새로 나온 책 광고 때문에 신문사도 들러야 하고, 바빠. 시간 나는 대로 내가 종종 내려올게."

"그래주면 나야 좋지."

아내와 다시 몇 마디 나눴지만, 아내는 집에 돌아갈 생각은 영 없어 보였다. 그렇다고 집을 마음에서 아주 떠나보낸 것도 아닌 듯했다. 나는 좀 어렵더라도 시간 날 때마다 들르겠다고 했다. 어느새 밖은 어둠이 짙게 물들어 있었다. 내려오는 길에 동서울로 가는 막차 시간을 얼핏 보았는데, 이제 버스를 타러 가야 할 시간이다. 아내가 아까 마신 모과차를 다시 내왔다.

"초등학교 때였나, 중학교 때였나. 이곳으로 봄 소풍을 온 적이 있었어. 산에는 진달래꽃이 흐드러지게 피어서 마치 분홍빛 융단을 깔아놓은 듯했고, 점심시간에 보물찾기를 했는데, 걷다 보니 이곳이었고, 마침 스님께서 점심 예불을 올리는지 독경 소리가 흘러나왔는데, 나는 무엇인가에 홀리듯 사찰을 돌고 있었어. 그 조용하고 편안함. 아늑하고 이루 말할 수 없는 어떤 경지 같은 것을 느꼈는데, 성인이 되어도 자꾸만 이곳이 생각나고, 다음에 정말 이다음에 꼭 이곳에 와서 살겠다고 오래전부터 다짐했었어."

아내의 얘기가 끝남과 동시에 법당에서 스님의 독경 소리가 들려왔다. 아마도 저녁 예불을 드리는 모양이었다. 은은하게 퍼지는 독경 소리를 듣자 나도 무엇인가 마음이 편안해지고 안락함을 느꼈다.

아내가 자고 내일 가라고 다시 잡아끄는데 나는 자리에서 일어났다. 벽시계는 벌써 여섯 시 오십 분을 가리키고 있었다. 동서울로 가는 막차가 일곱 시 이십 분인데, 지금 가면 탈 수 있을지도 의문이었다. 나는 아내에게 또 오겠다고 짧게 말하고 공산성 출구를 향해 빠르게 걸었다. 날이 어둡지 않고 시간이 있었으면 영은사에서 내려와 연지와 만하루에서 성곽길을 타고 올라가서 공산성으로 갔을 텐데, 지금은 어둠이 짙게 내렸고 무엇보다도 버스 시간에 쫓겨 나는 왕궁지부터는 종종걸음에서 보폭을 늘려 뛰기 시작했다.

"종합버스터미널로 빨리 가주세요."

공산성 금서루 앞에서 비탈길을 뛰어 내려와 겨우 택시를 잡자 그때야 안도의 한숨이 나왔다. 버스가 떠나기 칠 분 전이었다. 만약에 버스를 놓치면 택시를 타고 이인면에 있는 공주역으로 가서 KTX를 타고 서울로 가거나 인근 조치원역으로 가서 기차를 타고 서울로 갈 수밖에 없었다.

"조금만 더 빨리 갑시다. 버스를 놓칠 듯해서요."

금강을 건너야 하는데 철교가 일방통행이라 우회해서 큰 다리를 건너야 하므로 택시가 빠르게 달려도 느리게 가는 느낌이었다. 나는 운전기사에게 여러 번 조금만 더 빨리 가달라고 말했다. 운전기사는 내가 보채도 싫어하는 기색이 없었다. 나는 택시가 종합버스터미널로 가는 동안 아내를 생각했다. 영은사에 머물고 있지만, 아내는 아직 출가에 대해 깊게 생각하지 않은 듯했다. 만약에 아내가 집으로 돌아오지 않고 영은사에 계속 머문다면 나도 공주로 내려올 생각이다. 어차피 올해가 정년 퇴직이고, 아들뻘 되는 젊은 사장 밑에서 출판사에 다니느니 공주로 내려와 창작에 전념하고 싶었다.

택시가 종합터미널 앞에 도착하자 나는 후다닥 터미널로 뛰어 들어갔다. 시간은 정확하게 일곱 시 십구 분을 가리키고 있었다. 나는 동서울로 가는 버스표를 끊고 승강장으로 급히 뛰어갔다. 막차는 아직 떠나지 않았다.

안드로메다 가는 길

안드로메다 가는 길

1

우리 마을이 신도시가 된다는 소문이 바람처럼 돌아다녔다. 오래된 집을 철거하고 논과 밭은 야트막한 산을 깎아서 평지를 만든 다음 넓은 길을 내고 높은 빌딩을 짓는다고 했다. 나는 사람들의 입에서 소문이 나돌 때마다 반신반의했다. 논밭과 축사, 개울과 산, 버섯처럼 모여 있는 집들이 다 없어진다는 것이 믿어지지 않았다. 아버지도 연일 한숨만 내쉬었다. 마을에는 신도시 건설을 반대한다는 플래카드가 나붙었다. 마을 사람들은 그것조차도 단합이 되지 않았다. 땅을 많이 가진 사람들은 반대하기는커녕 오히려 신도시 건설을 은근히 반겼다. 논밭에 비닐하우스를 만들고 썩은 통나무를 가득 세워놓고 비닐하우스 앞에는 '김가네 표고버섯 농장', '장가네 느타리버섯 농장', '자연산 영지버섯 연구소' 따위의 푯말을 세워놓았다. 나는 그곳에서 버섯을 따는 것을 한 번도 보지 못했다.

사람들은 소도 가만두지 않았다. 아직 표본 조사가 이뤄지지 않아서 한 푼이라도 더 보상을 받으려고 사람들이 빈 축사에 소를 넣고, 창고를 개조해서 염소와 개를 사육하기 시작했다.

　누구네 집의 축사에 소가 몇 마리나 있는지 아무도 몰랐다. 몇몇 축사는 이미 외지인들의 손에 넘어가서 밤에만 소를 들여놓는다고 했다. 빈 밭에도 하룻밤 사이에 나무가 가득 들어차 있곤 했다. 마을은 신도시보다 더 빨리 변해갔다. 나는 아버지께 우리도 밭에 나무를 심자고 했다. 주목이나 단풍나무 같은 조경수를 심고 일 년만 기다리면 보상이 된다고 말했다. 남들도 조금이라도 더 보상을 받으려고 모든 수단과 방법을 다 동원한다고 말하자 아버지의 대답은 간단하게 노(NO)였다. 발 빠르게 움직이는 사람들과는 달리 아버지는 그게 헛수고라고 믿고 있었다. 이미 항공 촬영을 해서 나무를 심어봐야 보상은커녕 투기 죄로 책정된 보상금까지 빼앗기게 된다고 했다.

　"그렇지 않아요. 아직 시간이 있어요."

　"나무를 심어봤자 몇 평이나 된다고, 쓸데없는 생각 말고 너도 먹고 살 궁리나 해라."

　아버지는 밭에 나무를 심는 것보다 내 앞날이 걱정이라고 말했다. 나는 벌써 이 년째 집에서 놀고 있다. 취업을 안 하려고 한 것은 아니었다. 사회가 나를 받아주지 않았다. 군에 다녀오고 지방대학 국문과를 나와서 서울에 있는 신문사와 잡지사에 입사 지원을 했지만, 서류 심사에서 탈락하고 말았다. 사회는 내게 면접을 볼 기회도 주지 않았다. 일 년 동안 신문사와 잡지사에 이력서를 보내다 그게 부질없는 일임을 안 다음부터는 나는 아예 취업이라는 놈과 거리가 멀게 지냈다. 일간지 신문사와 자매지에 입사하려면 적어도 서울에서 내로라하는 대학을 나와야 하고 토익과 어학연수 경력 따위는 기본이었다.

취업을 아주 안 했던 것은 아니었다. 딱 한 번 지방의 잡지사에 취업이 되었었다. 지방의 뉴스나 인물 탐방 따위를 싣는 시사주간지였다. '국문과를 나와서 글은 잘 쓰겠군.' 편집국장이 내가 내민 이력서를 보며 꽤 긍정적으로 나를 보았다. 나는 그동안 서울에 있는 일간지와 잡지사에 입사 지원만 했었다고 자랑스럽게 말했다. 결코, 자랑스러운 것이 아님에도 지방의 작은 잡지사에서만큼은 서울에 있는 일간지에 입사 원서를 제출했었다는 것만으로도 확실히 효과가 있었다. 편집국장이 내게 함께 일해보자고 말하며 도수 높은 안경테를 자주 들추었다. 그의 말을 들으며 나는 취업이 의외로 쉽게 되어 꼭 무엇인가에 홀린 듯했다. 편집국장이 내게 내일부터 출근해도 좋다고 했다. 의자에 앉은 채로 나는 사무실을 훑어보았다. 작은 잡지사라 책상 몇 개와 회의를 할 수 있는 긴 테이블이 놓여 있을 뿐이었다. 사장실이 따로 있고, 경리를 보는 여직원도 있지만, 왠지 사무실 분위기는 나지 않았다. 경리도 한가해 보였고, 편집국장도 한가해 보였다. 사장실은 굳게 닫힌 문이 영영 열리지 않을 듯싶었다. 편집국장의 자리를 빼고 네 개씩 책상이 두 그룹으로 놓여 있는데 자리에 앉아 있는 사람은 아무도 없었다. 나는 경리가 갖다 놓은 커피를 마시고 그에게 내일 뵙겠다고 말하고 꾸벅 인사를 했다. 그가 악수해 왔는데 필요 이상으로 손을 옥죄여서 손마디가 아려왔다.

밖으로 나와 건물을 올려다보자 건물도 초라해 보였다. 3층 건물에 잡지사는 2층에 있고, 3층에는 여행사, 1층에는 스포츠 매장, 그리고 지하에는 다방이 있다. 나는 거리에서 한동안 건물을 올려다보다 등을 돌렸다. 그때, 지하에서 차 보따리를 들고 단발머리 여자가 나와 스쿠터를 타고 눈앞에서 사라졌다. 여자가 나온 지하로 육십 대의 남자가 들어갔다. 지하에 다방이 있어 잡지사가 더 초라해 보이는 듯했다.

"뭐? 취직되었다고?"

집으로 돌아오자 아버지가 제일 반겼다. 일 년 만에 잡은 직장이니 무슨 일이 있어도 나오면 안 된다는 말까지 했다. 나는 작은 잡지사라고 말했다. 아버지는 그래도 열심히 다녀야 한다고 말했다. 저녁에 구워 먹는다며 아버지가 정육점에 가서 삼겹살을 다섯 근이나 사 왔다. 아버지가 삼겹살을 이렇게 많이 사 오기는 처음이었다. 어머니는 텃밭에 나가 상추와 쑥갓을 뜯어왔다. 허리가 ㄱ자로 굽어서 잘 걷지도 못하면서 어머니는 괜찮다는 말만 했다. 어머니가 플라스틱 바가지에 상추와 쑥갓을 담아 들고 오는 것을 보고 내가 받았다. 어머니는 그것을 내게 주지 않았다. 달라고 해도 괜찮다는 말만 할 뿐이었다. 마당에는 늙은 감나무가 한 그루 서 있다. 너무 늙어서 감이 잘 달리지 않고, 달려도 열매가 너무 작아 아예 수확하는 것도 포기한 나무였다. 아버지가 그 밑에 정자를 만들었다. 원두막처럼 지붕이 뾰족한 정자였다. 오늘은 그곳에서 저녁을 먹는다고 했다. 형이 그 시간에만 와준다면 모처럼 정자에서 온 가족이 저녁을 먹는 것이다. 어머니가 수돗가에서 상추와 쑥갓을 씻는 동안 나는 휴대용 가스레인지와 프라이팬을 꺼내왔다. 아버지는 벌써 소주를 마시고 있었다.

"너라도 취직이 되었다니 내가 한시름 놓은 듯하다."

아버지가 안주도 없이 소주잔을 들며 말했다. 형도 실업자였다. 형도 집에서 논 지 일 년이 지났다. 형은 점심도 먹지 않고 친구를 만나고 온다며 외출을 했는데 아직 돌아오지 않았다. 나는 형에게 핸드폰으로 전화를 해봤다. 받지 않았다. 술도 못 마시고 사교성도 없어서 형은 일찍 돌아올 것이다. 직장에 다닐 때 형은 생산직이라 3교대 근무를 해서 밤 열한 시에 출근하기도 하고 퇴근하기도 했던 것 말고는 늦게 들어오지 않았다.

"나도 회사를 오래 다니지 못할 것 같구나."

오후의 햇살이 길게 그림자를 만들고 있었다. 정자에 걸터앉자 아버지는 안주도 없이 또 소주잔을 비웠다. 카, 소리를 내고 아버지가 다시 말했다.

"신도시가 건설된다고 공장이 남쪽 지방으로 이전을 한다는구나."

아버지가 다니는 공장은 사출 공장이었다. 플라스틱 원재료를 넣고 사출기를 가동하면 여러 가지 모양의 플라스틱 제품이 나왔다. 둘째 아들이 대학을 나오고 집에서 놀고 있다며 그 회사에 취업을 알선해서 나는 딱 한 번 아버지가 다니는 공장에 가보았다. 간단하게 면접을 보고 공장을 둘러봤는데 내가 할 일이 아니었다. 관리직을 원했으나 자리가 없다며 일단 생산직으로 근무하다 자리가 나면 옮겨주겠다고 했지만 도시 믿을 수가 없었다. 집채만 한 사출기에서 제품이 나오는 시간에 따라 개폐기가 열리는데 그 시간이 겨우 십여 초밖에 되지 않았다. 그 짧은 시간에 제품을 손으로 꺼내 성형이 잘 되었는지 검사까지 해야 했다. 꼬박 열 시간을 서 있는 것도 곤욕이었다. 박봉에 일이 힘들어 한국 사람은 오면 쉽게 가고 그나마 공장을 지키는 사람들은 방글라데시나 필리핀에서 온 외국인 노동자였다. 나는 그곳에서 반나절을 일하다 나와버렸다. 십 초 사이에 제품을 꺼내서 성형이 안 된 것은 버리고 성형이 과

다해서 필요 없는 것이 붙어 있는 것은 일일이 떼어내면 벌써 십여 초가 지나 성형된 제품에 또 제품이 나와 플라스틱 액체가 밑으로 질질 흘렀다.

"도대체 몇 번이나 알려줘야 하는 거야?"

기계가 에러가 나면 조장이나 반장이 달려와 언성을 높였다.

"대학까지 나왔다며 이거 하나 못 해?"

필리핀 여자가 나를 흘끔 쳐다보았다. 그녀는 마치 잘 훈련된 로봇처럼 기계가 개폐되자 제품을 꺼내 검사를 하고 5초는 쉬었다. 매우 빠른 동작이었다. 조장이 그녀를 가리키며 온 지 일주일도 안 됐다고 했다. 반장이 옆에서 저런 애들의 반만치라도 일했으면 좋겠다고 투덜거렸다. 아버지를 봐서 많이 봐주는 것이라고 조장이 말하자 나는 피가 거꾸로 솟음을 느꼈다.

"시팔, 더러워서 못 해먹겠네."

나는 끼고 있던 목장갑을 벗어 바닥에 내동댕이치고 공장 문을 나왔다. 집에서 딱히 할 일이 없어 이를 악물고 버티다 관리 파트에 자리가 나면 옮기려고 했는데 하루도 버티기가 힘들었다. 게다가 일주일씩 돌아가며 열두 시간 맞교대로 작업을 하므로 다음 주에는 내가 야간작업을 하게 된다. 회사는 생산 인력이 없어서 아무나 기계 앞에 세우는 모양이다. 전임자도 나와 같은 조건으로 입사를 해서 삼 개월 동안 밤낮없이 사출기를 잡고 일했는데 정작 관리 분야에는 외부에서 입사했다고 했다.

"어렵지, 내 그럴 줄 알았다."

집에 온 아버지는 오히려 나를 다독였다. 아버지는 자신이 일하는 공

장이라 이력서만 갖다주면 내가 관리직으로 취업이 되는 줄 알았다고
했다.

"그나마 외국인 노동자들이 있어서 공장을 돌리는 거지, 우리나라 사
람들은 하루나 이틀 하다 다 내빼더라. 더럽고, 힘든 일 안 하려고 대학
나오고 그러는 거 아니냐. 너도 네게 맞는 일을 찾아보아라."

"그럴게요."

대답은 했지만 나는 도시 자신이 없었다. 전공도 살리고 적성에도 맞
는 직장을 구하기란 하늘에 떠 있는 별을 따는 것보다 더 어려웠다. 일
년 동안 숱하게 채용 시험에 응시했다가 서류전형에서 탈락하는 시련을
뼈저리게 겪었다.

"나처럼 살지 마라."

아버지는 왼쪽 손목이 기계에 잘려서 없었다. 그 때문에 항상 집는
것은 오른손으로 했다. 야간에 사출기 앞에서 기계가 개폐되어 제품을
꺼내는데 갑자기 기계가 작동하는 바람에 왼손이 눌렸다고 했다. 병원
에서 봉합수술을 하려고 해도 기계에 손이 눌려서 다 문드러졌기 때문
에 할 수 없었다. 아버지는 기계가 오작동해서 사고가 났다고 했다. 십
초가 지나서 기계가 작동해야 하는데 손을 넣자마자 기계가 저절로 내
려와서 손을 덮쳤다고 했다. 그러나 회사에서는 기계가 자동으로 맞춰
져 있어서 오작동은 있을 수 없다고 했다. 아버지가 야간이라 졸다가 기
계가 다시 작동하려는 순간에 손을 넣은 거라고 했다. 아버지가 손을 넣
지 않았다면 제품만 불량 나고 말았을 것이라고 했다. 아버지는 병원에
서 수술을 받고 하루 만에 퇴원했다. 마취에서 깨어나자 다친 곳만 아프
고 다른 데는 괜찮다며 링거가 다 들어가기도 전에 퇴원한다고 성화였

다. 회사에서는 산재 처리를 했으니까 며칠 입원해 있으면서 안정을 찾으라고 했지만, 아버지는 멀쩡한 사람이 왜 병실에 갇혀 있어야 하냐며 퇴원을 해야겠다고 억지를 부렸다.

"정 그러시다면 퇴원하세요. 대신에 하루도 빠지지 말고 통원 치료해야 합니다."

의사의 처방을 아버지는 듣지도 않고 한 손으로 소지품을 챙겼다. 아버지가 챙기는 물건들을 내가 대신 받아 챙겼다. 병원에 오랫동안 입원해 있을 줄 알고 담요와 세면도구, 수건 따위를 갖고 왔는데 아버지는 그것들을 한 손으로 챙기고 있었다.

"괜찮으시겠어요?"

"그래, 두 발로 걸어 다니는데 집 놔두고 뭐 하러 입원해 있냐."

아버지는 왼쪽 손목이 없는 것을 보고 그때야 다친 것이 실감이 나는지 표정이 굳어졌다. 뼈까지 아스러져서 전신마취를 하고 늘어진 인대를 끊고 지혈을 한 다음 꿰매는 방식으로 수술을 했는데, 손은 없지만 수술은 잘되었다고 의사가 말했다. 이 상태로 진통제를 맞으며 소독만 잘 해준다면 상처가 잘 아물 거라고 했다. 손이 없는 것이 이상한지 아버지는 몇 번이나 왼손을 내려보았다. 아버지는 산재 처리와 산재 보상금 외에 아무것도 받지 못했다. 회사에서 정년을 보장해준다는 미끼를 놓았기 때문이다. 아버지는 정년을 보장해준다는 말에 무조건 일할 수만 있게 해달라고 했다. 그 덕에 아버지는 야간 작업도 안 하고 기계도 잡지 않았다. 가벼운 물건을 날라다 주는 것과 청소 따위가 고작이었다. 아버지는 그래도 월급이 전보다 더 많다고 말했다. 아버지는 손을 팔아서 편하게 공장 생활을 하고 조금 더 월급을 많이 받았다. 그것밖에 보상을 받은 것은 없었다.

"너희들은 아버지가 저렇게 되었는데 억울하지도 않니?"

아버지는 통원 치료를 하며 회사에 나갔다. 일하지 않아도 월급이 나온다며 회사에 잠깐씩 들러 인사나 하고 오는 정도였다. 붕대가 감긴 아버지의 팔을 보며 어머니가 힘없이 말했다. 어머니의 말에는 아버지처럼 되지 말라는 뜻이 숨어 있었다. 어머니는 등이 굽어서 제대로 걷지도 못했다. 식당에서 무거운 것을 들다 허리가 삐어서 처음에는 대수롭잖게 여겼는데 아주 허리를 못 쓰고 말았다. 근육이 이완된 정도의 디스크인 줄 알았는데 어머니는 병원에 가서 엑스레이를 찍고 침을 맞아도 아프다고 했다. 의사가 심한 것 같지 않다며 침을 놓고 물리치료사가 물리치료를 했는데 어머니는 아프지 않은 게 그때뿐이라고 했다. 어머니는 의사를 믿을 수 없다며 병원에 가지 않았다. 허리가 아프다며 가끔 진통제만 먹었다. 어머니는 허리가 아파서 식당에도 나가지 않았다. 어머니가 일하던 곳은 가든이었다. 홀에서 서빙만 하는 게 아니라 손님이 없는 시간에는 설거지와 홀 청소, 그릇 따위를 운반해서 어머니는 집에 오면 늘 뼈마디가 쑤신다고 했다.

"힘들면 다니지 마."

"안 다니면요, 하늘에서 돈이 뚝 떨어져요?"

아버지와 어머니가 하는 말이었다. 어머니는 내 등록금을 걱정하고 있었다. 형과 아버지가 돈을 벌고 있었지만, 형이 버는 돈은 형이 알아서 하게 간섭하지 않았다. 형이 고등학교만 나와서 자신이 버는 돈은 알아서 관리하도록 배려하는 듯했다. 아버지와 어머니가 버는 돈으로는 일 년에 두 번 나오는 등록금도 대기가 버거웠다. 오죽 등록금 내기가 힘들면 학생들이 무더기로 휴학을 하고 아르바이트 자리를 찾아다닐까. 나도 대학을 졸업할 때까지 택배, 음식점 배달, 커피숍, 오락실, 편의점, 많은 곳을 옮겨 다니며 아르바이트를 했다. 그러나 돈이 생기는 것은 그때뿐이었다. 한 달 일해서 칠팔십만 원 벌면 용돈과 교통비로 다 나가서 정작 등록금 낼 때는 손에 아무것도 남아 있지 않았다.

"너 등록금 대느라 기둥뿌리가 뽑힐 지경인데, 네 형까지 대학에 들어갔다면 우리 집이 벌써 파산했을 거다."

등록금을 내고 나면 언제나 어머니의 한숨이 흘러나왔다. 학기 내내 아르바이트를 했어도 등록금을 조금도 보탤 수 없어 마음이 착잡했다. 어머니는 그냥 한 소리라는 듯이 방으로 들어갔다. 그래도 나는 나은 편이었다. 같은 과 친구 몇몇은 휴학을 했고, 정태는 고소득 아르바이트를 한다며 생체 실험에 응했었다고 했다. 강의실에서 강의를 듣고 도서관에서 책을 봐야 할 학생들이 등록금 때문에 아르바이트로 내몰리자 전국에서 반값 등록금 실현 촛불집회가 일어났다. 재야와 학생들은 이명박 대통령이 대선 때 내세운 반값 등록금 공약을 즉각 이행하라고 촉구했고 정부에서는 이조 원이 넘는 돈을 쏟아부어야 한다며 돈이 없다고 버티었다. 시위는 언제나 시간이 지나면 흐지부지되게 마련이었다. 경찰과 대치하던 집회가 한여름이 되자 슬그머니 꼬리를 감추었다. 대학을 졸업해도 갈 곳이 없는데 사람들은 왜 대학에 집착하는지 모르겠다.

불판에서 삼겹살이 익어가는데 형이 들어왔다. 나는 어머니를 대신해서 들마루에 쌈장과 깐 마늘, 접시 따위를 놓았다. 아버지는 벌써 소주 한 병을 다 마셨다. 아버지의 입에서 술 냄새가 확 풍겼다. 어머니도 들마루로 와서 앉았다. 모처럼 가족이 다 모였지만 표정은 똑같이 밝지 않았다. 형과 내가 실업잔데 아버지도 공장에 나가지 못하게 되자 앞날이 걱정이었다. 형은 정리해고를 당하고 다른 일자리를 알아본다며 이곳저곳에 수소문했지만, 나처럼 일 년째 놀고 있다. 어머니도 허리가 굽어서 오래전에 식당 일을 그만두었다.

"우리도 남들처럼 나무를 심어요."

"또 그 소리."

아버지가 젓가락으로 삼겹살을 잡다가 멈추었다. 논 닷 마지기와 밭 삼백 평의 보상액이 삼억 원이었다. 집까지 포함해야 삼억 오천이다. 그 돈으로 주변의 아파트 한 채를 사면 손에 쥐는 것은 아무것도 없었다. 아파트 관리비와 생활비를 쓰려면 더 많은 보상을 받아야 했다. 나는 아버지께 밭에다 배나무나 사과나무를 심자고 했다. 인근 과수원에서 수령이 다되어 버려지는 나무를 옮겨 심으면 일반 농지가 과수원으로 평가되어 나무에 대한 보상을 받을 수 있다고 말했다. 나무는 수명이 다하면 열매가 작고 적게 열리게 마련이다. 그런 나무는 미련 없이 뽑아버리고 묘목을 다시 심어서 재배하는 수밖에 없다. 나는 과수원에서 버려지는 늙은 나무를 얻어다 밭에 심어볼 생각이었다.

"뭐라고? 논에다가 하우스를 짓고 버섯 재배를 한다고?"

논에는 아직 벼 이삭이 패지 않았다. 나는 벼 수확을 포기하고 그곳에 버섯 재배용 하우스를 지을 생각이다. 논을 흙으로 메워 밭처럼 물 빠짐을 좋게 하고 반원형의 쇠 파이프로 길게 하우스 뼈대를 만들고 비닐을 씌우면 비닐하우스가 된다. 아버지는 밭에 작은 비닐하우스를 만들고 그곳에서 고추와 가지, 오이 따위의 묘목을 키우고 채소를 재배했다. 그 때문에 나는 비닐하우스 만드는 법을 잘 알고 있다. 비닐하우스를 설치해주는 업체에 위탁하면 편하지만, 비용이 만만찮게 들어서 문제였다. 농가에서 쓰다 버려둔 쇠 파이프를 싸게 사서 하우스를 지으면 비용이 저렴하고, 손쉽게 하우스를 만들 수 있다.

"쓸데없는 생각 하지 말고 네 살아갈 궁리나 해라."

아버지는 좀처럼 내 말을 받아주지 않았다. 남들 다 하는데 우리만 못하고 있었다. 더 늦기 전에 손을 쓰지 않으면 그것으로 끝이었다. 당국에서 나와 조사가 끝나면 아무리 나무를 심고 비닐하우스를 지어도 보상을 받을 수 없다. 아버지는 서두르자는 내 말을 무시할 뿐이었다. 게다가 형도 내 의견에 별반 반응을 내보이지 않았다. 형이라도 옆에서 거들면 아버지의 마음을 움직일 수 있을 텐데 형은 벙어리처럼 말 한마디 없이 삼겹살을 상추에 싸서 입에 욱여넣을 뿐이었다. 형은 꼭 폭식증에 걸린 환자처럼 자꾸만 삼겹살을 입에 밀어 넣었다. 어머니가 형을 보며 체하겠다고 한마디 했다. 형은 그래도 멈추지 않았다. 저 작은 체구가 많이 삼킨 삼겹살을 감당할 수 있을까 싶었다.

어느새 어둠이 내리고 있었다. 나는 마루에서 외등 스위치를 올렸다. 아버지와 형과 어머니의 모습이 환하게 빛났다. 들마루에 다시 앉자 그때까지도 형은 삼겹살을 상추에 싸서 입안에 넣고 있었다. 어머니가 나를 보며 형이 일 년을 굶었다고 했다. 물론 물 한 모금 마시지 않고 꼬박 일 년을 굶은 것은 아니다. 공장에 다닐 때보다 밥을 적게 먹고 한 끼 정도는 건너뛰는 것을 두고 어머니는 형이 일 년을 굶었다고 말했다. 아버지는 소주를 한 병하고 반병을 더 마시고 방으로 들어갔다. 나는 반병 남은 소주를 잔도 없이 입안에 부었다. 어머니와 형도 방으로 들어가자 들마루는 횡, 하고 바람만 지나갔다.

2

"저 별의 어딘가에 우리와 똑같이 사는 사람이 있다는 거지?"

어머니는 별을 보며 말했다. 등이 굽어서 무엇인가를 짚어야 간신히 하늘을 올려다보는 어머니는 별을 보는 것도 힘겨워 보였다. 나는 어머니께 별들도 사랑한다고 말했다. 수백 광년이나 떨어져 있어도 서로 빛을 보내고 마음으로 대화를 한다고 말하자, 어머니는 저렇게 많은 별 속에 당신을 닮은 누군가가 정말로 살고 있냐고 물었다. 나는 그렇다고 말했다. 어머니는 그때부터 낮에도 하늘을 올려다보았다. 해와 가끔 흘러가는 구름밖에 없는 하늘을 멍하니 바라보다 어머니는 길게 한숨을 내쉬었다.

"저런 별에는 정리해고도 없고, 백수도 없다 그 말이지."

"그렇다니까요. 모두가 똑같이 잘 사는 곳이에요."

어머니는 형을 생각하고 있었다. 형은 쌍용자동차 평택공장에서 무급 정리해고자가 되어 일 년째 놀고 있다. 회사가 정상화되면 꼭 다시 채용하겠다는 말만 믿고 형은 놀아도 희망이 있었다. 그러나 그 희망은 시간이 지날수록 불행으로 가고 있었다. 몇몇 회사 동료가 생활고를 견디지 못하고 자살하는 일이 일어났고, 마냥 회사에서 부르기를 기다릴 수 없어 중소기업체에 이력서를 내밀면 용공 분자를 보듯이 채용에 난색을 보인다고 했다. 형은 정리해고자가 되자 부끄러워서 나갈 수 없다며 대부분 시간을 잠만 잤다. 그게 형이 할 수 있는 유일한 일이었다. 회사를 위해 십여 년 동안 주야로 일만 했는데 돌아오는 것이 정리해고라는 것을 형은 받아들이지 않았다. 형은 한 번 들어간 공장에서 정년퇴직

할 때까지 일할 줄 알았다.

쌍용자동차의 시위는, 사용자 측에서 전체 직원의 37%인 2,646명을 정리해고하려 하자 노조가 정리해고의 즉각 철회를 요구하면서 공장점거에 들어가며 시작되었다. 사용자 측은 노조에 맞서 정리해고 철회는 커녕 직장 폐쇄로 맞불을 놓았고 정부에서는 공권력을 투입했다. 그때부터 평화롭게 진행되던 시위가 과격해졌다. 노조원들이 굴뚝을 점거해 김진숙처럼 고공 투쟁을 했고, 도장 공장을 점거하고 자체 조립한 새총을 쏘며 공권력에 대항했다. 공장은 곳곳에서 화염이 치솟았고 밀고 밀리는 싸움으로 전쟁터와 같았다. 그때 형도 그곳에서 물과 간식을 나르며 노조원들을 도왔다. 살기 위해서, 다만 살기 위해서 형은 라면을 나르고 물을 날랐을 뿐인데 시위가 끝나고 돌아온 것은 사측의 변함없는 정리해고였다. 회사에서는 회사가 정상화되면 순차적으로 전원 복직시킨다고 했지만 그게 언제가 될지는 아무도 기약할 수 없었다.

형도 처음에는 한두 달을 휴식 기간으로 정하고 등산도 다니고, 독서와 사색도 하고, 태백의 폐광촌이나 정선의 가리왕산으로 여행을 다녀오기도 했다. 십여 년 동안 직장에 얽매여 있다 갑자기 출근하는 일이 없어지자 형은 말라가는 강물에서 비를 만난 물고기처럼 뛸 듯이 기뻐했다. 직장만 다니지 않는다면 뭐든지 할 수 있을 기색이었다. 형은 한번 여행을 떠나면 며칠 동안 집에 들어오지 않았다. 어디에 있다는 전화만 가끔 오곤 했다.

"왜 여행을 안 다녀?"

삼 개월 정도 강원도 산간을 누비던 형이 어느 날부턴가 외출하지 않았다. 동네 슈퍼에서 술과 담배를 사 오는 것 말고는 방에서 잠만 자기 시작했다. 강원도 산간을 무장공비처럼 누비고 다니던 것과는 대조적이었다. 형은 밥도 제때 먹지 않고 방에서 아예 나오지도 않았다. 나는 그런 형이 서른 넘은 나이에 계절을 타는 줄 알았다. 대문 밖에는 개나리꽃이 물감을 풀어놓은 듯이 노랗게 물들어 있었다. 손으로 잡으면 금방이라도 노란색 물감이 묻어날 듯했다. 마당에는 호랑나비가 날아다녔다. 일부러 그러는 것처럼 나비는 장독대와 어머니가 만든 텃밭에 자주 내려앉아 날개를 나풀거렸다. 햇살이 알맞은 온도를 주고 아침마다 땅에서는 아지랑이가 피어올랐다. 형은 문득 고개를 들어보니 서른이 되었다고 했다. 회전문처럼 밤낮없이 공장에서 일하는 사이에 나이라는 숫자가 서른을 넘었다고 했다. 그러나 그것은 형의 문제만이 아니었다. 나도 군에 다녀오고 복학을 했다 졸업을 하는 사이에 서른의 문턱에 와 있었다. 형은 공장이라는 곳에서, 나는 학교라는 곳에서 통속적으로 지내온 죄밖에 없었다. 다만 형은 밤낮없이 기계처럼 돌아갔고, 나는 쉬엄쉬엄 돌아갔다. 그게 나와 형과의 유일한 다른 점이었다. 형은 언제나 눈이 퉁퉁 부어 있었고 피곤해했지만 나는 새싹처럼 파릇파릇하게 캠퍼스 생활을 했다. 물론 아르바이트 자리를 전전하느라고 형처럼 눈이 퉁퉁 부어 있었던 때도 있었지만 그건 형처럼 긴 시간이 아니었다.

"권태야?"

형의 방문을 열자 노인의 방처럼 냄새가 났다. 형광등을 켜도 어둠이 묻어 있는 방에서 형은 벌레처럼 웅크리고 앉아 있었다. 방바닥에 아무렇게나 나뒹굴고 있는 소주병과 재떨이, 벗어놓은 옷가지들이 형의 초라함을 말해주고 있었다. 이렇게 지낼 바에야 차라리 전처럼 여행을 가서 안 보이는 게 낫다 싶었다. 그러나 나도 형과 다를 게 없는 삶을 살고 있었다. 그 무렵 나도 다니던 잡지사를 그만두고 형처럼 집에서 빈둥거리고 있었다. 잡지사가 내게 아무것도 해주지 않았기 때문이었다.

"뭐? 회사를 그만뒀다고?"

회사를 나가지 않자 아버지가 제일 실망했다. 형이 집에서 놀고 있는데 너까지, 하다 아버지는 말을 잇지 못했다. 나는 아버지께 그곳은 직장이 아니라고 했다. 갑과 을의 고용 관계가 그곳에서는 통하지 않았다. 나는 삼 개월을 잡지사에 다니다 그만두었다. 할 일이 없는 것보다 월급이 나오지 않았다. 나는 삼 개월 동안 그곳에서 월급을 한 푼도 받지 못했다. 다른 사람들도 비슷했다. 그래서 그곳은 사람들이 쉽게 그만두고 쉽게 찾아왔다. 마치 나그네새처럼 어제까지 보이던 사람이 오늘 아침에는 보이지 않았다. 사장은 우리가 실적을 내지 못해서 월급을 줄 수 없다고 했다. 잡지를 만들면 만들수록 적자라고 했다. 그러면서도 사장은 고급 차를 끌고 다녔다.

"근무 시간에 와도 괜찮은 거예요?"

회사 아래의 지하다방은 언제나 한산했다. 상가 밀집 지역도 아니고 도심에서 떨어져 있어서 노인들이 들어와서 다방 여자에게 치근대는 일도 없었다. 김 양이 내게 아는 체를 했다. 나는 가끔 이곳에 들러 커피 한 잔을 앞에 놓고 시간을 보내곤 했다. 할 일이 없었다. 잡지가 월간이라 원고 마감일이 매월 20일이 넘어서기 때문에 월초에는 할 일이 없었다. 게다가 사장이 요구하는 실적이라는 것이 기사를 쓰며 광고를 받아오라는 것이었다. 기업체나 관공서 등에 찾아가 PR을 하는 기사를 쓰고 광고를 싣는 방식이라 나처럼 순진한 사람은 광고를 받아올 수가 없었다. 사장은 광고를 받아온 사람에게만 월급을 주었다. 그러나 그것은 월급이 아니었다. 백만 원짜리 광고를 받아오면 회사가 칠십 퍼센트, 광고를 받아온 사람이 삼십 퍼센트 식으로 분배하는 것이었다. 그 때문에 나처럼 광고를 한 건도 받아오지 못하면 월급이 없는 것이다. 광고 말고도 할 수 있는 것은 기업체 사장이나 관공서장과 지방자치단체장을 만나 인물 소개를 하고 그 대가를 받는 것이다. 쉽게 말하면 잡지에 당신을 소개할 테니 찬조금 좀 내놓으라는 것이다. 이것도 광고처럼 회사가 칠십 퍼센트 가져가고 나머지를 월급이라고 준다. 별 희한한 직업도 다 있다 싶었다.

"이것도 기사라고 써 왔어?"

편집국장에게 한 소리 듣고 나는 지하다방에 앉아 있었다. 토요일 휴무제로 취미나 여가 활동 인구가 상대적으로 많아져 나는 그들에게 도움에 될까 싶어 인근 야산의 등산로를 취재하였다. 오솔길을 따라 오르며 할미꽃과 제비꽃, 진달래를 디지털 카메라에 담고 한참을 오르다 바위 위에서 캔 커피를 마시고 다시 오솔길을 오르면 생각이 없어지고 고민이 지워졌다. 사람들의 마음도 내 마음과 같으리라 생각하며 나는 연신 사진을 찍고 독자들이 편안한 마음이 들게 기사를 써 내려갔다. 비록 야트막한 산이지만 산의 전설이나 유래를 찾아가며 원고지 서른 장 분량의 기사를 써서 편집국장에게 내밀자 그는 내 기사가 탐탁지 않다며 잘라 말했다.

"지금 소설 쓰는 거야? 누가 이따위 기사를 써 오랬어? 회사에 보탬이 되는 기사를 써 오란 말이야. 기자의 근성도 몰라? 고구마의 넝쿨만 보지 말고 땅을 파서 진짜 고구마를 캐란 말이야. 옷 털면 먼지 안 날 놈 없을 테니까."

편집국장은 마지막 말에 악센트를 높였다. 내가 쓴 기사는 번번이 무시되었다. 삼 개월 동안 내가 쓴 기사는 거짓말처럼 단 한 번도 실리지 않았다. 회사에 보탬이 안 되는 기사를 썼기 때문이었다.

"그만큼 알려줬으면 밥벌이는 해야 할 게 아냐."

편집국장은 대놓고 돈 버는 기사를 쓰라고 했다. 언젠가 한번 편집국장과 함께 취재를 나갔었다. 안티몬 제조공장인데 공장 주변을 탐색하다 개울로 뻗은 고무호스 한 개를 발견했다. 개울에 작은 보가 설치되어 있는데 주민들이 천렵한다며 수문을 열어놓아 담긴 물이 빠져나가 바닥을 드러내고 있었다. 고무호스는 바닥에 돌로 눌러져 있었는데 그 호스를 따라가자 공장 담장이었다. 호스는 잡풀 속에 은폐되어 쉽게 눈에 띄지 않았지만, 개울 바닥부터 따라가면 금방 찾을 수 있었다. 높은 담장 때문에 내부는 보이지 않지만, 분명히 폐수를 버리는 비밀 구멍인 듯했다.

"가자."

여기까지 확인한 편집국장이 중요한 단서를 잡았다는 듯이 목에 힘을 주며 말했다. 나는 그가 하라는 대로 호스에 카메라 셔터를 세 번 눌렀다. 그는 벌써 공장의 담장을 끼고 돌아가고 있었다. 나는 주머니에서 수첩을 꺼내 들고 뒤를 따랐다. 경비실에서 잡지사에서 왔다고 신분을 밝히자 쉽게 공장으로 들어갈 수 있었다. 경비원이 사무실로 인터폰을 해서 손님이 왔다고 알리고 접견실로 가라고 안내를 했다. 그는 나만 사무동의 일 층 로비로 가라고 하고 공장의 뒤편으로 빠졌다. 아마도 밖으로 난 호스에 대해 더 살펴볼 모양이었다.

"잡지사에서 오셨다고요?"

일 층 현관에는 공장에서 생산되는 제품의 종류와 특성 따위가 전시되어 있었다. 일 층에서 잠시 안티몬이라는 제품을 살펴보는데 삼십 대 중반으로 보이는 남자가 나를 맞았다. 나는 그렇다고 말했다. 그가 나를 접견실로 안내했다. 접견실은 외부에서 손님이 찾아왔을 때 그곳에서 대화하는 곳이다. 남자가 자신이 관리과장이라고 말하며 명함을 내밀었다. 나도 그에게 명함을 주었다. 내 명함을 받고 그가 자판기에서 커피를 뽑아주었다.

"우리 회사는 취재할 게 없을 텐데요."

그는 내 명함에 적힌 '취재기자'라는 문구가 신경에 거슬리는 모양이다.

"전, 입사한 지 얼마 안 돼서 수습 목적으로 왔습니다."

"하, 그러시군요. 기사는 말입니다. 현실적, 그러니까 사실적인 것을 구독자에게 전달하는 역할을 하는 것입니다. 기사를 과대 포장하고, 허위로 기사를 작성하면 명예훼손 혐의나 업무방해 등으로 오히려 기자가 다치게 됩니다. 이 점은 항상 유념하시고, 우리 회사는 아시는 바와 같이 안티몬을 생산하는 회삽니다. 안티몬 원석을 용광로에 녹여서 여러 공정을 거치면 순수한 안티몬이 생산되는데 별로 기사를 쓸 만한 것이 없을 겁니다."

"안티몬(antimony)이면 중독성 물질 아닙니까?"

"장기간 흡입하면 중독을 일으킬 수도 있습니다만 우리 회사처럼 안전 장구를 착용하고 근무하면 아무런 문제가 없습니다."

내가 묻지도 않았는데 그가 안티몬의 용도에 대해 간략하게 설명했다. 안티몬은 축전지, 일반 산업기계 부품, 통신장비 부품, 화학 재료 및 안료, 고무, 플라스틱 경화제, 유리, 요업, 화약, 등 산업 전반에 걸쳐 널리 사용된다. 그가 안티몬에 대해 더 얘기하려고 할 때 편집국장이 들어왔다. 산업체 전반에 걸쳐 사용된다며 안티몬을 PR하던 관리과장이 잠시 주춤했다. 그는 안티몬 회사에서 근무하는 것이 자랑스럽다는 듯이 우쭐대다 말끝을 흐렸다.

"혼자 오신 게 아니었군요."

편집국장과 그는 잘 아는 듯했다. 관리과장이 그에게 손을 내밀며 잘 지내셨냐고 짧게 인사를 하자 편집국장이 지나는 길에 들렀다고 말했다. 그리고 잠깐 몇 마디 대화를 나누다 편집국장이 다시 밖으로 나갔다. 나는 그때까지도 그가 자판기에서 뽑아다 준 커피잔을 들고 있었다. 편집국장이 밖으로 나가자 그가 혼잣말로 '참 독종이야' 말했다.

"가지."

관리과장도 밖으로 나가고 나는 혼자 접견실에 앉아 있었다. 얼마나 그렇게 앉아 있었을까. 한 삼십여 분쯤 지나자 편집국장이 문을 열며 가자고 말했다. 그의 얼굴이 약간 상기되어 있었다. 이번에는 관리과장도 보이지 않았다. 나는 차가 세워진 곳으로 걸어 나오며 그에게 아까 관리과장이 했던 말을 알려주었다.

"국장님이 참 독종이래요."

그가 피식 웃었다.

"나는 뭐 이러고 싶어서 하는 줄 아나."

그때까지도 나는 공장에서, 아니 그가 없었던 삼십 분 사이에 무슨 일이 일어났는지 모르고 있었다. 편집국장이 차를 몰아 한적한 곳의 가든 주차장에 차를 세웠다. 아직 이르지만, 점심이나 먹고 가자고 했다. 그의 말대로 음식점은 한산했다. 시내에서 멀리 떨어져 있고 주변에 공단이나 마을도 없는데 왜 이런 곳에 음식점이 있는지 의아하다. 차에서 내려 나는 주위를 둘러보았다. 커다랗게 돌탑이 세워져 있고 물레방아가 돌고 있었다. 산자락에서 호스로 물을 끌어와 물레방아를 돌리고 있었다. 돌탑 주변에는 수세미와 조롱박이 심겨 있고, 관상수가 일정한 간격으로 서 있었다. 광주리에 산채가 널려 있고, 고목도 보였다. 커다란 느티나무를 옮겨 심은 모양인데 바람에 흔들리지 않도록 견고하게 지지대를 세웠음에도 나무는 잎이 말라 있었다. 뿌리를 너무 많이 잘랐거나 다치게 한 게 분명했다. 나는 죽은 나무를 보다 안으로 발을 옮겼다.

안에는 손님은 편집국장과 나 둘뿐이었다. 아직 점심 먹기가 이른 탓도 있지만, 오지라 잘 알려지지 않았기 때문이리라. 그가 메뉴판을 가리키며 내게 골라보라고 했다. 오리 백숙이나 탕, 닭볶음탕이나 백숙, 붕어찜이나 토끼탕도 있다. 부담스러운 메뉴들이다.

"붕어 한 번 먹어보자."

메뉴판을 보며 내가 머뭇거리자 그가 붕어찜을 주문했다. 음식점 위에 작은 저수지가 있는데 그곳에서 잡은 참붕어로 찜을 만들어서 맛이 일품이라고 했다. 그러나 가격이 만만치 않았다. 육만 오천 원이다. 백숙과 토끼탕도 다 똑같다. 이 집은 육만 오천 원에 한이 맺힌 것처럼 음식 이름 옆에 그 숫자만 적어놓았다. 나는 메뉴판을 접으며 그에게 비싸다고 말했다. 육만 오천 원이면 이 주일치 용돈이었다. 대학을 갓 졸업해서 나는 아직 차가 없다. 취재를 위해 버스를 타고 돌아다니거나 아는 사람의 차를 얻어 타야만 했다. 점심값은 회사에서 지급해주지만 커피나 담배, 술값으로 지출하는 돈도 만만치가 않았다. 나는 입사해서 한번도 월급을 못 타보고 집에서 갖다 쓰기만 했다. 아버지와 어머니는 내가 곧 월급을 타 올 것으로 믿고 용돈을 잘 주셨다. 나도 곧 월급이 나올 거라고 믿었다. 그러나 한 달이 넘어도 월급은 고사하고 교통비도 나오지 않았다.

"돈은 이렇게 버는 거야."

그가 주머니에서 돈을 꺼내 보이며 말했다.

"누구든 약점이 있게 마련이야. 그 약점을 파고들면 되는 거야."

그는 삼십 분가량 안티몬 제조회사 사장과 면담을 해서 광고료로 이백만 원을 맡았다고 했다. 회사에 백만 원만 입금하면 되기 때문에 삼십 분 만에 백만 원을 벌었고, 별도로 식사비까지 받아 왔다고 털어놓았다. 식탁에는 붕어찜이 날라와 놓여 있었다. 서빙을 하는 아줌마가 술을 할 거냐고 묻자 그가 운전 때문에 안 된다고 했다. 내가 운전을 할 수 있다면 그는 낮술을 마셨으리라. 붕어찜을 먹으며 그는 내게 여러 가지 방법을 알려주었다. 기업체에 찾아가서 회사를 취재하고 회사에 대한 PR의 대가를 요구한다든가 지금처럼 폐수를 몰래 버리는 것을 트집 잡아 금품을 요구한다든가 말이다.

그의 말을 듣자 밥맛이 나질 않았다. 그토록 우상만 같았던 그의 이면 때문에 순수하게만 생각했던 잡지사마저 불결하게 느껴졌다. 차라리 손님들에게 당당하게 커피를 팔고 돈을 받는 지하다방의 김 양이 더 깨끗하게 느껴졌다. 나는 밥을 반쯤 먹다 이내 수저를 놓았다. 그가 '붕어찜이 마음에 안 드나' 하고 물었지만 나는 대답하지 않았다.

"있는 사람 거 좀 달래는 것은 죄가 아니야."

그도 식사를 끝냈다. 서빙을 하는 아줌마가 커피를 뽑아 왔다.

"그냥 빼앗은 거잖아요."

"하, 이렇게 마음이 여려서 뭘 하겠나."

"월급은 언제 준대요? 벌써 입사한 지 두 달이 다 되어가는데."

"한 게 있어야지. 회사에서 지급하는 점심값도 실은 월급에서 제하는데 실적도 없이 그동안 밥값만 축냈잖아. 내가 오죽 답답하면 데리고 나왔겠나. 운전면허증은 있다며? 취재하려면 기동성이 필요하니까 중고차라도 한 대 사서 몰고 다니며 적극성 좀 보여봐."

밖으로 나오자 햇볕이 더욱 따갑게 시선을 찔렀다. 그가 차 시동을 걸고 운전을 했다. 나는 그의 말을 들으며 이제 회사를 그만두어야겠다고 생각했다. 월급도 없이 두어 달가량 다닌 것만으로도 잘 버틴 것이다. 그가 업무의 방법을 알려주었지만 그건 내 성격상 맞지 않았다. 안면에 철판을 깔지 않는 이상 할 수 있는 일이 아니었다. 차는 어느새 잡지사 앞에 멈추었다. 나는 잡지사로 들어가지 않고 지하로 내려갔다.

"근무 시간이잖아요. 어디 다녀오는 거예요?"

김 양은 궁금하지도 않으면서 괜히 묻는 듯하다. 인사치레려니라. 나는 그렇다고 짧게 말하고 구석의 자리에 몸을 맡겼다. 그녀가 커피를 내오며 맞은편에 앉았다. 짧은 치마에 붉은색 블라우스 차림이 그녀의 직업을 말해주고 있었다. 커피를 한 모금 삼키면서도 그의 말이 쉽게 지워지지 않았다.

─이것도 기사라고 써 왔어?

어차피 돈을 받아와서 회사에 입금해야 기사가 실리는 거였다. 이곳은 기자가 일종의 외판인 것이다. 물건이나 상품도 없이 허공에 뜬구름을 잡듯이 외판해서 기사를 작성하면 되는 것이다. 그 때문에 기사는 하나같이 기업체 자랑이고 인물 위인전이었다. 인물이 소개되었으니 잡지를 백 권만 사라고 하고, 기업체의 광고가 실렸으니 잡지를 이백 권만 사라고 하면 되는 것이다.

"오빠만 그런 줄 알아? 나도 여기서 커피 팔고, 배달하며 억지로 웃어주고, 애교 부리고 그런다고. 그러니까 골치 아프게 그런 거 고민하지 말고 되는대로 살아, 응."

"그럴까?"

"그래, 나처럼 기분 나빠도 웃어주고, 비위 맞춰주면 되는 거야."

"그게 쉬운 게 아니야."

계산대에서 전화벨이 울리자 그녀가 쪼르르 달려가 전화를 받고 배달을 나갔다. 나는 그녀가 나간 뒤에도 한동안 자리에 앉아 있었다. 사표를 낼 생각이다. 두 달 동안 기사가 한 번도 실리지 않았고, 회사의 요구대로 기업체를 탐방하거나 지역 유지들을 만나봤지만 허사였다. 기업체에서는 약점이 잡히면 오히려 사이비 기자라고 고발을 한다며 당당하게 나왔고, 인물 소개를 위해 지역 유지들을 찾아가면 바쁘다는 핑계로 취재에 응해주지 않았다. 내가 발붙일 곳은 어디에도 없는 듯했다. 나는 밖으로 나가기 위해 천천히 몸을 일으켰다.

3

유월로 접어들자 점점 날씨가 뜨거워지고 비도 자주 내렸다. 나는 잡지사를 그만두고 본격적으로 농지를 개발하기 시작했다. 당국에서 이미 표본조사를 해갔다며 아버지가 반대했지만 나는 지금 시작해도 늦지 않았다고 아버지를 설득했다. 나는 아무도 설득할 수 없지만, 아버지만큼은 설득할 수 있었다. 잡지사에서 인물 탐방 취재하러 갔을 때, 취재에 협조해달라고 설득하면 할수록 싫다며 오히려 내게 그런 일을 왜 하냐며, 다른 직장을 알아보라고 조언하던 인사들과는 달리 아버지는 내 설득에 잘 넘어가주었다.

"다 우리를 위해서 그러는 거예요. 여기서 쫓겨나면 다른 곳에 가서 살 궁리를 해야 하잖아요. 아파트 한 채 사고 나면 아무것도 남는 게 없는데 어떻게 살려고 그래요. 형이나 저는 취업을 하면 되지만 아버지는요. 평생 넝마처럼 살 수는 없잖아요."

아버지도 내 말이 옳다고 했다. 다만 지금 투자해도 보상을 받을 수 있는지 의심하고 있었다. 나는 1차로 인근 과수원에서 수령이 다해서 버려지는 나무들을 얻어다 과수원을 만들기 시작했다. 배나무가 늙어서 거름을 많이 줘도 배가 조그맣고 그나마 몇 개 달리지 않는 나무들이었다. 용달차와 굴착기를 불러 배나무를 캐다 밭으로 옮기고, 다시 굴착기가 구덩이를 파서 나무를 심자 빈 밭이 과수원이 되었다. 이곳으로 싣고 오기 전에 배나무의 가지를 전정했지만, 필요 없는 가지를 더 자르고 물을 충분히 주었다. 여름에 나무를 옮겨 심으면 수분이 빨리 증발하여 나무가 고사(枯死)하기 때문에 물을 충분히 주고 가지를 솎아줘야 했다. 나무에 물을 주고, 흩어진 가지를 잘라주자 제법 괜찮아 보였다.

"정말로 우리가 갈 수 없는 별에 우리처럼 사람이 사는 거냐."

어머니는 여전히 별을 동경하고 있었다. 과수원을 만든 텃밭에 나와 어머니는 지팡이를 짚고 간신히 하늘을 올려다보았다. 바람만 세게 불어도 날아갈 것같이 여윈 모습이었다. 나는 어머니를 보며 돼지를 떠올렸다. 왜 돼지가 생각났는지는 모르겠다. 다만 돼지는 목이 굵어서 하늘을 볼 수 없는 동물이다. 평생 하늘을 한 번도 보지 못하고 우리에 갇혀 꿀꿀거리다 죽는다. 어머니도 돼지처럼 점점 하늘을 올려볼 수 없었다. 허리가 ㄱ자로 굽어져서 고개를 옆으로 돌려야 겨우 손바닥만큼의 하늘이 보일 뿐이었다. 어머니는 그 하늘을 보며 말했다.

"정말이지. 별에는 늙지도 않고, 백수도 없고 똑같이 잘 산다 그 말이지."

불쌍한 어머니였다. 들일과 식당일이 어머니를 이렇게 만들었다. 삶이라는 놈이 어디에서도 어머니를 놓아주지 않았다. 나는 어머니의 가느다란 발목을 보며 지팡이가 없다면 금방이라도 쓰러졌을 거라고 생각했다. 어머니는 나를 볼 때도 고개를 옆으로 돌려야 했다. 허리가 굽으면 불편한 것이 한둘이 아닌 듯했다.

"네, 우리와 똑같은 사람들이 사는데 그곳은 가난도 없고 병이 없어 고통이 없는 곳이에요. 그런데 갈 수가 없어요. 빛이 일 초에 삼십만 킬로미터를 가는데 그 속도로 이백오십만 년을 가야 하는 거리예요."

"일이 년도 아니고 이백오십만 년이나 가?"

"그건 아무것도 아니에요. 북부 은하군의 가장 가까운 자리에 가려면 삼천육백만 년을 가야 해요."

"그렇게나 머나?"

"네, 그래도 우주의 끝은 아니에요."

"그럼 우주의 끝은 어딘데."

"몰라요."

어머니가 한숨을 내쉬었다. 지팡이를 내려놓고 밭둑에 엉덩이를 붙이고 앉아 어머니는 다시 하늘을 보려고 했다. 그러나 허리가 펴지지 않아 어머니는 이내 고개를 숙였다. 어머니가 앉은 자리로 개미들이 지나갔다. 일렬로 길게 줄지어 오가는 개미들은 이사하는 게 분명했다. 장마가 올 모양이다. 개미들이 이사하고 나면 꼭 비가 퍼부었다. 어머니는 비가 오려고 하늘이 잔뜩 찌푸리면 이유 없이 몸이 쑤신다고 했다.

"네 형도 그런 곳에서 태어났으면 좋았을 텐데 말이다."

어머니가 다시 한숨을 내쉬었다. 오늘도 형은 방에서 나오지 않았다. 나무 심는 것을 도와달라고 말할 처지도 못 되었다. 형의 방은 언제나 술 냄새가 났고, 곰팡이 냄새와 담배 연기가 자욱했다. 그나마 형은 부양가족이 없어서 다행이라고 했다. 함께 퇴직한 사람들은 아들딸, 아내까지 4인 가족의 생계가 당장 막막하다고 했다. 월 삼사백만 원씩 들어오던 월급이 끊기자 당장은 적금 해약과 보험 해약으로 목돈을 갖고 버티지만 몇 달이 지나면 생활비가 점점 고갈되어간다. 남편은 가족을 위해 재취업을 하려고 중소기업체에 이력서를 내보지만, 언론에서 이미 쌍용자동차의 파업 사태를 지켜본 업체에서는 이력서를 보며 혀를 내둘렀다. 그것은 형을 통해서 안 일이었다. 형도 일 년을 놀며 복직을 기다렸지만 그게 속임수였다는 것을 알고, 이곳저곳에 이력서를 냈었지만 한 곳도 취업이 되지 않았다. 기술과 경력은 풍부한데 쌍용자동차에서 근무했다는 이유 하나 때문에 번번이 문전박대였다.

"또 한 명이 목숨을 끊었다는구나."

형은 또 슈퍼로 술을 사러 갔다 왔다. 그의 손에는 참이슬 한 병이 들려 있었다. 벌써 열일곱 번째 죽음이었다. 쌍용자동차 조합원 임 모 씨는 일 년만 무급으로 있으면 공장에 복귀시킨다는 사용자의 장밋빛 약속만을 믿고 기다리고 있었다. 그러던 중 2010년 4월에 그의 아내가 생활고를 비관하다 10층 아파트에서 투신해 자살했다. 그 충격으로 임 모 씨는 멍하니 천정만 바라보는 등 정신분열증을 보였으나 아들과 함께 안정을 취하며 살고 있었다. 그러다가 2011년 2월 26일 방에서 잠자는 아버지를 아들이 흔들어 깨웠는데 일어나지 못했다. 임 모 씨는 44세의 젊은 나이에 세상과 작별을 했고 임 모 씨처럼 죽어간 사람들이 17명이나 되었다. 형은 쌍용자동차 퇴직 근로자가 사망했다는 뉴스만 나오면 촉각을 곤두세웠다. 허리띠나 노끈으로 욕실에서 목을 매달아 죽고, 봉고차 안에서 연탄불을 피워놓고 죽고, 수면제나 독극물을 먹고 잠자다 죽고, 각자 죽음의 방식만 다를 뿐 죽음은 같았다.

　─또 한 명이 죽었다고.

　쌍용자동차 근로자가 죽었다는 뉴스를 접하면 형은 더욱 빨리, 그리고 더욱 많이 술을 마셨다. 이월에 임 모 씨가 자살했는데 형은 여름이 다가오도록 그 말만 하고 있었다. 마치 죽음에 대해 세뇌된 사람처럼 형은 '또 한 명이 죽었다고'를 입에 담고 살았다. 나는 형을 유심히 관찰했다. 형의 몸에는 황달에 걸린 사람처럼 반점이 생겼다. 병원에 가보라고 내가 말했지만, 형은 죽는 사람도 있는데 이런 거로 병원에 가고 싶지 않다고 했다. 형은 몸이 점점 말라갔다. 먹는 것 없이 술만 마셔서 형은 아프리카의 굶주린 사람들처럼 뼈만 앙상해졌다. 형 때문에 집에 있는 사람들도 곤욕이었다. 아버지는 저러다가 형도 죽을 거라고 했다. 폐인이 되어가는 형을 더는 못 보겠다며 아버지가 형의 목덜미를 잡고 방에서 끌고 나왔다. 아버지는 방에서 송장을 치겠다며 형에게 욕설을 퍼부었다. 못난 놈, 병신 같은 놈, 죽으려면 일찍 죽으라는 말까지 서슴지 않았다.

"아버지는 아버지 일이나 하세요, 동료가 하나둘 죽어갔는데 뭘 하겠어요. 나 좀 내버려둬요. 술이라도 마시지 않으면 정말 미치겠다고요. 저도 살려고 몸부림치고 있다고요. 세상이 다 등을 돌리는데 제가 뭘 어쩌겠어요."

"이놈의 자식이."

아버지가 형의 뺨을 후려쳤다. 형이 아버지의 가슴을 밀쳤다.

"왜 때려요? 뭘 잘못했다고요."

"그래도 이놈의 자식이."

"사용자가 일 년 동안만 무급으로 쉬고 있으면 전원 복직시켜준다고 해서 우린 그런 줄만 알았던 거죠. 우리가 뭘 잘못했어요? 밤낮없이 일한 죄밖에 없는데 공장이 잘 돌아가도 사용자는 복직을 미루고 복직이 안 되는 시간이 길어질수록 삶은 그만큼 죽음으로 가고 있는 거라고요. 아시겠어요?"

"그래도 이놈의 자식이."

"얼마나 힘들었으면 죽음이 삶보다 낫다고 생각하겠어요?"

"우라질 놈."

형도 만만치가 않았다. 마당 가득 형의 절규가 흘렀다. 이런 때는 새들도 놀러 오지 않았다. 아버지는 이제 형을 때리지 않았다. 형의 목덜미를 움켜잡았던 아버지의 거친 손이 풀어지고 아버지는 이내 형에게서 등을 돌렸다. 형이 밖으로 나가며 대문을 세게 닫았다. 아버지가 혼잣말로 '저놈의 자식이' 하고 주먹을 옥죄었다. 눈앞에 형이 있었으면 다시 뺨을 후려칠 기세였다.

"넌 앞으로 어떻게 할 거냐?"

형이 밖으로 나가자 아버지가 이번에는 내게 물었다. 잡지사를 그만 두고 집에서 논 지 열흘쯤 지나 있었다. 형과 내가 둘 다 집에서 보내자 아버지는 작은 일에도 버럭 화를 내고 신경이 더욱 날카로워 보였다. 아들 둘이 집에서 빈둥거린다며 마을 사람들이 쑤군덕거린다고 했다. 한 놈은 비록 생산직이지만 대기업에서 십여 년 동안 일하다 구조조정 당하고, 한 놈은 대학을 졸업하고 일 년 동안 놀다 겨우 들어간 잡지사에서 월급 한 푼 못 받고 나와서 집에서 빈둥거리고 있으니 아버지의 속이 편할 리가 없었다.

"들판에 나, 나무를 심을 거예요."

"이놈의 자식이 또 그 소리."

아버지가 다시 버럭 화를 냈다. 그러나 손찌검은 하지 않았다. 아버지께 나무를 심겠다고 한 게 벌써 백 번은 되었다. 그때마다 아버지는 똑같은 말만 했다. 다시 직장을 잡아서 자립하라는 말도 잊지 않았다. 그러나 할 수 있는 일이 없었다. 형처럼 쌍용자동차를 다니지 않았어도 취직이 되지 않았다.

―우리 회사는 경력자가 필요한데, 아무튼 자리가 있으면 연락하지.

―우리 회사는 이공계 출신이 필요한데, 일단 서류는 접수하지.

―우리 회사는 생산직밖에 자리가 없는데, 일단 공장에서 한 삼 개월 간 수습사원으로 일해보고 자리가 나면 관리 파트로 옮겨보지.

"그런 속임수를 내가 믿을 수 있을 것 같아요?"

취직은 그렇게 어렵고도 쉬웠다. 자신이 원하는 곳에 가려는 목표에서 눈을 돌리면 오라는 곳도 많았다. 그러나 오라는 곳이 다 3D 업종이었다. 더럽고 어렵고 월급 조금 주는 곳에서만 오라고 했다. 다른 곳은 오라고 하지 않았다. 더럽지도 않고 어렵지도 않으면서 오라는 곳은 내가 다녔던 잡지사처럼 월급이 나오지 않는 곳이었다. 대학을 졸업하고 나는 월급이 나오고 힘도 들지 않는 직장을 한 번도 잡지 못했다. 생산직으로 입사해서 관리직으로 전환해준다는 회사가 있다고 형에게 말하자 형은 내가 사회 경험이 없어서 그걸 믿는 거라고 했다. 형의 친구도 예전에 대학을 나와도 취업이 되지 않아 생산직에서 삼 개월만 근무하면 관리 파트로 옮겨준다는 말을 듣고 일했는데 삼 년이 되어도 생산직에서 근무했다고 했다. 어수룩한 사람은 그렇게 당한다며 형은 내가 생산직이라도 입사하려고 하자 극구 반대였다. 형의 말이 옳았다. 빽도 없고 돈도 없고 학벌도 없고 특별한 기술도 없는 사람은 한 번 입사한 곳에서 쉽게 보직을 좋은 곳으로 옮길 수 없었다. 형도 생산 라인의 한 곳에서 십 년 동안 빠져나오지 못했다. 밤낮없이 라인을 따라 흘러가는 자동차의 차체를 따라가며 볼트를 조이고 용접을 하며 십 년 동안 일하고 얻은 것이 무급 정리해고였다. 형은 그나마 비정규직이 아니라는 것만으로 큰 위안을 살 수 있었다. 형은 내가 대학을 나오고 뭐가 아쉬워서 생산직에 가서 근무하느냐고 욕설까지 내뱉었다.

— 병신 같은 놈.

형의 그 말에는 형의 삶이 담겨 있었다. 병신처럼 자신이 살았기 때문에 나만큼은 화이트칼라로 살라는 뜻이었다. 판사, 검사, 변호사, 의사, 공무원, 교사 따위의 신분이 아니라 작은 공장이라도 관리직으로 들어가서 제때 밥 먹고, 제때 퇴근하고, 제때 잠자며 살라고 형이 말했다. 그러면 형처럼 밤 열 시에 출근하고, 아침에 퇴근하는 일은 없을 거라고 했다. 형은 밥도 잘 먹고 고기와 생선을 잘 먹어도 살이 찌지 않았다. 어머니는 형에게 보약을 지어다 먹여야 한다고 했다. 그러나 형은 보약을 먹어도 살이 찌지 않을 것이다. 섭취한 영양분보다 더 많은 에너지를 배출하므로 형은 언제나 지쳐 보였다.

"정말로 밭에 나무를 심으면 보상을 받을 수 있냐?"

"하, 그럼요. 걱정하지 마세요."

아버지가 마침내 고집을 꺾었다. 보상을 받으면 갚기로 하고 아버지가 은행에서 돈을 빌려왔다. 꽤 많은 돈이었다. 나는 그 돈으로 논에 흙을 메우고 하우스를 지을 생각이었다. 밭은 나무를 심어봐야 땅이 좁아서 보상을 얼마 받지 못할 듯했다. 이왕에 일 저지를 거면 크게 해서 크게 보상을 받아볼 생각이었다. 논에는 벼들이 이삭을 내밀고 있었다. 머리를 다듬은 것처럼 벼들은 똑같은 크기로 자라며 서로에게 몸을 비비고 있었다. 나는 더 늦기 전에 벼들을 엎을 생각이다. 논에 추수가 끝나고 비닐하우스를 지으면 보상을 못 받을 수 있기 때문이다. 시청을 찾아가 버섯 재배를 위해 논을 복토한다고 신고하면 개발 행위를 허가하지 않을 것이다. 나는 무작정 밀어붙이기로 했다.

─저, 저러다 천벌을 받지. 천벌을 받아.

─아무리 쌀금이 형편없다지만 한창 모가지를 내미는 벼를 묻어버려?

마을 앞에는 이른 아침부터 덤프트럭들이 요란한 굉음을 내며 돌아다녔다. 논을 메우는 중이었다. 덤프트럭이 논에 흙을 쏟아놓자 마을 사람들이 침을 내뱉었다. 아버지와 나를 욕하는 것이었다. 흙더미에 묻힌 벼들이 아우성치며 쓰러져갔다. 벼들이 아우성칠수록 복토하는 면적이 빠르게 늘어갔다.

"정말 보상을 받을 수 있는 거지?"

"그렇다니까요."

아버지는 덤프트럭이 흙을 날라다 붓는 동안에도 보상이 안 될까 봐 불안한지 몇 번이나 물었다. 천여 평의 논에 사흘간 흙을 메우자 넓은 밭이 만들어졌다. 벼들이 모가지를 내밀며 이삭을 피우던 풍경은 어디에도 보이지 않았다. 그때야 사람들의 입도 다물어졌다. 땅속 깊이 묻힌 벼들처럼 마을에는 침묵이 흘렀다. 그러나 마음은 편하지가 않았다. 벼들의 성난 소리가 들려왔다.

─살려줘. 살려줘. 살려줘.

환청은 여러 날 동안 계속되었고, 바람 소리처럼 귓가에서 윙─ 윙─ 지나갔다. 흙더미에 묻혀 쓰러져간 벼들이 아우성치는 소리를 들을 때마다 나는 형을 떠올리곤 했다. 살려줘, 살려줘, 살려줘. 바람결에 형의 목소리가 들려왔다.

"살려줘, 나 좀 살려줘."

형의 입에서 술 냄새가 짙게 풍기었다.

"누가 자꾸 내 목을 눌러, 그래서 죽을 것 같아. 나 좀 살려줘."

"정신 차려, 형. 누가 형의 목을 조른다고 그래?"

"저기, 저기 사람이 있잖아."

"아무도 없어."

형이 가리키는 것은 마당의 빨랫줄에서 나풀거리는 천 자락이었다. 어머니가 걸레를 만든다며 기저귀로 사용하던 천을 얻어 왔는데 빨아서 빨랫줄에 널고 그것을 밤이 되어도 걷어놓지 않았다. 빨랫줄에서 미풍에 조금씩 흔들거리는 천 자락을 가리키며 형은 저 사람이 자신의 목을 조른다고 헛소리를 했다. 그러나 형의 목을 조르고 있는 것은 형의 손이었다. 형은 환각까지 보이는 모양이다.

"그만하지 못해?"

형의 목을 누르고 있는 형의 손을 내려놓으며 내가 말했다.

"이제 그만할 때도 되었잖아. 해고당한 지 벌써 이 년이 지났는데 아직도 그렇게 폐인으로 살아갈 거야? 직장을 못 구하면 자영업이라도 하면 되잖아. 형은 십 년 동안 직장 생활을 했기 때문에 모아놓은 돈도 많으면서 왜 그래?"

그러나 내가 생각해도 형은 자영업을 할 스타일이 아니었다. 조심스럽고 새가슴 같은 성격도 문제지만 남에게 나서는 성격이 아니라 만약에 형이 가게를 운영한다면 찾아오는 손님에게 몹시 서먹하게 대할 것이다. 자연히 손님은 끊기고 가게는 문을 연 지 한 달도 채우지 못하고 폐업할 것이다.

"내가 언제 집에 왔냐?"

한참 동안 마당에 서서 헛소리를 하던 형이 정신이 든 모양이다. 형은 술에 취해서 어떻게 집에 왔는지도 모른다고 했다. 나는 형이 헛소리한 것을 알려주었다. 빨랫줄에는 빨래가 하나도 남아 있지 않았다. 형이천 자락을 사람으로 보는 착시 때문에 내가 빨래를 다 걷어다 안방에 놓았다. 형은 몸을 떨고 있었다. 술이 깨자 한기를 느끼는 모양이었다. 나는 형에게 무엇이든 해보라고, 과거에 연연하지 말고 자력으로 다시 살아갈 생각을 하라고 말했다. 형은 아무 반응이 없었다.

─너나 똑바로 해.

형의 입에서 그 말이 나올 듯해 나는 먼저 방으로 들어왔다. 나도 형에게 충고할 형편이 못 되었다. 잡지사를 그만두고 보상이나 노리고 아버지의 땅을 몰래 개발하는 행위가 형보다 더 못한 삶만 같았다. 살기 위해서 밤낮없이 공장에서 일한 형과 편하게 대학을 다닌 내 삶이 대조를 이루며 형에게 미안한 생각이 들었다. 그러나 지금은 삶과의 싸움이었다. 형은 형대로, 나는 나대로 나름대로 삶을 찾아야 했다.

"정말로 별에는 네 형처럼 술에 취해서 비틀거리는 사람도 없다는 거지."

형의 휘청거리는 모습을 보면 어머니는 꼭 내게 말했다. 등이 굽어서 하늘을 볼 수 없는 어머니는 마음으로 하늘을 그렸다. 밤에 구름이 낀 하늘인데도 어머니의 머릿속에는 온통 별들이 떠다녔다. 어머니는 셈도 할 줄 모르면서 별자리만큼은 줄줄이 외웠다. 카시오페아, 물병자리, 오리온, 사자자리, 큰곰자리, 작은곰자리, 염소자리, 헤라클레스자리, 전갈자리…… 어머니는 초등학교 저학년 학생이 책을 읽는 것처럼 외우는 속도가 느리고 더듬거렸지만, 발음만큼은 정확했다. 헤라클레스와 카시오페아 같은 외래어도 어머니는 정확하게 발음을 내며 외우고 있었다. 저 많은 별자리를 어떻게 외우는지 신기할 정도였다. 어머니는 그 많은 별 중에서 안드로메다에 가서 살고 싶다고 했다. 하지만 불가능한 일이었다. 안드로메다 은하계 M31까지의 거리는 이백오십만 광년이다. 일초에 빛이 삼십만 킬로미터를 가는데 그 속도로 이백오십만 년을 가야 안드로메다에 닿을 수 있다. 어머니는 그 먼 거리를 옆 동네로 놀러 갔다 오는 거리쯤으로 생각하고 있었다. 이를테면 하늘에서 반짝이는 별이 옆 동네 거리만큼만 하늘로 올라가면 닿을 수 있다고 믿고 있었다.

"열기구처럼 커다란 풍선을 타고 올라가면 안드로메다에 갈 수 있는 거지?"

"예, 그렇게 하면 갈 수 있을 거예요."

언제부턴가 나는 어머니의 말에 무조건 긍정하는 쪽으로 바뀌었다. 어머니가 하는 말이면 내 안에서는 무조건 옳았다. 나는 어머니가 그런 꿈조차 없으면 벌써 병들어 자리에 누웠을 거라고 생각했다. 어머니는 어쩌면 안드로메다에 가려고 지금까지 버텨왔는지도 모른다. 등이 ㄱ자로 굽어서 이제는 지팡이를 짚어야만이 겨우 걸을 수 있는 몸임에도 어머니는 별을 본다며 텃밭까지 나오곤 했다. 나는 배나무가 심어진 텃밭에서 그런 어머니를 망연히 바라보았다. 어머니는 몸에 힘이 없자 치매가 오는 듯했다. 혼자서 별자리를 외우고 땅에 우주를 그리는 것이 어머니의 일상이 전부였다. 나는 어머니를 한참 동안 바라보다 고개를 들었다. 맑은 하늘에 이따금 구름이 지나가고 있었다.

4

십일월로 접어들자 마을에는 보상이 시작되었다. 당국에서는 하필이면 추위가 몰아칠 때 집을 빼앗고 있었다. 보상이 끝난 곳부터 철거가 시작되고, 하나둘 빈집이 늘어갔다. 마당에는 은행나무가 노랗게 잎을 떨어뜨리고 있었다. 여름내 우리 가족이 앉아서 쉬던 정자에도 감나무 잎이 소복이 쌓였다. 단풍은 앞산에도 뒷산에도 똑같이 물들어 있었다. 야산마다 바가지를 엎어놓은 것처럼 작은 봉분이 듬성듬성 보였다. 그 앞에는 이장 공고 푯말이 세워져 있었다. 묘지 한 개에 삼백만 원의 이장비가 나온다고 했다. 아버지는 한숨을 내쉬었다. 그 돈으로 다시 땅을 사서 묘를 쓰기란 턱없이 부족하기 때문이다. 증조할아버지와 증조할머니, 할머니와 할아버지의 묘는 집 앞의 야산에 있었다. 그러나 야산은 남의 땅이었다. 아버지는 화장해야겠다고 말했다. 묘를 쓴다고 몇백 평만 떼서 팔 땅이 인근에는 없었다. 다른 사람들도 조상의 뼈를 화장터로 가져갔다고 했다. 야산에는 벌써 봉분이 파헤쳐진 곳이 많았다. 이미 묘지 이장 보상이 끝나서 주인이 자발적으로 이장한 묘와 연고지가 없는 묘를 당국에서 임의로 처리해서 야산은 묘지가 있었던 곳마다 볼썽사납게 파헤쳐져 있었다. 야산도 도시 개발에 포함되어 곧 없어질 것이라고 했다. 개발이 점점 우리의 삶을 조르고 있었다. 땅을 많이 가진 사람들은 몇십억의 목돈을 쥐었지만, 소농(小農)이 대부분인 사람들은 겨우 1억 안팎의 보상이 전부였다.

"전북 김제로 내려가네. 육촌 형님이 그곳에서 농사를 짓는데 마침 빈집도 있고 땅도 많으니 내려와서 농사나 지으며 살라고 해서, 나야 자식들 다 출가했으니 그게 낫겠지만 자넨 어디 갈 만한 곳이 있나."

옆집의 철수 아버지가 아버지에게 하는 말이었다. 철수와 여동생은 둘 다 결혼해서 옆집은 어른만 두 분 살았다. 철수 아버지는 김제에서 한참 들어가는 평야 지대라 그곳은 개발의 염려 없이 농사를 지을 수 있다고 했다. 트랙터로 논을 갈고 이앙기로 모내기를 하고 콤바인으로 수확을 해서 끝이 안 보이는 넓은 들판도 겁나지 않는다고 했다. 철수 아버지의 말을 들으며 아버지는 또 한숨을 내쉬었다. 우리는 갈 곳이 없었다. 철수네처럼 친척이 전라도에서 농사를 짓는 것도 아니고, 텃밭과 논을 보상받아야 그만큼의 농지를 살 만한 곳이 없었다. 신도시 건설 예

정지의 주변 지역은 이미 매매가 끊긴 지 오래되었고, 부르는 게 값이었다. 보상을 받고 땅을 내어주면 우리에게는 한 평의 땅도 남지 않는다.

십일월의 중순이 되자 떠나는 사람들이 더욱 많아졌다. 철수네처럼 남쪽으로 내려가는 사람들과 시장에서 날품이라도 판다며 서울로 올라간 사람들로 마을은 빈집이 자꾸만 늘어났다. 일부는 생계야 어떻게 되든 임대아파트로 들어가기도 했다. 아버지도 보상서류에 서명하고 임대주택으로 들어가자고 했다. 보증금 일억이면 관리비만 내며 살 수 있다고 했다. 임대 기간이 끝나면 아파트를 분양받으면 되니까 그게 더 저렴하다고 아버지는 좋지도 않은 아파트를 자꾸 탐하였다.

"칼자루를 저들이 쥐고 있는데 버티어봐야 너만 상처 입는다."

보상의 이견이 좀처럼 좁혀지지 않았다. 텃밭에 배나무를 심고 논을 메워서 버섯농장을 만든 것을 당국에서는 보상을 노리고 투기한 것이라 땅만 보상해주겠다고 했고, 나는 순수하게 농가 소득을 올리려고 투자한 것이라고 맞서고 있었다. 아버지는 비닐하우스 자재비로 농협에서 대출받은 돈은 보상을 받아서 갚으면 된다고 내게 타협하기를 권했다. 그냥 타협한다면 나는 그동안 투자한 금액을 다 날리고 만다. 배나무를 옮겨심고, 논을 메워서 버섯 재배 시설을 설치하느라 오천만 원이나 들었다. 거기에다 내가 일한 노동력까지 합치면 육천만 원은 날아간 셈이다.

"안 해준다는데 어떻게 서명을 해요? 전 못 해요."

"안 하면, 당국에서 가만히 있을 것 같아?"

"내 땅에서 내가 살겠다는데 왜 간섭을 해요?"

"이놈의 자식이."

아버지는 지쳐 있었다. 대부분이 보상을 받고 마을을 떠나 마을은 음흉한 기운마저 돌았다. 보상이 끝난 야산과 농토는 벌써 공사가 시작되었다. 굴착기가 굉음을 내며 산을 파헤치고 덤프트럭이 낮은 곳으로 쉴 새 없이 흙을 날라다 쏟아부었다. 마을은 점점 평지로 바뀌었다. 당국에서는 연말까지 보상을 끝낸다며 남은 세대들을 설득하는 데 주력하고 있었다. 우리 집도 예외는 아니었다. 담당자가 하루가 멀다고 찾아와 보상 규정을 내보이며 서명할 것을 권유했다.

"보상 규정에 의거 2011년 06월 01일 이전에 지어진 주택과 가건물 및 식수(植樹)된 나무에 대해서만 보상이 이뤄집니다. 귀하의 소유 농지는 보상 규정에 따른 날짜가 지난 다음에 지어지거나 식수된 것으로 이는 투기를 목적으로 행한 것으로밖에 볼 수 없습니다. 따라서 배나무와 버섯 재배를 위해 세운 비닐하우스에 대해서는 보상이 이뤄지지 않습니다. 더 궁금한 것이 있으시면 보상지원팀으로 오셔서 상담을 받아보시기 바랍니다."

말쑥한 양복 차림의 남자는 내게 사진까지 보여주었다. 나무를 심기 이전의 사진이었다. 사진 속에서는 벼들이 한창 자라고 있었다. 남자는 그게 2001년 6월 1일 항공 사진이라고 말했다. 그 사진에는 텃밭에 배나무도 심겨 있지 않았다.

"그게 일 년 전에 찍은 것인지 이 년 전에 찍은 것인지 어떻게 알아요."

"여기 연도와 날짜가 찍혀 있잖습니까."

"연도와 날짜를 조작한지 어떻게 압니까."

"이 사람이 정말, 정 그렇게 나온다면 강제로 철거하겠습니다."

"맘대로 한번 해보시지. 나도 그 정도는 엄포 놓을 줄 알아."

나는 순간적으로 낫을 집어 들었다. 잡초 깎을 때 쓰는 농기구였다.

내가 낫을 치켜세우고 언성을 높이자 남자가 슬금슬금 뒷걸음치다 이내 돌아서서 차를 몰고 마을을 빠져나갔다. 순간적인 일이었다. 나도 모르게 뜰 위에 낫이 놓여 있는 것을 보았고, 그것을 집어 든 순간 피가 거꾸로 솟는 듯했다. 나는 남자가 차를 타고 마을을 빠져나간 다음에도 허공에 낫을 휘두르며 씩씩거리고 있었다. 눈앞에는 안개가 낀 것처럼 아무것도 보이지 않았다.

"이놈의 자식이, 당장 낫 못 내려놔?"

아버지가 비명에 가까운 소리를 질렀다. 그때야 나는 내 손에 낫이 들려 있는 것을 알았다. 잠시 정신이 나갔던 모양이다. 아무도 해치지 않았지만, 아버지의 입에서 욕설이 나왔다.

"대학까지 가르쳐놓으니까 낫을 들고 설쳐? 그러고도 네가 사람이야?"

"—에이."

응축된 스프링이 퉁겨 나가듯 나는 낫을 집어던지고 밖으로 뛰쳐나갔다. 이렇게 화를 내고 집을 나가는 것도 처음이었다. 등 뒤에서 어머니의 목소리가 들렸다. 내 이름을 부르는 소리였다. 나는 그래도 달렸다. 어머니도 아버지도 형도 다 싫었다. 우리 집은 모두 제대로 된 사람이 아무도 없다는 생각이 들었다. 알을 까는 나방처럼 거무죽죽한 방에서 나오지 않는 형과 등이 굽어 이제는 어린아이처럼 기어서 다녀야 할 어머니의 모습이 자꾸만 눈앞을 스쳐 갔다.

"오랜만이네, 오빠."

무작정 걷다 발을 멈추자 김 양이 일하는 다방이었다. 지하로 내려가 다방 안으로 들어가자 그녀가 해맑게 나를 맞아주었다. 그녀는 계절에 맞게 두꺼운 옷을 입고 있었다. 하지만 실내는 아직 춥지 않았다. 내가 왜 여기에 왔을까. 구석진 자리에 몸을 맡기며 나는 한숨을 내쉬었다. 위층에 있는 잡지사와 인연을 끊은 지도 오 개월이 지났다.

"저녁때라 손님이 더 없네."

그녀가 내 앞에 앉았다.

"잡지사는 아주 그만둔 거야? 뭐 하며 지냈어?"

그녀는 그게 궁금한 모양이다. 이틀이 멀다고 들러서 커피나 마시고 가던 내가 어느 날 갑자기 실종된 사람처럼 발을 딱 끊자 몹시 궁금해했던 듯하다. 나는 적성이 맞지 않아서 잡지사를 그만두었다고 말했다. 그녀는 저녁에는 차 배달은 안 하고 노래방 도우미를 한다고 했다. 노는 것을 꽤 좋아하는 모양이었다.

"술 좀 가져와."

"술, 티 말이야?"

그녀가 위스키 한 잔을 따라왔다. 나는 병째 가져오라고 했다. 그녀가 무슨 일 있냐고 다시 물었다. 나는 아무것도 아니라고, 기분이 안 좋을 뿐이라고 했다. 그녀에게 내가 낫을 들고 설쳤다는 얘기는 안 하는 게 좋을 듯했다. 그녀가 위스키 병을 가져왔다. 반도 안 남은 병이었다. 그녀는 위스키는 독해서 못 마신다며 와인 한 잔을 들고 내 앞에 다시 앉았다. 와인을 마시며 그녀는 고등학교를 나오고 공장에 다니다 힘들어서 이쪽에 발을 들여놓았다고 했다. 얼굴이 넓은 게 내 이상형은 영 아니다. 그녀가 공장을 다니다 다방으로 왔건 대학을 다니다 다방으로 왔건 내가 알 바가 아니었다.

다섯 잔밖에 마시지 않았는데 위스키 병은 바닥을 드러냈다. 손님들에게 팔다 남은 병을 가져온 탓이다. 그녀가 노래방에 가서 기분이나 전환하자는 것을 나는 싫다고 했다. 내가 가지 않아도 그녀는 하루에도 서너 번씩 티켓을 끊고 노래방으로 달려갈 것이다. 아무나 손님에게 안겨서 블루스를 추며 놀다가 시간이 다하면 연장을 하든가 다른 곳에서 똑같이 놀다 올 것이다.

"나도 예전에는 별처럼 순수했었는데."

실내는 조명등이 켜져 있지만 어두웠다. 레스토랑처럼 연인들이 오는 곳도 아닌데 실내는 필요 이상으로 어두워서 음침한 기분마저 들었다. 그녀가 와인 한 잔을 가져다 내 앞에 내려놓았다. 나는 마시지 않았다. 이미 위스키를 다섯 잔이나 마셨으므로 취기가 얼굴에 올라왔다. 나는 조용히 내가 한 행동을 떠올렸다. 어디서 그런 분노가 치솟았더라. 낫을 들고 설쳤다는 게 진짜였는지 믿어지지 않았다.

"어릴 때, 우리 집도 오빠네처럼 시골집이었어. 학교에서 과제물 사오란다고 하면 어머니는 꼭 이웃집으로 돈을 꾸러 다녔고, 나는 그때마다 학교에 가기 싫다고 엉엉 울었어. 부모님이 농사를 지었는데 그게 다 남의 땅이라 수확을 해도 별로 남는 게 없어서 우리 집은 늘 가난이 굴러다녔어. 오빠는 대학까지 나왔으니까 나보다 행복한 거야."

실내는 여전히 손님이 없었다. 그녀가 하는 소리 때문에 나는 왜 분노가 치밀었었는지 알 수 있었다. 그놈의 땅 때문이었다. 아버지가 농사지은 땅이 알아보니까 남의 땅이었다. 아버지가 몇 년 전에 학자금이 없다며 외지 사람에게 땅을 팔아버린 것이다. 외지 사람은 이곳이 개발되어 신도시가 된다는 것을 미리 알았다.

"실은 보상을 받아도 우리가 받는 게 아니다."

아버지가 한숨을 내쉬며 말했다.

"융자를 받더라도 땅은 팔지 말았어야 했는데."

"그럼 저게 남의 땅이란 말예요?"

"벌써 땅 임자가 보상은 다 받아 갔다."

"이런 ─시팔."

갑자기 피가 거꾸로 솟는 듯했다. 아버지가 그 땅에 나무를 심고 버섯 재배용 비닐하우스를 설치하려는 것을 반대했던 이유를 나는 그때야 알았다. 아버지는 집을 담보로 농협에서 오천만 원을 빌렸다. 아버지가 가지고 있는 것은 집이 전부였다. 그 집을 보상받아서 농협에 대출금을 갚으면 우리에게 남은 것은 아무것도 없었다. 갈 곳도 없이 우리는 쫓겨날 판이었다.

"그때, 나는 슬프면 꼭 별을 보곤 했어."

"진짜 지구를 탈출하고 싶다."

"어디로 갈 건데."

"안드로메다. 어머니가 가고 싶어 하는 곳이야."

"나도 예전에 그곳에 가고 싶어서 하염없이 별을 보며 지냈는데."

"네가 전생에 우리 엄마였나?"

그녀와 말싸움을 하자 현실이 잊히는 듯했다. 눈앞에서 우주의 천체가 그려졌다. 오리온자리, 사자자리, 물병자리, 큰곰자리, 전갈자리, 거문고자리, 궁수자리, 백조자리, 많은 별자리가 눈앞에서 펼쳐졌다. 나는 그 많은 별을 잡으려고 손을 뻗었다.

"오빠, 뭐 해? 미쳤어?"

그녀의 외마디에 정신을 차리자 별들이 보이지 않았다. 별로 보였던 것은 그녀의 옷에 붙어 있는 물방울 모양의 장신구였다. 그녀의 옷에 총총히 박힌 장신구들이 불빛을 받아 별처럼 빛나고 있었다. 나는 그것을 잡으려고 그녀의 앞가슴을 만지고 있었다.

"나랑 사귀지도 않잖아."

그녀가 내 손을 밀쳤다. 잠시 헛것이 보인 모양이다. 망막 속에서 끝없이 펼쳐진 은하가 보였고, 그 은하 속에서 어머니가 두둥실 떠다니고 있었다. 꿈도 꾸지 않았는데 망막 속에서 어머니가 분명히 보였고, 나는 어머니를 잡으려고 왼쪽 손도 뻗었다. 그러니까 나는 두 손을 뻗어 내 앞에 앉은 그녀의 가슴을 만지고 있었다. 그녀가 자리를 차고 일어났다. 나도 자리에서 일어났다. 취기 탓에 다리가 약간 휘청거렸다. 그녀는 전화를 받고 있었다. 또 출장인 모양이다. 기분이 좋건 나쁘건 그녀는 노래방에 가서 한두 시간 동안 놀아주고 올 것이다. 술값을 주려는데 그녀가 그냥 가라고 손짓했다.

"가, 오빠."

밖으로 나오자 그녀가 스쿠터를 타고 어디론가 가며 건성으로 말했다. 나는 그녀가 바람처럼 지나가는 뒷모습 바라보다 시선을 돌렸다. 스쿠터를 타면서도 그녀는 치마를 입고 있었다. 몸에 꼭 끼는 치마라 스쿠터가 달려가는데도 치맛자락이 바람에 날리지 않았다. 그녀는 가슴이건 거기건 성한 데가 없을 것이다. 아무나 만지게 허락했을 것이고 아무나 돈만 주면 넣게 했으리라. 그녀가 시선에서 사라지자 나는 고개를 들었다. 내가 다니던 잡지사가 위에 있었다. 누가 지금까지 근무하는지 잡지사는 불이 켜져 있었다. 그녀가 간 곳을 바라보다 고개를 들자 잡지사 사무실 창유리 밖으로 불빛이 새어 나오고 있었다. 나는 들어가지 않았다. 어차피 제 발로 나온 잡지사라 아는 사람을 만나도 냉대하고 싶었다. 삼 개월 동안 다니고 월급을 한 푼도 받지 못하고 나온 회사가 뭐가 아쉬워서 방문할까. 나는 고개를 돌려 집으로 가기 위해 발을 돌렸다.

"자네가 김동순가?"

"그런데요."

마을 앞 입구를 걸어가는데 사내들이 내 앞을 막았다. 건장한 사내들이었다. 그중에 한 명이 내 이름을 물었고, 내가 그렇다고 대답하자 느닷없이 내게 주먹을 날렸다. 그는 가죽 점퍼에 가죽 장갑을 끼고 있었다. 눈에서 섬광이 일었다. 사내가 다시 주먹을 날렸다. 이번에는 코에서 피가 흘렀다. 사내에게 복부까지 가격당하자 나는 땅바닥에 쓰러졌다. 건장한 사내 두 명이 양팔을 잡고 나를 일으켜 세웠다.

"이 독종 같은 새끼."

사내가 다시 복부를 가격했다. 심한 통증을 느끼며 나는 다시 꼬꾸라졌다.

"묻어버려."

"예, 형님."

무엇인가 오해가 있는 모양이다. 그 오해를 해명할 기회도 주지 않고 사내는 주먹부터 날리고 있었다. 사내의 지시에 건장한 사내들이 민첩하게 밭의 가장자리에 구덩이를 파고 있었다. 여차하면 생매장될 판이었다. 나는 간신히 일어서서 사내를 바라보았다. 처음 보는 사람이었다. 사내는 다른 건 몰라도 사람 패는 일은 자신 있다는 듯이 다시 주먹을 날리려고 손을 움켜쥐고 있었다.

"말로 하세요, 제발 말로 하세요."

"너는 말로는 통하지 않는 놈이다."

"대체 제가 뭘 잘못했습니까. 그리고 당신들은 누구요?"

그때 밭의 가장자리에서 구덩이를 다 팠다고 덩치 큰 사내가 말했다. 그것을 신호로 사내가 주먹을 내려놓고 '처리해' 하고 짧게 말했다. 그의 말이 떨어지자 건장한 사내들이 내 양팔을 잡고 밭의 가장자리로 끌고 가 구덩이에 나를 밀어 넣었다. 순식간의 일이었다. 나는 순간적으로 벌떡 일어났다. 구덩이는 깊이가 허리 높이 정도였다. 밖으로 나가려는 나를 사내들이 눌렀고, 그 완력에 나는 털컥 주저앉았다. 그때를 기다렸다는 듯이 건장한 사내들이 삽으로 구덩이에 흙을 밀어 넣기 시작했다. 이대로 있으면 정말로 생매장 당할 듯했다. 나는 다시 몸을 일으켰다. 그러나 몸이 말을 듣지 않았다. 이미 흙이 쏟아져 들어와 몸을 움직일 수 없었다. 손을 뻗어 밖으로 나오려고 했지만 이미 손까지 토사에 묻혀 있었다. 나는 머리만 나온 채로 흙 속에 묻히고 말았다.

"이 독종 새끼. 죽어야 정신을 차리겠나."

"왜 이러는 거요?"

"왜 보상이 안 된다는데도 버티고 있어. 항공 촬영한 사진을 봤으면 잘못을 시인해야지 뭘 믿고 버티는 거야. 철거 동의서에 서명해야지 공사가 진행될 거 아냐. 너 하나 때문에 공사가 얼마나 지연되고 있는지 알아? 이렇게 생매장 당해야 알겠나?"

"누구세요?"

"우린 토지 조성 공사를 맡은 사람들이다. 당신이 합의를 안 해주니까 할 수 없이 우리가 나서는 거 아냐. 이 쥐새끼 같은 놈."

"보상을 안 해주는데 어떻게 서명을 해요."

"이 새끼가?"

사내가 내 한쪽 손을 꺼내주고 서류를 내밀었다. 어두워서 무슨 내용인지 보이지 않았다. 사내가 손전등으로 서명 날인 부분을 비추며 이름을 쓰고 서명을 하라고 했다. 안 하면 그냥 묻어버린다는 협박도 빼놓지 않았다. 어차피 보상을 받기는 틀린 일이었다. 끝까지 버티면 당국에서 반만이라도 보상을 해줄 줄 알았는데 야비한 방법까지 동원하고 있었다. 나는 사내가 내민 서류에 이름을 쓰고 서명을 해주었다. 그때야 사내가 빙그레 웃었다.

"진작 그랬어야지. 그러면 맞지도 않고, 땅에 묻히는 수모도 당하지 않았을 텐데."

사내는 한결 부드러워졌다. 내가 서명을 한 종이를 확인하고 사내는 흙을 퍼내 구덩이에서 나를 꺼내주었다. 구덩이에서 나오자 몸에 흙이 들어가서 꺼칠하고 가려웠다. 몸을 움직이자 통증이 오고 다리에 힘이 쪽 빠졌다. 사내에게 얻어맞은 안면에는 코피가 응어리져 있었다. 사내들은 그것으로 보복은 끝났다는 듯이 가죽 점퍼를 입은 사내가 '가자.' 하고 짧게 내뱉자 잽싸게 차에 올랐다. 두 대의 차량이 급히 마을을 빠져나갔다. 나는 그때까지도 그들의 정체에 대해 아무것도 확인하지 못했다. 어둠 때문에 차량 번호도 못 봤고, 사내들의 얼굴도 알 수 없었다. 일방적으로 당하기만 한 것이다.

주위는 다시 침잠되듯이 고요가 찾아왔다. 여전히 몸에 통증이 있고 다리가 휘청거렸다. 나는 집으로 가기 위해 천천히 발을 옮겼다. 사내들이 떠나자 마을로 가는 길은 차가 한 대도 지나가지 않았다. 멀리서 가로등만 희미하게 빛나고 있을 뿐, 거리는 어둠만 가득 고여 있었다. 발을 옮길 적마다 어둠이 이슬처럼 몸에 내려앉았다.

집으로 돌아와 거울을 보자 예측한 대로 얼굴은 많이 상해 있었다. 입술까지 내려오며 굳어버린 코피와 사내에게 얻어맞은 눈언저리가 퍼렇게 멍이 들어 있었다. 욕실로 들어가 얼굴에 묻은 핏물을 씻어내고 흙으로 뒤범벅이 된 옷을 벗어놓았다. 통증은 그때까지도 가라앉지 않았다. 나는 샤워를 하며 어금니를 악물었다. 그때 낫이 있었다면 나는 사내들에게 휘둘렀으리라. 정말로 내 손에 낫만 쥐어져 있었다면 흙 속에 나를 묻어버린 사내들에게 낫을 휘둘렀을 것이다.

샤워를 끝내고 밖으로 나와도 집은 아무도 없는 것처럼 조용했다. 형은 방에서 자고 있는지 인기척이 없고 아버지의 방에는 텔레비전 소리가 들려왔다. 연속극을 보는 듯했다. '우리 이젠 어떻게 살라고.' 텔레비전에서 여자의 음성이 흘러나왔다. 여자의 말은 우리 집을 두고 하는 듯했다. 여자의 말처럼 우리는 이제 어떻게 살아야 할지 앞이 캄캄했다. 어두워서 자세히는 못 봤지만 내가 서명한 서류가 내가 설치한 버섯 재배용 비닐하우스와 배나무에 대한 보상을 포기한다는 것임이 틀림없었다. 집만 보상받아서 대출금을 갚고 나면 우리에게 남은 것은 아무것도 없었다.

—우리 이젠 어떻게 살라고.

텔레비전에서 여자의 음성이 더욱 크게 들려왔다. 나는 아버지의 방으로 들어가서 텔레비전을 꺼버려야 한다고 생각했다. 가뜩이나 마음이 심란한데 텔레비전까지 비위를 거스르고 있었다.

—우리 이젠 어떻게 살라고.

—시팔.

5

아침부터 어머니는 짐을 싸기 시작했다. 우리 집도 이사를 한다고 했다. 다 빼앗겼지만, 우리 식구들은 아무도 죽지 않았다. 어머니도 등이 굽어 지팡이를 짚고 굼벵이처럼 다니지만 죽지 않았고, 아버지도 한숨만 깊게 내쉴 뿐 죽지 않았다. 형도 죽지 않았다. 겨울잠을 자는 짐승처럼 골방에서 좀처럼 나오지 않던 형이 밖으로 나왔다. 할쑥한 얼굴에 몸이 송장처럼 말라 있었다. 그래도 나는 형을 미워하지 않았다. 우리가 이사를 하게 된 것은 순전히 형의 도움 때문이었다. 공장을 다니며 십여 년 동안 모은 팔천만 원을 집을 구하는 데 쓰라며 선뜻 내놓았기 때문이다.

"남쪽의 C읍으로 가야겠다."

아버지는 그 돈이면 그곳에서 연립주택을 살 수 있다고 했다. 아버지의 친구도 몇 명 그곳에서 살아 적적하지 않고, 인근에 공단과 대형마트가 있어 부지런하면 얼마든지 먹고 살 수 있다고 했다. 나도 그게 좋겠다고 생각했다. 그 돈으로 수도권에서 사글세로 살며 공사판이나 떠도는 것보다 낫다는 생각이 들었다.

"남쪽이라 이곳보다 별이 더 많이 보이겠지?"

어머니는 이삿짐을 싸며 우리가 마치 안드로메다로 이사를 하는 양 기뻐하고 있었다. 나는 어머니에게 여행을 가는 것이 아니라 이사를 하는 것이라고 말했다. 어머니는 그래도 웃었다. 나는 어머니를 위해 이삿짐을 같이 쌌다. 헌 옷들과 못 쓰는 물건들은 버리고 꼭 필요한 것들만 종이상자에 넣어 포장하는 일인데 어머니는 아무것이나 다 쓸어 담고 있었다. 대나무로 만든 복조리, 소쿠리, 체 따위를 상자에 담고 있었다.

"어머니, 그런 것들은 버려도 하나도 아까운 게 아닌 물건들이에요."

"뭐라고? 귀한 물건이라고?"

"버. 리. 는. 물. 건. 이. 라. 고. 요."

나는 목소리를 높였다. 어머니는 가는귀까지 먹었다. 평소처럼 목소리를 낮춰 말하면 가끔 엉뚱한 대답을 했다. 우리에게 필요한 물건만 가져간다고 말했음에도 어머니는 자꾸만 잡동사니를 집어넣었다. 나는 어머니가 상자에 넣은 헌 옷들을 마당에 집어 던졌다. 헤진 내복과 형이 입던 작업복, 아버지가 신던 구멍 난 양말 따위가 어머니에겐 왜 필요한지 모르겠다. 나는 마당의 한편에 불을 놓았다. 못 쓰는 물건들을 어머니가 주워서 상자에 못 넣게 아예 태워버리기 위해서다. 신문지에 라이터를 대자 불은 쉽게 피워 올랐다. 마당에서 옷 타는 냄새가 풍겼다. 이곳도 철거되면 평탄하게 구획정리가 될 것이다. 그 후에는 아파트나 상가가 들어설 것이다. 아니면 그린시설이나 도로가 될지도 모른다.

아버지는 감나무 밑에 설치된 정자를 뜯어내었다. 우리가 여름에 그곳에 모여 앉아 삼겹살을 구워 먹던 곳이었다. 우리가 떠나면 아무도 앉을 사람이 없다며 아버지는 나무들을 내가 놓은 불에 던졌다. 불이 꺼질 것처럼 수그러들다 다시 피어올랐다. 정자가 치워진 감나무 밑에는 처음부터 아무것도 없었던 것처럼 깨끗하고 적요했다. 아버지는 그곳에 멍하니 서서 감나무를 한동안 바라보았다. 너무 오래된 나무라 감이 달리지 않는데도 아버지는 유독 그 나무를 아꼈다. 우리가 떠나면 감나무도 베어질 것이다.

"이러다가 불길이 집에 옮겨붙겠다."

짐을 싸다 어머니가 말했다. 아버지가 던져 넣은 나무들이 활활 타고 있었다. 나는 이대로 불길이 집에 옮겨붙으면 좋겠다고 생각했다. 가져갈 만한 게 아무것도 없었다. 장롱과 이불은 어머니가 시집 올 때 가져온 것이라 삼십 년이 넘었고, 그릇과 수저 따위도 그쯤은 된 것들이었다. 아버지는 헛간에서 쟁기와 지게 따위를 불구덩이에 넣었다. 그냥 두면 누군가가 장식용으로 쓸 수 있을 텐데 아버지는 자신이 쓰던 물건들은 흔적도 없이 버릴 모양이다. 나는 다시 안으로 들어가 내 소지품을 정리했다. 컴퓨터와 책상만 가져가고 책은 버릴 생각이다. 형의 방에도 고등학교 교과서와 참고서가 그대로 있다. 형도 그것은 필요가 없다고 했다.

우리가 짐을 싸는 사이에 굴착기는 옆집까지 와서 철수네 집을 부수고 있었다. 굴착기가 툭 건드리자 기와집이 폭삭 주저앉았다. 서까래 같은 나무들을 대충 치우고 굴착기가 덤프트럭에 벽돌과 기와를 싣자 금방 있었던 집이 감쪽같이 사라졌다. 덤프에 실은 벽돌과 기와는 폐기물 처리 공장으로 간다고 했다. 서너 대의 덤프트럭이 마을을 빠져나가자 철수네 집은 밭처럼 평범한 흙만 남아 있었다. 아버지가 그것을 보고 이제 우리 차례라고 했다. 마을에는 우리 집 뒤로 다섯 채가 더 있는데, 우리 집을 부숴야 다른 집도 부술 수 있는 구조였다. 이삼십여 미터의 간격을 두고 집이 있는데 길이 우리 집 앞으로 나 있는 경운기 길밖에 없었다. 그 길은 뒷산으로 이어져 있었다. 굴착기가 다른 집을 부수려면 우리 집을 먼저 부수고 그 길로 지나가야 했다. 그러나 우리 집을 부수려면 장애물이 또 있었다. 철수네 집에서 우리 집으로 건너오는 곳에 비닐하우스가 설치되어 있어서 굴착기가 우리 집으로 오려면 비닐하우스부터 철거해야 했다. 그러니까 우리 집은 대문이 철수네 집을 바라보고 있지만 길은 비닐하우스 때문에 반원형으로 돌아가야 했다. 요새 중의 요새였다. 그 때문에 당국에서 사람을 보내 나를 두들겨 팼던 것일까.

"이사 가는 데 운송비나 하시오."

고물장수가 아버지에게 오십만 원을 주었다. 비닐하우스의 철재 값이라고 했다. 버섯 재배를 위해 들여놓은 참나무는 다 불에 태운다고 했다. 내가 오천만 원을 투자한 것이 오십만 원이 되어 돌아왔다. 고물장수는 그나마 철재가 새것이라 값을 후하게 쳐주었다고 했다. 나는 그에게 집 안에 있는 책과 고물도 내주었다. 이만 원을 더 주었다.

"내가 조리를 넣었나?"

어머니는 다 담은 상자를 다시 헤집고 있었다. 조리가 뭐가 그리 중요한 물건이라고 조리에 애착을 갖는지 모르겠다. 어머니의 행동을 다시 살펴보니 비단 조리에만 애착이 있는 것이 아니었다. 어머니는 상자에 넣은 물건을 한참 있다 꺼내고 꺼내놓은 물건을 한참 있다 다시 넣는 일을 반복하고 있었다. 안드로메다에는 이런 물건이 없다며 어머니는 열심히 담는 중이었다. 어머니는 넣은 것을 뺏다가 다시 넣으면 물건이 더 많아지는 줄 알고 있는 게 분명했다.

나는 어머니가 하는 일을 내버려두었다. 혼자서 밖에 나가지 않는 것만으로도 다행이었다. 어머니는 가끔 혼자 밖에 나가서 집을 못 찾고 헤매었다. 우리 집에서 뒷산까지 올라갔다 집을 찾지 못하고 더욱 깊은 산으로 들어갈 때도 있었다. 나와 아버지와 형은 밤에 손전등까지 켜 들고 산에서 어머니를 찾은 적도 있었다. 다행히 서늘한 가을이라 어머니는 아무 탈이 없었다.

"엄마, 거기서 뭐 해."

이슬이 내린 풀숲에 어머니가 앉아 있었다. 지팡이를 짚고 여기까지 올라온 것이 믿기지 않았다. 어머니는 풀숲에서 간신히 고개를 돌려 하늘을 보고 있었다. 아마도 별을 보고 있는 모양이다.

"저기가 안드로메다지."

나는 어머니가 가리키는 곳을 보았다. 구름만 짙게 덮여 있었다. 어머니는 구름조차도 별로 보이는 모양이었다. 뒷산의 풀숲에서 내려가지 않겠다는 어머니를 부추기며 간신히 내려오자 텔레비전에서 아홉 시 뉴스가 나오고 있었다. 치매에 대한 뉴스였다. 기자가 마이크를 잡고 치매에 관해 설명했다.

─치매는 사람의 정신(지적) 능력과 사회적 활동을 할 수 있는 능력의 소실을 말하며, 일상생활의 장애를 가져올 정도로 심할 때, 우리는 이것을 치매라고 합니다. 보시는 것처럼 이 할머니는 아무 이상이 없다가 가벼운 기억장애부터 시작해서 지금은 행동장애까지 심하게 나타나고 있습니다.

화면에는 여가수가 치매에 걸린 어머니를 보호하는 장면이 보였다. 어머니처럼 같은 말을 반복하고 거울에 비치는 자신이 누구인지 몰라 인사를 하는 모습이었다. 그러나 화면 속의 치매 환자는 어머니처럼 등이 굽어 있지는 않았다. 지팡이도 짚지 않았고 걸음도 잘 걸었으며 하늘도 잘 올려다보았다. 방에 들어온 어머니는 텔레비전의 뉴스가 다른 세상의 일인 양 말했다.

"나 좀 안드로메다에 데려다줘."

"이제 그만하세요. 안드로메다는 갈 수 없는 곳이에요. 갈 수 없는 곳이라고요."

"갈 수 있어. 열기구를 타면 금방 올라가."

"그럼 혼자 다녀오세요."

어머니를 씻기는 일은 아버지가 했다. 목욕을 시키는 것이 아니라 어머니가 욕실에서 옷을 벗으면 대충 몸에 물을 뿌리는 정도였다. 어머니는 목욕해도 몸에서 냄새가 났다. 한 달 전부터 시작된 치매 때문에 어머니는 시도 때도 없이 몸에 흙을 묻혀 돌아왔다. 나는 어머니를 보다나도 치매에 걸렸으면 좋겠다고 생각했다. 나도 치매에 걸려서 현실을 망각한다면 차라리 억울하지는 않았으리라.

아침이 되자 나는 이삿짐을 경운기에 실었다. 길이 좁아 이삿짐 차가 우리 집까지 들어오지 못하므로 경운기로 마을 앞의 큰길까지 옮겨야 하기 때문이다. 아버지는 이삿짐을 큰길까지 다 옮기고 나면 경운기도 고물장사가 가져간다고 했다. 장롱과 책상을 먼저 옮기고 냉장고와 세탁기 따위의 덩치가 큰 것부터 옮기자 집 안은 점점 비워져갔다. 형은 경운기에서 김치냉장고를 내려놓자 자신이 할 일은 여기까지였다는 듯이 가방을 메고 나왔다. 이사 가는 곳으로 따라가지 않겠다고 했다.

"또 보자."

형이 아버지와 어머니께 인사를 하고 내게 툭 던졌다. 길에서 우연히 만난 사람처럼 형은 그 말을 하고 마을을 벗어났다. 서울로 올라가서 고시원에서 지낸다고 했다. 공장 생활은 그만하고 횟집에 들어가 일하며 일식 조리사 자격증을 따고, 돈 벌면 자립을 하겠다고 했다. 형은 횟집을 하려고 모은 돈을 아버지께 준 게 분명했다.

고물장수는 벌써 와서 버섯 재배를 위해 설치한 비닐하우스를 철거하고 있었다. 우리가 이사를 가면 금방 굴착기가 들이닥칠 것이다. 나는 고물장수가 철거하는 비닐하우스에 가보았다. 고물장수는 새것인 철재를 산소로 절단하고 있었다. 세 명의 남자들이 철재를 일정한 간격으로 자른 다음 차로 옮겼다. 이곳이 재개발되기 때문에 비닐하우스용 철재를 찾는 사람이 없다고 했다. 고물장수가 준 오십만 원에는 경운기 값이 포함되어 있었다. 십 년 전에 삼백만 원을 주고 산 경운기가 이제 고철 값이 된 것이다.

"여기가 오빠네 집이야?"

스쿠터 한 대가 길가에 멎고 김 양이 차 보따리를 들고 비닐하우스 철거하는 곳으로 왔다. 일하는 사람이 핸드폰으로 커피를 배달시켰다고 했다. 커피 배달보다는 가게가 없어서 담배 심부름이라고 했다. 그녀가 내게 커피를 따라주는데 나는 받지 않았다. 그녀는 오늘도 짧은 치마를 입고 있었다. 일하는 사람이 그녀의 종아리에 시선을 주었다. 일이 바쁜지 사람들이 커피를 빨리 마셨다. 커피 석 잔과 담뱃값을 그녀는 벌써 받고 차 보자기를 싸고 있었다. 나는 그녀에게 이곳까지 배달을 오느냐고 물었다. 추워서 차를 타고 오려고 했는데 다른 여자가 끌고 나갔다고 했다. 그녀가 길가에 놓인 이삿짐을 보며 말했다.

"오빠네 이사 가?"

"응."

"어디로 가?"

"남쪽으로."

"하긴 집이 다 헐리니 안 갈 수가 없겠지."

"……"

"가서 연락해."

그녀가 내 핸드폰에 자신의 번호를 입력해주었다. 김인숙이라고 했다. 그녀의 이름을 나는 처음 알았다. 나는 그녀에게 옷을 따스하게 입고 다니라고 어른스럽게 말했다. 그녀가 됐다며 간다고 했다. 철거하는 사람들이 버섯 재배용 통나무에 불을 붙여서 연기가 날아오고 있었다. 그녀는 쉽게 왔던 것처럼 쉽게 떠났다. 길 위에서 스쿠터에 올라가 내게 손을 한 번 흔들고 시선에서 멀어져갔다. 잡지사에 다닐 때 지하의 다방에 내려갔다가 몇 번 보았을 뿐인데 그녀는 내게 자신의 핸드폰 번호까지 남겨주었다.

고물장수가 철재를 철거하는 인부들을 남겨두고 우리 집으로 올라왔다. 나는 그에게 필요한 게 있으면 가져가라고 했다. 형의 책과 내 책은 이미 경운기로 실어다 큰길가에 내려놓았다. 그가 헛간에서 농기구를 꺼내다 경운기에 실었다. 호미와 낫, 괭이, 삽, 따위의 연장이었다. 그가 내게 삼만 원을 더 내밀고 가스통과 보일러 통도 실었다. 돈이 되면 무조건 가져가는 사람인 모양이다.

이제 우리 집에 남은 것은 쓰레기밖에 없었다. 헌 옷과 운동화, 비닐 따위를 나는 마당의 가장자리에 놓고 소각했다. 깨끗이 치우고 떠나고 싶었다. 고물장수는 두꺼비집을 내리고 전깃줄까지 잘라냈다. 수돗가에 설치된 모터와 싱크대와 하다못해 욕실에 있는 샤워기까지 고철이란 고철은 다 가져가야 직성이 풀릴 듯했다. 그가 마지막으로 양동이 두 개를 경운기에 싣고 우리 집을 떠났다. 나는 빈집을 살펴보았다. 전기도 끊겼고 물도 나오지 않았다. 우리 집은 이제 흉가가 되었다.

형의 방에도 아무것도 남아 있지 않았다. 폐인으로 영영 남을 줄 알

앉던 형은 우리가 이사를 하게 되자 자립을 하겠다며 떠났다. 고시원에서 머물며 일식 조리사 자격증 공부를 한다고 했지만, 형의 상처는 아직도 남아 있는 듯했다. 내가 보상을 받기 위해 투자만 하지 않았어도 형의 돈을 날리지 않았을 것이다. 형은 쪽방보다 더 비좁은 고시원에서 그만큼의 돈을 벌기 위해 어금니를 악물고 생활할 것이다. 형이 떠나자 나는 그에게 미안한 마음이 들었다. 언제나 술과 담배에 절어 있었으며, 동굴처럼 어둠이 고인 방에서 나방처럼 엎드려 지내던 형이라 영영 폐인에서 벗어나지 못할 줄 알았는데 자립을 하자 대견해 보였다. 아버지도 형이 이사 가는 곳으로 따라가지 않겠다고 하자 그게 좋겠다고 했다. 이사 가는 곳이 읍 단위 소재지고 공장이 많다고 했지만, 형은 더 이상 공장 생활은 하지 않겠다고 했다.

"잘 살 수 있을지 모르겠다."

아버지도 형이 떠나자 걱정이 되는 모양이었다. 괜히 돈을 받았다고 넋두리까지 했다. 아버지도 형에게 미안한 모양이었다. 나는 형이 질경이처럼 생명력이 강하다고 말했다. 어느 날 신문에 '쌍용자동차 명예퇴직 근로자 고시원에서 숨진 채 발견'이라는 기사는 나오지 않을 거라고 말이다. 아버지는 또 한숨을 내쉬었다. 누구에게나 휴식과 방황은 있는 것이다. 다만 그 기간에 따라 폐인이 되느냐, 회생하느냐가 결정된다. 노숙자가 멋지게 재기에 성공한 기사를 나는 가끔 접했었다.

이삿짐 차가 왔다. 지붕이 덮인 차였다. 이삿짐센터 사람들이 경운기로 실어다 놓은 짐을 차에 싣기 시작했다. 장롱과 냉장고와 책상 따위의 덩치가 큰 물건부터 차례로 이삿짐 차에 올라갔다. 이제 이삿짐을 싣고 남쪽으로 출발하면 이곳과는 영영 이별이다. 나는 언제 이곳에 다시 올까 싶어 주위를 둘러보았다. 우연히, 아주 우연히 이곳에 왔을 때는 신도시로 변해 있을 것이다.

"출발합시다."

운전기사가 짐을 다 실었다고 출발을 하자고 했다. 나는 이삿짐 차에 끼여 타면 되고 어머니와 아버지는 사다리차에 타면 된다고 했다. 이곳에서는 사다리차가 필요 없지만, 그곳에 가면 연립주택이 사 층이라 이삿짐을 사다리차로 올린다고 했다. 나는 순간 어머니를 떠올렸다. 사 층짜리 낡은 연립주택이라면 엘리베이터도 없을 것이고 평지에서도 걷기 힘든 어머니가 매일 사 층까지 오르내리기란 불가능한 일이다. 결국, 이사를 가면 어머니는 연립주택에서 갇혀 지내야 하는데, 어머니는 갇혀 지낼 성격이 아니었다. 갑자기 이사 갈 생각이 없어졌다. 치매 증상이 더 악화하여 어머니가 계단에서 굴러떨어질 위험과 물건을 운반해야 하는 어려움 때문에 그곳에서 사는 게 곤욕일 것이다.

"가면 알겠지만 십오 평짜리라 좁고 계단밖에 없어서 불편할 거다. 그래도 그게 우리의 유일한 집이다. 처음에는 단독주택이 아니라 답답하고 아는 사람이 없어 쓸쓸하겠지만 지내다 보면 정이 들게 마련이다. 딴 마음 먹지 말고 일단 지내보자."

아버지는 나도 형처럼 어디론가 떠날까 봐 걱정되는 모양이다. 나는 대답 대신 머리만 끄덕였다. 갈 곳이 없었다. 대학을 졸업하고 이 년이 지났지만, 생활의 덫에서 나는 벗어나지 못하고 있었다. 그곳에 가서 당장 아버지나 나나 벌지 않으면 생활이 안 되는데 아버지는 일단 가보자고, 설마 산목숨에 거미줄이야 치겠냐고 담담하게 말했다. 나도 문제였지만 아버지도 문제였다. 며칠 전에는 베이비 붐 시대의 사람들이 직장에서 퇴출되어 자영업자가 삼백만 명이 넘었다는 뉴스가 나왔다. 일이천 명도 아니고 너도나도 개업한 사람들이 삼백만 명이 넘었다니, 그만큼 쟁쟁도 많고 살기도 힘들다는 얘기다. 파지를 줍는 사람이 한 명이었던 것이 세 명, 네 명으로 늘어났다는 것이다.

"어머니가 없어졌어요. 어머니 못 보셨어요?"

이삿짐을 다 싣고 차가 출발하려고 하는데 어머니가 보이지 않았다. 생각해보니까 어머니가 보이지 않은 것이 한참 되었다. 어머니가 담은 상자를 경운기에 실을 때까지도 분명히 집에 있었는데 막상 차가 출발하려니까 보이지 않았다. 나는 주위를 살펴보았다. 어머니는 어디에도 보이지 않았다. 나는 어머니를 찾기 위해 다시 집으로 발을 옮겼다. 이미 폐허가 된 집에서 어머니는 지금까지 살아온 터에 대한 미련이 있어서 머물고 있을 것이다.

"가야 해요. 나오세요."

안에서는 아무 소리도 들리지 않았다. 나는 방문을 열어보았다. 텅비어 있다. 장판과 너저분한 것들만 방 안에 널려 있을 뿐, 어머니는 방에도 없었다. 나는 어머니를 찾기 위해 헛간과 뒤란에도 가보았다. 역시 보이지 않았다. 정자가 치워진 감나무 밑과 마당의 타다 남은 쓰레기들 때문에 이게 우리 집이었나 싶게 주위는 무척 생경했다. 나는 큰 소리로 어머니를 불렀다. 대답이 없다. 집 안의 곳곳을 다 찾아보았지만, 어머니는 보이지 않았다.

나는 어머니를 찾아 밖으로 나왔다. 집 안에는 어머니가 없는 게 분명했다. 텃밭에서는 고물장수가 설치한 비닐하우스를 뜯어내고 있고, 길에는 차가 그대로 서 있었다. 어머니가 없어서 출발하지 못하고 있었다. 나는 다시 어머니를 찾기 시작했다. 집 주위에 어머니가 없자 나는 뒷산으로 발을 옮겼다. 집의 앞에는 텃밭과 길이라 훤하게 보였지만 뒷산은 나무밖에 보이지 않았다. 뒷산에 가서 어머니가 있나 확인을 해야 했다. 골목길을 지나고 산을 오르는 동안에도 나는 어머니가 산에 오르지 않았다고 단정 지었다. 등이 굽어서 지팡이를 짚고 겨우 걷기 때문에 산에 오르는 것이 무리였고, 무엇보다도 어머니가 이사를 앞두고 산에 갈 일이 없었다.

산으로 가는 오솔길은 벌써 낙엽이 수북이 쌓여 있었다. 바람이 불 적마다 낙엽이 아무 데나 굴러다녔다. 맑은 하늘이지만 바람만큼은 그냥 지나가 주지 않는 날이었다. 뒷산은 야트막해서 정상까지 어른의 발로 십여 분이면 갈 수 있었다. 그러나 어머니는 삼십여 분을 허비해야 겨우 정상에 닿았다. 허리를 펴지 못하기 때문이었다.

"어머니!"

산에 오르자 어머니는 거기에 있었다. 야산이지만 정상에는 잔돌이 많아 나무가 없고 평탄했다. 어머니는 그곳에서 커다란 헝겊으로 뭔가를 만들고 있었다. 나는 어머니가 있는 곳으로 다가갔다. 가까이 가서 보니 어머니는 커다란 이불보를 여러 개 꿰매어 넓게 펴놓고 나일론 밧줄을 엮어 열기구를 만들고 있었다.

"어머니, 이것으로 뭐 하려고요?"

"안드로메다에 갈겨. 이것을 이렇게 몸에 묶고 바람을 타고 날아가면 안드로메다에 도착해. 그곳에는 싸움도 없고, 가난도 없고 모두가 똑같이 산다고 그랬잖아. 바람을 타고 저 산만 넘어가면 안드로메다야. 너도 갈래?"

"어머니, 미쳤어요?"

"이놈이. 가기 싫으면 관둬."

"이사 간다고 그랬잖아요. 차가 기다리고 있어요, 빨리 내려가요."

"싫어. 난 안드로메다로 갈겨."

어느새 어머니는 천과 연결된 나일론 줄을 몸에 묶고 있었다. 황량한 산의 정상에 어머니가 들고 온 천 자락이 넓게 펼쳐졌다. 그것은 멀리서 보면 커다란 학처럼 보였다. 나는 당신의 몸에 감긴 끈을 풀어버리려고 어머니의 곁에 다가갔다. 바로 그때였다. 산 아래서 강한 바람이 산을 타고 올라왔다. 그 순간 어머니가 만든 천 자락이 돌풍에 허공으로 솟구쳐 올랐다. 동시에 솟구쳐 오른 천 자락이 펴지면서 어머니의 몸도 허공으로 솟구쳐 올랐다. 내가 '—어, —어' 하며 머뭇거리는 사이에 어머니의 작은 체구는 바람의 힘을 받아 열기구를 탄 것처럼 날아올랐다. 나는 그때야 어머니가 위험하다는 것을 알았다. 저러다 추락하면 죽거나 크게 다칠 것이다. 그러나 어머니는 내 걱정과는 달리 이불보를 타고 어디론가 날아가고 있었다. 아마도 안드로메다에 가고 있는 모양이다.

씨앗 불

씨앗 불

B동 실내는 사출기가 돌아가는 소음이 온종일 윙윙거려 가뜩이나 고된 작업을 부채질하고 있다. 1번부터 20번까지 스무 대의 사출기가 주야로 돌아가므로 작업장 내부는 어떻게 보면 소음과의 싸움이다. 나는 작업장 내부 한쪽에 마련된 작업대에 앉아 사출기에서 나온 제품의 샘플링 검사를 하고 있다. 사출기에서 나온 제품이 미성형은 없는지, 단자는 빠짐없이 박혔는지, 색상은 변색이 없는지, 등을 검사하고 있다. 불량품이 발생하지 않도록 하는 중요한 업무지만 어떻게 보면 단순 검사원이다. 게다가 나는 입사한 지 삼 개월도 안 된 새내기다.

사출기 1호부터 5호기까지는 별문제가 없다. 오전 일곱 시에 출근해서 야간 작업자와 교대하고 막바로 검사를 시작했지만, 아직도 열다섯 대의 사출기에서 나오는 제품이 나를 기다리고 있다. 나는 5호기까지 끝낸 제품의 검사 성적서를 작성해서 품질관리부로 넘기고 다시 제품 검사를 시작한다. 자동차 부품이 대부분인 제품은 종류만도 백오십 가지가 넘는다. 주종이 자동차 연료 펌프 계통이고 전자에 쓰이는 사출물도 오십여 종이나 되었다. 이 많은 제품의 검사를 주간에는 나와 주임이 맡고 야간에는 사출기 관리자와 야간근무자가 맡는다. 그 때문에 나는 일주일에 한 번씩 야간근무를 하고 있다.

"이봐 김 씨, 여기 단자 밑부분에 성형이 덜 됐잖아."

"아, 그러네요."

"도대체 두 눈 멀겋게 뜨고 뭘 보고 있는 거야. 빨리 3호기 세우라고 해!"

나는 급히 뛰어가서 3호기 작업자에게 사출기 정지 신호를 보낸다. 여덟 개의 단자 중에 세 번째 핀 밑에 미성형이 발생했다. 이것을 발견하지 못하고 계속 사출기를 돌리면 쏟아져나온 제품을 모조리 버려야 한다. 작업자도 제품을 생산하며 미성형이 있는지 살펴보지만, 대부분이 외국인이라 아무리 교육해도 놓치기 일쑤였다. 나는 작업자에게 다시 한번 주의를 시키고 금형실로 가서 금형 수리를 의뢰한다. 사출기 담당자가 일을 처리해야 하지만 컴맹이라 문서를 작성할 줄 몰라서 내가 대신하고 있다.

"그거 수리한 지 얼마 안 되는데 또 미성형이 나와?"

"보십시오. 세 번째 핀 밑에 문제가 생겼습니다."

금형 담당자는 가뜩이나 수리할 게 많은데, 또 수리가 들어온다고 투덜거렸다. 하지만 어쩔 수 없는 일이다. 금형을 수리하지 않으면 불량품만 쏟아져 나와서 금형 수리는 필수였다. 다행히 사내에 금형실이 있어서 빠르면 몇 시간 안에 수리가 끝난다.

"검사 성적서는 어딨어? 지금 출발해야 하는데."

작업대로 돌아와 6호기에서 생산된 제품부터 다시 검사를 시작하려는데, 납품사원이 검사 성적서를 찾았다. 납품하는 제품의 성적서는 품질관리부에서 작성하는데, 납품사원은 작업대에서 그것을 찾고 있다. 나는 사무실로 올라가보라고 말했다. 납품사원이 인상을 찡그리고 B동 밖으로 나갔다. 품질관리부는 A동의 2층에 있다. 팀장을 포함해서 네 명이 근무하는데, 늘 바쁜 모습이었다. 납품처에서 불량 통보를 받으면 대책 발표를 하고, 재발 방지 보고서까지 제출하느라 야근은 다반사였다. 나도 품질관리부 소속이지만 단순 검사 업무만 해서 사무실 내에 책상도 없었다.

"지금 출하 때문에 바쁜데, 저것 좀 먼저 해줘."

품질관리부 여자 주임이었다. 그녀는 A동에서 생산되는 제품을 전담하는데, 가끔 검사가 밀리면 나를 찾아왔다. A동에서는 주로 연료 펌프에 들어가는 필터를 생산하는데, 자동차의 차종에 따라 종류가 다르므로 종류가 만만찮았다. A동은 원단을 융착하거나 커팅하는, 간단한 작업이 일반적이라 외국인 여자와 나이 많은 여자들이 주로 생산을 맡고, 완제품을 운반하거나 부자재를 라인에 투입하는 일은 생산부의 대리가 하고 있다. 나는 B동에서 생산하는 사출물을 검사하는데, 출하 물량이 몰리면 A동으로 가서 필터 검사도 한다.

여자 주임을 따라 밖으로 나오자 출하할 제품이 종류별로 길게 늘어서 있다. 공장에서 생산한 제품은 검사가 다 된 것이고 외주 물량이 문제였다. 사출기가 스무 대나 있음에도 납품 물량이 많아 일부 제품을 외주 처리했는데, 그쪽 공장도 케파(capacity : 생산 능력)가 빡빡한지 출하 직전에 납품해서 수입 검사에 애를 먹고 있다. 나는 외주 업체가 내려놓은 제품의 수량과 미성형, 단자의 위치, 등을 육안으로 확인하고 합격 스티커를 붙였다. 제품은 납품사원이 차에 실으면 되고, 제품 성적서는 여자 주임이 챙겨줄 것이다. 나는 출하될 제품을 보며 OEM(original equipment manufacturing : 주문자 상표에 의한 제품 생산자)이 아산에 있는 동화산업임을 안다. 그 회사는 품질관리가 엄격해서 조그마한 흠집이나 기능에 영향을 주지 않는 과용착 등도 불량 처리해서 품질 부서를 곤욕스럽게 한다.

오전에 두 개의 OEM 업체 납품이 끝났고, 일주일에 세 번 납품하는 장거리 OEM 업체 제품을 검사하느라 여자 주임 혼자서 출하 물량을 검사하기도 버거웠다. 나는 스무 개의 사출기에서 나오는 제품의 샘플링 검사를 끝내고 출하 제품의 검사로 붙었다. 경상남도 창원까지 가야 하므로 납품 기사는 항상 새벽에 출발한다. 퇴근 시간 전까지 생산된 제품의 검사를 끝내고, 검사 성적서를 넘겨주면 일과가 끝나는데, 부서 사람들은 무슨 할 일이 그리 많은지 제때에 퇴근하는 일이 없었다.

"정식으로 근로계약서를 쓰려고 왔습니다."

"기다려. 아직 제품의 이름도 다 모르잖아?"

"삼 개월이 지나면 정식 직원으로 전환해준다고 하지 않았습니까?"

"아, 이 친구, 말귀를 정말 못 알아듣네. 정식 직원이나 계약직이나 월급은 똑같고 정식 직원이 되어도 야간근무는 해야 하는데, 뭐가 다른가?"

근무한 지 삼 개월이 지나서 다시 근로계약서를 쓰려고 사장실에 들르자 육십 대 후반의 사장은 엉뚱한 말만 들어놓았다. 분명히 입사할 때 삼 개월간은 수습 기간이고 그 후에 다시 근로계약서를 작성하고 정직원으로 발령을 낸다고 했는데, 사장은 처음부터 나를 기능직으로 염두에 두고 있었는지 면담 자체를 탐탁잖게 여겼다.

작업대 앞에 앉아 있지만 일할 생각이 없다. 계약직 기능직에서 탈피하려고 삼 개월 동안 이를 악물고 버틴 결과가 이전과 다름없는 삶이고, 이전과 같은 작업 조건이라는 것에 허탈함이 밀려왔다. 사장과의 면담을 끝내고 다시 관리부에 들러 총무 담당자와 얘기를 나눴지만, 자신은 아무 권한이 없다는 답변만 들었다. 이 문제를 내가 속한 부서의 팀장에게 건의해도 사장한테 한번 말해보겠다는 것이 전부였다.

"어째 지난번보다 몸이 수척해졌냐? 일이 힘드냐?"

모처럼 집에 왔다. 한 달에 서너 번은 들른다고 마음먹었는데, 정작 집에 온 것은 한 달 만이었다. 삼 개월 동안 근무하면서 내가 집에 온 것은 고작 두 번뿐이었다. 입사하고 줄곧 기숙사에서 생활한 탓이다. 출퇴근해도 될 거리였지만 통근버스가 시골집까지 가지 않았고, 차가 없어서 나는 입사 첫날부터 기숙사에서 생활했다.

"가방은 이게 뭐냐? 아주 온 거냐?"

나는 대답 대신 고개를 끄덕였다. 밤낮없이 기계처럼 살고 싶지는 않았다. 사람은 사람답게 살아야 하고, 기계는 기계답게 쉴 줄도 알아야 한다. 기계가 밤낮없이 돌아가고 사람도 밤낮없이 기계를 따라 돌아가는 삶은 진정한 삶이 아니다. 정부에서 근로 시간을 주 52시간으로 규정하고 있지만, 그것은 딴 세상 이야기였다. 나는 주야 교대로 하루에 12시간 근무하고, 일주일에 72시간 근무하여 월 288시간 근무하고, 때에 따라선 일요일 특근까지 하고 있다. 하지만 월급은 고작 이백만 원이 채 못 되었다. 2022년도 최저임금이 시급 9160원이고, 월급 1,914,440원인데, 회사에서는 내 급여를 최저임금보다 못하게 정한 게 분명했다.

"이놈아, 그 좋은 직장을 그만두면 뭐 먹고 살려고 그려. 몸뚱이도 성치 않은 놈이."

어머니의 말대로 나는 절름발이였다. 어릴 때 소아마비를 심하게 앓았는데, 그때부터 왼쪽 다리를 절룩거렸다. 그 때문에 어릴 때부터 절뚝발이라는 별명을 얻었고, 놀림과 무시와 천대를 받으며 살았다. 당연히 친구도 없고, 의지할 곳도 없었다. 학교와 집만 오갔고, 산과 들과 새와 나무가 친구였다. 고독하고 고립된 생활이었다. 고등학교를 졸업하고 어떻게 해서든 대학까지는 가르치겠다는 아버지의 다짐 때문에 전문대학을 나왔다. 하지만 갈 곳이 없었다. 다리를 절어 군대에서도 받아주지 않았고, 모집 광고를 보고 이력서를 들고 공장을 찾아다녔지만, 채용과는 거리가 멀었다.

"또 떨어졌냐? 그만 포기하고 뙈기밭에서 농사나 짓거라. 소도 먹이고, 약초나 특용작물을 심으면 먹고사는 데는 지장이 없을 것이다."

이력서를 들고 나갔다 돌아오면 안방에 누워 있던 아버지가 마른침을 삼키며 말했다. 벌써 일 년째 누워 있는 아버지였다. 다 나 때문이었다. 전문대학 이 년 과정을 마칠 무렵이었다. 뙈기밭에서 무와 배추나 심던 아버지가 학자금이라도 보태보겠다고 읍내로 나가 학교 증축 공사 현장에서 일하다가 발을 헛디뎌 이 층에서 떨어졌다. 안전모를 쓰고 있어서 다행히 머리는 다치지 않았지만, 떨어지며 난간에 허리를 부딪쳐 척추에 손상을 입었는데, 수술하고 병원 치료를 끝냈어도 좀처럼 나아지지 않았다. 치료비와 약간의 보상을 받는 선에서 아버지가 합의해서 퇴원하고부터는 약값을 아버지가 부담해야 했고, 뒤늦게 병이 재발했다고 업체를 찾아갔지만 이미 부도를 내고 잠적한 뒤였다. 아버지는 어디에 하소연도 못 하고 벌써 일 년째 안방에 누워 있다. 허리 척추에 이상이 있어 겨우 일어나 화장실에 갈 정도였다. 그런 아버지를 위해 관할 지방 노동청을 찾아갔지만, 상대가 부도를 내고 잠적해서 조정할 수 없다는 말만 들었다.

"첫술에 배부르겠냐? 그냥 꾹 참고 당기거라."

아버지는 자리에 누워서도 내 걱정이었다. 이력서를 들고 다니다 마침내 내가 취직되어 기숙사로 간다고 아픈 몸을 이끌고 마루까지 기어나와 나를 배웅했었다. 그런 내가 삼 개월 만에 짐을 싸 들고 들어오자 심히 걱정되는 모양이다.

"그냥 당기거라. 몸이 불편한 사람을 쓰는 것 보니 나쁜 회사는 아닌가 보다."

아버지에 이어 어머니가 말했다. 어머니는 봄이 오고 있는데도 내가 첫 월급을 타서 사준 내의를 입고 있다. 시골의 외딴집이라 겨울이 빨리 오고 늦게 가서 어머니는 사월에도 내의를 입어야 한다고 했다. 그러고 보니 방 안의 윗목에는 아직도 화롯불이 놓여 있다. 군불을 때도 방이 차다며 어머니는 장작이 다 탄 알불을 화로에 담아 방으로 가져왔다. 그렇게 해야 새벽녘에도 방 안이 훈훈하다고 했다. 어머니의 그 방식은 내가 어릴 때부터, 아니 그 이전에, 할아버지 때부터, 증조할아버지 때부터, 고조할아버지 때부터…… 어쩌면 인류가 불을 사용하던 때부터 이어온 것인지도 모른다. 아침에 일어나면 화로는 재가 수북이 쌓여 있고, 잿더미를 뒤적이면 그 속에 씨앗 불이 살아 있었다. 나는 씨앗 불이 사십만 년 전의 구석기시대부터 내려온 불이라고 확신했다.

"말도 없이 회사를 안 나오면 어떡하나?"

어머니의 등쌀에 떠밀려 회사로 오자 팀장이 쓴소리를 했다. 작업대 앞에 앉았지만, 여전히 일할 기분이 아니었다. 내가 일할 의욕을 잃은 것은 비단 급여가 적어서만은 아니었다. 삼 개월간의 수습 기간이 끝나면 당연히 근로계약서를 다시 쓰고 정직원이 되는 줄 알았는데, 사장은 장애인을 정직원으로 쓰는 것을 꺼리는 모양이었다.

"오늘은 검사하지 말고 5호기 사출기 맡아."

사출실 관리자가 검사대 앞으로 오더니 대뜸 말했다. 주간 5호기 작업자가 아파서 병원에 갔으니 내가 대신하라는 것이다. 나는 부서도 틀리고 내가 하는 일이 있는데 왜 사출기 작업하느냐고 따졌다가 병신이라는 욕설만 들었다. 처음부터 단추가 잘못 끼워졌다. 나는 품질관리부 소속이지만 사출물 검사를 하다 결원이 생기면 사출기 작업까지 하고 있었다. 그때는 수습 기간이라 사출기 작업을 하거나 야간작업해도 당연한 줄 알았는데, 이젠 수습 기간이 끝났으므로 내 뜻을 분명히 밝히고 싶었다.

"뭐 해, 빨리 가지 않고?"

"전 품질관리부 소속입니다."

"너희 팀장한테 허락받았어. 빨리 못 가?"

할 수 없이 사출기 앞에 섰다. 거대한 기계는 초 단위로 제품을 토해 내는데, 금형이 열리면 사람이 손으로 제품을 꺼내고 가끔 제품이 눌어붙지 않게 이형제를 뿌려줘야 한다. 방심은 금물이다. 잠시 한눈을 팔거나 딴생각을 하면 제품을 꺼내지도 않았는데 기계는 계속 돌아가서 여러 개의 제품이 짓이겨져 기계를 세우고 관리자가 이물질을 제거하고 기계 세팅을 다시 해야 한다. 그 때문에 사출기 앞에 서면 몇 시간을 꼬박 서서 일해야 한다.

기숙사로 돌아오자 오금이 저리고 어깨가 무엇인가에 짓눌린 것처럼 무거웠다. 나는 저녁도 거른 채 자리에 누웠다. 기숙사는 조립식 이 층 건물인데, 위층은 외국인 근로자가 입주해 있고 나는 식당 옆의 작은 공간을 쓰고 있다. 잠을 자다 보면 야식을 먹는 사람들 때문에 곧잘 깨곤 했다.

몸이 아프지만 잠은 오지 않았다. 허리를 다쳐 안방의 아랫목에 누워 있는 아버지가 떠올랐다. 봄이 왔지만, 아직도 군불을 때고 화롯불을 윗목에 놓는 어머니의 모습도 떠올랐다. 빨리 돈을 벌어 보일러를 놔드리고 싶었다. 군불을 지피지 않아도 스위치만 누르면 방바닥이 뜨겁고 따스한 물이 원 없이 나오는 집을 만들고 싶었다.

다음날부터 나는 혼자서는 싸울 수 없어서 노조에 대해 알아보았다. 노조가 있어야 사장이 나를 무시하지 않고, 정규직이 될 수 있을 듯했다. 근로기준법에는 4시간 근무하면 30분의 휴식 시간이 주어지고, 8시간 일하면 1시간의 휴식 시간이 주어지는데, 나는 12시간 근무하며 1시간의 점심 시간만 휴식 시간이고 나머지는 알아서 잠깐 화장실에 다녀오는 정도였다. 나만 그런 게 아니라 B동의 근로자가 다 그렇게 근무하고 있다. 12시간 맞교대이고, 주간과 야간에 점심 시간과 야식 시간을 1시간씩 제외해서 11시간 근무하는데, 월급을 정할 때는 오전과 오후 각각 30분의 휴식 시간을 적용하여 10시간만 근무한 것으로 계산했다. 하지만 이 문제에 누구도 이의를 제기하지 않았다. 게다가 금년도 최저임금의 시급이 9,160원인데, 월급에는 이것을 적용하지 않고 월 최저임금인 1,914,440원을 적용했다.

나는 급여명세표를 살펴보았다. 기본급과 연장근로, 야간근로 수당이 명시되어 있지만, 그것은 허울일 뿐이었다. 합계액이 1,930,000원이고, 월 최저임금은 1,914,440원이므로, 결국 최저임금보다 15,560원 더 받았다. 나는 이게 아니라고 생각한다. 최저임금이 시급 9,160원이므로 주간에는 9,160원을 적용하고 야간에는 9,160원의 1.5배인 13,740원을 적용해야 한다. 또한 휴식 시간 없이 근무했으므로 근로 시간은 10시간이 아니라 11시간이어야 한다. 따라서 내 월급은 3,123,560원이 되어야 한다. 이 문제를 사장에게 따졌다가 나는 병신 새끼가 꼴값을 떤다는 욕설만 들었다. 대기업 신입사원 월급 수준이 여기서는 팀장급의 월급이었다.

한 주가 바뀌어 나는 이번 주에는 야간근무를 한다. 한 주씩 교대로 주야 근무를 하니 생활의 리듬도 깨지고 잠도 오지 않았다. 야간작업하면 낮에 잠을 자고 일어나도 몸이 축 늘어졌다. 나는 관리자에게 야간은 하지 않겠다고 건의했지만, 주간만 근무하면 급여가 160만 원으로 줄어든다는 말을 듣고 야간에도 근무하고 있다. 야간에도 기계가 돌아가므로 쉴 새가 없었다. 야간 작업자가 안 나오면 내가 사출기 앞에 서서 작업했고, 산더미처럼 쏟아져 나온 사출물을 눈알이 빨개지도록 검사했다.

"이건 기계의 종이지, 직장 생활이 아냐."

"나도 동감이야. 우리가 마치 기계의 부속품처럼 느껴져. 이런 직장이 어디 있냐?"

맞교대하는 동료에게 푸념하자 자신도 오래전부터 그런 생각을 했다고 했다. 그도 전문대학을 나왔고, 삼 개월이 지나면 정직원으로 전환해주고 야간작업도 없애준다고 했는데, 일 년이 지나도록 똑같은 생활을 하고 있다고 했다. 면접을 볼 때는 감언이설로 입사시켜놓고 평생 부려 먹는 모양이었다.

"이렇게 당하고만 일을 수 없습니다. 노조를 결성합시다."

"좋아요. 당분간은 사용자가 눈치 못 채게 조합원을 모집합시다."

"좋습니다. 우리가 살 길은 그것뿐입니다."

맞교대하는 동료와 뜻이 맞아 나는 본격적으로 조합원을 모으기 시작했다. 혼자서 조합을 만들 수 없어 연차를 내고 상급기관을 방문했다. 민주노총 산하의 금속연맹이었다. 회사 상황을 설명하자 아직도 그런 사업주가 있냐며 필요한 양식을 메일로 넣어주었다. 노조를 설립하려면 먼저 설립준비위원회를 구성하고, 설립 행위를 하여 사전 지도부와 조합원을 구성하여 창립총회를 개최한다. 그다음 조합 설립 신고를 하고 신고증을 받으면 된다. 상부 단체에서 어려운 것이 있으면 얼마든지 찾아오거나 문의하라고 등을 다독였다.

"우리는 기계가 아닙니다. 사람답게 살아야 합니다."

B동 사출기 작업자에게부터 노조 설립의 타당성을 말하고 설득하기 시작했다. 대부분이 외국인이라 말이 통하지 않았지만, 기계의 노예가 될 수는 없지 않느냐며 설득해 나갔다. 일부 근로자는 그런 행동 하다가 잘리는 거 아니냐고 반문했지만, 대부분이 잘 따라주었다. 그들도 고된 작업에 회의를 느끼고 있었다. B동 근로자 40여 명 중에 32명이 가입에 동의했다. 나머지는 해고가 두렵다는 이유로, 집으로 송금해야 하는데 몇 년만 참고 일해보고 싶다는 이유로 가입을 극구 사양하는 바람에 그렇게 하라고 했다. 하지만 마음이 바뀌면 언제든지 가입해도 된다고 했

다.

"그거 불법 아닌가요?"

"아닙니다. 당연히 합법이고 근로기준법에 명시되어 있습니다. 조합이 설립되어야 우리가 힘을 모으고 주장을 펼 수 있습니다. 단체교섭권, 행동권, 단결권이 모두 합법이니 걱정하지 마십시오."

A동의 근로자는 대부분이 여성이지만, 생리휴가나 육아휴직도 보장받지 못하고 있었다. 일이 있어서 결근하면 무조건 연차에서 삭감했고, 연차를 다 쓴 사람에게는 월급을 삭감했고, 심지어 삼 일간의 여름휴가도 연차에서 삭감했다. 그 때문에 근로자들은 불만이 많았지만, 누구도 이의를 제기하지 않았다. 자신만 참으면 회사가 조용하고, 아무 일 없다고 생각하는 모양이다.

이틀간 조합원 가입 신청서를 받은 결과 B동 근로자 40여 명 중 32명, A동 근로자 20여 명 중에 15명이 가입했다. 사무실은 과장급 이하 직원에게 은밀히 전달했지만, 사장의 눈치를 보느라 아무도 가입 의사를 밝히지 않았다. 노조를 만든다고 사장에게 고하지 않는 것만 해도 다행이었다. 결국, 현장직 60여 명 중에 47명만 노조에 가입했고, 사무직은 12명 중 아무도 가입하지 않았다. 나는 희망자를 우선으로 설립위원회를 결성하고 지도부를 꾸렸다. 만장일치로 내가 위원장직을 맡았고, 부위원장에는 나와 맞교대를 하는 정태수 씨가, 조직부장은 A동 필터반 차문현 씨가, 행동대장은 B동 외국인 근로자 샬라가, 경리 담당자는 B동 필터반 염미란 씨가, 홍보부장은 B동 필터반 한정희 씨가, 교육부장은 B동 분쇄실의 이종범 씨가 맡았다.

"지금부터 KMP 노동조합 창립총회를 개최하겠습니다."

점심 식사를 끝내고 식당에서 짧게 창립총회를 개최했다. 노조 설립의 타당성과 조직의 운영진을 소개하고 앞으로의 진행 방향과 부당한 대우와 근로 조건에 맞서 싸우겠다는 의사 표시를 분명히 했고, 매년 초에 기업의 이윤을 공개해서 성과급도 받아내겠다고 공표했다. 조합원들이 우레와 같은 박수를 보냈다. 갑자기 회사가 눈에 띄게 좋아지는 듯했다. 모두가 평등하게 일하고 평등하게 대우받고 공평하게 성과급을 받을 수 있을 것만 같았다.

"이게 뭐 하는 짓입니까?"

창립총회가 끝나갈 무렵이었다. 갑자기 식당 문이 열리고 관리부장이 식당으로 들어와 노조 설립을 반대하고 나섰다. 노조가 결성된다는 것을 안 모양이었다. 나는 서둘러 폐회를 선언했다. 이것으로 노동조합 창립총회를 마치겠다고 선언하자 조합원들이 서둘러 작업장 안으로 들어갔다. 총무부장이 얘기 좀 하자는 것을 나는 일 없다고 잘라 말했다. 어차피 타협할 수 없는 일이었다. 관리부장은 일일이 조합원들을 개별 면담하며 조합 탈퇴를 종용할 것이고, 나는 한 명이라도 더 조합원이 되도록 근로자를 설득해야 한다. 물과 기름처럼 상생할 수 없는 관계라 나는 관리부장과의 대화를 거절하고 제품이 수북이 쌓인 작업대로 돌아왔다. 일이야 어차피 하는 일이지만 삼 개월 동안 속은 것을 생각하면 부아가 치밀어 올랐다.

"뭐가 어째? 노조를 만들면 네놈이 무사할 것 같아?"

오후에 조퇴하고 관할 지방 노동청으로 노동조합 설립 신고를 하러 가려는데 사장이 나를 찾았다. 사장은 내게 노동조합을 설립하지 말라고 했다. 만약에 노조를 설립하면 직장을 폐쇄하고 말겠다고 엄포를 놓았다. 하지만 나는 그럴 수 없다고 했다. 그동안 근로자가 핍박받고 저임금에 허덕이며 키운 회사라고 하자, 사장은 대뜸 네깟놈이 뭘 안다고 설치냐는 욕설을 했다.

"케이엠피 사업장 노동조합 설립 신고가 되었습니다. 검토 후 보완할 곳이 없으면 며칠 내로 신고증을 내드리겠습니다."

관할 지방 노동청에 조합 설립 신고를 하고 돌아와도 회사에서는 공간이 없다는 이유로 노조 사무실을 마련해주지 않았다. 2층의 영업부 옆에 탕비실도 있고, A동 1층의 자재창고 옆에 빈 곳이 있어도 사장은 노조 사무실만큼은 절대 내줄 수 없다고 버티고 있었다. 나는 경리부 옆에 있는 경리 상무실을 조합원 사무실로 쓰는 게 좋겠다고 했다. 경리 상무는 사장의 아내였다. 사장이 혼자서 인사권을 쥐고 있어서 임원은 사장의 아내가 유일했고 나머지 팀장들은 부장이나 차장이었다. 때문에 아무도 경영에 간섭하지 않았다. 회사가 연간 얼마만큼의 이윤을 내는지, 몇 퍼센트의 성장을 했는지 아무도 알려주지 않았다.

나는 기숙사에서 노트북으로 단체협약서를 만들고 사비로 노조가 결성되었음을 알리는 플래카드와 전단을 만들어 부착했다. 회사 정문 앞에는 '경축 KFP 노동조합 설립, 금속노조 KMP 지회'라는 현수막이 나붙었다. 이제야 노조가 결성된 것이 실감 났다. 하지만 노조가 결성되었어도 단체협약이 체결되지 않아 작업은 그대로 하고 있었다. 예전처럼 열두 시간 맞교대를 했고, 급여는 열 시간만 인정받았다. 기계의 소음과 옷에 기름이 수시로 붙어도 회사는 작업복을 지급해주지 않았고, 하다못해 귀마개나 보안경 같은 안전 장구도 지급되지 않았다.

"노사 간 단체협약서입니다. 읽어보시고 날인하시기 바랍니다."

"뭐가 어째. 감히 네놈이, 내가 어떻게 키운 회산데."

책상 위에 놓은 서류를 사장이 홱 집어 던졌다. 성깔이 불같았다. 하지만 나는 여기서 물러서지 않았다. 서류를 다시 책상 위에 놓고 계속 부정적으로 대하면 상급기관에 보고해서 지원을 받고, 관할 노동청에 고발 조치하겠다고 맞섰다.

"당장 그 많은 작업자를 어디서 구하고, 인건비는 누가 충당합니까?"

노조가 설립되었는데도 사장이 극구 받아들이지 않는 바람에 상급기관에 지원을 요청했다. 금속노조 지부장과 간부들이 회사를 찾아와 회의실에서 사장과 면담을 했다. 사장은 단체협약서에 명시돼 있는 근로 시간에 대해 손사래를 쳤다. 주 52시간 근로 시간을 준수하고, 그렇지 않을 시에는 그에 따르는 합당한 보상이 따라야 한다고 돼 있다. 그러니까 2교대를 3교대로 늘리고 그렇지 않을 시에는 근로자와 합의하여 작업이 진행되고 합당한 대우를 받아야 한다는 것이다. 여기에는 휴식 시간 준수도 포함되어 있었다. 사장은 법정 근로 시간이 부당한 것이라고 우겼다. 지금까지 잘 돌아갔는데 왜 노조가 나서서 경영을 못 하게 하냐고 항의까지 했다.

"저런 악질 사용자는 처음 봅니다."

상급기관의 지부장이 하는 소리였다. 그동안 수없이 지회를 만들었지만 이렇게 꽉 막힌 사업주는 처음 본다고 했다. 사장은 자신도 어려서부터 자수성가해서 근로자의 입장을 잘 안다고 했지만 그건 전부 거짓이었다. 시골이지만 부농의 집안에서 태어나 남부럽잖게 성장했고, 좋은 대학 나와서 좋은 직장 다니다 조그맣게 사업을 시작했는데, 전 직장에서 다리를 놓아준 덕에 일감이 밀려들고 빠르게 회사가 성장한 것뿐이다. 어려서 한학(漢學)을 배웠다는 사장은 유교 사상이 몸에 배서 상하존비(上下尊卑)와 계급관념(階級觀念)을 중시하는 사람이었다. 그러니까 근로자들은 사장을 하늘처럼 받들어야 하고, 조선 시대처럼 상놈과 양반의 계급이 직장에서도 존재해야 한다고 믿는 사람이었다. 사장은 회사에서 왕처럼 군림하며 자신의 아내만 임원으로 내정해놓고 있었다. 사장의 눈에는 근로자가 회사에서 십 년을 근무하건 이십 년을 근무하건 그의 종이었다. 품질관리 팀장도 회사에서 이십 년을 근무했고, 사장의 6촌이지만, 만년 팀장이고, 사출 관리자나 생산 팀장도 아무리 오랫동안 근무해도 언제나 그 자리였다. 그 때문에 근로자들은 진급이나 성과급을 받는 것은 애초부터 없는 것으로 알고 있었다. 현장직이나 관리직이나 잘 길들여진 병정처럼 사장의 지시에 순응할 뿐이었다.

"더 세게 나가야 하는 거 아닙니까?"

벌써 일주일째 사장은 단체협약서를 읽어보지도 않고 있었다. 사장이 문서를 읽고 서로 조율하며 문제를 풀어가야 하는데, 그는 노조 설립 자체를 인정하지 않았다. 사장이 그렇게 나오자 일부 조합원들 사이에서는 파업해야 한다고 주장했다. 나는 사장에게 최후통첩하기 위해 사장실로 올라갔다. 문서를 전달한 지 일주일이 지나도록 아무런 반응이 없자 나도 오기가 생겼다.

"이놈아, 내가 사십 년 동안 일군 회사다. 평생 몸 바쳐서 일군 회사를 네놈이 무너뜨리려고 해? 너 하나만 없어지면 그만이다. 얼마면 되겠냐?"

사장은 내게 돈을 줄 테니 회사를 나가달라고 말했다. 나는 나 혼자 잘 살려고 이러는 게 아니라고 말했다. 사장님도 한 번 밤새워서 사출기 앞에서 초당 떨어져 나오는 제품을 꺼내보라고, 잠깐 방심하면 사출기에 팔이 잘리고, 밤새 사출기에서 뿜어져 나오는 가스를 마시고 소음에 시달려보라고, 열두 시간 맞교대를 해도 한 달에 이백만 원도 안 되는 돈으로 생활하고, 부모님을 모셔야 하는 형편을 생각해보라고 했다. 그는 그래도 내 말을 알아듣지 못했다. 정직원으로 채용하고 대리라는 직급을 주겠다고도 했다. 물론 야간근무도 하지 않고, 조용히만 있어달라고 했다. 그것마저 뿌리치자 그는 그게 왜 내 책임이냐며, 자신은 할 것 다 했다고 배짱이었다. 도무지 말이 통하지 않는 사람이었다.

"조합원 동지 여러분! 사용자 측에 단체협약서를 전달하고 임금 인상과 성과급 지급, 작업환경 개선 등을 건의했으나 하나도 답변을 듣지 못했습니다. 우리는 더 이상 기계가 아닙니다. 사람답게 살고, 사람답게 일하고, 사람답게 대우받아야 합니다. 사용자 측의 답변이 있을 때까지 부분 파업을 시작하겠습니다."

"옳소―"

"투쟁합시다. 우리는 더 이상 기계가 아닙니다."

"옳소―"

점심시간이 끝난 후에도 근로자들은 작업장으로 들어가지 않았다. 그동안 억눌리고 핍박받으며 일한 것에 대한 분노가 일시에 폭발하는 모양이었다. 최저임금도 안 되는 급여를 받으며 뼈마디가 들쑤시는 일을 이제 그만하고 싶다고 했다. 이제야 작은 씨앗 불 하나가 몸을 일으키는 듯했다. 지난 삼 개월 동안 노예처럼 일한 설움이 복받쳐 올랐다. 나는 이번 기회에 사장의 마음을 변화시키겠다고 두 주먹을 옥쥐었다.

사장이 나와서 단체협약서를 검토해보겠다고 농성을 풀라고 당부하는 바람에 일단 해산을 했다. 사장도 할 말은 많았다. 원자잿값은 오르고, 납품단가는 오히려 내려가거나 동결된 상황에서 그나마 버틴 것이 용하다는 태도였다. 시설 투자와 인건비, 자재비, 등을 제하고 나면 순이익이 거의 없다고 했다. 하지만 나는 그것이 새빨간 거짓임을 안다. 바퀴벌레가 득실거리고 추위와 더위에 취약한 조립식 기숙사에서 쪽잠을 자는 근로자에 비해 사장은 고급 아파트에서 거주하며 고급 승용차를 타고 주말마다 골프를 쳤다. 순이익이 없다면 그렇게 호화롭게 생활하지 못할 것이다.

"이게 회사 자산 관리 대장입니다. 위에서 시키는 대로 작성해서 맞는지는 모르겠습니다."

관리직원들도 사장에 대해 불만이 많았다. 사장의 눈치를 보느라 노조에 가입을 안 했지만 몇몇 직원들은 내게 협조를 잘했다. 관리부 말단 직원에게 부탁해서 재무제표를 받았다. 손익계산서에는 매출액과 영업이익, 순이익이 기록되어 있는데 사장의 말대로 순이익이 별로 없었다. 영업부에 가서 월별 매출 현황은 받아보고 나는 재무제표가 가짜임을 알았다. 사장이 이중장부를 작성해놓은 것이다. 진짜 재무제표는 꼭꼭 숨겨져서 관리자들도 찾지 못할 것이다. 월별 매출 현황의 합계는 80억 원이고, 그 숫자는 재무제표와 맞는데, 나머지는 엉터리였다. 총 매출액 80여억 원 중에 인건비와 자재비, 기타 감가상각비를 제해도 연간 43여억 원을 사장이 가져가는 것이다. 이 문제를 더는 묵과할 수 없어 이익금을 근로자에게 돌려줘야 한다고 사장에게 다시 건의했다가 쓴소리만 들었다.

"내 회사에서 내 맘대로 하는데 네놈이 왜 나서서 성가시게 하는 거야!"

"근로자의 희생 없이 회사가 성장한 게 아니잖습니까? 사출기 기계에 팔이 끼고 두 눈이 빨갛게 충혈되도록 기계와 싸워서 일궈낸 성과입니다. 기계는 보상이 필요 없지만, 근로자는 기계가 아닙니다. 우리는 기필코 싸워서 이길 겁니다."

"그러려면 다 그만둬. 직장을 폐쇄하면 그만이야."

사장은 직장을 폐쇄하겠다고 맞섰다. 우리가 요구하는 것은 근로기준법을 지키고, 성과급을 달라는 것인데, 사장은 한 치의 양보도 없었다. 사장이 강력하게 나오자 관리직원과 일부 근로자들이 동요하기 시작했다. 이러다가 정말로 직장을 폐쇄하면 퇴직금도 못 받고 쫓겨나는 거 아니냐고 이구동성으로 떠들었고, 외국인 근로자를 중심으로 노조를 탈퇴하겠다는 서류가 접수되었다. 게다가 영업부에서는 가뜩이나 영업 실적도 안 좋은데 파업을 해서 생산량도 줄었다고 노조를 원망했다. 나는 이쯤 해서 특별한 조치를 해야 한다고 다짐했다.

"그래! 나 하나 불살라서 회사가 바로잡힌다면 기꺼이 그렇게 하리라!"

B동의 사출실 밖 위험 물질 저장소에는 기계를 닦기 위해 마련한 시너가 있었다. 나는 플라스틱 병에 시너를 가득 담아 밖으로 나왔다. 마침 마당에는 점심 식사를 끝내고 나온 근로자들이 모여 있었다. 시너를 들고 마당으로 오는 나를 보자 근로자들이 모여들었다. 마당에는 어느새 근로자들이 가득 모였다. 누가 시키지도 않았는데, 근로자들은 저마다 두 주먹을 쥐고 나를 바라보았다. 내가 분신을 하려는 것을 직감한 모양이었다. A동의 필터반도, B동의 사출반도 이렇게 자진해서 모여들기는 처음이다. 나는 더 망설일 사이도 없이 들고 있던 시너를 몸에 부

었다.

"우리는 기계가 아닙니다. 어머니, 기계처럼 살기 싫어요."

시너를 몸에 붓고 라이터를 당기자 불길이 온몸을 휘감았다. 화롯불에 놓인 씨앗 불에 기름을 부으면 불길이 살아나듯이, 불길이 내 몸에서 활활 타오르는 것을 보며 나는 정신을 잃었다. 꿈결처럼 아득하게 고함이 들렸고, 불을 끄라는 소리도 들렸다.

정신을 차리자 병원이었다. 전신 화상을 입어 온몸이 붕대로 감싸여 있었다. 하지만 신경은 살아 있었다. 손가락과 발가락이 움직였고, 정신도 또렷했다. 내가 분신을 하자 사람들이 재빨리 기숙사에서 이불을 갖다 덮어 불길을 제압해서 그나마 큰 화를 면했다고 했다. 입까지 붕대로 감싸여 있어 나는 말을 알아듣고 고개만 끄덕였다.

"사장님께서는 일선에서 물러나시고, 새로운 사장님이 오셨습니다."

어느새 관리부장이 와 있었다. 지금의 사장은 일선에서 물러나고 미국에서 경영학을 전공한 그의 아들이 사장으로 부임해 왔다고 했다. 신임 사장은 노조의 요구조건을 다 수용한다고 했다. 단체협약서에 날인을 했고, B동의 사출실 2교대를 3교대로 개편하고, 근로 시간이 줄어듦에도 기본 수령액을 이백오십만 원 선에서 맞춘다고 했다. 성과급은 물론 안전 장구와 보호구를 지급하고, 복리후생비를 아끼지 않을 것이며, 법정 출산휴가, 하계휴가, 경조사비를 빠짐없이 챙겨줄 것도 다짐했다. 나는 비로소 우리가 승리했다고 생각했다. 붕대로 감싼 눈 안에서 눈물이 흘러나왔다.

코로나19에 관한 변증법

코로나19에 관한 변증법
— 나는 생각한다, 그러므로 존재한다

르네 데카르트(Rene Descartes, 1596~1650)의 사상을 좋아하는 것은 아니지만 나는 그가 말한 '나는 생각한다, 그러므로 존재한다'라는 문구를 늘 되새기고 있다. 나는 그 문구를 독서실의 책상 위에 작은 글씨로 써놓고 심란할 때 한 번씩 올려보곤 했다. 데카르트가 말하지 않았어도 나는 분명히 생각하고 존재한다. 대학을 졸업하기 전까지는 그냥 졸업만 하면 어떻게 되겠지, 생각하며 지냈는데, 막상 졸업하고 나자 나는 아무것도 할 게 없었다. 문과대학에서 국문학을 전공한 것도 문제였지만, 이공계나 경영학을 전공한 동기들도 몇몇을 제외하고 나처럼 졸업하고도 진로를 찾지 못한 사람들이 대부분이었다. 대학은 억지로 나를 사회로 내몰았고, 사회는 해마다 쏟아져 나오는 졸업생을 다 받아내지 못했다. 그래서 내가 생각한 것이 공무원이 되는 것이었다. 공무원은 정년이 보장되고, 안정적이라 취업 준비생들이 선호하는 직업인데, 그게 만만찮은 도전이었다. 공무원 중에서도 경찰공무원이나 소방공무원은 비교적 수월하게 합격할 수 있는데, 나는 무려 사 년 동안 책과 씨름하는 중이다. 공무원 시험학원에 등록해서 낮에는 그곳에서 강의를 듣고 밤에는 독서실에서 늦게까지 학습하다 집으로 돌아오는데, 그 일이 벌써 사 년째이고 시험은 두 직종 모두 탈락하고 말았다. 그러니까 연초에는 소방공무원을, 하반기에는 경찰공무원 시험을 응시했는데 내리 사 년째 낙방하고 사회에서 표류하고 있다.

"그까짓 거 공무원이 대수냐? 기술만 있으면 얼마든지 먹고사는 세상이다."

아버지는 내가 공무원 시험 공부를 하는 것을 탐탁지 않게 생각한다. 사 년은 길다면 길고 짧다면 짧은 시간이다. 나는 긴 인생을 살려면 최소 몇 년은 투자해야 한다고 생각한다. 그 몇 년 내에 승부를 보면 좋지만, 더 길어져도 할 수 없는 일이다. 하지만 아버지는 그 몇 년이 아니라 내가 지금까지 걸어온 길을 다 싸잡아서 말하고 있다. 이를테면 초등학교 6년, 중학교 3년, 고등학교 3년, 대학교 4년에 군대 1년 6개월과 지금 공무원 공부 중인 4년까지 아버지는 인생의 준비 기간으로 보고, 내 인생의 준비 기간은 이미 끝났다고 했다. 그렇게 따지면 나는 할 말이 없다. 나름대로 성실하게 살아왔다고 자부하는데, 21년 6개월을 공부한 것이 사회에 나오면 하나도 쓸모없다는 것에 화가 났다.

"21년 6개월에다 초등학교를 여덟 살에 들어갔으니 벌써 네 나이가 스물아홉하고 육 개월이잖냐. 옛날 같으면 애를 셋이나 낳을 때다. 곧 서른인데 그만 포기하고 운전면허 학원에 등록해서 대형 면허나 따둬라."

"관광버스를 운행하면 돈을 많이 벌어요?"

"먹고살 만하구나."

"……."

나는 아버지의 말에 반신반의했다. 아버지는 중고 관광버스를 운행하다 수입이 괜찮다며 이억가량 되는 새 차를 할부로 뽑았다. 기존의 중고 버스를 매매해서 생긴 수익금과 집을 담보로 대출받고 나머지는 할부였다. 아버지는 할부만 착실하게 넣으면 금방 끝날 거라고 했다.

"게다가 네 엄마도 벌고 있잖으냐?"

집에서 나만 식충이였다. 엄마는 인형 만들기 기술로 오전에는 홈플러스의 문화센터에서, 오후에는 학교 방과 후 교실에서 강사로 활동하고 있다. 그리고 아버지의 버스 할부금을 갚아야 한다며 한식집에서 홀서빙을 하고 밤늦게 집에 들어온다. 엄마는 집에 들어오면 늘 종아리와 허리가 아프다고 했다. 온종일 서서 강의하고 서서 일하기 때문에 그런 모양이었다. 나는 그런 엄마한테 한식집 서빙만이라도 그만두라고 했다가 오히려 어서 취직이나 하라는 핀잔을 들었다.

공무원 시험학원에 가려고 자리에서 일어나자 집 안에는 아무도 없다. 평일임에도 아버지는 산악회 회원들을 태우고 장거리를 가야 한다며 일찍 나갔고, 엄마도 문화센터에 일찍 나가서 준비할 게 있다고 했다. 나는 아버지가 다섯 시에 나가는 것을 보고 앵무새처럼 '다녀오세요'라고 말했고, 엄마가 집을 나갈 때도 똑같이 말했다.

집에 혼자 있자 나는 다시 생각한다. 사 년을 공부했지만 계속해서 탈락하는 시험 때문에 자꾸만 신경이 날카로워진다. 같은 과를 나오고 이 아파트에 사는 미지는 졸업한 지 이 년 만에 시에서 시행한 지방공무원 공개채용 시험에 응시해서 당당하게 합격했다. 약간의 연수를 받고 지금은 공무원 이 년 차였다. 엄마는 미지와 똑같은 대학, 똑같은 학과를 나왔는데 왜 미지는 이 년 만에 경찰 시험이나 소방공무원보다 더 어려운 시험에 합격하고 너는 두 배나 시간을 들이고도 합격을 못 하느냐고 따졌다. 나는 그게 운이 없어서라고 했다. 실제로 시험에는 운도 따라야 했다. 소방공무원 시험은 전공과 전혀 무관한 영어와 한국사가 필수과목이고 소방학 개론, 소방 관계 법규, 행정법 총론을 공부해야 한다. 영어는 보통 수준이고 나름대로 열심히 노력해서 한국사와 소방학 개론, 소방 관계 법규, 행정법 총론의 과목도 육십 점 이하의 과락 없이 시험을 치렀는데, 합격선에 일이 점이 모자라서 탈락하고 말았다. 그 때문에 나는 이번에는, 다시 이번에는, 하며 사 년을 끌어온 것이다.

경찰공무원 시험도 같은 원리였다. 연초에 소방공무원 시험이 끝나면 나는 다시 가을에 있을 경찰공무원 시험을 준비했고, 경찰공무원 시험이 끝나면 2월에 있을 소방공무원 시험을 위해 다시 소방공무원 수험서를 잡았다. 경찰공무원 시험도 소방공무원과 똑같이 영어, 한국사가 필수이고 형법, 형사소송법, 경찰학, 국어, 수학, 사회, 과학 중 세 과목을 택하는 것이라 국어가 있어 나에게는 오히려 유리한 편이었다. 그러나 나는 경찰공무원 시험도 내리 사 년 동안 낙방하고 말았다. 국어는 거의 만점에 가까웠지만, 나머지 과목들이 뒤처지는 바람에 합격선에서 겨우 턱걸이하다 고배를 마셨다.

현관문을 열고 복도로 나와 담배를 피워 문다. 임대로 십 년 살다 분양받은 지 십 년이 지난 아파트는 이십 년이라는 나이답게 노후가 눈에 띄게 늘어갔다. 변색한 외벽과 삐걱거리는 현관문, 복도식이라 을씨년스럽기까지 했다. 엄마가 새로 지은 아파트로 이사를 하려고 했는데, 아버지가 버스를 새로 사는 바람에 그냥 눌러앉아 있다. 엄마는 그게 늘 불만이었다. 임대아파트 맞은편에 새로 지은 아파트를 알아보고 계약서를 쓰려고 할 때는 지금 사는 아파트를 팔고 모아놓은 돈과 약간의 대출을 받으면 살 수 있었는데, 지금은 아파트 값이 두 배로 뛰어서 살 수 없다고 했다.

"그놈의 버스는 왜 사서."

엄마는 가끔 화가 나면 아버지께 잔소리를 퍼부었다. 아버지가 버스를 새로 사지 않았다면 엄마는 새 아파트에서 새롭게 살고 있을 거라고 했다. 내가 생각해도 임대아파트는 낡고 좁았다. 방 두 개와 거실뿐이라 손님이 오면 이불을 펴고 거실에서 잠을 잤다. 게다가 요즘은 그것 때문에 틀어졌는지 아버지는 안방의 침대에서 자고 엄마는 손님이 오면 재우던 거실에서 자고 있다.

학원에 와서도 공부가 집중되지 않았다. 무려 사 년 동안 탈락만 해서 이제 다른 일을 해볼까 하는 생각이 들었다. 아버지는 관광버스도 잘만 굴리면 먹고사는 데 지장이 없고 돈도 모을 수 있다고 했다. 장거리를 한 번 갔다 오지만 사람들이 등산하는 시간에 버스에서 쉴 수 있고, 점심도 산악회 회원들과 같이 먹어서 점심값이 나가지 않고 더러는 안전 운행을 당부드린다며 팁을 준다고 했다. 다만 평일은 물론 토요일이나 공휴일에도 버스를 운행해야 하는 것이 시간상으로 부담이 되지만 버스는 운행하면 할수록 돈이 되기 때문에 마다할 수 없다고 했다. 나는 넌지시 아버지께 월수입이 얼마나 되느냐고 물어보았다. 운행하는 횟수에 따라 차이가 있지만 보통 이십 일 운행하고 천이백은 번다고 했다. 물론 봄철이나 가을 같은 행락철에는 한 달에 이십오 일 일하고 천오백만 원을 올리기도 하고 겨울이나 여름철에는 천만 원 이하로 떨어지기도 한다고 했다. 그러니까 관광버스도 성수기와 비수기가 있는 것이다.

아버지는 월평균 기름값, 보험료, 차량 수리비 등을 제하고 칠백만 원 정도가 순수입이며, 중고 버스를 굴리면 순수입이 오백만 원 정도라고 알려주었다.

"잘 생각해봐라. 되지도 않는 공무원 시험에 매달리느니 대형 면허를 따서 버스를 끌어도 괜찮을 거다. 꼭 관광버스가 아녀도 고속버스나 직행버스, 시내버스 같은 교통 버스를 끌어도 되고, 출퇴근용으로 기업체에 지입해도 좋고 말이다."

아버지는 말끝에 그까짓 거 공무원이 되어도 초봉은 쥐꼬리만큼이라고 내가 버스를 끌어야 하는 당위성을 말했다. 나는 이쯤 해서 생각을 달리할까 생각했다. 사 년 동안 한 우물을 팠으면 그만 파도 되겠다는 생각이었다. 아버지는 내가 생각을 바꿔 버스를 끈다면 운전면허 학원비는 대준다고 했다. 나는 인터넷으로 경찰공무원 초임과 소방공무원 초임을 검색해보았다. 기본급이 백육십오만 원으로 나왔다. 호봉 수가 늘고 수당 등이 붙으면 월급이 많겠지만 이 정도 월급을 받으려고 사 년 동안 공부했나 싶다. 그러나 아직도 끝나지 않은 싸움이다.

"그래, 잘 생각했다. 버스 운전을 해도 얼마든지 먹고 사는데, 뭐 하러 사 년 동안 머리를 싸매고 공부를 하나?"

아버지의 설득에 못 이겨 나는 진로를 바꾸었다. 아버지는 가을 내내 단풍놀이 관광객을 실어 날라서 두 달 동안 나흘밖에 쉬지 못했다. 관광회사에서 연결해준 관광객과 각 동문회에 연락처를 알려서 아버지께 직접 들어오는 관광버스 사용 문의도 많았다. 그 무렵 나는 가을에 있는 경찰공무원 필기시험을 치르고 마음을 조이고 있었다. 이상하게도 시험을 치르고 가채점을 해보면 충분히 합격선에 올랐는데, 막상 발표가 나면 낙방이었다.

"중국 우한에서 이상한 병이 발생했대요. 저것 좀 봐요."

운전면허 학원에 대형 면허 시험 등록을 하고 온 날이었다. 그날따라 한식집이 정기 휴일이라며 일찍 들어온 엄마가 텔레비전을 보며 말했다. 아버지도 겨울에는 관광버스 운행이 뜸해서 집에 있는 날이었다. 텔레비전에는 저녁 뉴스가 나오고 있었는데, 중국 우한에서 인체에 감염확률이 높은 바이러스가 검출되었다는 속보가 나오고 있었다. 바이러스라면 이미 여러 번 경험해봐서 나나 엄마나 아버지는 대수롭잖게 여겼다. 바이러스의 출현이 어디 한두 번인가. 중세 말에는 흑사병이 창궐하여 유럽에서만 이천오백만 명이 사망했고, 우리나라에도 역병과 천연두로 수많은 사람이 죽어 나갔지만, 지금은 21세기였다. 의학 기술이 발달한 현대에 그까짓 바이러스가 무슨 대단한 것이라고 뉴스에 오르내리나 싶었다.

"우한은 대단한가 봐요. 격리조치 시켜서 유령도시 같대요."

"별, 쓸데없는 소릴."

며칠 만에 바이러스 사태는 걷잡을 수 없이 보도되고 있었다. 중국 우한에서 시작된 바이러스는 아직 치료제가 없고, 치사율도 높다고 했다. 그리고 질병 명칭도 코로나바이러스 감염증 19로 명명되었다. 나는 그때야 중국 우한에서 발생한 바이러스가 코로나19(COVID-19)라는 것을 알았다. 아버지는 그 바이러스도 곧 잠잠해질 것이라고 했다. 나도 그렇게 생각했다. 바이러스야 언제든 창궐했다. 콜레라, 말라리아, 디프테리아, 에볼라 출혈열(Ebola hemorrhagic fever), 사스(SARS, 중증 급성 호흡기 증후군), 메르스(MERS, 중동 호흡기 증후군), 감기처럼 인간과 공존하는 바이러스도 있지만, 대부분의 바이러스는 지상에서 퇴출당하였고, 코로나19도 조금 유행하다 곧 사멸하리라 생각했다. 하지만 이 바이러스는 전파력이 강하고 잠복기가 이 주가량이나 되기 때문에 예측하기 어려운 바이러스였다.

"저것 좀 보세요. 우한은 정말 심각하다니까요."

연일 보도되는 뉴스를 보며 엄마가 다시 말했다. 중국 우한에서는 이상한 일이 벌어지고 있었다. 경찰들이 차량 이동을 통제하고 시민들이 자가 격리에 들어가서 유령도시처럼 텅 빈 거리가 화면에 비쳤다. 그때까지만 해도 크리스마스와 연말 특수를 노려 아버지는 은퇴한 노인들을 태우고 바닷가나 산으로 연일 관광버스를 운행하고 있었다. 엄마도 연말이라 문화센터 강의는 종강했지만, 한식집은 밀려드는 손님 때문에 눈코 뜰 새 없다고 했다. 나는 사 년 동안 해오던 공무원 시험을 접고 운전면허 학원에서 대형버스 기능시험 연습을 하고 있었다. 새해가 되고 연초만 해도 언제나 같은 일상이었다.

"뭐라고요? 공무원 시험을 포기했다고요?"

일요일이라 운전면허학원에 가지 않는 날이었다. 아파트 앞 편의점에서 담배를 사서 나오다 미지와 마주쳤다. 시내로 친구를 만나러 가는 길이라고 했다. 미지가 먼저 공부는 잘 되냐고 물었고, 나는 단념했다고 말했다. 미지는 사뭇 놀라는 표정이었다. 같은 과를 같이 졸업했지만 내가 군에 다녀와서 미지는 나를 선배라고 불렀다.

"그럼, 지금은 뭐 해요?"

나는 아버지처럼 관광버스를 운행하려고 운전면허 학원에 다닌다고 말했다. 미지가 피식 웃었다. 자신은 이 년 동안 공부하고 지방공무원 공개채용에 당당하게 합격하여 공무원 생활을 하고 있는데, 사 년씩이나 공부하고도 경찰직이나 소방직도 못 붙었냐고 깔보는 눈빛이었다. 단발머리에 갈색 코트를 걸친 그녀는 핸드폰의 시간을 확인하며 이내 택시를 잡아탔다. 나는 그녀를 태운 택시를 시선으로 쫓다가 이내 발길을 돌렸다. 나와는 아무 감정이 없는 그녀가 오늘따라 김빠지게 했다. 관광버스를 운행하면 어때, 돈이나 잘 벌고 편하게 살면 그만이지. 나는 혼자서 뇌까리고 있었다.

"저런 어쩌나."

2020년 1월 20일 마침내 국내에도 코로나19 환자가 발생했다는 뉴스가 나왔다. 중국 우한에서 입국한 35세의 중국인 남성이 생체 검사에서 코로나19 양성 반응을 보여 국내에도 첫 코로나19 양성자가 나왔다. 엄마가 뉴스를 보며 중국인이 문제라고 혀끝을 세웠다. 화면 속에서 앵커가 중국 우한을 보니 코로나바이러스 양성 반응이 나오면 침방울로 빠르게 전파되어 전국으로 퍼지는 것은 시간문제일 거라고 했다. 나는 그래도 설마 했다. 아무리 눈에 보이지 않는 바이러스지만 어떻게 삽시간에 중국에서 날아와 전국으로 퍼질 수 있을까 싶었다. 그러나 문제는 심각하게 돌아가고 있었다. 1월 말쯤 되자 갑자기 마스크를 달라고 아우성이었다. 한 장에 600원 하던 KF80이나 KF94 마스크 가격이 4,000원까지 폭등했고, 약국에서 주민등록번호 홀·짝수로 한 사람당 열 장 아래로 살 수 있었다. 약국마다 마스크를 사려는 사람들로 길게 줄을 서는 진풍경이 벌어지고 정부에서 마스크 사재기 단속을 강화해도 마스크 구하기가 힘들었다. 이런 와중에 2월에는 대구의 신천지예수교증거장막성전에서 코로나19 집단감염이 일어난 뒤 전국적으로 바이러스가 빠르게 확산하였다. 확인된 총 확진자만 5,214명이며, 일명 '1차 코로나19 대유행'이 시작되었다. 이 사건 때문에 국내 코로나 상황이 180도 뒤집혔다. 코로나19가 중국에서 처음 발생한 이후 국내에서는 1월 20일 첫 번째 확진자가 발생하고, 2월 16일까지 30명의 확진자가 발생하였다. 확진자 증가 추세가 하루에 한두 명 수준이고, 확진자의 동선 정보도 바로바로 공개되었다. 게다가 당시 소수의 확진자는 수도권 위주로 발생하고 있었고, 대구와 경북 지방은 표면상으론 1명의 확진자도 발생하지 않은 지역이었다.

"종말이 다가오는 모양이다. 외국은 코로나19 때문에 난리도 아녀."

신천지 신도들이 퍼뜨린 코로나19로 국내에서 확진자가 급속히 번지고, 외국도 이탈리아를 시작으로 유럽, 아메리카의 확진자가 폭발적으로 늘어나기 시작했다. 3월 10일 이전까지는 확진자 수 순위가 중국에 이어 세계 2위, 인구수 대비로는 세계 1위까지 올라갔던 기록이 이제 이탈리아로 옮겨졌다.

"이게 말이나 되냐?"

벌써 석 달째 아버지는 관광버스 운행을 하지 못했다. 세계 각국이 코로나19로 시름하는 동안 국내에서도 사회적 거리 두기가 시작되었고, 영업시간 제한, 출입인원 제한으로 소상공인이 큰 타격을 받고 있었다. 아버지도 예외는 아니었다. 한겨울에도 단체로 바다나 산을 찾는 사람들이 있어 한 달에 열흘이나 열닷새는 관광버스를 운행했는데, 3월이 오도록 한 건도 운행하지 못했다. 아버지가 소속된 여행사의 주차장에 세워놓은 아버지의 관광버스는 먼지만 뒤집어쓴 채 움직일 줄 몰랐다. 언제 끝날지 모르는 코로나19 때문에 여행사도 문을 닫았다. 여행사 사

장이 여행사 앞마당에 주차된 아버지의 관광버스가 파손되어도 책임질
수 없다고 다른 곳으로 옮겨달래서 아버지는 관광버스를 아파트 입구의
하천 부지에 세워놓았다. 큰비가 오면 위험한 곳이었다.

"아무래도 버스를 팔아야겠다."

아버지가 공터에서 담배를 피워 물며 말했다. 그러잖아도 석 달 동안
할부를 갚지 않아서 버스를 판 회사가 버스를 압류했다. 아버지는 관광
버스 할부를 갚아보려고 여기저기 돈을 구하러 다녔지만 아무도 아버지
에게 돈을 빌려주지 않았다. 내가 생각해도 언제 끝날지도 모르는 코로
나19 때문에 관광산업이 동장군처럼 얼어붙어 있는데, 아버지의 관광
버스만 믿고 선뜻 돈을 빌려줄 사람은 없었다.

"이억 원이던 관광버스 값이 반 토막 났다는구나."

"조금만 참아보세요."

"아니다, 그래도 인수할 사람도 없다는구나."

"여름이 되면 날씨가 더워서 바이러스가 다 죽을 거예요."

"그렇게만 된다면 얼마나 좋겠냐. 그동안 일을 못 했어도 다시 운전
대를 잡고 이 강산 휘이휘이 돌아다닌다면야, ……무슨 걱정이 있겠
냐?"

아버지는 가만히 앉아서 일 년 만에 일억을 까먹었다. 아버지가 산
관광버스 값이 반 토막 났기 때문이다. 이럴 줄 알았다면 아버지는 중
고 관광버스를 그냥 갖고 있거나, 매매했을 때 새 관광버스를 사지 말았
어야 했다고 했다. 관광버스 할부금을 갚아보려고 어머니도 발 벗고 나
섰지만 헛수고였다. 코로나19 바이러스의 번창으로 문화센터의 강좌가
폐지됐고, 오후에 나가던 한식집도 주인 내외가 최소의 손님만 받으며

운영하고 있었다. 어머니도 아버지처럼 석 달 동안 집에서 격리되듯 보냈다. 그 무렵 나는 운전면허 학원에서 마지막 주행 연습을 끝내고 대형 운전면허 시험에 합격했지만 마땅한 자리를 잡지 못하고 있었다. 학원 조교가, 지인들이 건설기계인 덤프트럭과 암롤을 운전하는데, 그 일을 해보는 게 어떠냐고 해서 아버지께 얘기했더니 그건 내가 할 게 못 된다고 했다. 흙이나 골재, 모래, 폐기물 따위를 싣고 다녀야 하고, 석산이나 공사 현장에 들어가서 일해야 하므로 위험하다는 게 이유였다.

코로나19 백신을 맞았다. 1차 접종이었다. 미국에서 백신이 개발되었다는 뉴스가 나왔는데 정작 국내에서 접종을 시작한 것은 2021년 2월부터였다. 4월이 가고 5월이 돼서야 백신 보급이 원활해졌다. 아버지는 화이자, 엄마는 모더나, 나는 아스트라제네카(AZ)였다. 공교롭게도 한집에서 살지만, 접종은 각자 다른 날이었고, 백신도 종류가 다 다른 것이었다. 하지만 아무도 백신 부작용은 나타나지 않았다. 엄마만 약간 어지럼증이 있고 피부가 가렵다고 할 뿐이었다. 나도 발등이 가렵고 피곤한 증상이 있다가 곧 풀렸다. 그 무렵 새로 산 관광버스 값이 중고차 값으로 곤두박질쳐서 연일 술을 마시던 아버지는 백신 접종 날짜를 잡아놓고도 술을 끊지 못했다. 술이 없으면 잠이 안 오고, 술이 없으면 살 수 없을 것 같다고 했다. 아버지는 낮에도 술을 마셨고 저녁에도 술을 마셨다. 그래야 잠이 든다고 했다.

"그 상태로 백신을 맞아도 되겠어요?"

"상관없다. 어차피 이래 죽으나 저래 죽으나 목숨은 하난데 뭐가 겁나냐."

아버지는 마치 삶을 포기한 듯했다. 한때 잘나가던 때는 관광버스 한

대로 월 천오백만 원을 벌었었다. 아버지는 관광버스 사업이 잘되어 내게도 대형 운전면허를 따서 중고 관광버스 한 대를 인수해서 앞서거니 뒤서거니 하며 부자(父子)가 이 강산 다 누벼보고 싶었으리라. 하지만 아버지가 바라던 관광버스 사업은 코로나19 때문에 잘되지 못하고 말았다. 아버지는 백신을 맞고 와서도 소주잔을 기울였다. 엄마처럼 피부가 가렵다거나 어지럼증이 없는데도 자꾸만 목마르다고 냉장고에서 물병을 꺼냈다. 백신의 부작용이 아니라 술을 마셔서 목이 타는 모양이었다.

"오늘은 내장산에 다녀왔다. 철쭉꽃이 어찌나 많이 피었던지 꽃 속에 파묻혀 길을 잃을 뻔했단다. 자 봐라, 여기 꽃이 있지 않으냐?"

"아버지!"

"내일은 금강산에 갈 것이다. 현대아산에서 중단된 금강산 관광을 재개한다는구나."

"아버지, 정말 왜 이러세요."

아버지는 점점 정신분열증이 심해졌다. 정신과 병원에 들러 진료를 받았더니 의사는 치매 초기 증상 같다고 했다. 무엇인가에 집착하다 허무하게 물거품 되면서 나타나는 정신적 현상이 일시적일 수도 있고 영구적일 수도 있다며 의사는 심리적으로 인정을 찾아야 한다며 입원을 권했다. 나도 그게 좋다고 생각했다. 초기 증상을 방치하면 걷잡을 수 없이 병이 악화되기 때문이다. 그러나 아버지는 정신과에 입원하는 것이 정신질환으로 희괴한 행동을 하는 사람들만 들어가는 것으로 알고 완강히 거부했다.

"싫다 이놈아. 내가 왜 거기에 들어가냐."

"병은 초기에 치료해야 해요."

"멀쩡한데 내가 왜 치료를 받냐?"

"이제 술도 끊으세요."

"고얀 놈."

정부의 코로나19 재난지원금이 소상공인 포함해서 3차까지 지급되었다. 여름이 시작되어도 코로나 확진자는 줄어들지 않았다. 코로나19 바이러스는 더위와 추위에 무관한 모양이었다. 백신이 개발되자 이를 조롱이라도 하듯이 다시 새로운 변이가 퍼져나갔다. 기존의 바이러스보다 전파력이 강한 델타 변이 바이러스가 인도에서 발생하여 이스라엘로, 다시 유럽과 아시아, 북미와 남미로 전파되고 있었다. 나는 여름이 오고 여름이 깊어지는 동안에도 집에 있었다. 대형 운전면허증을 취득하고도 달리 갈 곳이 없었다. 사적 모임 제한과 영업시간 제한으로 확연히 이동인구가 줄어들었다. 미지가 시에서 운영하는 도시교통공사에서 시내버스 운전원을 모집한다고 원서를 넣어보라고 해서 응시했는데 탈락했다. 대형버스의 운전 경력이 없고, 무엇보다도 대학을 나온 것이 불편하다고 면접관이 말했다. 시내버스를 운전만 잘하면 되지 괜히 대학 나온 사람 뽑아서 노조를 결성하면 골치가 아프다는 눈빛이었다.

"선배, 그럼 잘하는 게 뭔데?"

도시교통공사 시내버스 운전직마저 탈락하자 미지는 나보다 더 충격을 받은 것처럼 말했다. 하기야 나는 미지에게 할 말이 없었다. 미지는 보건직은 아니지만, 코로나19 때문에 출근하는 직원들의 체온을 측정하고 발열 기록하느라 업무가 더 늘어나서 바쁘다고 했다. 같은 아파트에 살지만, 미지를 못 본 지도 20일이 넘었다. 아침에 출근하면 저녁에 파김치가 돼서 돌아와 일찍 곯아떨어지고 일요일은 집에서 쉬는데, 밤이나 같이 먹자는 연락조차 없었다.

2차 접종을 마치고 여름이 지나자 엄마는 다시 홈플러스의 문화센터와 방과 후 교실에 나갔다. 백신을 2차까지 접종해서 안전하다고 판단했는지 다시 문화센터와 방과 후 교실이 개강하였다. 엄마는 점점 일상을 회복하기 시작했다. 아직 엄마가 일하던 한식집에서는 연락이 없지만, 엄마는 문화센터와 방과 후 교실 강의로 얼굴에 활기가 돌았다.

"내가 잠깐 정신이 나갔었나 보다."

코로나19 백신을 2차 접종까지 끝내자 이상하게도 아버지는 정신이 말짱해졌다. 금강산에 간다는 헛소리도 안 했고, 곧 관광버스를 운행할 거리며 하천가에 나가 버스에 시동을 걸어보고 내부 청소를 했다. 하지만 관광회사에서는 아직도 아무 연락이 없었다. 아버지는 관광버스를 계속 세워두느니 대학교나 회사에 출퇴근용으로라도 지입해야겠다고 했다. 마음 같아서는 관광버스를 매매하고 경비 일이라도 하고 싶지만, 관광버스를 선뜻 사려는 사람이 나타나지 않는다고 했다.

경찰공무원 시험이 얼마 남지 않아 나는 다시 공무원 시험학원에 등록하고 독서실에 들어갔다. 계속 탈락하여 아버지의 말을 믿고 대형 운전면허증을 취득했지만, 그것도 생각처럼 쉽게 풀리지 않았다. 아버지는 내가 다시 경찰 시험을 보겠다고 하자 말리지 않았다. 당신이 이미 코로나19 때문에 관광버스를 이 년 동안 세워놓아서 관광버스를 운행하는 것이 전처럼 호황을 누릴 수 없다는 것을 알았기 때문이다.

다시 공무원 시험학원에 나왔지만 서먹하지 않았다. 이미 사 년 동안 공부한 과목들이라 학원에서 특강을 해도 별로 어렵지 않았다. 비록 대형 운전면허를 취득하느라 공부는 소홀히 했지만, 사 년 동안 탈락을 경험해봐서 이제 출제 유형을 감 잡을 수 있고, 시험과목마다 자신이 붙었다. 나는 얼마 남지 않은 시험 기간 동안 공무원 시험학원과 독서실을 오가며 공부에 매진했다. 11월 1일부터 단계적 일상 회복(위드 코로나)이 시작되었다. 22시까지만 매장 이용이 가능하고 그 이후에는 포장, 배달만 하던 식당, 카페를 포함한 다중 이용 시설과 영화관, 학원과 교습소의 영업시간 제한이 없어지고, 야외 공연과 야구장 구경, 기념식, 행사가 가능해졌다. 비록 일일 코로나 확진자가 11월 1일 1,666명, 2일 1,578명, 3일 2,640명, 4일 2,457명 5일 2,324명…… 연일 이천 명대를 유지해도 아버지는 정부에서 단계적 일상 회복을 선언한 만큼 곧 코로나19 바이러스가 소멸하고 완전한 일상 회복이 이뤄질 것이라며 관광버스를 닦고 또 닦았다. 이대로면 이달부터는 관광버스를 운행할 것이라고 했다. 아버지의 바람대로 여행사에서 연락이 왔다. 코로나19 때문에 이 년 동안 모임을 못 했던 초등학교 동창회에서 철 늦은 단풍 구경 행사로 내장산을 찾겠다는 것이다. 이미 단풍이 지고 나뭇잎마저 다 떨어진 산을 뒤늦게라도 찾아보자는 의견 때문에 동창회에서 움직였다고 했다. 아버지는 새 차를 사고 처음으로 관광버스를 운행했다. 예전 같지는 않았지만, 아버지의 관광버스가 운행하는 날이 점점 늘어났다. 어느 날은 산에 갔다 와서 다음 날 바다로 떠나기도 했다. 단계적 일상 회복이 되자 코로나19 발생 이전의 시간으로 돌아간 듯했다. 어머니는 예전처럼 문화센터와 초등학교 방과 후 교실에서 수업을 했고 오후에는 한식집에서 일하고 늦게 돌아왔다. 아버지도 예전처럼 관광버스를 몰고 고속도로를 달렸다. 그리고 나도 이 년 전의 오늘처럼 공무원 시험학원에 나갔다가 독서실에서 공부하고 늦게 돌아왔다. 모두 제자리를 잡아가는 듯했다.

"이번에는 꼭 합격할 수 있겠죠? 내 생각엔 나처럼 지방공무원 공개 채용에 응시해서 일반 공무원이 되는 게 좋겠지만, 경찰공무원이나 소방공무원이면 어때요."

경찰 시험이 끝나자 미지가 시내에서 저녁을 사주었다. 같은 대학 같은 과를 나오고 같은 아파트에 살지만, 별반 친하게 지낸 것도 아닌데, 미지가 어떻게 알았는지 전화를 해왔다. 미지가 시험 잘 봤냐고 묻더니 퇴근하고 독서실 근처로 온대서 내가 시청 쪽으로 간다고 했다. 어차피 시험이 끝나서 독서실은 들르지 않을 생각이었다.

"정말로 코로나19가 다 사멸했나 봐요?"

미지가 갈빗집 실내를 둘러보며 말했다. 미지의 말대로 실내는 언제 코로나19가 발생했었나 싶었다. 네 명이 앉을 수 있는 테이블이 열 개가 다 찼고 룸에서도 시끌벅적한 소리가 흘러나왔다. 여기저기서 갈비 굽는 모습, 소주잔을 기울이는 모습, 분주하게 홀을 나다니는 아르바이트생, 영업시간 제한이 오후 열 시였는데, 24시간 영업해도 단속도 없고 시비 거는 사람도 없다. 단계적 일상 회복이 빠르게 정착되고 있었다.

"사 년 동안 공부하고 일 년 쉬고 다시 시작했으니까 햇수로 육 년째네요. 정말 이번에는 자신 있는 거죠?"

나는 대답 대신 고개만 끄덕였다. 군에 다녀오고 미지와 같이 졸업한 게 엊그제 같은데 벌써 육 년이 지나가 있었다. 그 육 년 동안 어쩌면 나는 그날이 그날인 삶만 산 듯했다. 공교롭게도 그 육 년은 매미가 땅속에서 애벌레로 살다가 성충이 되려고 기어 나온 햇수와 같았다. 캄캄한 땅속에서 육 년을 살다 나온 매미처럼 나도 육 년 동안 진로를 잡지 못

하고 있었다.

"가채점을 해봤는데, 이번에는 무난하게 합격할 듯해. 게다가 응시원서에 대형 운전면허증 취득도 기재해서 고가점수도 좋을 거야."

미지를 안심시키려고 한 말은 아니었다. 경찰공무원 시험을 치르고 예상 점수를 생각해보자 의외로 각 과목의 점수가 높게 나왔다. 안정권이 아니라 상위권이었다. 나는 가채점을 해보고 그동안 내가 왜 탈락했는지 알 수 없었다.

"경찰이면 어떻고 소방서 직원이면 어때."

"아직 발표도 안 났잖아."

"월급 잘 나오고 잘 살면 되지. 안 그래, 선배?"

"아직 합격한 것도 아니잖아."

"안 그래, 선배. 인생 까짓거 별거 있나?"

미지는 많이 취해 있었다. 오늘따라 일이 풀리지 않았었는지, 아니면 무슨 열 받은 일이 있었는지 초반부터 급하게 소주를 삼키더니 혼자 소주를 두 병이나 마시고 맥주도 몇 잔 입안에 털어 넣었다. 미지가 술주정하자 사람들의 시선이 일제히 내게 쏠렸다. 미지는 마침내 얼굴을 테이블에 박고 곯아떨어졌다. 겨울이 다가오지만, 미지는 오렌지 롱스커트에 재킷을 입고 있었다. 카드로 계산을 끝내고 미지의 소지품을 챙기고 그녀를 부축하며 갈빗집을 나오자 바람이 강하게 지나고 있었다. 휘청거리는 미지를 놓아주면 그녀는 그대로 땅에 내동댕이쳐질 듯했다. 겨우 택시를 잡아 미지를 뒷자리에 밀어 넣을 때도, 택시가 아파트 입구에 도착했을 때도 미지는 깨어나지 않았다.

"아직도 실업자라며, 졸업한 지가 언젠데 아직 백순가? 다시는 우리 미지랑 어울리지 말게."

택시에서 내려 미지를 부축해서 집에 데려다주자 그녀의 엄마가 내게 쓴 말을 퍼부었다. 미지는 그때까지도 사지를 축 늘어트리고 있었다. 그녀의 엄마는 내가 억지로 술을 먹이고 부축해서 데리고 온 줄 아는 모양이었다. 나는 대답 없이 미지를 현관 안까지 데려다놓고 나왔다. 뒤에서 그녀의 엄마가 '한 번만 더 우리 미지를 만나기만 해봐라'라고 말했다. 대학을 졸업하고 육 년 동안 직장이 없는 나를 미지와 비교하며 그녀의 엄마는 하늘과 땅의 차이라고 여기는 모양이었다.

11월 중순에 합격자 발표가 났는데, 나는 당연히 합격했고, 한 달 후 신체검사와 면접까지 합격해서 일선 지구대로 발령을 받았다. 국문과를 나와서 경찰관이 된 것에 대해 나는 진로를 잘 선택했다고도, 길을 잘못 들었다고도 생각하지 않았다. 다만 사회에 적응하기가 쉽지만은 않을 것이라는 생각은 틀림이 없었다. 미지가 축하주 한잔 하자는 것을 나는 거절했다. 11월 말까지 코로나 일일 확진자 수가 삼천 명대 중후반에 머무르더니 12월 초순에는 갑자기 칠천 명대로 치솟았다. 게다가 델타 변이 바이러스보다 더 전파력이 강한 오미크론이 아프리카 보츠와나에서 발생하여 남아프리카공화국에서 빠르게 확산하더니 유럽과 전 세계로 퍼지고 말았다. 연일 확진자가 칠팔천 명을 오르내리자 정부는 2021년 12월 20일부터 2022년 1월 2일까지 2주간 단계적 일상 회복 중단을 발표했다.

"참 지독한 바이러스구나!"

정부의 일상 회복 중단 발표로 아버지는 다시 한숨을 내쉬었다. 관광버스를 몇 번 운행했는데 다시 세워야 했다. 크리스마스와 새해 해돋이

행사로 예약된 관광 일정이 모두 취소되었고, 엄마도 다니던 한식집에서 그만 나와달라는 통보를 받았다. 물론 동절기 홈플러스 문화센터 강좌도 취소되었고, 학교 방과 교실도 방학이 되어 없어졌다. 일상 회복 중단이 발표되자 엄마와 아버지는 다시 집에서 격리되듯 지냈고, 나는 인근 지구대로 출근을 했다.

"도대체 이놈의 코로나19 바이러스는 언제 종식된다느냐?"

집에 있다가 코로나 검사를 받기 위해 선별진료소에 다녀온 엄마가 말했다. 검사를 받는 사람들이 길게 줄을 서서 한 시간이나 기다린 끝에 검사를 받았다고 했다. 물론 나도 두 번이나 검사를 받은 적이 있고, 아버지도 검사를 받았지만 모두 음성 반응이 나왔다. 나는 엄마의 말에 뭐라 대답할 수 없었다. 중국 우한 시장에서 자연 발생한 코로나19 바이러스는 팬데믹을 일으키더니, 다시 델타에 이어 오미크론이 팬데믹을 일으키고 있다. 2021년 12월 17일 한국 시각 11시 20분 뉴스에는 현재까지 세계에서 코로나19에 감염된 사람은 총 2억 7천 321만 8,485명이고 사망자는 535만 2,588명이라고 나왔다. 나라별로 감염자는 미국 5,144만 명, 브라질 2,220만 명, 러시아 1,013만 명, 프랑스 846만 명, 독일 670만 명 순이고, 아르헨티나 537만 명, 콜롬비아 510만 명, 한국은 55만 1,552명이고 일일 확진자 수가 8,000명에 육박하고 있다. 코로나19는 현재도 진행형이다. 코로나19가 발생한 이 년 동안 일상이 정지된 듯했지만 나는 꾸준히 생각했다. 그리고 존재했다. 지구대에서 막 퇴근하려는데 핸드폰이 울렸다. 미지였다.

달관적(達觀的) 인생과 소관(所管)의 책임

이번 창작집에 수록된 소설은 단편이 여덟 편, 중편이 두 편이다. 총 열 편의 소설들이 각기 다른 소재를 안고, 크고 작게 파열음을 울리고 있다. 그것은 소재가 안고 있는 특성만이 아니라 주제, 구성, 문체의 3박자가 조화롭게 어우러져 내는 소리일 것이다. 10편의 소설에는 많은 이야기가 펼쳐져 있다.

불교 또는 샤머니즘이 내포된 작품

그중에서 우선 종교색이 짙은 작품이 「천도재(薦度齋)」와 「공산성(公山城)」이다.

'천도재'는 '죽은 이의 영혼을 극락으로 보내기 위해 치르는 불교 의식'을 뜻한다. '나'는 어머니의 천도재를 지내러 아내와 함께 암자를 찾아간다. 작은아버지가 자꾸 꿈에 죽은 형수가 나타난다며 천도재를 지내라고 부탁했기 때문이다. 아내는 무신론자라 작은아버지의 말을 믿지 않으면서도 따라나선다.

천도재를 지내며 '나'는 왜 어머니의 혼이 구천을 맴도는지 생각한다. 그것은 어머니와 작은아버지의 악연(惡緣) 때문이었다. 결혼하기 전, 그때는 삼촌이라 불리던 작은아버지는 사법고시를 본다며 무려 칠 년 동안이나 우리 집에 머물고 있었다. 없는 살림에 아들들 거두기도 힘든데 젊은 사람이 공부한답시고 사랑채에 들어앉아 밥이나 축내고 있으니 어머니에게는 환장할 일이었다.

어머니는 삼촌을 식충이라고 했다. 식충(食蟲)이는 스스로 일해서 생계를 꾸려나가지 않고 다른 사람에게 의지해 사는 사람을 비난조로 이르거나, 하는 일 없이 먹기만 하는 사람을 이르는 말인데, 나는 정말로 사랑채에 커다란 식충이가 들어앉아서 우리 밥을 독식하는 줄 알았다.

이처럼 어머니는 삼촌을 미워했는데 설상가상으로 삼촌은 사법고시를 포기하고 아버지가 땅을 팔아 내준 돈으로 읍내에 행정사무소를 차렸고, 그나마 있던 땅이 없어지자 우리 집은 더욱 가난에 쪼들린다. 삼촌은 차 나르는 아가씨와 결혼해서 살림을 차린다. 그러나 여자는 아이 둘을 낳고 도주해서 조카 키우기도 어머니의 몫이 된다. 이렇듯이 악연의 고리가 계속 이어지며 희생만 하고 살았던 어머니의 천도재를 마치고, '나'는 작은 나비 한 마리가 어머니의 넋인 듯 허공으로 날아가는 것을 바라본다.

어린 시절 보았던 굿에 대한 기억이 이 소설의 모티브가 되었다. 어릴 때 나는 곧잘 고뿔에 걸렸다. 당시에는 약이 귀해서 약쑥이나 도라지 따위를 달여서 먹기도 했고, 심하게 아플 때면 어머니가 무당을 불러 굿을 하게 했다. 무당이 주문을 외우며 날이 시퍼런 칼을 허공에 흔들고 소지를 태우면 고뿔보다도 무당이 무서웠던 기억이 있다.

종교색이 짙은 또 다른 작품은 「공산성(公山城)」이다. 공산성은 충남 공주시에 있는 백제 시대 산성으로, 그 안에 영은사라는 절이 있다. '나'는 그 절로 아내를 찾으러 간다. 홀연히 집을 나간 아내가 그곳에 머물고 있기 때문이다. 전업주부인 아내는 불교에 심취해 있었는데 집 안이 답답하다며 가출을 한 것이다.

> 무녀(巫女)처럼 살던 아내는 새장에 갇힌 새처럼 집 안이 답답하다고 했다. 밤늦게 퇴근해서 몹시 지친 내게 아내는 집에 대한 불만을 늘어놓았다. 서재에 법당을 차려놓고 부처님을 모시고 있지만, 공간이 좁아 불편하고, 거실과 부엌이 마치 한 줌의 좁쌀만 해 보인다고 내게 면박을 주었다. 게다가 인근의 절에 갔다 온 날이면 아내는 정말로 새장에 갇힌 새처럼 더욱 답답하다고 했고, 당장이라도 집을 뛰쳐나갈 기세였다. 아내는 베란다에서 뛰어내리면 새처럼 하늘을 훨훨 날아가리라고 착각하고 있는 게 분명했다.

아내는 영은사에서 몹시 편안하고 행복해 보였다. 집에 있을 때는 작은 일에도 화를 내고 소리를 질렀는데 그런 기색이 전혀 없다. 아내가 차려준 밥을 먹고, 아내와 산책을 하고, 자고 가라는 아내의 권유를 사양하고 '나'는 허겁지겁 길을 나서 서울행 막차를 타러 간다.

이 소설에서 나는 화자가 공산성에 도착해서 산성의 주요 전각들을 둘러보고 아내가 머물고 있는 영은사에 이르는 여정을 상세히 묘사했다. 공산성 둘레길을 걷고 영은사를 둘러보는 느낌이 독자들에게도 지면으로나마 전달되기를 바란다.

박물관에 박제된 역사에서 발굴한 작품

이 작품집의 표제작인 「매머드 잡는 남자」의 주인공 '나'는 대학에서 역사학을 전공했지만 직장을 잡지 못하다가 공주 석장리 박물관에서 두 달 동안 원시인으로 사는 아르바이트에 지원한다. 함께 지원한 '소린'은 임용고시에 합격했으나 아직 발령을 받지 못한 처지다. 박물관 마당에는 움집이 많이 있고 매머드 동상도 여러 개 있다. 나와 소린은 맨발에 갈대로 엮은 이엉을 두르고 실제 원시인처럼 생활한다.

> 강 둔치의 산책로에는 매머드 두 마리가 걸어가는 모습으로 서 있다. 코끼리의 상아보다 더 큰 이빨을 드러내고 육중한 몸을 지탱하고 있는 매머드는 조각상이지만 살아서 움직이는 것처럼 리얼리티가 있었다. 나는 산책로를 뛰어가다 돌창으로 매머드를 찌르는 시늉을 했고, 매머드의 이빨을 부여잡고 매머드를 쓰러트리는 행동을 했다. 관람객들이 매머드와 싸우는 나를 보며 손뼉을 쳤고, 나는 꼼짝도 하지 않는 매머드를 사냥하는 연출을 했다.

이와 같은 원시인 아르바이트로 한 달에 250만 원을 받는다. '소린'은 내년 봄이면 교사가 되어 있을 텐데 '나'는 아르바이트가 끝나면 또 백수다. 다행히 원시인 아르바이트가 끝나는 날, 담당자가 그들을 시청 문화재과 직원 특별채용에 추천해주겠다고 한다. '소린'은 지원하지 않겠다고 하지만, '나'는 가슴이 두근거린다.

이 작품은 공주 석장리 박물관에 갔다가 산책로에 세워진 매머드 동상을 보고 구상해본 것이다. 어릴 때 나는 맨발로 뒷산을 오르고 산토끼나 고라니를 쫓곤 했는데, 그 기질 때문에 작품이 리얼하게 써진 듯하다. 「매머드 잡는 남자」는 2022년 한국문화예술위원회의 문예창작지원금 사업에 선정되어 그해 문장 웹진 등에 발표되었고, 9월 25일 KBS 〈라디오 문학관〉에 방송되기도 했다.

「진묘수(鎭墓獸)」라는 제목은 무령왕릉에서 출토된 국보 제162호를 따왔다. 진묘수는 중국 고대부터 전해지는 상상의 동물로 무덤을 지키고 죽은 사람의 영혼을 신선(神仙)의 세계로 인도하는 역할을 한다. 국립공주박물관에는 무령왕릉의 진묘수를 일곱 배로 확대한 조형물이 세워져 있다. '나'는 진묘수를 보며 아내를 생각한다.

아내는 지역의 여러 단체에 참가하며 분주히 살아간다. 지역 신문이나 문화원에서 발행하는 책자에 논문도 발표하고, 다음에 생활사박물관을 차린다며 옛날 물건들을 주워 온다.

참다못해 내가 소리를 지르고 말았다. 아침 여섯 시에 일어나서 출근하는 나는 아내가 늦게 돌아오는 것이 여간 신경 쓰이는 게 아니었다. 밤 열 시가 조금 넘으면 나는 잠자리에 드는데 아내는 아직 돌아오지 않았고 전화도 받지 않았다. 할 수 없이 잠을 자다 갈증이 나서 깨면 자정이 넘어 있었고, 아내는 그때까지도 집에 돌아오지도, 전화도 받지 않았다. 다시 잠을 자다 요의(尿意) 때문에 깨면 아내는 언제 돌아왔는지 거실의 소파에서 이불을 덮고 잠들어 있었다.

아내는 요주의 인물이다. 가정에는 관심이 없고 밖으로만 나돈다. 나는 그런 아내 때문에 고통스럽다. 나는 아내가 평범하게 맞벌이를 하면서 가정에 충실하길 바라지만 아내는 밤낮없이 밖으로 나돈다. 거기서 끝나지 않고 몰래 대학원도 졸업했고, 상의 없이 주택담보대출까지 받았다. '나'는 그런 아내에게 회의를 느낀다. 그러면서 '나'는 현관에 작은 진묘수를 놓으면 아내가 가정을 지키려나 생각한다.

국립 공주박물관에 갔다가 입구에 서 있는 진묘수와 내부에 진열된 전시품들에 착안하여 이 작품을 쓰게 되었다.

농촌문학의 머나먼 길

「구름 농원」과 「안드로메다 가는 길」은 둘 다 농촌을 배경으로 한 중편소설이다. 전자에는 농촌에서의 삶이 전개되고 있고, 후자는 농촌이긴 하지만 신도시 바람이 불어 사라지는 마을이 그려진다.

「구름 농원」은 『한국소설』 2020년 7월호에 발표한 작품이다. '나'는 서울에서 17년 동안 직장을 다니다 마흔 중반의 나이에 고향으로 돌아온다. 20대는 반지하 방에서, 30대는 고시원에서 살았고, 40대에 이르러 겨우 오피스텔 하나 있는 게 전부이며, 결혼도 못 한 상태다.

아버지는 돌투성이인 산에 뭘 하겠냐고 아들의 귀농을 반대하지만, '나'는 삼십만 평 선산의 일부, 지대가 높아 구름도 쉬어간다고 하여 예로부터 구름골이라 불린 곳을 개간하여 매실나무와 호두나무를 심는다. 매실축제를 계획하기도 하고, 체험 마을을 운영하려고도 한다. 마을 사람들 반응은 신통치 않지만, 산에서 베어낸 해송나무로 '구름 농원'이란 간판을 만들어 세우며 희망을 북돋운다.

아버지께 드릴 소주 한 병과 라면, 소금, 비누를 사 들고 슈퍼를 나왔다. 멀리 내가 만든 구름 농원이 보였고, 마을 앞 도로 옆에 길게 심은 매실나무에서도 싹이 돋고 있다. 막 슈퍼를 나와 정자가 있는 곳을 지날 때였다. 흰색 승용차 한 대가 미끄러지듯 다가와 멈추었다. 차에는 여자가 혼자 타고 있었다. 여자는 차에서 내려 사위를 둘러보다 나와 시선이 마주쳤다. 세아다. 세아가 어떻게 여길. 나는 들고 있던 비닐봉지를 툭 떨어뜨렸다. 그 바람에 소주병이 시멘트 바닥에 부딪히며 산산이 조각났다. 세아가 나를 찾아온 걸까? 가슴속에서 뜨거운 것이 확 올라오는 듯했다. 그녀는 천천히 내게 오고 있었다.

소설은 이렇게 끝난다. 요즘 농촌에서는 고령화가 심화되어 아기 울음소리가 그친 지 이미 오래고 농토는 묵혀지고 있다. 노인들은 죽어가지만 아기는 태어나지 않고, 도시로 나간 자식들이 돌아오지 않아 자꾸 빈집이 늘어나고 폐허가 되는 농촌 현실에 나는 한 가닥의 희망을 던져주고 싶다. 이 작품은 실제로 서울에서 직장 생활하다 귀향한 친구의 이야기다. 세종시 소정면에 실제로 구름 농원이 있고, 소설에 등장하는 이들 다수가 실존 인물이다.

「안드로메다 가는 길」의 '나'는 월급도 안 나오는 작은 잡지사에 취직했다가 그만두고 2년째 놀고 있고, 형은 쌍용자동차에서 정리해고되어 1년째 놀고 있고, 아버지도 사출 공장에서 일하다가 왼쪽 손목을 잃었는데, 다니던 공장이 이전한다며 직장을 그만두려 한다. 어머니는 일을 많이 해서 허리가 꼽추처럼 휘었다. 이런 가정에 신도시 바람이 불어온다. 외지 사람들은 보상을 더 받으려고 농토에 나무를 심는다. 하지만 아버지는 아무것도 하지 않는다. 논밭과 집을 다 넘겨줘도 보상금은 겨우 3억 5천만 원이었다.

출구가 없는 삶이다. 형은 해고 이후 다른 직장을 알아보려고 고군분투했으나 쌍용자동차에 다닌 이력 때문에 난관에 부딪치자 자폐증 환자처럼 방에 틀어박혀 지낸다. 치매 증상을 보이는 어머니는 별자리를 외우며 안드로메다에 가고 싶다고 한다. 그곳에는 모두가 평등하고 아프지도 않고,

백수도 없다고 생각한다.

어머니는 그 많은 별 중에서 안드로메다에 가서 살고 싶다고 했다. 하지만 불가능한 일이었다. 안드로메다 은하계 M31까지의 거리는 이백오십만 광년이다. 일 초에 빛이 삼십만 킬로미터를 가는데 그 속도로 이백오십만 년을 가야 안드로메다에 닿을 수 있다. 어머니는 그 먼 거리를 옆 동네로 놀러 갔다 오는 거리쯤으로 생각하고 있었다. 이를테면 하늘에서 반짝이는 별이 옆 동네 거리만큼만 하늘로 올라가면 닿을 수 있다고 믿고 있었다.

어머니는 그렇게 현실 도피를 하고 있다. 그리고 현실 도피를 하는 것은 어머니만이 아니다.

11월이 되어 보상이 시작되고 사람들은 하나둘 마을을 떠난다. 철거가 시작되어도 '나'는 보상에 대한 이견 때문에 서류에 도장을 찍지 않고 버티다가 주관사에서 고용한 폭력배에게 폭행을 당한다.

아침부터 어머니는 짐을 싸기 시작했다. 우리 집도 이사를 한다고 했다. 다 빼앗겼지만, 우리 식구들은 아무도 죽지 않았다. 어머니도 등이 굽어 지팡이를 짚고 굼벵이처럼 다니지만 죽지 않았고, 아버지도 한숨만 깊게 내쉴 뿐 죽지 않았다. 형도 죽지 않았다. 겨울잠을 자는 짐승처럼 골방에서 좀처럼 나오지 않던 형이 밖으로 나왔다. 할쑥한 얼굴에 몸이 송장처럼 말라 있었다. 그래도 나는 형을 미워하지 않았다.

마침내 그들도 C읍으로 이사를 한다. 짐을 꾸리는 사이에 어느새 굴착기가 와서 옆집을 허물고 있다. 이삿짐 차에 짐을 다 싣고 출발하려는데 어머니가 보이지 않는다. 어머니는 야산 꼭대기에서 이불보로 열기구를 만들고 있다. 안드로메다에 가겠다는 것이다.

세종시에 행정중심복합도시가 건설되기 이전에 철거 현장에 가본 적이 있다. 평화롭던 마을이 폐허가 되고, 아름드리나무들이 잘려 나가는 그곳에서 원주민들이 하나둘 짐을 싸고 있었다. 대부분이 소농이라 앞날을 걱정하면서 잔인하게 쫓겨나가는 그들의 현실을 옮겨보았다.

변신과 전향(轉向)의 뜰

「바퀴벌레 인간」은 「서정문학」 2021년 9·10월호에 발표한 작품이다. 예상했던 것보다 이르게 정년퇴직을 하게 된 '나'는 아내에게 퇴직을 알리지 않고 아침 일찍 집을 나서 하루 종일 돌아다니다가 퇴근 시간에 맞춰 귀가하는 생활을 반복하지만, 결국 회사에서 전화가 와서 아내도 '내'가 정년퇴직한 것을 알게 된다. 퇴직금으로 융자금을 갚고, 아이 학비와 생활비 때문에 당장 돈을 벌어야 하는데 갈 곳이 없다. 나는 집에서 점점 무능해지고, 아내와 아들로부터 무시당한다.

> 아내와 싸운 다음 날부터 나는 자꾸만 이상한 생각이 들었다. 내 몸이 벌레가 되어가는 착각이 든 것이다. 그것도 아내가 말한 바퀴벌레로 서서히 변신하고 있다는 생각에 나는 거울을 자주 보았다. 아무도 없는 집에서 나는 블라인드를 내리고 알몸으로 거실에서 서성거렸다. 내 몸이 정말로 바퀴벌레로 변신을 하는가. 바퀴벌레가 날갯짓하듯이 나는 두 팔을 벌려 허공에 허우적거렸고, 바닥에 엎드려 바퀴벌레가 기어가는 것처럼 기어가기도 했다.

'나'는 아내로부터 벌레 취급을 당한다. '나'는 정말로 자신이 바퀴벌레였다는 착각에 바퀴벌레가 알에서 애벌레로, 다시 번데기에서 성충이 되는 과정을 연출한다. 집 안에서 알몸으로 바퀴벌레의 한살이를 그려내는

'나'를 보고 아내는 미쳤다고 한다.

직장에 몸담고 있다 보면 뜻하지 않게 실직하는 경우가 있다. 나도 뜻하지 않게 세 번의 실직을 경험했고, 그 아픔을 작품으로 승화시켜보았다.

「닻」은 제16회 2022년 해양문학상 은상 수상작이다(대상이 나온 장르에서는 금상은 건너뛰고 바로 은상을 시상하는 것이 주최측의 규정이라 금상 없는 은상을 받았다). 해양문학상 수상작답게 바다를 소재로 했지만 이 작품에서 다루는 바다가 낭만적인 풍경이 아니라 험악하고, 위험하고, 한 많은 바다다. '나'는 은행에서 부장으로 있다가 감원 바람에 시달려 사표를 내고 삼 년 만에 고향인 녹도(鹿島)를 찾는다.

섬에는 어머니 혼자 살고 있고 혼자 내려왔다는 말에 어머니는 한숨을 내쉬며 아내와 결혼할 때 말렸어야 했다고 한탄한다. 그도 그럴 것이 아내는 도시를 떠나서는 못 사는 여자고 섬을 혼자 있는 어머니가 거동을 못 하면 요양원에 보내라는 여자다. 그 때문에 은퇴하고 섬에서 살려는 '나'와 아내는 불화가 크다.

'나'는 섬을 한 바퀴 둘러본다. 지금은 인구가 많이 감소했지만, 예전에는 배가 들어오면 섬이 떠나갈 듯이 왁자지껄했었다. 아버지는 '내'가 태어날 때, 바다에서 풍랑을 만나 죽었다.

무슨 하늘의 기구한 장난처럼 한 달 사이에 어머니는 죽음과 태어남을 동시에 경험했다. 산달이 다가오자 어머니는 산고(産苦)를 느끼고 있었다. 아버지는 곧 태어날 나를 위해 더 많은 고기를 잡겠다고 무리하게 배를 탔다. 고기를 많이 잡아서 뱃사람들이 한 뭇씩 잡고 밤새도록 기생들과 어울려도 아버지는 집에서 잠깐 눈을 붙이고 다시 바다로 나갔다. 그날은 어머니가 꿈자리가 하도 사나웠다고 바다에 나가지 말라고 당부한 날이었다. 어머니는 꿈에 바닷물이 용솟음치며 오르는 것을 봤다고 했다.

어머니는 그 때문에 '나'를 뭍으로 보내 뭍에서 공부하고 뭍에서 살라고 당부한 것이다.

또 한 가지 옛 기억은 '나'보다 두 살 아래인 복례다. 어릴 때 소꿉친구였던 그녀에게, 사춘기로 접어들며 '나'는 이성으로서의 감정을 느낀다. 어머니와 복례 어머니도 둘이 천생연분이라며 사돈을 맺자고 거든다.

점퍼를 입은 그녀를 나는 조용히 끌어안았다. 그녀가 나를 밀치며 올려다 봤다. 나는 다시 그녀를 끌어안고 그녀의 입술을 더듬었다. 그녀가 화들짝 놀라며 나를 힘껏 밀었다. 그 바람에 나는 뒤꿈치가 돌부리에 걸려 넘어지며 엉치뼈를 다치고 말았다. 내가 바닥에 쓰러져 괴로워하는 것을 보고서도 그녀는 한달음에 마을로 도망쳤다. 겨우 몸을 일으켰지만, 통증이 심해 걷기조차 힘들었다.

풋사랑의 상대였던 복례와는 서로 각자의 길을 갔는데, 어머니는 그래도 복례 타령이다. 아내를 처음 어머니께 소개하던 날도 피라미처럼 바싹 마른 여자를 데려왔다고 복례를 찾아서 결혼하라고 성화였다. 하지만 나는 묵묵히 섬에서 살아가려 한다.

노동 문제와 바이러스 창궐에 죄어드는 삶

「씨앗 불」은 노동 현장을 배경으로 한다. '나'는 사출 공장 품질관리부에 입사하여 주야 교대로 제품 검사와 출하 검사를 한다. 입사할 때 3개월의 수습 기간이 끝나면 정식 직원으로 전환된다고 했는데, 3개월이 지나도 약속이 지켜지지 않는다.

'나'는 동료들을 모아 노동조합을 설립한다. 사용자 측은 장소가 없다는 이유로 노조 사무실을 내주지 않고, 식당에서 모임을 해도 방해만 한다. '나' 기숙사에서 노트북으로 단체협약서를 만들고, 노조 설립을 알리는 플래카드를 단다. 주야 2교대를 주야 3교대로, 근로 시간 준수와 잔업에 따른 보상 등을 요구하며 상급 기관 노조와 연계해서 투쟁한다. 하지만 사장은 한 치도 물러서지 않고 돈을 줄 테니 회사를 떠나라고 회유한다. 의견이 좁혀지지 않아 결국 농성에 돌입하고, 사장은 직장 폐쇄로 맞선다. '나'는 작업장에서 시너를 가져와 마당에서 분신한다.

> "우리는 기계가 아닙니다. 어머니, 기계처럼 살기 싫어요."
> 시너를 몸에 붓고 라이터를 당기자 불길이 온몸을 휘감았다. 화롯불에 놓인 씨앗 불에 기름을 부으면 불길이 살아나듯이, 불길이 내 몸에서 활활 타오르는 것을 보며 나는 정신을 잃었다. 꿈결처럼 아득하게 고함이 들렸고, 불을 끄라는 소리도 들렸다.

전신 화상을 입었지만, 다행히 살아남았다. 병원을 찾아온 관리부장은 사장이 일선에서 물러나고, 새로운 사장이 와서 노조의 요구 조건을 다 수용했음을 알린다. 비로소 우리가 승리한 것이다.

예전에 자동차 부품 공장에서 근무한 적이 있다. 그때 소아마비로 한쪽 다리를 저는 젊은이가 있었는데, 늘 회사에 불만이 많았다. 그에 대한 기억을 가지고 이 소설을 구상해보았다.

「코로나19에 관한 변증법」은 『한국소설』 2022년 10월호에 발표한 작품으로서, 한국문화예술위원회에서 주관한 '코로나19, 예술로 기억하기'에 선정되어 쓴 소설이다. 주어진 소재를 어떻게 쓸까 고심하다가 '나'라는 인물을 만들어냈다.

'나'는 대학을 졸업하고 경찰직이나 소방직공무원 시험 공부를 4년째 하고 있다. 초등학교 때부터 지금까지 공부만 21년 했고 나이도 곧 서른 살이 된다. 아버지는 그런 내가 탐탁지 않다. 아버지는 관광버스를 운전하는데, 수입이 좋아 새 차를 할부로 구입했다. '나'에게도 공부를 그만두고 대형 운전면허를 따서 관광버스를 운행하라고 한다.

> 운전면허 학원에 대형 면허 시험 등록을 하고 온 날이었다. 그날따라 한 식집이 정기 휴일이라며 일찍 들어온 엄마가 텔레비전을 보며 말했다. 아버지도 겨울에는 관광버스 운행이 뜸해서 집에 있는 날이었다. 텔레비전에는 저녁 뉴스가 나오고 있었는데, 중국 우한에서 인체에 감염 확률이 높은 바이러스가 검출되었다는 속보가 나오고 있었다. 바이러스라면 이미 여러 번 경험해봐서 나나 엄마나 아버지는 대수롭잖게 여겼다.

이때 중국 우한에서 시작된 코로나19 바이러스가 전 세계로 퍼져 팬데믹을 일으킨다. 코로나19 바이러스 때문에 아버지는 1년 동안 1억을 손해 봤고, 할부로 산 관광버스를 팔려고 내놨지만 사려는 사람이 없다. 아버지는 실의에 빠져 연일 술을 마시다 정신병까지 난다. 그사이 코로나19는 점점 심해져 변이 바이러스가 생겨나고, 정부는 소상공인 재난지원금을 지급한다. 백신이 속속 들어와 1차, 2차, 3차 접종이 시작되고, 거리 두기도 서서히 완화된다. 어머니는 다시 문화센터에 강의하러 나가고 아버지도 정신이 돌아와 관광버스 운행을 한다. 그리고 나는 경찰 시험에 합격해서 지구대로 발령받는다.

이상으로 10여 편의 작품들을 되짚어 보았다. 각각의 작품들 속에는 각기 다른 인물들이 살아 움직이고, 다른 세계가 펼쳐지고 있지만, 내가 말하고자 하는 것은 달관적 인생과 소관의 책임 있는 삶이다.

매머드 잡는 남자

푸른사상 소설선